선 강
노트르담 다리
Hôtel de Ville
PLACE DE GREVE
S. ESPRIT
St MERRI
Planche Mibrai
St IACQUE la Boucherie
Porte de Paris
S. Chatelet
OPPORTUNE
샹 드니 거리
페로네리 거리
페롱 거리
LES SS INNOCENS
★레지노상 묘지
랭주리 거리
LES HALLES
레알 시장
Halle au bled

레지노상

앤드류 밀러 소설 | 야나 마키에이라 옮김

문학세계사

옮긴이 · 야나 마키에이라
경북대 노어노문학 전공, 미국 일리노이 주립대학 경영학 석사(MBA).
현재 영국 런던에 거주하며 영어 및 스페인어 통번역가로 일하고 있다.
삼성과 애플 간의 특허 소송, 미국 항공 화물 운송 서비스 독점 금지 집단 소송,
영국 외교통상부 주최 국제 행사 등 많은 건을 다루어 왔다.
한국 및 영국에서 발간되는 노숙인 자활을 돕는 월간잡지
《빅이슈(The Big Issue)》와 미국 TED에서 번역가로 자원 봉사하면서
출판 기획 및 전문 번역가로 활동하고 있다.
옮긴 책으로『관찰의 힘』(위너스북출판사)이 있다.

레지노상
앤드류 밀러 지음

•

초판 1쇄 발행일 2013년 7월 16일

•

옮긴이 · 야나 마키에이라
펴낸이 · 김종해
펴낸곳 · 문학세계사

•

주소 · 서울시 마포구 신수동 345-5(121-110)
대표전화 · 02-702-1800 ㅣ 팩시밀리 · 02-702-0084
mail@msp21.co.kr ㅣ www.msp21.co.kr
트위터 @munse_books
출판등록 · 제21-108호(1979.5.16)
값 15,000원

ISBN 978-89-7075-565-6   03840
ⓒ 문학세계사, 2013

PURE

Andrew Miller

PURE
by
Andrew Miller

나의 아버지 키스 밀러 박사와
친구인 패트릭 워렌과 조지 래클런 브라운을 기억하며

|저자의 말|

레지노상에 대하여

레지노상 교회와 부속 공동묘지는 이 이야기에 묘사된 것처럼 파리 시내에 분명히 존재했으나, 이 작품은 사실과 창작을 섞은 상상력의 산물이다. 현재 지하 레알 쇼핑센터 근처에는 레스토랑과 패스트푸드점이 즐비하게 늘어선 작은 광장이 존재할 뿐, 묘지의 흔적은 찾아 볼 수 없다. 오래 된 이탈리아 분수는 19세기에 광장의 중앙으로 옮겨졌고, 이제는 만남의 장소로, 그리고 쇼핑에 지친 사람들이 앉아서 쉬는 장소로 애용되고 있다. 파리의 카타콤에 가면, 다른 묘지에서 이장된 뼈들과 더불어 레지노상 공동묘지에서 옮겨온 뼈들도 볼 수 있다. 번잡한 도시 아래 깊은 곳에는 물이 뚝뚝 떨어지는 지하 통로를 따라 수천 미터의 유골들이 쌓여 있다. 레지노상이 철거된 지 몇 년 후 시작된 공포 정치의 희생자들 역시 구 채석장 자리 어딘가에 묻혀 있다고 전해진다. 카타콤 입구 위에는 〈멈추어라! 여기는 죽음의 제국이다(Arrâte! C' est ici l' empire de la Mort).〉라는 글이 새겨져 있다.

묘지가 있던 자리에 생긴 레지노상 시장은 1858년에 문을 닫았다.

첫 번째

자신의 이성 이외에 그 무엇도 섬기지 않는 자유인에게만

태양이 비치는 시대가 오리라.

—니콜라 드 콩도르세 후작[1]

---

1) Marie Jean An-toine Nicolas de Caritat, Marquis de Condorcet(1743~
1794), 프랑스의 수학자이자 정치가.

1

젊지만 그렇다고 너무 어리지도 않은 한 청년이 베르사유 궁전 내 어느 별관 같은 곳의 대기실에 앉아 있다. 그는 기다리는 중이다. 기다린 지 이미 오래되었다.

10월 셋째 주이고 성촉절[2] 무렵만큼이나 추운데도 방 안의 벽난로에는 불이 없다. 추위 때문에, 또 사흘 동안 추위를 참으며 여행을 한 탓에 다리와 허리가 뻣뻣하다. 벨렘[3]에서 노장[4]까지는 사촌 앙드레와 함께 왔고, 그 다음엔 추위에 빨개진 얼굴을 하고 겨울 외투로 감싼 사람들로 붐비는 마차를 탔다. 사람들은 무릎 위에 바구니를 얹고 발 밑에는 짐을 내려 놓았으며, 몇 명은 개를 데리고 여행을 했는데 외투 속에 어린 수탉을 품고 있는 노인도 한 명 있었다. 파리에 도착해서 말똥이 가득한 포장도로인 우르 거리에 내려, 마차사무실 앞에서 다리에

---

2) 성탄절 40일 후인 2월 2일로, 마리아가 율법에 따라 예수와 함께 예루살렘 성전에서 나간 일을 기리는 축일.
3) Bellême: 파리에서 남서쪽으로 155km 정도 떨어진 노르망디의 마을.
4) Nogent-le-Rotrou: 벨렘에서는 21km정도 떨어진 프랑스 중부 지역 도시. 파리에서 남서쪽으로 140km의 거리에 위치.

감각이 아직 살아 있는지 확인하듯 주변을 거닐어 볼 때까지는 서른 시간이 걸렸다. 그리고 나서, 지난 밤에 그가 묵은 여관이 무슨 거리에 있었는지조차 알 수 없는 상태로, 오늘 아침 그곳에서 나와 베르사유로 오기 위해 말 한 필을 빌려서 일찌감치 길을 떠나 이곳에 도착하였다. 그의 인생에서 가장 중요한 날일 수도, 아니면 아무것도 아닌 날일 수도 있는 오늘.

방 안에는 그 혼자가 아니다. 긴 외투의 단추를 턱 밑까지 잠근 사십대 정도 된 남자가 눈을 감고 깍지 낀 손을 무릎에 얹은 채 맞은편의 좁은 안락의자에 앉아 있는데, 그의 손가락에는 크고 오래 된 듯한 반지가 끼워져 있다. 가끔씩 한숨을 쉬는 것을 빼면 그는 아무런 소리도 내지 않는다.

졸고 있는 이 남자 뒤쪽과 양 옆으로는, 쪽매 세공을 한 마룻바닥에서 거미줄이 걸려 있는 천장 모퉁이까지 모두 거울이다. 궁전은 거울로 가득하다. 여기에 살면 하루에도 백여 번 자신과 마주칠 수밖에 없으리라. 복도 하나하나가 허영과 의심의 근원지이다. 그의 앞에 있는 거울은, 표면이 먼지로 뿌연데 (어떤 할 일 없는 사람이 손가락으로 둥글납작한 남자의 성기와 장미인 듯한 꽃을 그 옆에 그려놓았다), 마치 건물 전체가 물속으로 가라앉은 듯 푸르스름한 빛을 낸다. 그리고 거기에는 잔해의 일부처럼 갈색빛 나는 그의 얼굴이 얼룩덜룩한 거울 속에 알아보기 힘들 만큼 흐릿하게 비친다. 창백한 얼굴 아래에는 구부정한 몸이 보이고, 그 몸에는 갈색 양복이 걸쳐져 있다. 그 양복은 아버지로부터 받은 선물이었는데, 공토 씨가 재단한 것이다. 사람들은 그를 벨렘 최고의 재단사라고 말하기를 좋아하지만, 사실 벨렘에서는 좋은 양복이 놋쇠 침대보온기, 쟁기와 써레, 마구처럼 귀중물로 여겨져 윗대로부터 물려 내려오기 때문에, 재단사라곤 그가 유일하다. 어깨 부분이 약간 끼고 아래쪽 끝자락은 약간 뜨며 소매 쪽은 약간 무겁지만, 전반적으로 보면 나름대로 유행에 맞게 공들여 만들었다.

그는 양 허벅지를 눌러보고, 무릎뼈를 눌러본 후, 왼쪽 양말 발목 부분에 뭔가를 문질러 떼어내기 위해 손을 아래로 뻗는다. 양말을 깨끗하게 신으려고 조심했지만, 어둠 속에 길을 떠나 낯선 거리를 돌아다니면서 가로등도 꺼진 그 시간에 그가 뭘 밟았을지 누가 알겠는가? 그는 엄지손가락 가장자리로 그것을 긁어낸다. 진흙일까? 제발 그렇기를 희망한다. 그는 엄지손가락 냄새를 맡으며 확인해 보지는 않는다.

작은 개 한 마리가 들어온다. 바닥에 발톱을 부딪치며 가볍고 경쾌하게 움직인다. 털에 가려진 큰 눈으로 잠시 그를 쳐다본 후, 거울로 된 방 한구석에 전시 혹은 방치된 듯한 대형 금박 화병 쪽으로 간다. 개는 코를 쿵쿵거리더니 다리 한쪽을 치켜든다. 개를 달래듯 말을 건네는 나이 든 여자의 목소리가 복도에서 들려온다. 그림자 하나가 열린 문을 통과한다. 바닥에 비단옷 밑단이 스치는 소리는 떨어지기 시작하는 보슬비 소리 같다. 개는 그녀의 뒤를 바삐 따라가고, 뱀처럼 구불구불한 물줄기가 화병으로부터 다리를 꼬고 잠자고 있는 남자의 발꿈치까지 흘러온다. 젊은 남자는 그것을 바라본다. 고르지 않은 쪽매

바닥을 가로질러 물이 움직이는 모습을. 누구도 바꿀 수 없는 물리적 법칙에 개 오줌조차도 순응하는 모습을…….

그가 여전히 그것을 바라보고 있는 동안 (그의 인생에서 가장 중요한 날일 수도, 아니면 아무것도 아닌 날일 수도 있는 바로 오늘) 역병에 걸린 집의 밀봉된 문이 열릴 때처럼 딱 소리를 내며 장관의 사무실 문이 열린다. 시종이거나 서기인 듯한, 각지고 눈이 노란 인물이 턱을 약간 들어 그에게 신호를 한다. 그는 일어선다. 나이가 더 든 남자도 눈을 뜬 상태이다. 그들은 이야기를 나누지도 않았고, 서로의 이름도 모르며, 그저 추운 10월 아침 세 시간을 함께 보낸 것뿐이다. 나이 든 남자는 미소를 짓는다. 한없이 넓고 무익한 학습의 귀감처럼 보이는 미소. 세상에서 가장 우아한 체념의 표현. 젊은 남자는 그에게 목례를 한 뒤, 재빨리 사무실의 반쯤 열린 문 속으로 미끄러지듯 들어간다. 그 문이 그의 코앞에서 갑자기, 그리고 영원히, 다시 닫힐 것을 두려워하면서.

2

 "성 오귀스틴께서는……" 장관은, 두 손가락 사이에 반쯤 먹은 마카롱을 끼운 채, 운을 뗀다. "죽은 자들에게 경의를 표시하는 것은 원칙적으로 산 자를 위로하기 위해서라고 가르치셨네. 효과가 있는 건 기도뿐이지. 시체를 어디에다 묻느냐 하는 것은 아무 의미가 없어." 그는 다시 마카롱에 주의를 돌려 백포도주 잔에 담그고 그것을 빨아 먹는다. 그의 거대한 책상 위에 쌓여 있는 서류 위로 부스러기가 떨어진다. 시종은 주인의 의자 뒤에 서서 일종의 직업적 슬픔을 띤 얼굴로 부스러기를 바라보지만 치우려는 시도는 하지 않는다.

 "아프리카인이었네." 장관이 말한다. "성 오귀스틴 말이야. 그는 틀림없이 사자와 코끼리를 본 적이 있었을 거야. 자네는 코끼리를 본 적이 있나?"

 "본 적 없습니다, 각하."

 "여기 어딘가에도 한 마리 있다네. 부르고뉴 포도주를 먹고 사는 커다랗고 우수에 찬 야수일세. 샴 왕의 선물이었지. 폐하의 조부祖父가 통치하던 시절, 그놈이 도착했을 때 궁전에 있는 개들은 모두 한 달간 숨어 있었다네. 그 뒤 좀 익숙해지자 그놈을 보고 짖고 공격하기 시작했지. 그놈이 숨지 않았더라면 아마 개들이 그놈을 죽였을지도 몰라. 쉰 마리 정도였으니 가능했을 걸세." 그는 책상 건너 청년을 흘낏 바라보고, 코끼리와 개들이 마치 우화에 나오는 등장인물이기라도 한 듯 잠시 말을 멈춘다. "내가 어디까지 얘기했지?" 그는 묻는다.

"성 오귀스틴 말씀이십니까?" 청년은 말한다.

장관은 고개를 끄덕인다. "교회 안에 매장하는 풍습을 시작한 건 중세 교회였지. 물론, 성인들의 성골聖骨을 가까이에 둘 심산이었어. 교회가 꽉 차자 죽은 자들을 근처 땅에다 묻었지. 오툉의 호노리우스5)는 이 공동묘지를 거룩한 숙사, 교회의 가슴, 에클레지애 그레미움(ecclesiae gremium)이라고 불렀지. 어느 순간부터 그들이 숫적으로 우리보다 우세하게 된 것 같나?"

"누구 말씀이십니까, 각하?"

"죽은 자들 말이야."

"모르겠습니다, 각하."

"일찍부터 그랬을 거야. 일찍부터." 장관은 마카롱을 마저 먹어 치운다. 시종이 그에게 냅킨을 건네준다. 장관은 손가락을 닦은 후 둥근테 안경을 쓰고서 그의 앞에 있는 종이 무더기 제일 위에 놓인 필사본을 읽는다. 이 방은 대기실보다 따뜻하긴 하나 큰 차이는 없다. 벽난로에는 작은 불이 소리를 내며 타

---

5) Honorius Augustodunensis(1080~1154), 독일 혹은 영국 출신의 12세기 신학자.

고 있고 가끔씩 깃털 같은 연기가 방 안으로 기울어져 들어온다. 그 방은 책상 말고는 가구랄 것이 별로 없다. 왕의 작은 초상화 하나. 멧돼지 사냥의 마지막 순간을 묘사한 듯한 그림 한 점. 포도주 병과 잔들이 놓인 테이블 하나. 벽난로 옆에 있는 묵직한 도자기 요강. 창문 아래 세워 둔 기름 먹인 방수 비단우산. 창문을 통과해서 보이는 것이라곤 주름 잡힌 회색 하늘의 뱃가죽.

"레스텡고아, 자네가 장 마리 레스텡고아인가 보군."

서류를 읽으며 장관이 말한다.

"아닙니다, 각하."

"아닌가?" 장관은 다시 서류더미를 보고 두 번째 종이를 빼낸다. "그러면 바라트겠군. 장 바티스트 바라트⁶⁾?"

"네, 각하."

"오래 된 가문인가?"

"제 친가 쪽은 벨렘에서 여러 세대에 걸쳐 살아왔습니다."

"자네의 부친은 장갑 만드는 사람이군."

"장갑을 만드는 장인匠人입니다, 각하. 저희는 땅도 좀 있습니다. 4헥타르가 약간 넘죠."

"4헥타르⁷⁾?" 장관은 슬며시 미소를 짓는다. 그의 가발에서 떨어진 가루로 비단옷의 어깨 부분이 허애졌다. 그의 얼굴이

---

6) 장 바티스트는 세례자 요한이라는 의미. 바라트는 크림을 넣고 휘휘 저어 버터를 만들어 내는 교유기를 말한다.

7) 4만 제곱미터.

바깥쪽으로 약간 더 나왔더라면 도끼날처럼 각이 질 뻔했을 거라고 장 바티스트는 생각한다.

"S백작은 자네가 근면하고 부지런하며 깔끔한 성격이라더군. 또, 자네 모친이 신교도라고 들었네."

"제 어머니만 그렇습니다, 각하. 제 아버지는……."

장관은 손짓으로 그에게 조용히 할 것을 지시한다. "자네 부모님이 어떤 식으로 기도하는지는 내가 알 바 아니지. 자네는 왕실 사제직에 지원한 게 아니니까." 그는 서류를 다시 내려다본다. "노장에 있는 오라토리오 수도회의 수도사들 밑에서 공부한 후에 백작의 후원으로 왕립 토목학교8)에 입학했군."

"결국에는 그렇게 됐습니다, 각하. 페로네9) 선생님께 배우는 영광도 누렸습죠."

"누구?"

"거장 페로네 말씀입니다, 각하."

"기하학, 대수를 마스터했고 수력학도 아는군. 여기 자네가 다리를 만들었다고 나오는데."

"백작의 영지 내에 있는 작은 다리입니다, 각하."

"외관 장식은?"

"거기에…… 약간의 장식 부분도 다루긴 했습니다, 각하."

---

8) École royale des ponts et chaussées: 1747년에 설립된 세계에서 가장 오래된 토목 공학교로 그랑제콜 중 하나. 직역하면 왕립 다리 도로 학교라는 뜻.

9) Jean-Rodolphe Perronet(1708~1794), 프랑스 건축가이자 구조 공학자. 콩코르드 다리 건설자.

"그리고 채광 경험도 좀 있다고?"

"발랑시엔 근처 탄광에서 거의 이 년 동안 있었습니다. 백작 께서 탄광에 관심이 있으시거든요."

"그 사람은 관심거리가 다양하지, 바라트. 다른 관심거리 없 이, 마누라를 머리부터 발끝까지 다이아몬드로 치장시킬 사람 은 없지." 장관은 아마 농담을 한 것 같다. 뭔가 재치있고도 예 의가 있는 말로 응수를 해야 마땅하겠지만, 장 바티스트는 백 작의 아내나 정부情婦와 그녀들의 보석이 아닌 발랑시엔의 광 부들을 생각하고 있다. 짙은 먹구름 같은 연기 아래, 자연의 어 떤 은총으로도 벗어날 수 없는 특별한 종류의 빈곤.

"자네도 백작의 관심사 중 하나이지?"

"그렇습니다, 각하."

"자네의 부친이 백작에게 장갑을 만들어 주었는가?"

"그렇습니다, 각하."

"나도 장갑을 좀 만들어 달라고 해야겠네."

"제 아버지는 돌아가셨습니다, 각하."

"그래?"

"몇 년 되었습니다."

"어떻게 돌아가셨나?"

"병으로 돌아가셨습니다, 각하. 오랜 지병이었습니다."

"그렇다면 당연히 부친을 추모할 뭔가를 하고 싶겠구먼."

"그렇습니다, 각하."

"일할 준비가 되었나?"

"준비되었습니다."

"자네에게 맡길 것이 있네, 바라트. 그 동안 공부한 지식과 신중함으로 임한다면, 자네의 그 바람을 성취시킬 수 있게 해 줄 사업일세. 자네는 명성을 얻게 될 거야."

"믿어주시니 감사드립니다."

"아직은 믿음에 대해서 이야기하지 말도록 하세. 레지노상 공동묘지를 알고 있나?"

"공동묘지요?"

"레알 시장 옆에 있다네."

"들어본 적은 있습니다, 각하."

"누구도 기억을 못할 만큼 오래 전부터, 그곳은 파리의 시체들을 삼켜왔어. 파리가 아직 섬 밖으로 확장되기 전, 태곳적부터 말이지. 그 시대에는 꽤 참을 만했던 모양이야. 주변에 거의 아무것도 없는 변두리땅에 불과했으니까. 그러나 도시가 커져 갔지. 도시가 그곳을 끌어안았네. 교회가 세워졌어. 매장지 둘레에 담도 쌓았지. 그 담 둘레에 집들과 가게들과 술집이 생겨난 거야. 모든 삶이 거기에 있었네. 공동묘지는 유명해지고, 사람들이 경축하는 곳이 되었으며, 순례지가 되었어. 교회는 매장비로 엄청난 돈을 벌게 되었네. 교회 내부에 묻히려면 큰 돈을 내야 하고, 바깥 뜰에 묻히려면 조금 적게. 매장 구덩이는 물론 공짜였지. 베이컨 조각처럼 다른 사람들의 시신 위에 시체를 던져넣는데 돈을 내라고 할 수는 없지 않나.

흑사병이 한 번 발생하자, 한 달도 채 안 되는 사이에 5만 구의 시체가 레지노상에 묻혔다고 들었어. 그렇게 시체 위에 시체가 계속 쌓여갔고, 생 드니 거리에는 죽음의 손수레가 줄지 었다네. 심지어는 밤에도 횃불을 켜고 매장을 했지. 시체는 켜켜이 쌓이고 수를 알 수 없을 만큼 늘어갔네. 감자밭만 한 땅뙈기에 엄청난 수의 시체가 빽빽이 들어찬 거야. 그러나 다들 그것을 대수롭지 않게 여겼어. 항의하는 사람도 없었고 혐오감을 표현하는 사람도 없었지. 마치 모든 것이 정상인 듯 말이야. 그러다가 한 삼십 년 전부터 불평신고가 들어오기 시작한 거야. 공동묘지 옆에 사는 사람들 몇 명이 묘지와 거리가 너무 가깝다는 사실에 갑자기 불쾌감을 느끼기 시작했어. 음식이 금방 상했지. 마치 눈에 보이지 않는 손가락이 심지를 누른 듯 촛불이 잘 꺼졌고. 사람들은 아침에 계단을 내려가다 기절하기도 했어. 또, 특히나 젊은이들 사이에서, 도덕적 방종도 횡행하게 되었지. 지금까지는 흠잡을 곳이 없던 젊은 남녀들이…….

이 문제를 조사하기 위해 위원회가 설립되었어. 뛰어난 여러 전문가 분들이 이 주제에 관해 훌륭한 글을 많이 썼다네. 다양한 조언이 들어오고, 다시금 도시 경계 밖에 위생적인 새 공동묘지를 세울 계획이 만들어졌어. 그러나 조언들은 받아들여지지 않았고 계획도 보류되었지. 죽은 자들은 계속하여 레지노상 입구에 속속 도착했어. 어찌 되었건 묻을 자리를 마련했거든. 그래서 이렇게 계속된 것이 분명하네, 바라트. 의심할 여지가 없지. 5년 전 봄, 유달리 심한 폭우가 내리지 않았더라면, 아마 세상이 끝나는 날까지 계속 이렇게 살았을 거야. 공동묘지와 붙은 길에 있는 어느 집 지하창고에서 묘지와 맞닿은 지하벽이 붕괴되었네. 매장 구덩이에 있던 내용물이 지하창고 안으로 쏟아져 나왔지. 그 지하창고 위에 살던 사람들과 그 이웃들, 또 그 이웃들의 이웃들이 느꼈을 불안감은 자네도 상상할 수 있을 걸세. 그들은 밤에 침상에 오르면서, 공동묘지가 탐욕스러운 바다처럼 자신들의 집 벽을 짓누르고 있다는 생각을 하며 잠들어야 했지. 묘지는 더 이상 죽은 자들을 수용할 수 없었어. 사람들은 제 부모를 거기에 묻고 한 달도 안 지나 무덤의 위치조차 찾지 못할 지경이었으니. 왕도 걱정하셨다네. 레지노상을 폐쇄하라는 명령을 내렸지. 교회와 묘지 모두. 지체 없이 폐쇄하고 문들마다 자물쇠를 채웠어. 그래서, 주교의 탄원에도 불구하고, 그 이후 계속 이런 상태라네. 폐쇄되어 드나드는 사람들 없이 조용하게 말일세. 자네의 생각은 어떤가?"

"무엇에 관해서 말씀이십니까, 각하?"

"저런 곳을 단순히 그대로 방치해 둘 수 있겠는가?"

"대답드리기 힘들지만, 아마 그렇지 않겠지요, 각하."

"냄새가 역해."

"네, 각하."

"어떤 날은 여기까지도 냄새가 들어오는 것 같아."

"네, 각하."

"도시에 독을 들이붓고 있어. 오래 놔두었다간, 독 때문에 지역 가게 점원들뿐만 아니라 왕까지도 죽을지 몰라. 왕과 장관들까지도."

“네, 각하.”

“그곳을 없애야 하네.”

“없애다니요?”

“철거한다는 말일세. 교회와 묘지를. 거길 다시 아름다운 곳으로 만들어야지. 불을 쓰게. 유황을 쓰든지. 필요한 건 뭐든 써서 없애버리도록 하게나.”

“그러면 저…… 거주자들은요, 각하?”

“무슨 거주자들?”

“죽은 자들 말입니다.”

“처분해. 뼈마디 하나 남기지 말고. 약간의 불쾌감 정도는 두려워하지 않는 사람들이 필요한 일이네. 사제들의 악다구니에 굴복하지 않을 사람 말이야. 미신에 마음이 약해지지도 않을 사람으로.”

“미신이라니요, 각하?”

“레지노상 같은 곳에 어찌 떠도는 전설이 없을 수 있겠나? 납골당에 괴물 같은 존재가 산다는 소문도 있어. 늑대들이 겨울 밤에 도시로 내려왔던 옛날에 어느 늑대가 임신을 시켜서 태어난 아이라는 거야. 자네는 그런 존재를 두려워하나, 바라트?”

“제가 그런 것을 믿는다면 두려워했을 테죠, 각하.”

“자네는 분명 회의론자군. 볼테르의 사도야. 그가 특히 자네 같은 젊은이들에게 인기가 높다는 것을 알고 있네.”

“네, 저는 회의론자가 맞습니다…… 물론 볼테르의 인기에 대해서도 들었습니다…….”

"물론 그렇겠지. 여기서도 볼테르의 책을 읽고 있네. 자네가 생각하는 것보다 더 많은 사람들이 읽고 있을 걸세. 위트에 관한 한, 우리는 백 퍼센트 민주주의자라네. 볼테르처럼 돈이 많았던 사람이 완전히 엉터리였을 리는 없지."

"맞습니다, 각하."

"그래서, 자네는 그림자를 보고 겁먹지는 않겠지?"

"겁먹지 않습니다, 각하."

"섬세하고도 지저분한 작업이 될 걸세. 이 직위가 주는 권력도 얻을 것이야. 돈도 생길 터이고. 내 대리인 라포스 씨를 통해서 보고하게."

장관은 장 바티스트의 어깨 너머를 흘낏 바라본다. 장 바티스트도 돌아본다. 문 뒤에 있는 등받이 없는 의자에 한 남자가 앉아 있다. 길고 하얀 손가락과 검은 옷에 싸인 긴 팔다리만 얼핏 보았다. 물론 눈도. 두개골에 박힌 두 개의 못 같은 눈.

"라포스에게 뭐든 말하게. 그의 사무실은 파리에 있으니. 자네가 일하는 곳으로 그가 찾아갈 걸세."

"알겠습니다, 각하."

"그리고 이 일에 대해 될 수 있는 대로 오랫동안 비밀로 하게. 사람들의 마음은 예측하기 힘든 법이야. 레지노상 같은 곳조차 소중히 여기는 사람이 있을지도 모르네."

"각하, 무슨 일부터 시작하면 좋겠습니까?"

그러나 갑자기 장관은 귀머거리가 된다. 장관은 그 청년에 대한 관심을 잃는다. 그는 서류를 뒤적거리면서 작은 잔을 향해 손을 뻗는데, 시종이 책상 주위를 돌면서 쭉 편 그의 손가락 사이로 잔을 가져다 준다.

라포스는 의자에서 일어나 접어서 봉인한 종이 한 장과 돈주머니를 외투 깊숙한 곳에서 꺼낸다. 그는 그것들을 모두 장 바티스트에게 준다. 장 바티스트는 그에게 고개 숙여 인사를 하고, 장관에게는 더 깊이 허리를 굽힌 뒤, 뒷걸음질로 문을 향해 다가가서, 뒤로 돌아 밖으로 나간다. 함께 기다리던 사람은 사라졌다. 그 역시 엔지니어였을까? 장관이 언급했던 장 마리 레스텡고아? 만약 노란 눈을 한 시종이 그 사람을 먼저 봤더라면 그가 공동묘지 철거를 맡게 되었을까?

의자에 걸쳐 두었던 승마외투를 집어 든다. 바닥에는 개 오줌이 이미 탄성을 잃고서 천천히 나무 속으로 스며들고 있다.

3

별관 복도 한두 군데를 지나가면서, 그는 자신이 왔던 길을 되밟아 돌아가고 있다고 확신한다. 그는 거대한 창문을 지난다. 너무나 커서, 말을 타고도 통과할 수도, 아니, 어쩌면 코끼리를 타고도 통과할 수 있을 것 같다. 그는 나선층계를 돌아 내려가며, 가을 바람에 오들오들 떨고 있는, 우의적 그림이 담긴 커다란 태피스트리[10]를 지난다. 한 땀 한 땀 작은 부분까지도 섬세하고 완벽하다. 파르나소스 산기슭에 핀 꽃들을 짜는 동안 수많은 여인네들의 눈이 피로해졌으리라. 프랑스 전원에 피어날 만한 양귀비꽃, 옥수수꽃, 미나리아재비, 카모마일……

궁전은 흥미로웠지만 그것에 관심을 갖는 데 조금씩 지쳐간다. 어떤 복도들은 밤처럼 어두운 반면, 다른 곳들에는 촛농이 뚝뚝 떨어지는 다봉 촛대가 환히 켜져 있다. 여기서 그는 부스럭거리며 지나가는 시종 무리들을 몇 번 마주쳤으나, 그가 방향을 물으면 그들은 못 들은 척하든지 제각기 다른 방향을 가

---

10) 벽걸이, 양탄자, 장식용 덮개, 짐가방에 사용되는 무겁고 양면 모두에 무늬가 짜여진 수직물.

리킨다. 하나가 그의 뒤에서 외친다. "당신의 코만 따라가시오." 그러나 그의 코가 가르쳐 주는 것이라곤 권력자의 똥 역시 가난한 자의 똥이나 별 다를 바 없다는 사실뿐이다.

그리고 어느 곳이든 복도마다 문들이 있다. 하나를 통과해 지나가야 하나? 이것이 베르사유 궁전을 빠져나가는 길인가? 그러나 이러한 궁전의 문들 역시 다른 곳과 마찬가지로 에티켓의 법칙이 적용된다. 두드려야 할 문이 있고, 손톱으로 긁어야 할 문[11]이 있다. 변호사인 사촌 앙드레는 세 살 아래임에도 불구하고 벌써부터 약삭빠르게 처세술을 터득했고, 사물에 대해 부러워할 만한 지식을 갖고 있다.

그는 다른 문들보다 더 가능성 있어 보이는 어떤 문 앞에서 멈춘다. 발 밑에 차가운 공기의 소용돌이가 느껴지지 않는가? 문에 긁힌 자국이 있는지 찾아보고, 아무것도 보이지 않자 부드럽게 노크를 한다. 아무 대답이 없다. 그는 손잡이를 돌려 안으로 들어간다. 작은 원탁에 앉아서 카드 게임을 하고 있는 남자 두 명이 있다. 그들은 크고 파란 눈에 은색 외투를 입고 있다. 그들은 자신들이 폴란드 사람이라며, 궁전에서 여러 달 있었고 처음 여기에 오게 된 이유는 무엇이었는지 잊어버렸다고 그에게 말한다. "M부인을 아시오?" 한 사람이 묻는다.

"유감스럽게도 모릅니다."

---

11) 태양왕 루이 14세가 발전시킨 궁중 예절 중 하나. 왕의 방문에 노크가 금지되는 대신, 왼쪽 새끼손가락으로 문을 긁어서 입장을 허락받도록 함. 그 결과 많은 신하들이 새끼 손톱을 길렀다.

그들은 한숨을 쉬고서, 각자 카드를 뒤집는다. 방 뒤편에서는 고양이 한 쌍이 소파에 씌운 비단커버에 대고 발톱을 시험해 보고 있다. 장 바티스트는 인사를 하고, 자리를 뜬다. 그래도 좀 더 머물면서 카드 게임을 할 생각은 없는지? 피켓[12]을 하면 시간이 잘 가는데. 밖으로 나가는 방법을 알아보고 있는 중이라고 그는 그들에게 말한다.

밖으로? 그들은 그를 바라보고 웃는다.

다시 한 번 복도에서 그는 걸음을 멈추고서, 옆으로 비스듬히 누워 있는 부푼 보라색 머리를 한 여인을 시종들이 어떤 문으로 나르는 모습을 본다. 그녀는 고개를 돌리고 검은 눈으로 그를 관찰한다. 그녀는 그가 감히 방향을 물을 대상이 아니다. 그는 좁은 하인전용 나선 돌층계를 따라 아래층으로 내려간다. 여기에는 군사들이 벤치에 앉아 있고, 파란 제복을 입은 소년들은 테이블 위, 테이블 아래, 창가 의자, 혹은 어디든지 자리가 나는 곳에서 몸을 동그랗게 웅크리고 졸고 있다. 열두어 명의 소녀들이 더러운 빨랫감 무더기를 들고, 앞이 잘 안 보이는 상태로 그를 향해 달려온다. 노크를 하거나 문을 긁을 여지도 없이, 밟히지 않기 위해 가장 가까운 문 안으로 얼른 발을 내딛어, 어느 공간으로 들어선다. 사방으로 뻗은 넓직한 창에는 멋진 토기화분에 심어 놓은 작은 나무들이 백여 그루 정도 서 있다. 그는 북쪽 출신인데, 그것도 아주 전형적인 북쪽 사람이지만, S

---

12) 두 사람이 하는 카드 게임의 일종.

백작을 모시던 시절에 그것들을 본 적이 있어서 레몬 나무라는 것을 알고 있다. 밀짚으로 나무를 싸서 다가올 겨울 준비를 해 놓았다. 공기는 향기롭고 부드러운 풀내로 가득하고, 줄지어 있는 아치형 창문을 통해 비스듬히 빛이 들어온다. 그는 그 중 하나를 억지로 열어, 물통 위로 올라가서 바깥 세상 속으로 뛰어 내린다.

그의 뒤로, 궁전 안에는, 셀 수 없을 정도로 많은 시계들이 시간을 알리는 노래를 한다. 그는 자신의 시계를 꺼낸다. 양복과 마찬가지로 그것도 선물받은 것인데, 페로네 선생이 졸업을 축하하며 주었다. 뚜껑에는 프리메이슨식 전시안全視眼[13]이 그려져 있지만 그는 프리메이슨이 아니고, 페로네 선생이 거기 멤버인지 여부도 알지 못한다. 시계 바늘이 두 시를 가리키자 시계는 그의 손바닥에서 부드럽게 진동한다. 그는 시계 곽을 닫고 호주머니에 넣는다.

그의 앞에는 산울타리를 다듬어 만든 올려다볼 수 없을 만큼 높은 벽들 사이로 하얀 자갈길이 이어진다. 그는 길을 따라 간다. 그가 길잡이로 삼을 다른 것은 없다. 그는 분수를 지난다. 수반에는 물이 없고 벌써 낙엽으로 가득하다. 그는 춥고, 갑자기 피곤하다. 승마외투를 여며 잠근다. 길이 갈라진다. 이제는 어디로? 두 갈래 길 사이에는 반원형의 벤치가 놓여 있는 작은

---

13) 모든 것을 꿰뚫어 보는 눈(all-seeing eye), 혹은 섭리의 눈(eye of providence)으로서 프리메이슨의 상징이기도 하며 피라미드 속의 눈으로 미국 화폐에 그려져 있기도 하다.

정자亭子가 있고, 벤치 위에는 이끼로 얼룩덜룩한 큐피드 석상이 있는데, 그의 화살은 그 아래쪽에 사람이 앉는 자리를 겨누고 있다. 장 바티스트는 거기에 앉는다. 라포스가 그에게 준 종이의 봉인을 뜯는다. 그가 묵을 하숙집의 주소가 적혀 있다. 돈주머니 아귀를 열어 무거운 동전 몇 개를 손에 붓는다. 100리브르? 아마도 약간 더 될 듯하다. 그는 기쁘다. 아니, 마음이 놓였다는 말이 맞으리라. 몇 달 동안 그가 가지고 있던 몇 푼 안 되는 저축금으로 먹고살면서, 어머니와 사촌 앙드레에게 빚진 돈이 있다. 동시에, 그를 우쭐하게 만들 만한 금액은 아니라는 것도 알았다. 정확히 계산된 듯하다. 현 시세에 맞게. 그가 도급업자이든, 공무원이든, 묘지 철거인이든 간에…….

공동묘지라니! 그는 여전히 어안이 벙벙하다. 파리 한복판의 공동묘지! 그것도 악명 높은 공동묘지라니! 맹세컨대, 그가 파리로 오면서 기대했던 것이 무엇이었든 간에—아마도 궁전 보수 작업 정도를 예상했으리라—이것은 그가 꿈에도 생각하지 못했던 일이었다. 일을 맡지 않겠다고 말할 수 있었을까? 그럴 생각은 떠오르지도 않았을 뿐더러, 여러 가지 상황을 종합해볼 때, 아마 불가능했으리라. 뼈를 파내는 일이 왕립 토목학교의 졸업생으로서 신분과 품위에 걸맞는가 하는 점에 있어서는, 좀더…… 추상적으로 생각하는 방법을 찾아보아야겠다. 그는 결국 많은 생각과 이상을 지닌 청년이 아닌가. 이 공사를 가치 있고 중대한 일로 생각하는 것이 불가능할 리 없다. 더 큰 대의를 위한 일. 백과사전 저자들이 인정할 만한 일로.

벤치 앞에는, 열댓 마리의 참새들이 모여 있다. 새들의 깃털
은 추위를 막기 위해 부풀어 있다. 참새들이 서툴게 돌멩이 위
를 종종거리며 뛰는 것을 바라본다. 그의 외투 호주머니 어디
엔가 (그 참새들을 다 집어 넣을 만큼 큰 호주머니였는데) 말을
타고 오면서 아침으로 먹으려고 어둠 속에서 챙겨 넣은 빵이
있다. 그는 그것을 베어물고 씹으면서, 빵의 한 귀퉁이를 떼내
어 손가락으로 비벼 가루를 낸다. 작은 새들이 종종거리며 빵
을 주워 먹는 것이 마치 그의 발치에서 춤추는 듯 보인다.

4

사람들이 지게트라고 부르는 에밀리 모나르는 랭쥬리 거리의 어느 이층 응접실 창가 오른편에 의자를 놓고, 부드럽게 아랫입술을 빨며, 생 드니 거리, 페르 거리, 레알 시장 너머로 날이 저무는 것을 바라보고 있다. 물론 시장은 장사를 끝내고 물건을 걷은 지 한참 되었고, 먹을 만한 식료품 부스러기는 그 거리에 사는 사람들이 가져간 후였다. 나머지는 흙투성이 지푸라기, 생선 내장, 피가 묻어 시커먼 깃털, 남쪽 지방에서 올라온 꽃들을 다듬고 남은 쓰레기들이다. 이 모든 것들은 밤바람에 날려 가거나 내일 새벽에 빗자루로 쓸리고 물에 씻겨 나갈 것이다. 그녀는 평생 동안 그 시장과, 시야에 좀더 크게 들어오는 오래된 레지노상 교회 및 부속 공동묘지를 보아왔다.

교회지기와 그의 손녀, 혹은 세상에서 잊혀진 듯한 늙은 신부가 파란 안경을 쓰고 문을 드나드는 일이 드물게 일어나는 것 외에, 그 공동묘지에는 수년간 아무 일도 일어나지 않고 있음에도 불구하고, 그녀는 그것을 바라보는 것이 결코 싫증나지 않는다. 그녀는 모든 것이 너무나도 그립다. 교회 입구에서 시작되어 천천히 구불구불 기어나오는 장례행렬. 서로의 어깨에 기대고 있는 상주들과 하객들. 교회 종소리. 흔들리는 관. 그 다음 죽은 자를 위한 기도가 읊조려진 후, 드디어 이 모든 것의 절정이 되는, 대지에게 먹이를 주듯 죽은 이들을 땅 속에 넣는 순간이 왔다. 모두들 돌아가고 그곳이 고요해진 후에도 그녀는 여전히 거기에 있었다. 얼굴을 창에 가까이 대고 누이처럼, 천사처럼 계속 그곳을 지키면서.

그녀는 한숨을 쉬고, 다시 페르 거리를 바라보다가, 제빵사의 아내 데스프로 부인을 발견한다. 그녀는 이탈리아 분수를 지나오다가 미망인 아리 부인과 이야기를 나누기 위해 서 있다. 그리고 저기, 시장市場 십자가14) 옆에는 주정뱅이 메르다가 있다. 또, 저 남자는 바구니를 만드는 부봉인데 생 드니 거리에 있는 자신의 가게 뒤쪽에서 혼자 산다. ……그리고 저기! 프로마쥬리 거리가 끝나는 곳에서 오고 있는 것은 빨간 망토를 입은 바로 그 여자이다. 메르다가 그녀에게 방금 무슨 욕을 한 걸까? 자신보다도 더 천한 존재에게 욕을 하면 속이 시원해지는 모양이다. 그러나 그 여자는 가던 길을 멈추거나 돌아서지 않는다. 그녀도 메르다 같은 류의 사람들에게 너무나 익숙하다. 저 당당한 태도를 보라! 뭐가 잘났다고 저렇게 꼿꼿하게 몸을 세워 걷는지! 지금 어떤 남자가 거리를 두고 서서, 그녀에게 말을 걸고 있다. 누구일까? 아르망은 아니겠지? (아니면 아르망

---

14) 시장터를 표시하기 위해 세워 놓은 십자가. 이곳에서 공시나 포고가 이루어짐.

일 가능성이 너무 높다고나 할까?) 하지만 이제 그들은 헤어져서 각각 곧 시야에서 사라졌다. 어둠이 깔리면, 대낮에는 그녀를 놀리거나 욕하던 남자들이, 그녀를 쫓아다니며, 약속을 잡고, 어느 방에서 밀회를 가진다. 세상은 이런 곳인가? 그리고 일단 그들이 방에 들어가면…… 아, 그녀는 그것을 상상했고, 장면을 아주 상세하게 머릿속으로 그렸으며, 벽난로의 불빛이 비추는 자신의 침실에서 그러한 은밀한 생각들로 얼굴을 붉힌 적이 있다. 생 외스타슈 교회의 푸파르 신부에게 고해성사를 해야 마땅한, 마음으로 지은 죄였기에, 푸파르 신부가 화상을 입은 돼지같이 생기지만 않았어도 아마 고해성사를 했으리라. 왜 파리에는 잘생긴 신부들이 없는 것일까? 못생긴 남자에게 뭔가를 고백하고 싶은 마음이 드는 사람은 없을 텐데.

"애야, 거리에 재미난 사람이라도 있니?"

어머니가 통통한 손에 촛불을 들고서, 그녀의 뒤쪽에서 방 안으로 들어오면서 묻는다.

"아뇨, 별로요."

"그러니?"

모나르 부인은 딸 뒤에 서서 소녀의 머리카락을 쓰다듬다가, 방심하는 사이 손가락 하나가 숱이 많은 아름다운 머릿결에 엉킨다. 페르 거리에는, 가로등 켜는 사람이 교회 반대편에 있는 가로등에 사다리를 대고 있다. 고요함 속에서 모녀는 그를 바라본다. 능숙하게 올라가서 둥근 유리 속으로 손을 뻗어 불을 붙인 후, 노란 빛이 꽃처럼 피어나자 그는 재빨리 내려온다. 모나르 부부가 처음에 이 집으로 왔을 때, 페르 거리에는 가로등이 하나도 없었고 생 드니 거리에도 거의 없었다. 그 당시에는 파리가 더 어두웠지만, 다들 거기에 익숙했다.

"새로 들어올 하숙인이 길을 잃었을까 봐 걱정이 되네. 시골에서 온 사람이라, 이렇게 복잡한 거리에서는 길을 잘 찾아오지 못할 것 같구나."

"사람들에게 물어보겠죠." 지게트는 대꾸한다. "프랑스어를 하면 좋을 텐데."

"당연히 프랑스어를 할 수 있겠지." 부인은 미심쩍어한다.

"제 생각엔 굉장히 작은 털복숭이 남자일 것 같아요." 지게트가 말한다.

어머니는 작은 갈색 이를 드러내는 입을 손으로 가리면서 웃는다.

"별 웃기는 생각을 다 하는구나."

"그리고 그 남자는 사과랑 돼지 족발만 먹을 것 같아요. 그리곤 자신의 수염에 손가락을 닦아요. 이렇게 말이죠."

지게트는 아주 어린 시절부터, 가끔은 재미있고 가끔은 놀라운, 이런 종류의 상상을 하곤 했다. 그녀가 선명한 분홍색 턱 아래쪽 허공에 손가락을 통과시키며 흉내를 내고 있을 때, 또각또각 나막신 소리를 내며 젊은 하녀가 들어온다.

"혹시 누구 찾아온 사람 없니, 마리?" 부인이 묻는다.

"아뇨." 마리는 문 가의 어둠 속에 서서 말한다. 그녀의 젊고 탄탄한 몸은 마치 야단이라도 맞듯 긴장한다.

"네 아버지 말씀이 그 사람이 집에 일찍 올 거라는데." 부인은 딸에게 말한다. "우리끼리 손님을 맞는다면 섭섭하겠구나. 마리, 주인양반한테서 전갈 온 건 없었지?"

하녀는 고개를 젓는다. 소녀는 여기에 하녀로 온 지 열여덟 달 되었다. 그녀의 아버지는 파리 근교 생 앙투안 구區의 무두장이였는데, 그녀가 아주 어렸을 때 장티푸스로 돌아가셨기 때문에 기억도 나지 않는다. 그 집에 사는 여느 사람들처럼 그녀 역시 꿈에 시달린다.

어스름이 물러가고 밤의 첫 시간들이 당도할 즈음, 모나르 부인은 촛불을 더 켠다. 그녀는 불을 조심스레 쑤신다. 그들은 장작을 때는데, 나무가 비싸다. 남자 팔뚝만 한 길이와 두께의 작은 장작 하나가 12수[15]나 하는데 하루 종일 불을 때려면 스무 개는 필요하다. 그녀는 앉아서, 어제 지게트와 함께 너무나 재미있게 본 《현대 여성》 잡지를 집어 들고, 야만인들, 고귀한 야만인들과 그들의 야만 왕국에서 사는 위대한 지배자들이 그려진 삽화 쪽을 다시 편다. 그들의 얼굴에는 턱부터 눈까지, 멋진 정원의 도면처럼 소용돌이와 나선형의 푸른 문신이 환상적으로 새겨져 있다. 이런 얼굴을 한 새 하숙인이 도착한다고 상상해 보라! 얼마나 큰 난리가 날까! 피아노가 들어오는 것보다 더 굉장할 것이다. 큰 잔칫날 같았다. 채석장에서 그 조되는 암소처럼 피아노를 도르래에 매달아, 마을 주민 반 정도가 구경

____

15) sou, 프랑스의 옛 화폐 단위. 1리브르는 20수.

하는 가운데, 창문을 통해 들여왔었다. 그렇지만 애석하게도 피아노의 음정이 자꾸 틀어져서 지게트의 불쌍한 피아노 선생을 거의 울게 만들곤 했다. 반콜라리 선생이 원래 눈물이 많은 분이긴 하지만.

아래층에서 현관문 소리가 쿵하고 났다. 찬 공기가 계단을 타고 위쪽으로 올라와, 응접실에 있는 양초의 불꽃에 잔물결을 일으키고, 잠시 후 모나르 씨가 등장한다. 그는 가게에서 쓰는 가죽 앞치마를 여전히 입고 있다. 오랫동안 많이 사용해서 가죽이 시커멓다. 광을 내고 갈고 하는 일을 다 할 수 있는 뛰어난 실력을 갖춘 견습공들이 최소한 세 명은 되는데도 그가 앞치마를 왜 꼭 입어야 하는지 모나르 부인은 전혀 이해가 되지 않는다. 전혀. 하지만 집안의 가장인 남편을 따를 수밖에.

그들은 서로를 반긴다. 그는 딸에게 인사를 건넨다. 딸은 지금 피아노 의자에 앉아서 자신이 아는 노래의 일부일 수도 있고 아닐 수도 있는 음을 짚어보고 있다. 그는 가발을 벗고 머리 밑을 세게 긁는다.

"아직도 그 손님이 안 왔소?" 그는 묻는다.

"지게트가 그 손님에 대해 별 우스운 소리를 다 했답니다. 그 사람이 노르망디 출신이라서 프랑스어를 못할 것 같은가 봐요." 모나르 부인이 대답한다.

"브르타뉴[16] 사람들의 말은 알아듣기가 힘들더군. 갈매기 소리를 배워서 그렇다고 하던데." 모나르 씨가 말한다.

---

16) Bretagne: 노르망디와 맞붙어 있는 해안 지방.

"그런데 그 사람은 왜 오는 거예요?" 지게트가 묻는다. "자기 고향에서의 생활이 만족스럽지 못했나 보죠?"

그녀의 아버지가 대답한다. "내 생각에는 큰돈을 벌고자 하는 것 같아. 그것이 사람들이 파리에 오는 이유가 아니겠니?"

마리는 수프를 들여와도 되겠는지 묻는다. 주인양반은 오늘 먹을 수프가 무엇인지 알고 싶어 한다.

"사골수프입니다." 마리가 말한다.

"화요일에 먹은 송아지 뼈를 말하는 거예요." 모나르 부인이 설명한다. "거기에 맛난 것들을 많이 넣었답니다."

"돼지 족발 같은 걸로요." 지게트가 덧붙이자, 그녀의 어머니는 자지러지게 웃는다.

5

수프를 다 먹고 나서, 역시 화요일에 먹고 남은 송아지 고기로 만든 스튜를 내오는 동안, 그가 도착한다. 이렇게 늦게, 어두워진 후에 도착할 생각은 아니었다. 그의 짐가방은 커다랗고 겉부분이 딱딱한 트렁크인데 마차 꼭대기에서 내릴 때 한쪽이 깨졌다. 그와 몸집이 큰 벙어리 소년이 그것을 함께 들고 왔다. 그 소년은 그가 지난 밤에 묵은, 운송회사 사무실 옆에 있는 여관 주인의 친척이라고 한다.

"길을 잃으신 건 아닌지 걱정했습니다." 모나르 씨가 계단 위쪽에 서서, 반가운 듯 소리친다. "완전히 미아가 되신 줄 알았소."

"베르사유에서 오는 길입니다, 어르신. 돌아오는 길에 절뚝발이 말을 타고 오게 되어서……."

"베르사유!" 모나르 씨는, 젊은이가 계단을 올라오는 것을 바라보면서, 그리고 나서 그를 약간의 온기가 있는 위층 방으로 안내하면서, 메아리처럼 되풀이한다. "바베트 씨가 오늘 베르사유에 있었다는군."

"바라트입니다, 어르신."

"예?"

"저는 바라트입니다. 제 이름이 바라트라구요, 어르신."

그는 지게트의 맞은편 자리를 안내받았다. 새로 오신 손님이 수프를 먹는 동안 스튜를 다시 부엌으로 돌려보내야 할지에 대한 토론이 벌어진다. 수프가 식지는 않았는지? 바라트 씨는 수프를 더 드시고 싶은지?

"오늘 베르사유에 가신 일은 어땠소?" 모나르 씨가 묻는다. 마치 베르사유가 그가 자주 드나드는 곳이기라도 한 것처럼.

장 바티스트는 미지근한 수프를 한 숟갈 떠 먹고는 극심한 배고픔을 느낀다. 만약 그가 혼자였다면, 그릇째로 벌컥벌컥 들이켜고서 곧장 어딘가에 쓰러져 잠들었을 것이다. 그래도 사람들의 환심을 사기 위해 약간의 노력은 기울여야 하리라. 당분간은 이 사람들이 그에게 가장 가까운 사이가 될 것이기에. 그는 사람들이 자기를 따분하거나 무례하거나 천박한 촌사람으로 여기기를 원치 않는다. 그가 약해지는 순간에 자신에 대해 생각하는 것처럼, 이 집 사람들이 자신을 그런 식으로 여기기를 원치 않는다. 그는 그릇에서 눈을 떼고 고개를 든다. 저 소녀의 입은 참으로 크고 붉구나! 수프에 끼인 기름기 때문에 입술이 저렇게 빛나는 모양이다. 그는 그녀의 아버지를 향해 몸을 돌리며 말한다. "베르사유는 제가 여지껏 본 중에 가장 이상한 곳이더군요."

"재치있는 대답이네요." 모나르 부인이 수긍하듯 고개를 끄덕이며 말한다. 그녀는 손님께 포도주를 더 부어 드리라고 마리에게 말한다. "그리고 불에 장작도 하나 더 넣고. 10월에 이만큼 추운 건 내 평생 처음이야."

그는 모나르 가족이 말하는 것을 즐긴다는 사실을 깨닫는다―벨렘에서 그가 들으면서 자란, 훨씬 더 의도적인 리듬감이 있는 말과는 사뭇 다른 종류의 말이다. 그들은 또 먹는 것을 좋아한다―수프, 스튜, 가자미 튀김, 근대 뿌리 샐러드, 치즈, 작은 케이크. 그가 보기에는 다 제대로 요리된 것 같지만, 이 모든 것에서 음식에서 나서는 안 될 것 같은 기괴한 뒷맛이 난다.
저녁 식사 후 그들은 불가에 앉는다. 날씨가 추운 계절에는 이 방을 응접실 겸 식당으로 사용하는데, 상당히 편리하다. 피아노가 있어서 방을 가로지를 때 약간 비껴가야 하는 단점은 있지만. 모나르 씨는 얼굴을 몇 차례 찡그렸다 폈다 하면서 근육을 푼다. 모나르 씨네 여자들은 바느질을 하는 흉내를 낸다. 문을 긁는 소리가 난다. 문을 열어주자 장관의 사무실 밖에서 장 바티스트가 보았던 바닥에 오줌을 싸던 개만큼이나 큰 고양이가 들어온다. 이름은 라구[17]이다. 왜 그렇게 이름을 지었는지, 누가 그 이름을 붙여 주었는지 아무도 기억을 못한다. 그 녀석은 곧장 장 바티스트한테로 와서 구두 밑창에 코를 대고 킁킁거린다.
"우리 개구쟁이, 뭐하다 왔니?" 말을 건네며, 모나르 부인은

____

17) '스튜' 라는 뜻.

약간의 힘을 들여 고양이를 무릎 위로 안아 올린다. "이 녀석의 도덕성에 대해 저는 책임 못 져요." 하고 명랑하게 웃으며 말한 그녀는 또 덧붙인다. "라구와 지게트는 뗄 수 없는 사이죠."

장 바티스트는 소녀를 흘낏 쳐다본다. 그의 눈에는 그녀가 불쾌한 듯이 고양이를 바라보는 것 같다.

"치즈를 좋아하는 생쥐 양반들은 이 집에 오래 남아 있지 못하지요." 모나르 씨가 말한다.

"라구가 놓친 것들은 바깥양반이 작은 기계로 잡는답니다."

"기계라고요?" 장 바티스트가 묻는다. 이 단어는 늘 그에게 일종의 전율을 일으킨다.

"제가 가게에서 만들어 팝니다." 모나르 씨가 운을 뗀다. "철장, 용수철, 작은 문……" 그는 손으로 흉내를 내며 설명한다. "동물이 갇히면 덫을 물동이에 담가 놓기만 하면 됩니다."

"마리는 목을 따서 죽이는데." 지게트의 말이다.

"마리가 그런 일을 할 리가 있겠니." 딸에게 대꾸한 뒤 어머니는 손님을 향해 이렇게 말한다. "바깥양반의 가게는 트루아 모레 거리에 있답니다."

"덫을 파십니까, 어르신?" 장 바티스트가 묻는다.

"칼을 팝니다, 신사양반. 일반칼에서 전문가용 고급 칼까지 다 취급합니다. 마감질을 하고 날을 갈고 광을 내지요. 저희는 품질 때문에 찾는 사람들이 많습니다. 생 외스타슈 교회의 푸파르 신부님도 고기를 자르실 때 제가 만든 칼을 쓰시지요."

"날씨가 추워지면 쥐들이 안으로 들어와요. 집 안으로요."

지게트가 입을 뗀다.

"고향에서도 그랬습니다." 장 바티스트가 대답한다. "최고로 추운 밤에는 말입니다."

"노르망디에서요?" 모나르 부인이 묻는다. 마치 쥐들이 그렇게나 먼 곳까지 갔다는 게 놀랍다는 듯이.

"그리우시겠어요." 지게트가 말한다.

"고향 말입니까?" 땅거미 지는 들판에서 까마귀들이 널브러진 검은 천조각들이 걷히듯 날아가는 모습과 시골 교회의 고독한 첨탑이 그의 멍한 눈앞에 잠시 펼쳐진다. "제가 할 일이 있는 곳이라면 어디든 저는 만족합니다."

"굉장히 남자다우시네요." 모나르 부인이 고양이의 털을 쓸며 말한다.

"여기서는 무슨 일을 하시는데요?" 지게트가 묻는다. 크림색 가운을 입고 질문을 하는 그녀의 모습이 너무나 아름답고, 너무나 여려 보여, 그가 무슨 일을 하러 왔는지 솔직하게 다 털어놓고 싶은 충동이 일어난다. 그는 라포스라면 무슨 말을 했을지, 무슨 이야기를 그들에게 들려주었을지 생각한다.

"제가 여기에 온 이유는……" 세 사람 모두 그의 말에 갑자기 귀를 유심히 기울인다는 것을 인식하면서 그는 말한다. "레지노상에 측량 조사를 하러 온 겁니다."

장작불이 탁탁거리며 타는 소리와 고양이의 골골거리는 소리를 제외하고는 아무 소리도 들리지 않는 침묵이 잠시 흐른 뒤, 모나르 부인이 그의 말을 되받아 묻는다. "레지노상에요?"

"저는 엔지니어입니다." 그는 말한다. "못 들으셨나요?"

"우리가 누구한테 듣겠소?" 모나르 씨가 묻는다.

"여기에 제 하숙 계약을 한 사람한테서요."

"우린 그저 노르망디에서 온 신사분이 묵을 방이 필요하단 말밖에 못 들었소."

"식사도 포함해서요." 그의 아내가 덧붙인다.

"아 그렇지." 모나르 씨가 동의한다. "아침, 저녁 식사요."

지게트가 말한다. "한번은 음악가가 저희 집에 묵은 적이 있었어요."

"좀 까다로운 양반이었지요." 모나르 씨가 말한다.

"붉은 머리였죠." 부인이 말한다.

지게트는 뭔가를 말할 듯이 입을 벌린다. 그러나 한 박자 후, 사분음표 정도의 주저함 뒤에, 그녀는 다시 입을 다문다.

부인은 만족스러운 듯이 말한다. "참 유용한 직업을 갖고 계시네요. 축하드릴 일입니다."

장 바티스트가 말한다. "왕립 토목학교를 다닐 때, 제 선생님은 바로 거장 페로네였습니다. 그는 프랑스에서 가장 위대한 엔지니어이지요."

고양이의 머리 위쪽으로, 모나르 부인이 손가락 끝으로 그에게 박수를 보낸다.

"다리를 만드신 적이 있으세요?" 지게트가 묻는다.

"한 번요. 노르망디에서였습니다."

"어디를 가로지르는 다리였나요?"

“호수 한 모퉁이였죠.”

“호수에도 모퉁이가 있는지 몰랐네요.” 지게트가 말한다.

“신사양반, 마리한테 미리 일러 놓으세요.” 모나르 부인이 말한다. “아침에 커피를 드실지 코코아를 드실지 말이에요.”

“음악가는 코코아를 좋아했는데.” 지게트도 끼어든다.

“원하시면 마리가 방으로 갖다 드릴 겁니다.” 부인이 덧붙여 말한다. “그리고 씻으실 때 필요한 물도요. 원하는 시간을 말씀만 해주세요.”

“이분은 묵을 방을 아직 구경도 못 하셨어요.”

지게트의 말에 그녀의 어머니가 놀란다. “진짜 그렇네. 아직 못 보셨구나.”

“짐을 계단 위로 옮기는 것을 제가 도와드리겠소.” 모나르 씨가 일어서면서 말한다. “마리가 들기에 너무 무거울 테니.”

그 방은 집 뒤편, 다락 아래층에 있다. 두 남자가 약간 낑낑거리며 현관 입구에 있는 트렁크를 층계참 네 개를 지나 위층으로 옮긴다. 마리는 촛불을 들고 그들을 앞서 간다.

“필요하신 건 여기에 다 있을 겁니다.” 모나르 씨가 말한다.

“네.” 장 바티스트는, 좁은 침대부터 테이블과 의자, 윤나는 양철 대야가 달린 삼발이 스탠드, 좁은 벽난로, 침대 위쪽으로 덧문이 달린 창문을 둘러본다.

“통로 반대편에 지게트 방이 있소. 우리 부부는 아랫방에서 자요. 마리는 물론 다락방을 씁니다. 이전에 이 방을 쓰던 사람은 마리에게 윗방에 있을 때는 나막신을 벗어달라고 입버릇처럼 당부했지요. 소리에 예민해서랍니다."

"하숙비를 미리 낼까요, 어르신?"

"일을 빈틈없이 처리하시는군요. 이런 성격의 젊은이를 존경하오. 자, 그러면 한번 봅시다. 일주일에 6리브르였던 것 같소. 양초와 땔감은 포함되어 있지 않습니다."

장 바티스트는, 이 집안의 가장을 향해 약간 등을 돌리고, 지갑을 흔들어 동전 몇 개를 테이블 위로 쏟아낸 후, 반 루이짜리 동전18)을 집어 든다. "두 주 치입니다." 그는 말한다.

모나르 씨는 동전들을 받아 들고, 꼬집어 본 뒤 조끼 주머니에 넣는다. "여기 오신 것을 환영합니다, 신사양반." 그는 고급 칼 한 세트를 신부에게 방금 팔기라도 한 듯한 표정이다. "필요한 건 뭐든 주저 마시고 마리에게 말씀하시구려."

일이 초 동안 하숙인과 하녀의 눈이 마주친다. 그리고 나서 그녀는 위층으로 들고 올라온 양초로 테이블 위에 있는 타다 남은 양초 토막에 불을 붙인다.

"아침에 촛불을 들고 아래로 내려오시면, 현관문 옆 선반에 올려두시면 돼요. 부싯돌과 부시는 거기에 있어요."

모나르 씨가 덧창문 쪽으로 턱을 치켜들며 말한다. "여기를 나가지 않고도 측량 조사 일을 하실 수 있을 겁니다."

---

18) 프랑스의 옛 화폐 단위. 은화였던 프랑과 리브르의 가치가 하락하자 1740년에 더 큰 통화 단위가 필요하여 루이 혹은 루이도르 금화를 주조했다. 1루이는 20리브르.

"여기서 그곳이 보이나요?"

"아직 방 안을 제대로 둘러보지 못하셨구려?"

"그렇습니다, 어르신."

"음, 대낮에 보면 확실히 아실 거요."

바삐 목례와 미소를 나눈 뒤, 남자들은 헤어진다. 모나르 씨와 마리는 방을 나서면서, 등 뒤로 문을 당겨 닫는다. 장 바티스트는 아는 사람이 거의 없는 도시의 낯선 집에서 갑자기 혼자가 된다. 침대 위로 손을 뻗어 뻑뻑한 경첩이 달린 덧창문을 닫고 나자, 오로지 유리 속에 자신과 양초 불꽃만 덩그렇게 비치는 것을 보고서, 다시 몸을 기울여 타원형의 손잡이를 돌린 후, 덧창문을 연다. 이제 그와 밤하늘 사이에, 또 그와 레지노상 교회 사이를 가로막는 것은 아무것도 없다.

동쪽 하늘 옆에 겨우 보이는 시커멓고 커다란 물체는 레지노상임에 틀림없다. 그리고 그 아래, 교회와 거리 사이의 칠흑 같은 공간은 당연히 묘지밖에 더 있겠는가? 만약 그가 침대 위로 올라가서 창 밖으로 뛰어내린다면 그 안에 떨어질 것이다. 파리에 독을 퍼뜨리고 있는 바로 그 장소로. 랭쥬리 거리에 독을 붓고 있는 것은 확실하다. 열린 창문 사이로 스며드는 악취는 모나르 가족 모두의 숨결에서, 음식 맛에서 그가 이미 느꼈다. 냄새에 익숙해져야 하리라. 그것에 빨리 익숙해지든지, 아니면 여기서 나가 마차를 타고 집으로 돌아가 S백작의 시중을 들며 다리 하나만 더 시공하게 해주십사 구걸하든지…….

그는 창문을 먼저 닫은 다음, 덧창을 닫는다. 테이블 위의 양초는 얼마 남지 않았다. 그는 트렁크 가방끈을 풀고, 속을 뒤져서 뷔퐁 백작[19]의 『박물지』 제2권을 꺼낸 뒤, 긴 놋쇠자, 작은 필기도구 상자, 황동 컴퍼스가 들어 있는 작은 장미나무 상자를 하나씩 끄집어 낸다. 모직 셔츠에 싸인 것은 카날레토[20]의 리알토 다리 목판화이다. 그는 못을 찾아 벽을 살펴보다가, 텅 빈 벽난로 위쪽에 박힌 못 하나를 발견하고서 그림을 건 후, 잠시 서서 그것을 바라본다.

그는 테이블 위의 『박물지』 옆에 시계를 놓고, 돈주머니를 베개 밑에 집어 넣은 뒤, 가발을 의자에 걸어 두고, 추울까 싶어 셔츠와 양말은 남기고 옷을 벗는다. 씻을 물도 없다. 이불 아래로 들어가서 잠시 불편한 마음으로 그가 오기 전에 여기서 잤던 붉은 머리의 음악가를 생각한다. 그 후 펄럭거리는 촛불을 불어서 끄고 완벽한 어둠 속에 눕는다. 그의 눈이 완전히 힘을 잃은 채 어둠 속에 희한한 형체와 기괴한 상상을 그려낸다. 그는 눈을 감는다. (이러나 저러나 어두운 건 마찬가지!) 잠시 뒤, 기도 대신 자아의 교리문답을 조용하게 읊조리기 시작한다.

"너는 누구인가? 나는 장 바티스트 바라트이다. 어디서 왔는가? 노르망디의 벨렘에서 왔다. 무엇을 하는 사람이냐? 왕립 토목학교에서 교육을 받은 엔지니어이다. 너는 무엇을 믿는

---

19) Georges-Louis Leclerc, comte de Buffon(1707~1788), 프랑스의 수학자이자 박물학자 겸 철학자. 진화론의 선구자이기도 하다.
20) Giovanni Antonio Canalletto(1697~1768), 베네치아 출신 에칭 화가. 풍경화의 대가로 유명하다.

가? 이성理性의 능력을 믿는다……."

아버지가 돌아가시고 몇 주 뒤부터 시작된 버릇이다. 처음에
는 뭔가 반항적인 기분을 주었을 뿐만 아니라 거의 승리감까지
느끼게 했다. 그는 살아 있다. 그는 젊으며 살아 있다. 에체 호
모![21] 그러나 나중에 (아마도 발랑시엔의 탄광에서 일을 시작
했던 무렵인 것 같다) 그 질문들은 좀더 참된 질문처럼 느껴졌
고 그것들의 단순함 자체가 혼돈의 찰나와 순간적인 현기증을
야기시킴으로써 스스로에게 이 질문들을 던지는 습관을 더 필
요하도록 만들었다. 물론, 그는 이런 짓을 그만두어야 하리라.
유치한 행위였다. 은밀한 수치의 원천이자 거의 비행非行에 가
까운. 하지만 최소한 지금, 오늘 밤, 이 장소에서는…….

"너는 누구인가? 나는 장 바티스트 바라트이다. 어디서 왔는
가? 노르망디의 벨렘에서……."

누군가, 무엇인가 나무문을 긁고 있다. 그는 숨을 죽이고, 귀
를 기울인다. 의심스러운 도덕성을 가진 그 고양이일까? 예전
하숙인이 이 동물을 침대 끝에서 자게 해주었던 것일까? 하긴,
그도 불만은 없다. 사실 동무가 있다면 반가울 듯하다. 그러나
그가 몸을 일으키자 긁는 소리도 멈춘다. 문 밑으로 빛의 부드
러운 출렁임이 보인다. 그리고 아무 일도 없다.

---

21) Ecce homo! 요한복음 19:5에 나오는 라틴 구절로 '이 사람을 보라' 라
   는 뜻. 미술 작품에서 가시관을 쓴 예수의 초상화를 가리키는 단어로
   사용되기도 한다.

6

레지노상 교회 안에는, 파리의 아침 햇살이 높은 창문들로부터 뻗어나온 가는 회색 줄 위에 쏟아지고 있지만, 이 건물의 영구적 황혼을 방해하지는 못한다. 검정 및 진회색 기둥들은 마치 어둠의 장막 속에 끝이 보이지 않는 석화림의 잔해처럼 솟아 있다. 지난 5년 동안 한 번도 양초가 커지지 않은 부속 예배실 내부에는 바람에 쓸려 어둠이 수북히 쌓여 있다. 성인상, 성모상, 아기 예수상, 이탈리아 풍으로 단장된 순교자들의 머리 위에 앉은 비둘기들을 표현한 커다란 이류 미술품들, 뼈조각이나 성스러운 나무 조각이 들어 있는 잠겨진 보물 상자들. 이 모든 것들이 이제는 철저하게 숨겨져서, 더 이상 존재하지 않는다 해도 눈치채는 사람이 없을 것 같다.

세 단의 손건반과 사십 개의 스톱(stop)[22]이 붙어 있는 매우 오래된 독일제 파이프 오르간은 북쪽 통로에 자리잡고 있는데,

---

22) 다양한 음색과 음역을 얻기 위하여 오르간의 조작부에 장치된 스위치로 각각의 음색 이름과 숫자가 적혀 있다. 규모가 큰 오르간일수록 스톱의 갯수가 많다.

거기는 페르 거리에 붙어 있는 교회 건물 부분이며, 페르 거리와 생 드니 거리가 만나는 쪽이다. 열린 로프트[23]의 문을 통해 쿨럭거리는 소리와 헛기침 소리가 나더니 한 남자의 머리가 나온다. 개가 처음 본 넓은 공간을 가로지르기 직전에 머뭇거리듯, 그는 잠시 멈칫하고서, 로프트 안으로 다시 사라진다. 잠시 뒤에 장화를 신지 않은 한 쌍의 긴 다리가 대신 등장하고, 바지가 꼭 끼인 커다란 엉덩이가 나오더니, 몸뚱이에 이어, 헝클어진 머리가 마침내 다시 나온다.

사다리가 없어서 (누군가가 땔감으로 썼다) 미사책, 표지가 갈라진 성경책, 성인들의 일생을 담은 전기 등을 쌓아 올려 만든 임시 계단에 자신의 발끝이 닿을 때까지 그 남자는 로프트 문 사이로 미끄러지듯 몸을 내린다. 그는 종교의 사다리를 밟아 천상의 음악에 다다른다는, 별로 우습지 않은 농담을 친구들에게 이미 여러 번 했었다. 통로에 도착하여, 아무개 남작과 부인이 죽은 자녀들과 함께 묻힌 묘 위의 석판을 딛고 서서, 그는 몸을 털고, 그을음을 손수건에 뱉어낸 뒤, 외투를 입고 건반 앞에 자리를 잡는다. 손가락 관절을 우두둑 꺾자 창백해 보이는 새 한 마리가 놀라서 푸드득거리며 처마 밑으로 날아간다. 이 정도의 빛 아래에서도 그 남자의 머리카락은 옅은 구릿빛 광채가 난다. 그는 스톱을 당긴다. 트롱페트[24], 티어스[25], 크롬호른[26], 복스 휴마나[27]. 악보대 위에는 지고[28]의 〈음악의 서書〉

가 놓여 있고 그 옆에는 클레랑보[29]가 작곡한 칸타타 악보집이 있다. 악보를 보려면 촛불이 필요하지만 그는 불을 붙이기가 귀찮다. 그의 머릿속에는 촛불이 있어서 거기는 대낮처럼 밝다. 그는 기억 속에서 쿠프랭[30]의 트리오 소나타를 꺼내 치기 시작한다. 그는 등과 목을 젖히고서, 마치 오르간이 육두마차인 것처럼 거위들과 배추 더미와 노파들을 휩쓸며 레알 시장 한복판을 가로질러 몰고 있는 듯하다.

건반과 페달이 둔탁하게 덜컥거리는 소리 외에는 아무 소리도 나지 않는다. 공기가 샌다. 물론 쿠프랭을 연주하려면 단순히 공기의 움직임만 원활해서는 안 되겠지만. 이 낡은 오르간으로는 더 이상 도저히 연주가 되지 않는다. 휜 쇠파이프나 낡은 가죽에 무리가 덜 가는 다른 곡들의 경우는, 가끔씩 시장의 짐꾼이나 생 드니 거리 근처에서 자주 보는 몸집이 큰 벙어리

---

24) Trompette: 트럼펫 소리가 나는 베이스 음색의 파이프 오르간 리드 (reed) 스톱.

25) Tierce: 테너 음색의 파이프 오르간 플룻(flute) 스톱.

26) Cromorne: 르네상스의 악기인 크롬호른 소리가 나는 소프라노 음색의 파이프 오르간 리드 스톱.

27) Vox humana: 인간 목소리를 닮은 파이프 오르간 리드 스톱.

28) Nicolas Gigault(1627~1707), 프랑스 바로크 오르가니스트, 작곡가.

29) Louis-Nicolas Clérambault(1676~1749), 프랑스 바로크 작곡가이자 오르가니스트.

30) François Couperin(1668~1733), 프랑스 작곡가이자 오르간 및 하프시코드 연주자. 이탈리아 작곡가인 코렐리의 트리오 소나타 형식을 프랑스에 소개하였다. 17~19세기에 걸쳐 파리에서 이름을 날린 음악가의 가문인 쿠프랭 일가의 한 사람.

소년을 고용해서 펌프질을 하게 한다. 그러면 레지노상은 거의 광기에 휩싸인다. 청동 독수리, 낡은 깃발, 지하묘소에 있는 수백만 개의 뼈들. 이 모든 것들이 몇 분간 되살아나는 듯하다. 이것이 바로 그가 하는 일이다. 연주를 할 그 외의 다른 이유는 없다. 교인들이 오지도 않고, 미사를 집전하지도 않으며, 결혼식도 없고 장례식은 더 없다. 그러나 그가 연주를 하는 동안은, 그리고 그리스도의 수척한 노병인 신부가 그곳을 돌아다니도록 허가된 동안은, 가톨릭 교회가 레지노상에 대한 관심을 지속할 것이고, 어디서나 그러하듯, 이런 관심은 만약의 경우 협상에 유리하게 작용할 수 있다.

그는 옥타브를 뛰어넘으면서 맹렬히 조를 바꾸어댄다. 그의 희디흰 손가락은 건반 위에서 춤을 추며 쿠프랭의 새끼 사슴을 쫓아간다. 북쪽 벽에 난 문이 열리는 소리가 들린다. 설마 그럴 리가! 신부는 이곳을 나가는 일이 거의 없지만, 설령 있다고 해도 다른 문으로 다닌다. 콜베르 신부가 아니라면, 누구?

그가 의자에서 몸을 틀어, 페르 거리 쪽으로 난 열린 문으로 이어진 통로를 향해 미간을 찡그리자, 한 남자가 보인다. 젊은 남자이다. 그러나 동네 사람들의 얼굴을 거의 다 아는 오르가니스트에게도 낯선 얼굴이다.

"어떻게 오셨소, 젊은 양반?"

침입자는 걸음을 멈춘다. 고개를 돌려 목소리가 들리는 곳을 찾는다.

"파이프 오르간이 보이십니까? 그쪽으로 걸어오세요. 곧 제가 보일 겁니다. 조금만 더…… 조금만 더…… 됐어요. 저도 선생처럼 살과 피로 된 인간이오. 제 이름은 아르망 드 생 메아르입니다. 레지노상 교회 오르가니스트이지요.”

“오르가니스트라고요? 이곳에요?”

“이곳에 오르간이 있고, 연주자도 여기에 있습니다. 별로 놀랄 만한 일은 아닐 텐데요.”

“기분 상하시라고 드린 말씀이 아니고…….”

“당신은 누구십니까, 젊은 양반? 제가 어떤 분이랑 대화를 나누는 영광을 갖게 되었는지요?”

“바라트라고 합니다.”

“바라트?”

“저는 엔지니어입니다.”

“아, 오르간을 고치러 오셨구려.”

“고친다고요?”

“음악적으로 말해서, 이 녀석은 절뚝발이인 셈이지요. 저야 할 수 있는 데까지 해봅니다만…….”

“죄송하지만, 선생님, 저는 오르간에 대해서는 아는 바가 없습니다.”

“그래요? 그렇지만 기계라고는 이것밖에 없는데. 손에 열쇠를 가지고 계신 걸 보니 장소를 잘못 찾아오신 것도 아니겠고. 주교가 보내서 오셨소?”

“주교요? 아닙니다.”

“그렇다면?”

잠시 머뭇거린 후에, 조용한 목소리로 장 바티스트는 장관의 이름을 말한다.

"그러면 드디어 여기에 뭔가를 할 생각인가 보군요." 오르가니스트가 말한다.

"제가 여기 온 이유는 그저……."

"쉬잇!"

그들의 머리 한참 위쪽으로, 공중회랑[31]의 좁은 통로에서 발을 질질 끄는 소리가 들린다. 오르가니스트는 장 바티스트를 당겨 기둥 뒤로 함께 몸을 숨긴다. 둘은 가만히 기다린다. 1분 정도 지났을까, 소리가 사라진다. "콜베르 신부요." 오르가니스트가 속삭인다. "장관이 보낸 엔지니어를 좋게 볼 리가 없어요. 사실, 신부가 좋게 보는 사람은 아무도 없겠지만."

"담임신부입니까?"

"나이는 많아도 체력이 황소처럼 좋아요. 우리 같은 사람들이 태어나기도 전에 중국에서 선교사로 있었소. 거기서 고문을 당했다는 말도 들은 적이 있어요. 눈에다 무슨 짓을 했다던데. 이제는 빛 때문에 눈에 통증이 온다고 하는군요. 그래서 색안경을 써요. 안경알 뒤에서 어두컴컴하게 세상을 보죠. 그 사람, 성격이 불 같답니다."

장 바티스트는 고개를 끄덕이고 상대의 붉은 머리카락을 곁눈질한 다음, 말한다. "모나르 씨네 집에 머물렀다는 사람이 바

---

31) 트리포리움(Triforium)이라고도 불림. 교회 건축에 있어서 측랑(側廊) 위의 아치형 복도. 넓이는 내벽 폭 정도.

로 당신인가요?"

"모나르 씨네요? 아니, 선생이 그런 것을 어떻게 아시오?"

"그 사람들이 아직도 음악가님에 대해 이야기를 하거든요."

"지금 거기 계신다는 말이오? 묘지 위쪽에 있는 작은 방에?"

"그렇습니다."

"거기서 하숙을 하시는 거요?"

"네."

"이런 우연이, 하! 지금쯤 거기는 쌀쌀하겠지요?"

"맞습니다."

"조언을 한 마디 드리겠소. 침대에 누워 있을 떠, 천장을 잘 보면 조그만…… 어이쿠, 이런. 조심하시오, 친구. 몸이 편찮은가요?"

심장이 요동치는 소리를 들으며, 장 바티스트는 교회로 들어오고부터 자신이 숨을 참으려고 애쓴다는 사실을 깨닫는다. 그는 오르가니스트의 부축을 받아 오르간 의자로 간다. 오르가니스트의 목소리는 마치 벽 너머로 들려오는 것처럼 멀게 느껴진다. 그 역시 처음에는 비슷한 경험을 했으며, 향수에 적신 수건으로 얼굴을 감싸고서야 교회로 들어올 수 있었다고 한다.

"여기서 반나절 거리 내에 어떻게 사람이 살 수 있는지 의아할 지경이었지요. 하지만 보시다시피 사람들이 살고 있소. 수많은 벌떼처럼 말이오. 익숙해지는 것이지요. 입으로 숨을 쉬도록 애써보시오. 맛으로 느끼는 것이 냄새보다는 더 참기 쉽거든요."

"저는 마네티 씨를 찾아야 됩니다." 장 바티스트가 말한다.

"교회지기 말이오? 무슨 일을 낼 작정이시구려. 그렇지만 걱정할 것 없소. 파리에서 마네티 씨만큼 찾기 쉬운 사람도 없지요. 바람 좀 쐬셔야겠소. 원기를 회복시킬 만한 것으로 한 잔 사 드시고, 저도 한 잔 사 주시지요."

장 바티스트는 오르가니스트의 팔에 힘없이 기대어 북쪽 벽에 난 문으로 돌아간다. 전적으로 교회 때문이라고만 할 수는 없다. 잠 못 이루는 밤이었다. 마치 강풍이 몰아칠 때처럼 지난밤 온 집이 어수선했다. 물론 바람은 없었지만. 문을 긁는 소리가 나중에 더 났던 것 같고, 한밤중에는 창문 긁는 소리까지 났던 것같이 느껴졌다. 그리고 나서, 아침 일찍 일어나 보니, 라포스가 레지노상의 열쇠들을 손에 들고 모나르 씨의 응접실에 서 있는 게 아닌가. 따뜻한 구석이라고는 찾아볼 수가 없는 그 얼굴······.

두 사람은 거리로 나왔다. 교회 문을 닫아 잠근 후, 장 바티스트가 다시 양발로 설 힘을 차리자, 그들은 왼쪽으로 꺾어 랭쥬리 거리 쪽으로 가다가, 방향을 바꾸어 곧장 시장으로 향한다. 열 발자국마다 오르가니스트에게 누군가 인사를 하는데 대부분이 여자이다. 만나는 여자마다 그의 옆에 있는 처음 보는 동행을 향해 힐끔힐끔 눈길을 보낸다.

"저기에서는 저렴한 가격에 잘 먹을 수 있소. 저기 구석에 있는 수선집에서는 옷을 도둑 맞을 걱정 없이 맡길 수 있고요. 그리고 저것은 고데 씨의 이발소라오. 면도를 근사하게 해주는 걸로 소문이 났어요. 또 여기는……" 오르가니스트가 팔을 흔들며 늘어놓는다. "이곳은 프로마쥬리 거리인데 시체 썩는 냄새 이외에 뭔가 다른 공기를 마시고 싶을 때 여기 오면 됩니다. 어서 들이켜 보시오. 허파를 채워요."

그들은 막힌 혈관같이 희한하게 생긴 거리의 한쪽 끝으로 들어선다. 거리보다는 골목이, 골목보다 시궁창이 더 많은 곳이다. 건물들의 꼭대기 층은 서로 마주 보게 기울어져 있다. 그 사이에 보이는 것은 실선 같은 하얀 하늘뿐. 거리의 양쪽에는 한 집 건너 가게가 있고 가게마다 치즈를 판다. 어떤 곳에는 달걀도 팔고, 또 다른 가게에서는 우유와 버터를 팔지만 치즈는 어디에나 늘 있다. 창문에도 치즈, 테이블과 손수레에도 치즈, 짚단에 쌓여 있는 치즈, 줄에 매달려 있는 치즈, 염수 용기에 떠 있는 치즈. 황소를 잡는 큰 칼로 잘라야 될 것 같은 치즈, 나무 주걱으로 뜬 치즈. 빨강, 초록, 회색, 분홍, 순백색. 장 바티스트는 그것들이 무슨 치즈인지, 어디 산産인지 대부분 알지 못한다. 하지만 그는 즉시 하나를 알아본다. 마치 그리운 옛 고향 친구를 발견한 것처럼 그의 가슴이 뛴다. 퐁레벡! 노르망디의 잔디! 노르망디의 공기!

"시식해 보시겠어요?" 소녀가 묻는다. 그러나 그의 관심은 빨간 망토를 입은 여인이 작은 염소치즈 덩어리를 사고 있는 다음 가판대로 옮겨갔다. 치즈 껍질은 잿가루가 발라져 있다.

"저기!" 오르가니스트가 장 바티스트의 어깨 쪽으로 몸을 기울이며 말한다. "저 사람이 바로 오스트리아 여자요. 백성들의 사랑을 듬뿍 받고 있는 우리의 왕비[32]와 닮아서 그런 별명이 붙었소. 금발뿐만이 아니지요. 어이, 엘로이즈! 여기 내 친구를 소개해 주겠네. 불행하게도 이 친구 이름은 기억이 나지 않지만, 우리의 삶을 뒤죽박죽으로 만들기 위해 이름 모를 곳에서 여기로 왔다네."

그 여자는 치즈 값을 지불하기 위해 작은 동전들을 세고 있다. 먼저 아르망을, 그 다음은 장 바티스트를 흘낏 쳐다본다. 그의 얼굴이 빨개졌던가? 자신이 그녀를 향해 얼굴을 찡그렸을지도 모른다고 그는 생각한다. 그 다음, 그녀는 시선을 거두고, 장 본 물건을 집어 든 뒤, 사람들 사이를 뚫고 걷기 시작한다.

아르망이 입을 뗀다. "여기 여자들은 저 여인을 경멸하지요. 자신의 남편이 돈을 주고 한 시간 정도 저 여자를 살 수 있기 때문이기도 하지만, 더 큰 이유는 그녀는 이곳에 걸맞지 않고, 여기에 속하지 않기 때문이오. 그녀가 팔레 루아얄에 있었다면, 아무도 그녀의 존재에 대해 눈도 꿈쩍하지 않았겠지요. 팔레 루아얄을 본 적이 있으시죠?"

"들어본 적은 있습니다만, 아직 한 번도……."

"이 양반, 참 연구 대상이구먼! 몽테스키외[33]의 페르시아인

---

32) 오스트리아를 약 600년간 지배한 합스부르크 왕가 출신인 마리 앙트와네트 왕비를 일컬음.

33) Charles de Secondat, baron de Montesquieu(1689~1755), 삼권분립, 입헌 군주제 등을 제창한 계몽주의 시대의 프랑스 정치사상가. 그의 저서로 『법의 정신』, 『페르시아인의 편지』, 『로마인의 흥망성쇠 원인론』 등이 유명.

같소. 신문에 선생에 관한 글을 써서 기고라도 해야겠어요. 주
간 칼럼 같은 걸로.”

그는 앞장서 가면서, 생 외스타슈 교회의 부벽 아래를 지날
때 즈음에는 쾌활하고 큰 목소리로 팔레 루아얄의 역사와, 원
래는 그것이 리슐리외[34] 경의 정원이었다는 사실과 함께, 오를
레앙 공작이 자신의 아들에게 물려주었으며, 그 아들이 거기에
카페와 극장과 가게들이 많이 들어서도록 만들면서, 그곳은 늘
붐볐고 이루 말할 수 없을 만큼 우아해졌으며 유럽에서 가장
큰 매춘소 역할을 했다는 내용 등의 즉석 강의를 펼친다.

그들은 그가 한창 묘사하고 있는 장소에 다다른다. 그들은
여러 개의 입구 중 프로마쥬리 거리만 한 통로가 나 있는 어떤
곳을 지나, 아치문들이 연결된 안뜰로 떠밀려 들어간다. 그곳
에서는 군중의 웃음소리 가운데 목각인형극이 거의 끝나가는
중이다. 장 바티스트의 눈에는 인형들이 성교를 하도록 조종되
는 것처럼 보인다. 더 자세히 살펴보니, 자신의 생각이 맞다는
것을 알게 된다.

“경찰은 여기로 순찰을 오는 법이 없소.” 오르가니스트의 말
이다. “공작이 자그마한 선물을 주면, 경찰들은 다른 일을 보러
가지요. 외설 인형극 정도는 아무 문제도 아니라오.”

이 사람들은 누구인가? 직업도 없고, 할 일도 없는 사람들일
까? 그들이 움직이는 모습이나 옷차림, 그리고 소란스러운 정

---

34) Cardinal-Duc de Richelieu(1585~1642), 프랑스 루이 13세의 재상이자
가톨릭 추기경.

도를 보면 카니발인 것 같으나, 이 모든 것들의 중심이 될 만한, 뭔가 체계가 잡힌 그 어떤 것도 눈에 띄지 않는다. 마치 매 순간이 즉흥적이고도 영속적으로 스스로 창조되는 듯하다.

"이리 오시오." 오르가니스트는 장 바티스트의 외투 팔꿈치를 당기면서, 한 회랑回廊의 중간 정도에 있는 카페의 문을 향해 그를 이끌며 말한다. "여기서 우리의 운을 시험해 봅시다."

내부는 바깥만큼이나 붐비지만, 오르가니스트는 웨이터 중 하나에게 눈을 맞추고 인사를 하더니, 여기저기 찌그러지고 흠집이 난 양철의자 두 개가 딸린 작은 테이블로 곧 안내를 받는다. 그는 커피, 달콤한 크림 한 그릇, 브랜디 두 잔을 주문한다. 손님은 오로지 남자들뿐이고 대부분이 젊다. 모두들 큰 소리로 이야기한다. 가끔 큰 소리로 신문을 낭독하는 사람도 있고, 아는 사람이나 미소를 보내고 싶은 어떤 여자가 지나가면 창문을 두드려 주의를 끄는 사람도 있다. 왜소하고 부지런한 웨이터들이 의자들 뒤쪽에 구불구불하게 난 좁은 틈새로 돌아다닌다. 큰 소리로 주문을 하면, 눈에 보일 듯 말 듯하게 고개를 살짝 끄덕여 응대한다. 개 두 마리가 서로를 향해 으르렁거리며 덤벼들다가 주인들에게 혼이 나고서 다시 테이블 밑에 갇힌다. 장 바티스트는 외투를 벗는다. 이렇게 좁은 장소에서는 꽤나 하기 힘든 일이다. 이 카페는 몇 주간 그가 가 본 곳 중에서 가장 따뜻하다. 덥고, 연기가 차 있으며 약간 눅눅하다. 브랜디가 나오자, 그는 순전히 갈증을 해소할 목적으로 그것을 마신다.

"좀 낫소?" 오르가니스트가 묻는다. 그의 잔 역시 비어 있다.

그는 두 잔 더 주문한다. "나를 그냥 아르망이라고 부르시오." 그는 말한다. "물론 당신이 편한 대로 불러도 괜찮소."

이제 둘이 서로 마주 앉아 있고 또 몸도 좀 풀리자, 장 바티스트는 이 아르망이라는 남자를 자세히 바라볼 여유가 생기기 시작한다. 오르가니스트가 그의 어깨 너머로 카페 안의 다른 사람들의 얼굴을 쉴새없이 쳐다보는 틈을 타서 그를 관찰한다. 오르가니스트는 가발을 쓰지도 않고 머리에 분칠을 하지도 않았다. 하긴 이런 머리에 분칠을 해보았자 별 쓸모가 없을 것이다. 돈을 꽤나 들인 듯한 그의 옷은, 가까이에서보다 멀리에서 볼 때 더 비싸 보이는데, 장 바티스트가 본 적 없는 유행을 따르고 있다. 바지는 줄무늬에, 살갗처럼 몸에 쫙 달라붙는다. 조끼는 그가 입고 있는 것의 반 정도 길이밖에 안 되며, 외투의 깃은 너무나도 커서 뾰족한 부분이 거의 어깨를 넘어갈 정도이다. 초록 모슬린 천으로 된 크라바트[35]는 길이가 매우 길다. 뭔가를 마실 때는, 입에 들어가거나 커다란 자줏빛 입술에 닿지 않도록 그것을 잡아야 한다.

아르망이 장 바티스트에게로 다시 눈길을 돌리며 말한다.

"선생은 그 교회에서 오르가니스트를 볼 기대를 안 하신 것 같소만 사실 나는 그곳 음악 총책임자요."

"거기에 오래 계셨나요?"

"18개월 되었소."

"교회가 이미 문을 닫고 나서 그 자리에 부임하셨군요."

---

35) 17세기에 프랑스에 소개된 남성용 스카프로 넥타이의 효시.

"교회가 빵집도 아닌데 문을 닫는 것이 가능하겠소?"

"제 생각엔 명령이 떨어지면 가능할 것 같은데요."

"그렇게 생각하신단 말씀이지. 음, 당신 말이 분명 맞소. 내 전임자는 술을 퍼마시다가 과음으로 죽었지요. 그 사람은 이런 상황 때문에 불안에 시달렸을 게 틀림없소."

"선생님은 괜찮으십니까?"

"이런 자리는, 아마 그쪽도 잘 아시겠지만, 쉽게 얻을 수 있는 게 아니지요."

"하지만 연주를 들을 사람도 없지 않습니까?"

아르망은 어깨를 으쓱거리고서는, 자신의 두 번째 브랜디 잔을 집어 든다. "나도 있고, 콜베르 신부도 있고, 신도 계시오. 이제 당신도 있지 않소. 그 정도 청중이면 사실 근사하지요."

장 바티스트는 환하게 미소짓는다. 묘지 측량을 하는 대신에 카페에 앉아서 브랜디를 마시고 있다는 점과 교회 내부에서 거의 숨을 쉴 수가 없었다는 사실이 걱정스럽기는 했지만, 이 불타는 머리색을 한 음악가를 만난 것이 내심 기쁘다. 어쨌든 유용한 정보를 얻을지도 모르니까. 그에게 맡겨진 일은 그저 뼈를 파내고 수레로 치우는 간단한 문제는 아닐 것이다. 최소한 그 정도는 그도 눈치챘다. 죽은 자들뿐만 아니라 산 자들과도 씨름을 벌여야 할 것이다.

"주교와 깊이 이야기를 나눌 기회가 있다면 언젠가는 더 나은 자리를 얻을 수 있을 텐데. 생 외스타슈 같은 데로."

아르망이 중얼거렸다.

장 바티스트가 응수한다. "그곳도 역시 냄새가 날 텐데요."

"묘지 냄새 말이오? 내가 말했던 것처럼 냄새에 익숙해질 거요. 물론 거기에 정말로 익숙해지는 사람은 없겠지만, 참을 만하게 된다는 말이지요. 사람은 적응하게 마련이니까. 그건 그렇고, 모나르 가족에게 무슨 눈에 띄는 점 없소?"

"음…… 교양있는 사람들이라는 것 말인가요?"

"아, 물론 그렇지. 상당히 교양있는 사람들이오. 그리고 또?"

"이야기하는 것을 좋아한다는 점 정도요?"

"그 사람들의 입을 다물게 하려면 단어에 세금을 매기는 것이 유일한 방법일 거요. 높으신 양반들이 이미 고려하고 있을지도 모르지. 하여간, 또 뭐가 있소? 솔직히 말해봐요."

"그 사람들의 숨냄새요?"

"맞았소. 그리고 나의 숨냄새도 그다지 향긋하지 않다는 것을 아마도 눈치챘을 거요. 아니, 뭐 예의를 차릴 필요는 없소. 레지노상에서 시간을 보내는 사람은 누구나 그렇게 되지요."

"저도 그렇게 될 각오를 해야 하는 건가요?"

"여기에 오래 머물 작정이오?"

"얼마나 오래 있게 될지는 저도 모릅니다."

"자신의 일에 관한 이야기를 꺼리는구려."

"그런 이야기는 선생님께 별로 흥미가 없을 겁니다."

"그렇게 생각하오? 내가 보기엔 상당히 흥미가 있을 것 같은데. 하지만 지금 그 이야기에 대해 부담을 주지는 않겠소. 다른 이야기를 나누지요. 지게트 모나르에 대해서 말해봅시다. 자세히 바라본 적이 있소?"

"식사할 때 맞은편에 앉습니다."

"별 느낌 없었소? 그 아이는 이 동네에서 가장 예쁜 여자 중 하나인데."

"예쁘다는 건 인정하지요."

"오, 인정을 하시겠다? 참 아량이 넓으시구려! 고향에 두고 온 여자라도 있소? 고향이 어딘지는 모르겠지만."

"노르망디에 있는 벨렘입니다."

"그럼, 벨렘에 두고 온 여자라도? 아니야, 내가 보기엔 여자가 없는 것 같소. 하여간 조심하시오, 친구. 거기에 계속 있으면, 그들은 분명히 그 애를 당신에게 시집보내려고 할 거요."

"지게트를요?"

"그렇잖겠소? 장관의 신임을 받고 있는 젊은 엔지니어인데."

"저는 장관의 신임을 받는다는 말을 한 적이 없습니다."

옆 테이블에서는, 목 근처에 그물처럼 얽힌 은색 흉터가 있는 남자가 백개먼[36] 게임판에서 시선을 들어, 이들을 바라본 후, 시선을 천천히 게임판으로 다시 돌린다.

"선생님은 어땠나요?" 장 바티스트가 묻는다. "지게트와 엮을 시도를 하던가요?"

"음악가들은 남편감으로 한 수 떨어지지요. 모나르 가족 같은 사람들은 음악가를 딴따라 정도로 여기고 있소."

---

36) 두 사람이 하는 보드 게임으로 5천년 전 메소포타미아 지역에서 시작. 현존하는 가장 오래된 보드 게임.

"그 아이의 아버지는 칼 가게를 운영하고 있어요. 음악가를 깔볼 처지가 되겠습니까?"

"남을 깔보아서 잃을 것은 별로 없지. 어쨌든, 사윗감으로 나를 고려하긴 했어요."

"그 여자가 마음에 들었습니까?"

"예쁜 여자랑 같이 있는 것은 누구라도 좋아하니까요. 하지만 지게트와 같이 있을 때는 조심해야 하오."

"무슨 뜻인가요?"

아르망은 그릇에서 달콤한 크림 한 덩이를 뜨고, 손가락을 빤 후, 입술을 닦는다. "지게트는 그 집에서 자랐소. 평생을 거기서 살았다는 말이오. 그 공기 속에서."

"그 점 때문에 제가 그 아이를 조심하기라도 해야 한다는 뜻입니까?"

아르망이 설명한다. "지게트와 결혼을 한다는 것은, 묘지와 결혼하는 것이나 마찬가지일 거요. 숨냄새 정도의 문제가 아니지요. 하지만, 귀여운 마리로 말하자면……."

"하녀 말입니까?"

"물론, 결혼 상대로는 아니지만."

"선생님이요? 마리하고?"

"생 앙투안 구區의 가난한 젊은 여자들은 자유사상가들이지요. 마리의 머리는 구세주의 무덤처럼 텅 비었을지 몰라도, 모나르 가족들이 결코 따라잡지 못할 만큼 현대적이오. 당신보다도 더 현대적일지도 몰라요. 기분 나쁘게 생각하지 마슈. 어쨌

든, 내가 직접 당신을 현대화시켜 줄 의향이 있으니까. 방금 그
런 계획이 떠올랐소.”

“제 생각엔 그런 가르침은 필요없다고 한다면요?”

“교회 오르가니스트의 가르침이 필요없다니? 이러한 태도를
뿌리 뽑아야 미래를 위해 선생을 준비시킬 수가 있소. 미래당
에 끼려면 말이오.”

“그런 당이 존재합니까?”

“당사黨舍도 없고, 당회비도 없지만, 선생과 내가 존재하듯
확실히 그 당도 존재하오. 미래당이냐, 과거당이냐. 어느 편에
설지 결정할 시간이 별로 많이 남지 않았소. 선생의 복장을 바
꾸는 것부터 시작해야 할 것 같은데. 갈색에 대해 특별한 애착
이 있소?”

“제 양복에 무슨 문제라도 있습니까?”

“아니오. 과거당 소속이라면 아무 문제가 없지. 샤르베를 소
개시켜 주리다. 그 양반이라면 선생을 어떻게 손봐야 할지 알
거요. 샤르베는 현대적이거든.”

“샤르베는 무엇을 하는 사람인가요? 작가?”

“재단사요.”

얼큰하게 취한 장 바티스트는 호기심이 생기는 반면 짜증스
럽기도 하여, 경멸스러운 표정을 지으려고 노력하지만, 이미
오르가니스트는 다시 카페 안에 있는 다른 얼굴들을 관찰하기
시작한 뒤이다. 관찰이 끝나자 그는 말한다. “선생이 계산서를
지불한다는 데에 반대가 없으시기를 바라오. 그리고 어디로 가

서 무엇을 좀 먹읍시다. 막 피어나기 시작하는 우정에는 빈 속에 마신 브랜디보다 더 해로운 것이 없으니까.”

회랑에서, 안뜰에서, 밀치고, 소리지르고, 모자를 들고, 눈썹 한쪽을 치켜 올리고, 쉼없이 무엇인가를 쫓아다니는 사람들의 무리가 줄어들 기미가 없다. 이것은 현대적인가? 그리고 이 사람들은 미래당에 속해 있는가, 과거당에 속해 있는가? 인간은 자신이 속한 당을 언제나 알 수 있는가? 확신하는 것이 가능한가? 아니면 자신의 어머니가 믿는 종교처럼, 어떤 이는 구원을 받고, 또 다른 이는 영원한 벌을 받게 되지만 어떤 운명인지 확실히 알 바 없는 것인가? 엔지니어는 생각에 잠긴다.

가끔씩 옆길로 전진하거나, 때로는 정지하기도 하고 혹은 심지어 약간씩 후퇴도 해가면서, 그들이 군중 사이를 한창 파고들 무렵, 아르망은 장 바티스트의 외투를 다시 붙잡고 그를 이끌어 제7번 살롱의 입구를 통과한다. 로비에는 여자가 테이블 뒤에 놓인 등받이 없는 의자에 얌전히 앉아 있다. 테이블에는 작은 깡통과 방울 이외에 아무것도 없다.

“저 여자에게 4수를 주시오.” 아르망이 말한다. 장 바티스트는 그녀에게 4수를 준다. 그녀는 방울을 울린다. 장밋빛이 도는 가발을 쓴 남자가 나타나고, 장미색 커튼을 열어젖힌다. 분명히 그는 아르망과 잘 아는 사이이다. 그들은 궁중 대신들처럼 서로에게 허리를 굽혀 인사하지만 이것은 모두 희화적인 행동이다.

"오늘은 줄리마만 불러주시오." 아르망이 말한다.

"원하시는 대로 대령하겠습니다." 그 남자의 대답이다.

아르망이 장 바티스트를 엄지손가락으로 가리키며 말한다.

"이 신사분은 노르망디 지방의 어느 곳에서 오셨소. 언젠가 프랑스 최고의 엔지니어가 될 거요."

"물론이지요. 여부가 있겠습니까." 그 남자는 아양을 떤다. 그는 조명이 은은한 복도를 따라 그 둘을 안내한다. 양쪽에는 두툼한 커튼을 쳐서 방문들을 가려 놓은 듯하다. 그러나 마지막 커튼은 제대로 드리워져 있지 않다. 장 바티스트는, 잠시 걸음을 멈추고, 어떤 남자를 얼핏 본다. 남자의 일부분이 보인다. 수레바퀴에 묶인 맨팔 하나와 맨다리 하나. 수염이 무성한 얼굴에, 뚫어질 듯 응시하는 커다란 눈 하나. 대체 누구란 말인가? 다미앙?[37] 주머니칼로 국왕에게 찰과상을 입힌 죄로 그레브 광장에서 반나절에 걸쳐 처형당한 바로 그 다미앙? 고문대에 눕히고, 칼질을 하고, 상처에 납을 붓고, 그의 사지를 말에 묶어 채찍질을 했지만, 말들은 그의 몸을 찢지 못했고 (불쌍하고 죄없는 동물들이여……) 사형 집행인이 죽어가는 남자의 근육에 군데군데 칼집을 내주어야 했다. 그 날, 수천 명이 광장 주변의 건물에서 지켜보고 있었다고 전해지는데…….

---

37) Robert-François Damiens(1715~1757), 하인 출신으로 마차에 오르는 루이 15세를 칼로 찔러 가벼운 상처를 낸 뒤 국왕 암살 시도 현행범으로 체포. 프랑스 역사상 마지막으로 교수척장분지형(絞首剔臟分肢刑)을 받은 사형수.

복도의 끝에서, 안내인은 그를 기다리고 있다. 그 사람은 다른 커튼을 치켜든다. 장 바티스트는 상체를 구부려 그의 팔 아래로 지나간다.

그는 마치 태엽을 감아 놓은 기계처럼 설명을 시작한다.

"줄리마는 페르시아의 공주로서, 클레오파트라처럼 독사에게 물려 사망하였습니다. 그녀는 겨우 열일곱 살의 나이였으며 사랑 때문에 불행했습니다. 그녀의 순결함과……" 좀더 얇은 또 하나의 커튼이 걷힌다. "페르시아 제사장들의 기술 덕택에 그녀는 200년이 지났지만 완벽하게 보존되었습니다."

반은 관棺, 반은 침대로 된 단상에 그녀가 누워 있다. 그녀의 발치에는 두 개의 촛불이 있고, 머리맡에도 두 개가 더 있다. 그녀의 몸은 수의에 싸여 있다. 훤히 비치는 수의는 그 재질이 튈38)인지 오간자39)인지 알 수 없다. 그녀는 혼기가 찬 나이이다. 그녀는 완벽하다. 젊은 두 남자는 그녀의 양 옆에 서서 가만히 바라본다. 나이가 약간 더 들어 보이는 안내인은 그녀의 발치에서 마치 기도를 하듯 머리를 숙이고서 기다린다.

"이 여자를 보니 생각나는 사람 없소?" 아르망이 속삭인다.

"없습니다." 장 바티스트는 이렇게 대답하지만 오르가니스트가 누구를 생각하는지 알고 있다. 밀랍 같은 얼굴, 볼륨감 있는 몸매가 지게트 모나르와 무척 닮았다.

그들은 팔레 루아얄을 떠나 증권거래소 근처의 여관 식당으

____

38) 얇은 명주 망사 베일. 프랑스 튈 지방에서 이름이 유래됨.
39) 얇고 비치는 평직물. 비단, 레이온, 폴리에스테르, 나일론으로 제작.

로 식사를 하러 간다. 그들은 커다란 공동 식탁에 앉아서 빵조
각을 듬뿍 넣은 수프와 삶은 소고기가 나오는 10수짜리 저녁을
먹는다. 그 방 뒤쪽에는 불이 활활 타고 있다. 그들은 포도주를
마신다. 좋지도 나쁘지도 않은 적포도주이다. 술을 마시면서
이야기를 나누고 있는 그들의 뺨은 붉게 빛난다. 아르망은, 부
끄러움이나 어색함 없이, 고아원의 바깥에 있는 아기상자에 버
려졌었다는 고백을 한다. 거기에서, 그의 재능이 원장의 눈에
띄어서, 원장이 그 사실을 운영 위원들에게 알렸다. 자선을 베
풀기 좋아하는 남녀 어르신들은, 그곳에서 살고 죽은, 머리에
딱지가 앉은 까까머리의 아이들 가운데 구원해 줄 가치가 있는
재능 있는 아이를 찾아내는 것을 즐겼다.

"그런 곳에는 젊음이 주는 환상이란 건 없소. 세상이 어떻다
는 것을 너무도 잘 알게 되지요. 일곱 살이 될 무렵이면 다들
수도원장들처럼 냉소적이 되니까요."

환상을 잃는 것이 세상에서 성공을 꿈꾸는 자들에게 없어서
는 안 될 준비 과정이라는 것에 그들은 동의한다. 세 번째 병을
비우면서, 그들은 야망이 있다는, 미치도록 큰 야망을 품고 있
다는 사실을 은밀하게 나누고, 행운과 피나는 노력을 통해 유
명해진 후에 죽을 작정이라고 서로에게 털어놓는다.

"그리고 부자가 될 거요." 아르망이 치아 사이에 낀 소고기
한 가닥을 빼내면서 말한다. "가난으로 유명해져서 죽을 계획
은 없으니까."

장 바티스트는 이야기한다. 그의 전 후원자였던 S백작에 대

해, 왕립 토목학교에서 보낸 2년과 거장 페로네 선생에 대해, 그가 만들기를 꿈꾸는 다리들에 대해, 센강, 오른강, 루아르강에 걸쳐질, 생각처럼 가벼운 구조물들에 대해…….

맨정신일 때는 다른 사람들의 과장된 감정 분출을 신뢰하지도 좋아하지도 않던 그임에도 불구하고, 포도주와 뜻밖의 깊은 외로움으로 인해 자신의 심정을 질펀하게 토로한다. 거의, 아주 거의, 그는 아르망에게 파리에서 할 일이 무엇인지 이야기를 할 뻔하였다. 아르망이 대단하게 여길 것이 분명하고, 술집 포도주의 루비색에 젖어 그가 깨달은 사실을 아르망도 깨닫게 될 텐데. 그것은 바로, 레지노상 묘지의 철거는 수사적인 표현 따위가 아니라, 유독有毒한 과거의 영향을 실제적으로 쓸어내는 것을 의미한다는 사실이다! 그러면 아르망은 엔지니어 장 바티스트가, 논란의 여지 없이, 미래당 소속일 뿐 아니라, 사실은 그 선봉장이라는 점을 인정할 수밖에 없지 않은가? 그가 불안해할까? 충격을 받을까? 분노할까? 아르망 드 생 메아르와 주교의 관계는 정확히 어떨까? 은하恩下[40])께서 장관의 계획에 대해 어떠한 이야기를 들으셨을까?

바깥에서, 그들은 벽을 향해 오줌을 누고, 단추를 채운 뒤, 남은 오후 시간 속으로 떠난다. 그들은 정치와 파리와 농부들의 침해할 수 없는 존엄성(한데 저는 농부들에 대해 잘 알고 있답니다, 장 바티스트는 이렇게 말하고 싶다, 친척 중에도 농부들

---

40) 공작이나 대주교를 부르는 칭호. 주교에게도 가끔 쓰임.

이 열두어 명 되지요)에 관해 여전히 이야기를 나누고 있지만, 그들 중 어느 누구도 상대방의 말에 더 이상 진심으로 귀를 기울이고 있지 않다. 어쨌건 그는 다시 어느 가게 안으로 들어가도록 등이 떠밀린다. 실내로 들어가는 즉시 그는 밖에서보다 더 취기를 느낀다. 그는 어떤 남자를 소개받는데, 우아한 원숭이 같은 그 남자는 재단사 샤르베이다.

그 가게는 (이런 공간을 그렇게 평범한 단어로 지칭해도 되는지는 모르겠지만) 깜찍한 가구와 유화들로 꾸며져 있는데, 장 바티스트의 아버지가 장갑을 만들던 냄새나는 작업실과는 조금도 닮은 점이 없다. 창가에 위치한 테이블에서 젊은 남자 두 명이 샘물처럼 반짝반짝 빛나고 가늘게 떨리는 천을 자르고 있는 모습을 제외하면, 이곳에는 작업의 뚜렷한 흔적이라고는 전혀 눈에 띄지 않는다.

샤르베는 시간을 지체하지 않는다. 아르망이 몇 마디 말을 건네고 장 바티스트가 어깨를 한 번 으쓱거리고 나자, 그는 곧장 시작한다. 그는 다리의 길이와 완만한 둥근 어깨, 날씬한 허리를 좀더 정확히 측정하기 위해 만지고, 당기고, 뒤로 물러나곤 하면서 엔지니어의 주위를 맴돈다. 전문가의 진지한 관심의 대상이 되는 것이 불쾌하지는 않다. 아르망이 자리를 슬쩍 뜰 때 장 바티스트는 눈치조차 채지 못한다. 이 날 하루는 이상한 자체 추동력이라도 가진 듯하다. 그는 이제 저항을 포기한 상태이다. 이것에 대해서는 나중에 생각해 볼 작정이다.

샤르베가 말한다. "제 생각에는 말입니다. 손님과는 뭔가 아주 흥미있는 것을 시도해 볼 수 있을 것 같습니다. 실례되는 말씀일지는 모르겠으나, 손님은 최신 스타일을 소화하기에 안성맞춤인 몸매를 지니셨습니다. 스타일보다는 몸매를 숨기는데 신경을 더 많이 써야 하는 통통한 신사들과는 다르십니다. 선생님이시라면 저희가 패션을 창조해 볼 수 있겠습니다. 뭔가 자연스럽게 흐르는 몸의 움직임과 함께, 뭔가 격식에서 약간 자유로우면서도, 모든 면에서 완벽하도록 정확한 것으로…… 선생님의 패션에 대해 이야기하겠습니다. 명확하고도 아름답게 표현해야지요. 선생님을 1785년식이 아닌 1795년식으로 꾸며 드리겠습니다. 세드릭! 이 신사분께 라피트 한 잔 갖다 드려. 병째로 가져와. 그리고 선생님께서는, 저를 좀 따라와 주시면 감사하겠습니다……."

두 시간 뒤에, 장 바티스트는, 마치 타인을 관찰하듯, 번쩍거리도록 광을 낸 타원형 거울에 비친 자신을 구석구석 뜯어본다. 그는 녹색과 황금색 줄무늬 안감을 댄 녹차색 비단 양복을 입고 있다. 같은 녹차색인 조끼는 허벅지 위쪽이 갈라져 있는데, 황금색 실로 수가 놓였다. 외투의 소매 끝동은 작고, 웃깃은 높다. 크라바트는 역시 황금색이며 거의 아르망의 것만큼 커다랗다. 오랜 시간 동안 샤르베와 세드릭은 자신들의 입술 사이에서 시침핀을 빼가며 천을 자르고 바느질하면서, 몸종, 외과의사, 사형 집행인, 재단사 같은 업종에 몸담고 있는 사람들의 특권을 동원하여 그의 몸을 자유자재로 다룬다. 거의 다 끝나간다. 그들은 뒤로 물러서서 거울에 자신들의 모습이 함께 비치지 않도록 주의를 기울인다. 양복을 거절하거나 흠을 잡기에는 너무 늦었다는 것을 장 바티스트는 잘 알고 있다. 그렇게 하는 것은 샤르베뿐만 아니라 미래 그 자체를 비난하는 행동이 되리라. 절대 그럴 수는 없다! 그는 옷을 가져갈 것이고 샤르베가 원하는 어떤 금액이라도 지불할 것이다. 그것은 엄청난 액수임을 알게 된다. 그는 얼굴을 붉힌다. 그만한 금액이 수중에 없다. 재단사는 손을 벌린다.

네, 네 물론 드려야지요. 내일 내셔도 괜찮습니다. 그러나 다른 점도 생각해 보아야 한다. 이 젊은 남자는 지적 설득력이 있는 사람인가? 중요한 문제이다! 그는 줄곧 그 생각이 머리에서 떠나지 않았지만 무례하게 보이고 싶지는 않다.

그는 반들거리는 밤나무로 만든 책상 쪽으로 미끄러지듯 다가가서, 서랍에서 액자에 든 작은 그림을 꺼내어 장 바티스트에게 가져온다. "볼테르군요." 그는 이렇게 중얼거리고서 그림을 향해 미소를 짓는다. 혼자였다면 뭔가 애정 어린 말이라도 건넸을지도 모른다. "볼테르가 입고 있는 옷이 보이십니까? 긴 가운 말씀입니다. 이것은 반얀[41]이라고 합니다. 지식층 신사분들에게 반얀은 필수품이지요. 빨간색 다마스크 천으로 만든 것이 한 벌 있습니다. 웬만한 고객들에게는 이 옷을 언급하지도 않습니다. 반얀을 대부분 이해하지 못하거든요. 그러나 선생님의 경우는……."

---

41) 헐렁한 남성용 가운의 일종인 실내복. 18세기에 크게 유행하여 손님을 맞이할 때도 입음.

"알겠습니다." 장 바티스트가 말한다.

"네?"

"사도록 하지요."

"그리고, 선생님, 가발을 쓰지 마세요. 앞으로 5년 후면 가발은 완전히 사라질 겁니다. 그때까지는, 저희 가게어 근사한 주머니가발42)이 있습니다. 완전히 사람의 천연 머리카락으로 만들었고요, 매주 대여가 됩니다……."

"그것도 주십시오." 장 바티스트가 말한다.

"보증금 조로 선생님이 입으시던 양복을 맡아도 되겠습니까? 바크 거리에는 저희 가게가 하나 더 있는데…… 뭐랄까 좀 더 보수적인 고객들의 구미에 맞춘 작은 가게이지요. 선생님 양복을 거기에서 팔아 드릴까요?"

"원하시는 대로 하십시오."

"아닙니다. 손님께서 원하시는 대로 해야지요."

"그렇다면 그렇게 하세요." 그는 어깨를 으쓱거린다. "좋습니다."

샤르베와 그의 양복점에서 벗어나서, 엔지니어는 피이야드 거리로 돌아 내려가서 빅투아르 광장을 가로지른 후, 레알 시장과 모나르 씨네 집 방향으로 향한다. 바람이 분다. 바람이 그의 얼굴에 먼지를 뿌리는 바람에 그는 재채기를 한다. 새 양복은 전에 입던 것만큼 따뜻하지 않다. 새 양복은 돌아가신 아버

---

42) 백 위그(bag wig)라고도 부른다. 실크로 만든 주머니에 땋은 머리끝을 처리하여 머리에 뿌리는 전분가루가 떨어지도록 한 가발.

지로부터 받은 선물도 아니다. 그는 포장된 반얀을 가슴에 끌어안는다. 발자국을 뗄 때마다 묘지의 악취는 점점 심해져 간다. 그러나, 악취에도 불구하고, 그는 몇 번이고 머뭇거리면서, 앞쪽을 살펴보기도 하고, 어깨 너머를 두리번거리며, 물건을 들고 문에서 기둥으로, 앙상한 나무로, 돌 여물통으로 옮겨 간다. 전에 이것들을 본 적이 있었던가? 그러다가 문득 프로마쥬리 거리 끝에 서 있는 자신을 발견한다. 작은 가게들은 덧문들이 닫혀 있고, 수레는 손잡이를 아래로 내린 채 세워져 있으며, 자갈들은 구정물에 젖어 있다. 모퉁이에는 무릎을 꿇고 있는 거지가 있지만, 그를 빼면 거리에는 인적이 없다. 거지는 고개를 들고 후드를 젖혀서 상처난 곳들을 보여준다. 그러나 차가운 새 호주머니 속에는 그에게 줄 잔돈이 하나도 없다. 그들은 간단하게 말을 주고받는다. (사과 한 마디, 욕 한 마디.)

그는 모나르 가족과 함께 저녁 식사를 한다. 그가 술을 마셨다는 것을, 온 종일을 술 마시는 데 허비했다는 것을 알아차릴까? 아마 그들은 그의 외양에 정신을 빼앗겨서 눈치를 채지 못한 것 같다. 녹차색 비단은 경탄에 가까운 감정을 불러일으키는 힘이 있는 것 같다. 여자들은 만지고 싶어 하지만 감히 행동으로 옮기지는 못하고 있다. 모나르 씨는 어리둥절한 모양이다. 그는 골똘히 생각에 빠져서, 작은 젖소의 젖을 짜듯, 귓불을 잡아당긴다.

그들은 테이블에 앉는다. 장 바티스트는 입맛이 없다. 모나르 씨의 포도주를 몇 잔 마셔 보지만, 샤르베의 양복점에서 라피트를 마신 후인지라, 이 포도주의 주 원료인 맹물 같은 맛이 난다.

저녁을 먹은 뒤에, 안주인은 조금 더 머물면서 지게트가 피아노를 치는 것을 듣자고 청한다. "잠시 안으로 들어가세요, 선생님. 그들을 그냥 바라보는 것만으로도 코피가 날 지경이었다니까요! 밖에 사람들이 얼마나 많이 모였던지. 피아노가 창 밖으로 매달리자 다들 환호를 했지요. 제가 남편한테 그랬다니까요. 누가 보면 교수형 집행 중인 줄로 알겠다고요."

지게트가 낯선 선율을 짚어 나가는 동안, 그는 그 방에 머물면서 부드러운 녹차색에 몸을 맡긴다. 조율이 안 된 것일까? 진정 저런 소리를 의도한 것일까? 앞이 많이 파진 레몬색 모직 드레스를 입은 그녀는 집중하느라 뾰족하게 입술을 내민 채로 손놀림을 연구한다. 동그랗게 말린 금발 한 줌이 그녀의 이마 앞에 달랑거리고, 그녀가 미간을 찡그려 악보를 보기 위해 고개를 들 때마다 용수철처럼 튄다. 죽은 지 200년이 되었고 복숭아씨 같은 젖꼭지를 지닌 줄리마를 그는 생각한다. 음악이 멈춘다. 다른 사람들과 함께 박수를 친 후, 두 번째 곡과 세 번째 곡도 앉아서 들어야 한다. 모나르 부인은 자랑스러움에 빛나는 얼굴로 그를 바라보며 고개를 끄덕인다. 네 번째 곡이 시작되기 전에 그는 어색하게 일어서서, 몸이 좋지 않다고 핑계를 댄 후, 먼저 자리를 뜨겠다는 양해를 구한다.

"심각한 일은 아니겠지요?" 부인이 묻는다.

그는 아니라고 말하며 그녀를 안심시킨다.

그의 방 안은, 지난밤만큼이나 추운데, 그것은 바깥 세상보다 1~2도 가량 더 춥다는 의미이다. 아직도 땔감이 없다. 마리가 다락방으로 올라가기 위해 그의 방 앞을 지날 때, 그녀에게 필요한 것들을 준비해 놓도록 부탁할 작정이다. 하긴, 여지껏 그가 본 바를 미루어 생각하면, 그녀가 부탁한 것을 해놓을 것 같지는 않다. 그녀가 가진 자유사상의 징후일까? 확신은 없다. 그럼에도 그런 생각이 들었다는 사실에 그는 부끄러워진다. 현대성이 그의 벽난로와 세숫대야를 텅 빈 상태로 방치해 두자, 현대성에 대한 그의 애정이 얼마나 식어버리는지.

그는 꾸러미를 풀고, 반얀을 침대에 펼친 후, 녹차색 외투를 벗고, 조심스럽게 그것을 갠 다음 반얀을 걸친다. 엄청나게 크다. 그는 옷에 푹 파묻힌다. 두 사람이 넉넉히 들어가고도 남겠다는 생각이 든다. 그리고 모자도 있다. 샤르베 씨의 선물인데 같은 재질의 붉은 천으로 만든 타르부시[43]이다. 그는 가발을 벗고 모자를 쓴다. 촛불이 켜진 어둠 속에서 거울에 비친 그의 모습은 마치 베네치아의 원로원 의원 같다. 또한, 어떻게 보면, 부모의 방에 몰래 숨어 들어가서 아버지의 옷을 입어 본 아이 같기도 하다. 그렇다고 그의 아버지가 이러한 옷가지를 소유했을지도 모른다는 말은 아니다. 아버지는 이런 옷을 못마땅하게 여기셨을 것이고, 이것을 입은 당신의 맏아들의 모습을 기뻐하

---

43) 차양이 없고 꼭대기 중앙에서 술이 늘어져 있는 동그란 빨간색 모자.

지 않았을 것이며, 오히려 비웃거나 화를 내셨을 것이다.

그는 거울 속 얼굴에서 고개를 돌려 벽난로 선반 위쪽 못에 걸린 리알토 다리 그림을 바라본다. 이런 것을 입을 생각이라면, 걸맞은 고매한 사고를 가지고 이 옷 속에서 살아야 할 것이다. 단순히 철학자인 척하는 것만으로는 충분하지 않다. 독서하고, 작업하고, 사색하여야 한다. 그는, 더러운 거리에서 여자들이 하는 것을 본 대로, 반얀 자락을 치켜들고, 테이블에 앉아서 촛불을 가까이 끌어당긴 후에, 뷔퐁 백작의 『박물지』 제2권을 연다. 마른 지푸라기 한 줄이 책갈피이다. 그는 얼굴을 찌푸리며 책장을 바라본다. 어류분류학이라…… 좋군. 훌륭해. 한 문단을 읽고 나자, 단어들이 어둡고 반짝이는 물고기들처럼 떼를 지어 그의 머릿속으로부터 헤엄쳐 달아나고, 그 뒤로는 그가 보낸 하루의 영상들이 앙상하게 남겨져 있다. 변명의 여지가 없는 부끄러운 시간과 돈의 낭비. 레지노상의 내부가 떠오르고, 오르간 의자에 걸터앉은 커다란 원숭이 같은 아르망과, 그 둘이 신부로부터 숨는 모습과, 오스트리아 여자가 작은 치즈 덩어리를 사는 모습, 그들을 바라보는 모습, 한순간 그를 향해 똑바로 바라보던 눈빛이 떠오른다. 이곳에 속하지 않은, 여기에 걸맞지 않은 여인. 그리고 나서, 팔레 루아얄, 나무로 된 아랫도리로 서로를 찔러대던 목각 인형들. 밀랍 공주. 그리고 샤르베. 시침핀을 가득 문 그의 미소…….

그는 지푸라기를 다시 끼워놓고 책을 덮은 뒤, 놋쇠자를 손바닥에서 돌린다. 마리가 어디 있는지 알 길이 없다. 내일 아침에 그녀와 이야기를 해야겠다. 더 이상 기다리지 못하겠다.

그는 신발과 녹차색 반바지를 벗는다. 발기가 된 상태라는 것을 발견하고서, 그는 호기심이 일기도 하고 당황스럽기도 하다. 음주, 육욕적 포도주의 이상한 후유증인가. 그는 자신의 성기를 셔츠 위로 잡는다. 육체의 삶이 진정한 삶인가? 대서양 중앙을 항해하는 선원들이 보게 되는, 돛대 끝을 맴도는 성 엘모의 불처럼 정신은 기이한 불에 불과한가? 이 작은 사색을 즐기면서(그는 이런 것을 전혀 믿지 않는다), 메모를 하기 위해 쓸 펜처럼 자신의 성기를 쥐고 있을 때, 복도에서 들리는 소리에 화들짝 놀란다. 나무에 대고 손톱을 천천히 긁는, 이제 그에게는 친숙하게 들리기 시작하는 소리이다. 그는 기다린다. 소리가 다시 난다. 그는 문으로 간다.

그가 문을 열자 라구가 수수께끼같은 노란 눈으로 그를 올려다 보고 있다. 해질 무렵이 되면 빛나는 꽃처럼 두 눈이 스스로 빛나는 듯하다. 그는 쭈그리고 앉아 고양이의 머리를 쓰다듬고 귀를 매만진다.

"알겠네, 친구. 하지만 한밤중에 내 목을 할퀴면 안돼."

불 꺼진 복도 반대편 끝에서 무엇인가 어른거리는 듯하여 그는 멈칫하고 실눈을 뜬다. 지게트 모나르다. 잠옷 바람에 머리는 풀어헤쳐 산발을 하고 있다.

"고양이가 왔습니다." 그는 말한다.

"라구 말인가요?" 그녀가 대꾸한다.

"네." 그는 여전히 발기 상태인지라 일어설 수가 없다. 이런 불빛 아래서도 그 사실을 숨기기란 불가능하리라.

"시간이 많이 늦은 것 같습니다." 그는 말한다.

"이곳 생활이 즐겁기를 바래요."

"그렇게 될 것 같습니다."

"작업은 시작하셨나요?"

"그런 셈입니다. 준비 작업을 시작했습니다."

그녀는 고개를 끄덕인다. "그럼 안녕히 주무세요, 선생님."

"안녕히 주무세요, 아가씨."

그녀는 몸을 돌려 자신의 방으로 되돌아간다. 장 바티스트는 일어서서 이제야 드디어 자신의 사타구니 사이에서 고개를 숙이는 놈을 바라본다. 침대 끝에서는 라구가 앞발을 핥고 있다. 장 바티스트는 어깨를 들썩여 반얀을 벗어 의자 등받이에 잘 걸쳐둔 후 촛불을 불어서 끄고, 어둠 속을 더듬어 약간 축축한 시트 속으로 들어간다. 그리고 나서⋯⋯

"너는 누구인가? 나는 장 바티스트 바라트이다. 어디서 왔는 가? 노르망디의 벨렘에서 왔다. 무엇을 하는 사람이냐? 왕립 토목학교에서 교육을 받은 엔지니어이다⋯⋯"

어떤 밤에는 다른 때보다 더 설득력 있게 들린다.

7

한 소녀가 레지노상 내 매장지를 가로질러 간다. 한 손에는 암탉의 발에 노끈을 묶어 대롱거리며 들고, 다른 쪽에는 각종 채소, 과일 약간, 흑빵 한 덩이로 가득한 소쿠리를 들고 있다. 늘 그렇듯이, 그녀는 시장의 마수걸이 손님이다. 새벽 거래의 중요한 부분을 이루는 하인들 사이에 보이는 그녀의 호리호리한 몸매와 숱 많은 적갈색 머리카락은 낯익은 풍경이다. 그녀가 들르는 가게의 장사꾼은 절대 그녀를 속이지 않는다. 그녀는 청과물을 눌러 보거나 두드릴 필요도 없고, 손가락이 부르튼 주방 하녀들이나 한두 단계만 더 내려가면 극빈층이 될 몰락한 가문의 깡마른 여주인들처럼 코를 킁킁거리거나 가격을 깎으려고 흥정을 할 필요도 없다.

상인들은 빠르고 정중하게 그녀를 대한다. 할아버지의 건강이 어떤지, 뻣뻣한 관절은 좀 괜찮은지 안부 정도는 물을 수 있어도, 그녀를 오래 붙들고 있을 사람은 아무도 없으리라. 사람들이 그녀를 싫어해서 그런 것은 아니다. 잔느를 싫어할 이유가 어디에 있겠는가? 그러나 그녀는 묘지벽의 반대편, 18세기 말엽을 살아가는 대부분의 사람들이 생각하고 싶어 하지 않는 장소에서 산다. 그녀는 친절하고 예쁘고 예의바르다. 그녀는 또한 적갈색 머리를 한 작은 저승사자이기도 하다.

아침은 차갑고 아름답게 빛난다. 페르 거리로 난 문으로부터 교회 모퉁이에 있는 교회지기의 사택으로 나 있는 오솔길을 따라 오는 동안, 그녀의 그림자와 암탉의 그림자가 뻣뻣한 풀 위를 미끄러져 간다. 이 오솔길에는 그녀의 발 이외에 다른 흔적은 없다. 그녀가 지나가는 땅에는 가끔씩 고르지 않은 곳도 있다. 무덤이 꺼진 곳에 풀이 얕은 구멍 모양을 이루며 누워 있다. 길을 잘 모르는 방문객은 부주의하게 이런 곳에 가끔 빠진다. 허리나 어깨까지 빠지기도 하고 심지어는 몸이 완전히 사라지기도 한다. 그러나 잔느는 그렇지 않다.

소녀는 십자설교대[44] 근처에서 멈춘다. 한때는 거친 눈빛의 남자들이 군중들에게 열변을 토하기 위해 기대어 섰던 돌과 쇠로 만들어진 십자가 기둥. 계단의 끝에는 햇살 속에서 동전처럼 빛나는 씨주머니가 달린 루나리아가 한 무더기 피어 있다. 그녀는 허리를 굽혀 몇 개를 꺾어서 소쿠리에 넣는다. 레지노상에서는 이런 것들이 별로 자라지 않는다. 대지는 과로로 기력을 모두 소진하였다. 그러나, 50년 동안 교회지기로 일한 그녀의 할아버지의 말에 따르면, 그가 처음 거기로 부임했을 때만 해도 봄이 되면 묘지는 시골 초원 같았다고 하고, 그의 전임

---

44) 설교를 위해 지정된 실외의 장소에 세워진 십자가. 연단이 함께 붙어 있기도 함.

자가 있었을 때에는 신부와 그 지역 사람들이 거기서 가축을 먹이고 그곳의 풀을 베어 건초를 만들었다고 한다.

그녀는 암탉을 집어 든다. 다시 거꾸로 매달린 닭은 즉시 기절한다. 그녀는 교회의 무거운 그림자의 바로 바깥쪽 길로 걸어간다. 늑장을 부리면서, 담벼락 너머로 파리시가 부산하게 아침을 맞이하는 소리에 귀를 기울인다. 시장의 우리에 갇힌 거위 소리, '새우 사세요'를 외치는 소녀의 소리, 페로네리 거리에 있는 유모의 집에서 나는 아기의 울음 소리…….

어린 소녀였던 시절 (마지막 매장이 있었을 때 그녀는 아홉 살이었다) 묘지에는 고유의 소리가 있었다. 석수장이의 쿵쿵 소리, 삽의 리듬, 교회 종소리. 이제, 소녀 한 명과 노인 한 사람이 얼마나 많은 소음을 내겠는가? 밤에 담을 넘어 들어오는 불청객에 의해 이곳의 평화가 방해받는 경우를 제외하면, 이 장소는 고요하다. 2년 전 겨울 새벽에, 랭쥬리 거리 모퉁이에서 결투가 벌어졌다. 그녀와 할아버지는 잠시 무기가 부딪히는 소리와 마지막에 난 비명소리를 사택 안에서도 똑똑히 들을 수 있었다. 할아버지는 그 일이 있은 지 만 하루가 지나서야 집 밖으로 나가셨다. 그들이 남기고 간 것이라고는 짓밟힌 잔디와 찢어진 셔츠의 피 묻은 조각뿐이었다.

그리고 나면, 연인들이 있다. 그 방면으로 그녀가 보지 못한 것은 거의 없다. 바로 지난 8월에만 해도, 흐릿하고 노란 달 아래에서, 몸매를 보아하니 짐꾼인 것 같은 소년이 요정의 여왕처럼 예쁜 또래 소녀와 함께 하는 것을 지켜보았다. 그와 소녀가 관계를 가졌을 때, 소녀는 고양이 같은 소리를 냈다. 그리고 그들은 잠시 달을 바라보거나 가져온 술을 마시려고 중단하는 것 말고는, 한 번도 아닌 서너 번씩, 쉬지도 않고 사랑을 나누었다. 다음날 그녀는 그들이 침대로 썼던 페이롱 가의 무덤에 비스듬히 놓인 병을 발견했다. 그 안에는 아직도 포도주가 한 모금 정도 들어 있었고 그녀는 맛을 보았다. 그것이 목구멍을 타고 흐르는 것을 느꼈고, 그리고 난 뒤 무덤 아래에 난 구멍 속에 병을 숨겨 놓았다.

가끔씩, 드물게, 안경을 쓰고 있는 늙은 신부, 어둠 속의 날개 없는 큰 박쥐를 본다. 또 가끔씩 붉은 머리의 음악가도 본다. 그는 용변을 보러 밖으로 나오다가 그녀가 보이면 언제나 손을 흔든다. 그의 손을 보고 싶다. 그의 손은 특별함에 틀림없다. 특별한 손만이 그가 만들어내는 그 소리, 매달 한두 번은 교회의 검은 벽을 타고 스며들어 그녀의 가슴을 뛰게 만드는 그 음악을 창조할 수 있으리라.

집 밖에서, 그녀는 고개를 들어 따뜻한 가을의 태양을 얼굴에 받는다. 그런 후, 그 감촉에 생기를 얻고 위안을 받아 집 안으로 들어간다. 할아버지는 부엌에 계신다. 그녀는 닭을 가져가, 할아버지가 닭털 속에 손가락을 파묻을 수 있도록 치켜든다. 그는 만족의 표시로 짧게 끙 하는 소리를 내고 나서, 턱으로 부엌 옆에 붙은 사택 사무실을 가리킨다. 좁은 아치 창문이 달려 있는 그 방은 흰 페인트 칠이 되어 있는데, 수많은 기록 문서들이 먼지와 쥐똥을 뒤집어쓰고, 습기 때문에 심히 얼룩덜룩해진 상태로, 내려앉은 선반에 줄지어 꽂혀 있다.

한 남자가 그 중 한 권을 꺼내 펴 들고 책상 앞에 서 있다. 그는 그것을 유심히 들여다보며, 책장을 한 장 넘기고, 손수건을 얼굴에 댄 뒤, 눈을 감고 숨을 깊이 들이마신 후에, 손수건을 다시 외투 호주머니 속에 찔러 넣는다. 단추가 열려진 외투 안으로 상추 속 같은 녹색 양복이 들여다보인다.

암탉이 꼬꼬거린다. 그 남자는 부엌 쪽으로 돌아선다. 그녀를 향해 목례하더니, 그녀가 아무런 말을 하지 않자, 그녀에게 자신의 이름을 말한다.

"기록을 보고 있었습니다." 그가 덧붙인다.

"그렇군요." 그녀가 대답한다.

그는 다시 고개를 끄덕이고, 책으로 시선을 돌린다.

"포도주 좀 드릴까요, 선생님? 커피도 약간 있답니다."

소녀의 말에 그는 얼굴에 손수건을 다시 갖다 대고 고개를 가로젓는다. 손수건에는 불쾌할 정도로 향수가 강하게 뿌려져 있다. 할아버지는 암탉을 밖으로 데리고 간다.

"외지인이신가요?" 그녀가 묻는다.

"저는 노르망디에서 왔습니다." 그가 말한다. 그는 잉크로 표기된 줄을 꼼꼼히 손가락으로 짚어 내려간다. 1610년 가을에 일곱 명의 플라셀 씨들이, 차례차례로 죽었다. 한 달도 채 안 되는 시간 동안 일곱 명이나.

"그러실 줄 알았어요." 그녀가 말한다.

"왜지요?"

"선생님을 뵌 적이 없거든요."

"파리에 사는 모든 사람들을 다 아십니까?"

"이 동네에 사는 사람들은 다 알아요." 그녀가 대답한다.

"플라셀 가족을 아십니까?"

"아니요." 그녀는 말한다. "여기에 플라셀이라는 성을 가진 사람들은 없어요."

"예전에는 있었지요." 그가 응수한다. 그는 책을 덮고 그녀에게로 다가간다. 밖에서 미친 듯이 꼬꼬댁 소리가 들리더니 갑자기 조용하다.

"아가씨가 잔느이십니까?" 그가 묻는다.

"네." 그녀는 그의 목소리에 묻어나는 억양을 듣고 웃는다.

"아가씨가 묘지를 보여줄 거라고 할아버지께서 말씀하셨습니다. 아가씨는 구덩이가 어디에 있는지 안다고 하시더군요."

"구덩이라구요?"

"매장 구덩이 말입니다."

"그건 곳곳에 널려 있어요." 그녀가 말한다.

"그래도 안내를 해주실 수 있나요?"

그녀는 어깨를 으쓱인다. "원하신다면요."

노인이 들어온다. 닭의 대가리는 한 손에, 부드럽게 경련하는 몸뚱이는 다른 손에 있다. 핏방울이 씨앗처럼 부엌의 돌바닥에 쏟아진다.

그들은 남쪽 납골당부터 시작한다. 페로네리 거리에 접한 회랑인데, 시커매진 돌멩이로 되어 있다. 회랑으로 들어가는 아치 중 몇 군데는 사람 키 정도 되는 녹슨 철문으로 막혀 있고, 나머지는 열린 상태이다. 아치 위에는 레지노상에 들어서자마자 보이는 다락이 있는데, 쇠창살 뒤에 뼈들이 수북하다.

잠시 주저한 뒤, 장 바티스트는 아치 하나를 통과해 들어간다. 발 밑에 있는 돌 위에 글씨가 새겨져 있다. 그는 쭈그리고 앉아, 손가락 끝으로 글자를 만진다. 헨리 아무개, 사망, 그의 아들도, 사랑하는 어쩌고, 누구의 아내, 고인의, 신앙심이 깊은, 허망한, 자비를 베푸사, 육체는, 영원으로, 천사백 몇 년도.

그는 일어서서 회랑을 따라 난 작은 길을 걷는다. 햇빛이 비치는 모습이 희한하다. 어떤 것은 또렷하게 비치지만 다른 것들은 잘 보이지 않는다. 돌에 새겨진 섬세한 꽃무늬 장식과, 얼굴에 돌 베일을 쓴 돌 여인이 보인다. 좁은 계단은 아마도 그 다락으로 연결되는 것 같다. 그의 신발이 석조물의 일부에 걸린다. 그 소리에, 보이지는 않지만 가까이에 있던 생물들이 갑자기 부스럭거리며 도망가는 소리가 연달아 들린다. 그는 몸을 돌려, 입구로 바삐 돌아온다.

그는 공책과 긴 아마亞麻 노끈 한 개를 들고 있다. 그가 길이를 잴 때는 잔느에게 끈의 한쪽 끝을 잡아달라고 부탁한다. 그리고 나서, 휴대용 잉크통과 철촉이 달린 펜으로 공책에 뭔가를 쓰고 스케치를 한다. 그는 질문이 많다. 그녀는 그의 질문에 모두 대답하고, 그는 그녀의 대답을 종이에 끄적거린다. 가끔 그는 눈을 감고 손수건을 꺼낸다. 그녀에게 글을 읽을 줄 아는

지 물어본다.

"약간요." 그녀는 대답을 하고, 돌에 새겨진 글을 가리킨다.

"'익 자체트(Hic Jacet)[45]'" 그녀가 읽는다. "그리고 저기는 '익 레퀴에시트(Hic Requiescit)[46]' 라고 되어 있어요. 또, 저건 '익 케스트 세풀투라(Hic est Sepultura)[47]' 이고요."

그는 고개를 끄덕이며, 희미하게 미소짓는다.

그녀는 말한다. "선생님이야말로 글을 잘 읽으시지요."

"저는 엔지니어이거든요. 그게 무엇인지 아십니까?"

"성직자 같은 분이신가요?"

"뭔가를 세우는 사람들이지요. 구조물 같은 것 말입니다."

"벽 같은 것을 세우나요?"

"다리 같은 것을 만들지요."

그는 그녀에게 가장 최근의 매장 구덩이가 어디에 있는지 묻는다. 그녀는 그를 인도한다. 그는 아래를 보고, 주변을 둘러본다. 구덩이와 그 주변에 생긴 땅의 움푹한 부분을 구분할 만한 눈에 띄는 표식이 없다.

"확실합니까?"

"네."

"이곳이 5년 전에 봉해져서 닫혔다고요?"

"네."

---

45) 이름과 함께 묘비에 새기는 라틴어구. '여기에 누워 있다.' 라는 의미.
46) 묘비에 새기는 라틴어구. '여기에 쉬다.' 라는 의미.
47) 묘비에 새기는 라틴어구. '여기에 묻히다.' 라는 의미.

“그 당시에는 어린아이였겠군요. 그런데도 기억을 합니까?”

“네.”

그들은 걷기 시작한다. (그는 계속 움직여야 한다.) 구덩이마다 차례차례.

“또 이것은요? 방금 전의 것보다 오래되었습니까?”

“네.”

“그리고 이것은요?”

“그건 더 오래되었답니다.”

그는 지도를 만든다. 그녀는 펜촉의 각도에 따라 선이 가늘어지기도 하고 굵어지기도 하는 모습을 바라본다. 숫자들과 짧은 단어들도 써넣어진다. 이것에는 어떤 아름다움 같은 것이 느껴진다.

“저것은 무엇인가요?” 그녀는 구불구불한 선을 가리키며 묻는다. 그가 해골 반쪽같이 생긴 모양을 그리는 것을 그녀는 몇 번 보았다.

“물음표입니다. 뭔가 불확실한 내용을 쓸 때 사용하지요.”

그녀의 표정이 굳는다. “그러면 제 말을 믿지 않으셨군요.”

그녀의 말을 믿지만, 땅 속에 있는 것은 숨겨져 있기 때문이라고 그는 말한다. 숨겨져 있는 것은 정확히 알 수가 없다.

“선생님은 정확히 아실 수 없겠지요.” 그녀는 대꾸한다. 그녀의 대답이 건방지게 들리지 않는다. 그는 잠시 생각을 하는 듯하더니, 책과 잉크통을 덮고, 펜촉을 닦는다.

“오늘은 그만 합시다.” 그는 말한다. 교회지기의 사택으로 걸어가면서 그는 묻는다. "이곳을 떠나고 싶지 않으십니까? 다른 곳에서 살고 싶은 생각이 들지 않나요?"

"저는 다른 곳은 아는 데가 없어요. 그리고 그들을 누가 돌보겠어요?"

"그들이라니요?"

그녀는 주변의 땅을 가리킨다. "죽은 자들 말이에요."

소녀와 교회지기 노인과 헤어지고 나서, 그는 교회로 들어간다. 소녀는 그가 사용할 수 있는 문을 알려주었다. 시체와 장례식 참석자들이 지나가야 하는 큰 문 말고, 그 옆으로 난 작은 문인데 상인방이 너무 낮아 그는 고개를 숙이고 지나가야 한다. 몇 걸음을 걷자 지옥처럼 검은 현관이 나오고, 두 번째 문으로 들어가면 교회 본당이 나온다. 그는 남쪽 통로 뒤편에 서 있다. 앞쪽에, 제단 위에 있는 장미 창문의 일부가 보인다. 그를 제외하면, 다른 인기척은 없다. 그는 돌아다니기 시작한다. 왼쪽에서 오른쪽으로, 신도석 등받이 뒤쪽으로, 꿈꾸는 기둥을 지나, 본당 신랑身廊[48]을 가로질러, 크고 울타리가 쳐진 무덤을 지나간다. 무덤 아래에는 갑옷을 입은 남자와 금속으로 된 아내가 가녀린 손을 기도하듯 포갠 채로 나란히 누워 있다. 그는 북쪽 벽에 도달하여, 오르간을 향해 걷는다. 오늘은 아르망 드 생 메

---

48) 네이브(nave) 또는 중랑(中廊)이라고도 함. 십자형 교회 건축에 있어서 중앙 회랑에 해당한다. 교회 내에서 가장 넓은 부분이며 보통 예배자를 위해 긴 의자가 설치되어 있는 장소임.

아르가 보이지 않는다. 약간 실망스럽기도 하고, 약간 안도감이 든다. 오르가니스트가 새 양복을 칭찬하는 소리를 들으면 마음이 편해졌을 텐데. 물론, 그렇게 되면 또 술을 퍼마시고 법석을 떨면서 하루를 허비하는 일로 이어졌을 것이다.

그는 오르간 의자에 앉아서 건반 위에 손가락을 움직여 본다. 오른쪽과 왼쪽으로 여러 줄의 스톱과 우아하게 세공된 나무 손잡이들과 상아로 보이는 손잡이들이 있다. 하나를 잡아당긴 뒤, 몸을 기울여 페인트 칠이 되어 있는 것을 읽기 위해 애쓰지만, 글자가 지나치게 화려한 고딕체인 데다, 화학명처럼 약어로 되어 있다. 그는 그것을 다시 밀어 넣는다. 교회 전체에서 관심이 가고 마음이 끌리는 것은 이 악기뿐이다. 이것을 구할 수 있을까? 분해하고 싸서 보관했다가 다시 조립할 수 있을까?

그는 의자에서 일어나서 통로로 내려와 페르 거리로 난 문을 찾아, 석조물과 명판 사이로 크고 작은 그림자를 살피고 있을 때, 위쪽의 칠흑 같은 어둠 속에서 커다란 목소리가 불벼락처럼 떨어져 그를 후려친다.

"너! 누구냐?"

누군가가 그를 보고 있으나 그는 상대를 보지 못한다는 점에 그는 공포감을 느낀다. 가죽 같은 날개가 둔탁한 소리를 내며 떨어지기를 기대하는 것처럼 그는 인상을 쓰고 올려다본다.

"당신은 음악가가 아니야. 나는 그의 발걸음 소리를 알아! 누구냐?"

둥근 천장 아래에서 메아리는 검은 새떼처럼 푸드덕거린다.

소리의 근원지를 찾아내는 것은 불가능하다.

"대답하라고, 불한당 같으니라구!"

이제 그의 눈에 문이 보인다. 세 번 시도를 한 끝에 열쇠를 문에 넣는데 성공하지만, 그것은 하숙집의 열쇠라는 것을 깨닫는다. 또 다른 열쇠를 집어 넣고, 그것을 돌린 후, 문을 당긴다.

"누구야? 누구냐고!"

이제 그는 바깥이다. 페르 거리에 나와 서 있다. 거리는 유황불에 활활 타고 있지 않다. 히에로니무스 보스[49]의 그림에서 나온 듯한 혐오스러운 동물이나, 마귀와 사귀는 창백한 여자도, 고통받는 영혼들을 토해내는 좌초된 고래도 없다. 이탈리아 분수 가에서 대여섯 명의 세탁부가 빨래를 하고 있을 뿐이다. 그들 주변의 바닥은 반짝인다. 두 명이 흘낏 쳐다본다. 그 교회에서 누군가가 나왔다는 사실에, 그것도 한 번도 본 적 없는 남자가 나온 것에 놀란 듯하지만, 곧 일감으로 눈을 돌리고 차가운 팔을 찬물에 풍덩 담근다. 때를 잘 빼려면 힘을 실어 열심히 치대야 한다.

---

49) Hieronymus Bosch(1450~1516): 네덜란드 화가로 특이한 색채를 사용하여 기괴한 괴물, 납 속의 유령, 텅 빈 눈과 특이한 몸을 한 사람 같은 공포스러운 지옥 세계를 많이 그렸고, 20세기 초현실주의에 큰 영향을 끼침.

8

그는 방에 앉아, 다마스크로 몸을 감싼 채, 덧창이 열려 있는 창문을 통해 교회를 바라본다. 해가 뉘엿뉘엿 저물고 있지만, 레지노상의 돌들은 이미 캄캄하다. 창문은 잠시 검푸르게 불탄다. 10월 말의 붉은 태양처럼 멀고 온화한 불이라기보다는, 교회 안의 대학살 쇼같이 보인다. 곧, 불은 혀를 날름거리며 잦아들더니 정면 전체가 균일한 어두움에 합류한다. 교회지기의 사택에서 흘러나오는 저녁 첫 촛불의 희미한 빛을 엿볼 수 있을까 하는 생각에 그는 의자에서 일어나지만, 아직은 아무것도 없다. 아마 그 사람들은 노르망디의 농부들처럼, 그 농부들의 가축처럼, 일하기에 너무 어두워지면 곧바로 잠자리에 드는지도 모른다.

그 소녀는 사고가 단순한 사람이었을까? 그렇지 않다고 생각한다. 그러나 발굴을 시작하면 발견하게 될, 거친 풀 아래에 있는 것들에 대한 그녀의 설명을 믿을 수 있을까? 그는 믿을 수밖에 없다고 생각한다. 그 외에 다른 지표로 삼을 만한 것이 많지 않기에. 늙은 교회지기의 기억력, 쥐들이 대대로 저녁거리로 삼아온 기록 문서들…….

그는 의자를 돌려, 테이블을 향해 앉는다. 그는 부싯통을 가지고 애를 쓴 끝에 가까스로 양초에 불을 붙이고, 그것을 아침에 그가 끄적거린 공책의 가장자리에 바짝 밀어 놓았다. 그는 자신의 스케치를 관찰하고, 숫자 옆을 손가락으로 짚어보며, 이 모든 것을 거장 페로네 선생이 자신의 연구실로 가면서 학생들에게 던졌던 순수 공학 문제처럼 바라보려고 노력한다. 대지가 몇 평방미터의 크기일 때, 석편이 몇 수레나 드는지…… 인부가 몇 명일 때 몇 시간이 필요한지. 계산을 하고, 공식을 구하면. 짜잔! 물론, 만약을 위해 여분을 좀 두어야 한다. 페로네 선생은 늘 강조하였다. 어떤 사업에든 늘 존재하는 불확실성을 위해 여분을 항상 두어야 하며, 풋내기 엔지니어들은 언제나 그것을 무시하다가 뒤늦은 후회를 한다고.

그는 공책 뒤쪽에서 백지 한 장을 떼어 내어 잉크통을 열고 펜촉을 적셔서 글을 쓰기 시작한다.

장관 각하,

교회와 묘지에 대한 사전 조사를 끝냈으며, 각하께서 제게 맡겨주신 일을 착수하는데 아무런 문제가 없음을 보고드립니다. 묘지 작업에 최소한 서른 명의 유능한 인부들을 고용해야 하고 교회 작업에도 또 같은 수의 인부가 필요합니다. 그 중에 일부는 철거 기술 경험이 있었으면 합니다. 추가로, 말 여러

필과 마차 몇 대, 또 목재가 넉넉히 필요합니다.

묘지에 관련하여, 지하묘소, 납골당, 매장 구덩이에서 유골을 옮기는 것은 물론이고, 묘지 전체의 표면을 2미터 깊이로 파서 도시 밖에 사람들이 살지 않는 지역으로 나르거나, 멀리 해안가로 보내어 바다에 넣기를 추천합니다.

유해를 옮길 장소가 마련되었는지 여쭈어도 되겠습니까? 또한, 교회 내에서 성물과 성보 이외에 보존할 다른 것은 무엇입니까? 예를 들어 독일제 오르간을, 각하께서 원하시면, 분해하여 보존할 수 있을 것입니다.

각하의 충직한 종,
장 바티스트 바라트 엔지니어 올림

그는 젖은 잉크에 뿌릴 모래가 없다. 그는 그것을 후후 불고, 펜촉을 닦는다. 아래층으로부터 저녁식사를 알리는 방울 소리가 낮게 울린다. 또 죽은 자의 음식을 먹겠군. 그는 어깨를 꿈틀거리며 반얀을 벗고, 녹차색 재킷을 집은 뒤, 아래로 내려가기 전에, 한 손에 촛불을 들고 창가에 잠시 서 있는다. 이것은 물론 엉뚱한 상상에서 나온 변덕스러운 행동이자, 다른 사람에게 설명하고 싶지 않은 충동적인 행동인데, 그는 마치 신호를 보내듯 촛불을 양 옆으로 움직인다. 누구에게? 저 아래 캄캄한 묘지에서 도대체 누가, 혹은 무엇이 여기를 바라보고 있겠는가? 잔느? 아르망? 신부? 수백만의 죽은 자를 지키는 움푹 파인 눈의 파수꾼들? 혹은 앞으로 다가올 시간 속에서 묘지에 누워,

저 위에 있는 창문 너머의 깜빡이는 불빛을 보고 있는 미래의 그 자신? 바로크 시대의 무지와 미신이 그와 같은 지성인에게 조차 끼칠 수 있는 힘을 보라! 이것에 넘어가서는 안 된다. 장관이 이야기하는 괴물, 납골당의 개를 닮은 늑대를 믿는 따위의 관습은 그가 끝낼 것이다.

파리시 위의 별들은 하늘에 던져진 유리알 파편이다. 기온이 떨어진다. 한두 시간 후면 공원, 연병장, 궁원宮苑, 묘지 등의 잔디에 첫 서리꽃이 필 것이다. 가로등은 펄럭이며 타고 있다. 불이 꺼지기 전 마지막 반 시간 동안은 어두운 오렌지색을 내면서 주변을 거의 밝히지 못한다. 부자들이 사는 교외에는 야경꾼이 시간을 알린다. 빈민촌에서는 둔한 그림자들이 서로의 온기 속으로 파고들기 위해 애쓴다.

모나르 씨네 집에서는, 지붕 아래에 있는 작은 방 안에서 하녀 마리가 어둠 속에서 무릎을 꿇고 있다. 그녀는 양탄자를 둘둘 말아 놓고 하숙객의 방을 훔쳐본다. 하숙객의 침대 바로 위에 나 있는 옹이구멍에 눈을 대고 있다. 음악가도 이렇게 지켜보았지만, 그녀가 구멍을 낸 것은 아니다. 그녀가 이 집에 들어온 지 일주일 뒤에 발가락으로 우연히 발견하게 되었다.

하숙객의 방으로부터 약간 매캐한 공기가 올라와서 그녀의 눈이 따갑다. 오늘 밤 그의 방에서 벽난로를 피웠는데, 그것은 아직도 타고 있어서 최소한 그녀가 그를 볼 수 있다. 이불 밑에 있는 그의 모습, 그의 창백한 입, 그의 감긴 눈가의 부드러움. 침대 옆 테이블에는 퍼진 책과 길쭉한 놋쇠자가 놓여 있다. 필기구도 보인다.

그녀가 보고 싶어 하는 것은 그들이 잠드는 바로 그 정확한 순간이다. 그녀는 나름의 수집가이다. 더 좋은 운을 타고나서 돈이 더 많은 여자들은 골무나 예쁜 단추를 수집하겠지만 그녀는 돈이 들지 않는 것을 모은다. 물론 그녀는 주의해야 한다. 그 작은 구멍이 그녀를 배신하지 않도록. 그들이 위를 쳐다볼 때, 감초색으로 번들거리는 인간의 눈을 보게 되면 안 된다.

새로 온 이 사람, 회색 눈의 외지인은 등을 침대에 대고 누워 있는데, 그의 몸은 오른쪽으로 약간 틀어져 있고 오른팔과 손은 이불 위로 나와, 바깥쪽으로 아래를 향해 뻗어 있다. 그의 손은 손바닥이 위를 향하게 놓여져 있으며, 손가락은 느슨히 구부러져 있다. 손가락이 떨리는 것일까, 아니면 거의 다 타버린 숯덩이의 장난일까? 그녀는 자신의 눈을 비비고 다시 본다. 마치 그가 편 손으로 스스로를 놓친 것 같다고 그녀는 생각한다. 그의 정신은 검은 양모 실타래처럼 방바닥 위를 데구루루 굴러가면서, 실을 풀고, 또 풀고……

동쪽으로 조용한 열 개의 거리를 지나면, 에쿠프 거리에 있는 아파트 삼층의 커다란 침대에 아르망 드 생 메아르가 덩치가 큰 여인과 널브러져 있다. 그의 집주인이자 정부情婦인 리자 사제는 두 아이가 있으며, 다섯 살이 되기 전에 땅 속으로 들어 간 아이가 둘 더 있는 과부이다. 비몽사몽 간에 그녀는 침대에 서 빠져 나와, 요강에 쭈그리고 앉아 오줌을 누고, 낡은 헝겊으 로 밑을 닦은 뒤, 다시 침대로 들어간다. 그녀가 다시 눕자, 오 르가니스트의 손은 졸린 듯 그녀의 허벅지로 기어 올라가서, 그녀의 뜨거운 피부 위에서 느린 아르페지오를 한 번 연주를 한 뒤, 자리를 잡고, 쉰다.

서쪽으로 가 보자. 레지노상 묘지와 고요해진 시장의 서쪽은 생 외스타슈 교회와 상당히 가까워서 종이 울리면 보통 대화가 들리지 않는 지역인데, 오스트리아 여인, 엘로이즈 고다르가 침대 가장자리에 옷을 차려입고 앉아서 요한 볼프강 폰 괴테의 작품 『젊은 베르테르의 슬픔』을 읽고 있다.

그 책은, 그녀가 모은 다른 책들과 마찬가지로, 강변에 큰 도 서 매대를 두 군데 운영하는 상냥하고 학구적인 신사 위즈보 씨로부터 대금의 일부로 받은 것이다. 매달 첫 번째 화요일이 면, 그녀가 상자에서 책을 고르는 동안, 그는 반바지를 발목까 지 내린 채로 그녀의 뒤에 있는 등받이 없는 의자에 앉아서 기 다린다. 그녀가 그에게로 돌아와서는, 놀란 척 법석을 떨고, 상 스러운 말로 그를 꾸짖는 흉내를 낸 뒤, 그가 용서를 빌면, 그의 반바지를 끌어올려 입혀주고, 신속한 움직임으로 책을 싼다.

그녀는 오를레앙—파리 국도에 있는 여관의 주인인 부모 덕 분에 읽는 법을 배웠다. 그들은 출장서비스에 그녀를 내보낼

작정이었고, 어떤 신부에게 글을 배우도록 했는데, 그는 그녀
와 함께 초보자용 교본을 보면서, 그녀의 속치마 밑을 잘 익혔
다. 나중에, 그녀는 돈을 펑펑 쓰는 여관 단골 손님들에게, 종
종 그녀의 부모가 보는 앞에서, 똑같은 몹쓸 짓을 당했다. 그녀
의 부모는 이것을 자신들의 업종에서는 흔히 일어날 수 있는
일이라고 보았으며, 딸의 눈물과 말없는 애원의 눈길을 무시하
기로 하였다. 결국 그녀는 부모로부터 아무것도 기대하지 않게
되었고, 그들로부터 그리고 온 세상으로부터 그녀의 감정을 철
저히 숨기는 법을 배웠다.

그녀에게 촛불은 엄청난 사치이다. 그녀는 오로지 밤에만,
밤의 고요와 은밀함 속에서만 책을 읽는다. 그녀는 한꺼번에
두 개, 심지어는 세 개씩 촛불을 켠다. 아침에 충혈된 눈으로
나타날 수는 없는 노릇이다. 추운 날씨에는 방의 한기를 막기
위해 망토를 입는다. 불쌍한 베르테르는 사랑에 빠져 있다.

〈"오늘 그녀를 보게 된다!" 나는 행복감에 가득 찬 채로 일어
나서 외친다.〉

비극으로 끝날까? 위즈보는 그녀에게 말해주지 않고 그저 미
소를 짓는다. 그녀 같은 여자가 사랑 이야기를 좋아할 줄은 몰
랐다는 듯. 물론 그녀는 꿈꾸는 소녀도 아니요, 순진하지도 않
다. 그녀는 남자에 관해서도 알고, 세상이 어떻다는 것도 많이
알고 있다. 그러나 사랑을 포기하는 것은, 어떠한 역경을 겪어
왔든지 간에, 어려운 일이다. 언젠가 다시 찾고 싶은 그리운 고
향처럼 사랑에 대한 생각을 떨쳐 버리기란 힘들다. 너무나도

힘들다. 그녀는 손가락에 침을 묻히고, 책장을 넘긴다.

레지노상 교회 안, 제의실祭衣室에서는 콜베르 신부도 잠들지 못하고 있다. 누더기 매트리스가 있는 서랍형 이층침대 아래칸도 있지만, 그는 대체로 목제 팔걸이의자에 앉아서, 큰 머리를 가슴 쪽으로 숙이고 꾸벅꾸벅 끄덕이며 잔다. 그는 잘 때 침을 흘린다. 그의 앞가슴에 있는 검은 천은 그가 일어날 때면 축축하게 젖어 있다. 별로 큰 문제는 아니다. 그를 보는 사람도 없고, 설령 있다 해도 그는 신경 쓰지 않는다. 그는 테이블 위에 작은 램프를 켜 둔다. 심지는 기름에 떠 있고, 한때 성 세바스티앙 예배실 안에서 펄럭거렸을 작은 불꽃은 그의 안경 너머로 새파랗다. 이 도시의 밤에는 사탄과 그의 추종자들이 활개를 친다. 콜베르 신부는 램프도 없이, 칠흑같이 끝없는 어둠 속에서 그들을 마주치고 싶지 않다. 그들과 마주치게 될 거라는, 마주쳐야만 한다는 사실은 이미 그가 받아들였다. 오늘 낮에 오르간 주변을 살살 돌아다니던 그들의 정찰병 한 놈을 그가 깜짝 놀라게 한 것 같기도 하다. 교회 건물 전체가 뒤숭숭하지 않은가? 지하묘소에 잠든 이들이 공포에 질려 부드러운 신음소리를 내는 것을 그가 듣지 않았던가? 도움이라든가, 불침번을 서는 부담을 함께 짊어질 사람 같은 것은 바랄 수도 없다. (소문에 따르면 담당 주교는 마누라도 있고, 보살펴야 할 자식들도 있다고 한다.) 그는 그 자리에 혼자 있다. 그가 중국 후난성의 먼지 속에서 지내던 날들처럼 혼자이다. 사람들의 손에 잡혀 광장으로 끌려간 어느 아침, 군중의 얼굴들 가운데 똑똑히 본 악마의 눈. 그날 이후 그의 눈은 다시는 아무것도 똑똑히 보지 못하게 되었다······.

그는 문을 바라본다. 하나는 거리로 나가는 문이며, 또 하나는 제단 뒤 후진(後陣)[50]으로 가는 문이다.

잔느가 세상 모르고 잠들어 있는 그녀의 침대는, 세공 장식이 된 묵직한 할아버지 침대의 발치에 나란히 놓여 있다. 그녀가 만 열네 살이 되던 지난 생일에, 그는 계단을 통해 침대를 들여 왔고, 그녀가 이제 나이가 들고 성숙했기 때문에 남편 이외에 다른 남자와 한 침대를 쓰는 것은 흉한 일이라고 말했다. 할아버지의 말씀에 그녀는 몸을 떨면서 슬피 울었다. 그녀가 어렸을 때, 일주일 사이에 양친과 언니 둘이 열병으로 죽고 나서부터, 줄곧 할아버지 곁에서 잤기 때문이다. 홀로 누워 자야 하는 상황이 되자, 가족을 잃은 기억이 갑자기 걷잡을 수 없게 떠오른다. 할아버지가 마음을 바꾸시도록 몇 날 며칠 밤을 기다렸지만, 할아버지는 완강했다. 그리고 그녀는 새로운 방식에, 또 여자로서의 새로운 신분에 점점 익숙해졌다.

지금 그녀는 하양, 분홍, 노랑, 진홍색의 꽃이 융단처럼 깔린 묘지의 꿈을 꾸는 중이다. 좋은 징조가 가득한 사랑스러운 꿈이며, 그녀는 미소를 짓고 있다. 한편, 그녀의 위로, 교회만큼

---

50) 교회 건물에서 가장 깊숙이 위치한 반원형 공간으로 제단이나 유물이 놓인다. 애프스(apse)라고도 불림.

오래 된, 꺼멓게 그을음이 앉은 금이 간 들보에는, 고양이 라구 녀석이 핥은 앞발로 상처난 귀를 닦으며 따뜻한 굴뚝 통풍관 옆에 명상하듯 앉아 있다. 묘지의 남쪽 납골당의 다치문에서 뭔가가 그의 주의를 끈다. 그는 그것을 주시하며, 얼어붙은 듯 가만히 있더니, 타일 바닥에 바짝 엎드린다.

9

라포스 씨가 입을 연다. "장관께서는 당신의 제안을 받아들이셨소. 필요한 인부들을 고용하시면 됩니다. 말들이나 목재도 마찬가지요. 이 돈주머니에는 500리브르가 들어 있소. 서류 이쪽과 저쪽에 서명하십시오. 이것은 환어음입니다. 생 오노레 거리에 있는 금세공업자 켈레르망의 집에서 현금으로 바꿀 수 있습니다. 동전 한 닢도 다 장부에 기록하기 바라오. 확실히 말씀드리겠소. 예를 들어, 당신이 새 옷에 50리브르를 썼다는 사실을 장관께서 들으시면 별로 기뻐하지 않으실 겁니다."

장 바티스트는 얼굴이 빨개진다. 변명을 하고 싶었지만 자신을 변호할 말이 금방 생각나지 않는다. 술김에 현대적 인간이 되고 싶었다고? 현대적으로 보이고 싶었다고?

"교회 내부에 보존할 것이 있느냐는 당신의 질문에 대한 대답은 예전과 같습니다. 아무것도 없소."

"늙은 신부는요?"

"신부를 깨부수라고 말한 적 없소."

"제 말은, 그가 저항하지 않겠습니까?"

"왜요? 교회는 그의 소유가 아니오."

"하지만 그가 가만히 두고 볼……."

"늙은 신부 하나를 처리 못하시겠습니까?"

"아, 물론, 할 수 있습니다."

"그러면 문제가 없겠군요."

"그리고 음악가도 있는데요. 교회 오르가니스트 말입니다."

"그가 어쨌다는 말이오?"

"교회가 사라지면 그도 직위 해제가 될 텐데요."

"아마 그렇겠지요."

"굉장히 실력이 뛰어난 사람이라고 들었습니다. 어쩌면 장관께서……."

"당신은 지금 장관 각하께 교회 오르가니스트의 앞날에 대해 걱정해 달라고 부탁하시는 거요? 그러고 나면, 교회지기를 위해서도 부탁을 하시겠군요."

"제 생각에는 그저……."

"바라트 씨, 이곳에서 해야 할 일이 무엇인지 헷갈리시는 듯하군요. 가능한 한 빨리 작업을 시작하도록 하십시오. 사소한 방해물로 시간을 끌지 마세요. 새해까지 공사를 시작하지 않으면, 당신보다 더 효율적인 사람으로 대체될 겁니다. 내 말 잘 아시겠소?"

"네, 잘 이해했습니다, 어르신. 제가 하는 일에 대해서 사람들에게 이야기를 해도 될까요? 제가 여기에 온 이유에 대해 사람들이 수상히 여기고 있습니다. 루머도 돌고요."

"설명을 한다고 루머가 사라지지는 않을 거요."

"그리고, 잔해 처리는요?"

"유골 말이오? 거기에 관해서는 곧 연락을 받게 될 거요."

그들 사이에 잠시 불편한 정적이 감돈다. 라포스의 작은 눈은 방을 둘러보더니, 피아노에 잠시 고정된다. 그 물건을 감상하고 있노라니 그에게 개인적인 흥미가 일어나는 듯하다.

"새 거처가 마음에 드시오?" 그가 묻는다.

10

인부 삼십 명을 구하는 것은 얼마나 힘들까? 이런 시대에는 그다지 힘든 일이 아니다. 그러나 그 작업을 배겨낼 만한 훌륭한 인부 삼십 명을 구하기란?

그들을 어디서 구할지 그는 이미 결정하였다. 발랑시엔의 탄광이다. 거기의 일꾼들은, 쥐꼬리만 한 돈을 받으며 다른 사람들이라면 한 달 내로 몸이 병신이 될 노역을 하는 데 길들여져 있다.

그는 르쾨르[51]에게 편지를 쓴다. 르쾨르는, 지금도 같은 자리에 있는지는 모르겠지만, 북쪽 탄층에서 일하는 채굴 감독 중 한 사람이었다. 장 바티스트가 탄광에서 일할 때, 그 두 사람은 습하고 외딴 북프랑스의 촌구석에 함께 묻혀 사회와 동떨어진 채 살았다. 연기와 장비의 소음과 종종 일어나는 엄청난 사고 등으로 신경이 곤두선 나날을 같이 보내면서, 그들은 일종의 밀약 같은 친밀감을 형성했지만, 장 바티스트가 그곳을 뜨자 연락이 완전히 끊어졌다.

---

51) 심장, 가슴이라는 의미.

특히 그곳에서 처음 맞은 기나긴 겨울 동안, 그들의 귀와 눈과 젊은 심장을 분노케 하는 모든 것들을 상상 속에서 올바르게 바꾸는 유토피아들을 건설하는 것이 그들의 즐거움이었다. '발랑시아나'는 그들이 가장 좋아했던 창조물로서, 가장 구체적이고 만족스럽게 설계되었다. 발랑시아나에서는 경제와 윤리, 미덕과 산업이 함께 어우러져 모든 이들에게 이익을 주고 그들의 삶을 향상시킨다. 가족들이 사는 작고 깔끔한 집들이 모여 있는 구역, 독신 남자들을 위한 기숙사 구획, 공기가 깨끗하고 아이들이 다 같이 노는 공원. 아이들은 자신의 아버지보다 더 나은 사람으로 자랄 것이다. 발랑시아나에서는, 탄갱에서 일하는 열두 살 이하의 아이들이 없다. 열 살 이하의 아이들도 지상에서 석탄차를 밀거나 도르래의 줄을 감는 따위의 노동에 종사할 수 없을 것이다. 그곳에는 장 바티스트나 르쾨르처럼 정의롭고 학식있는 사람들이 운영하는 학교들이 있다. 발랑시아나에는 교회가 없을 것이며 (이날 밤은 특별히 더 열띤 토론이 오갔다), 아테나, 아폴로, 프로메테우스 같은 적절한 그리스 로마 신상들이 있는 열린 공간이 있을 것이지만, 디오니소스와 아프로디테는 제외한다. 또한, 르쾨르의 강력한 주장으로, 남자들이 모여서 독주를 마시는 장소를 없애기로 한다. 이것은 단순한 놀이가 아니었다. 그들은 발랑시아나를 책으로 출간하는 가능성을 의논하기도 하였고, 수도의 살롱을 통해, 수줍지만 소신있게, 자신들이 그곳을 건설하는 그 생생한 꿈을 최소한 하룻밤 정도는 함께 나누었다.

르쾨르가 아직도 탄광에 있을까? 레지노상 공사에 관심을 보일까? 1785년 11월 7일, 정오 마차 편으로 편지는 릴[52]에 보내진다.

그는 말에 관해 알아보는데, 몇 다리를 건너서, 젊은 장교를 소개받는다. 그는 베르사유로 가는 도로에 있는 세브르 왕립 도자기 제작소 근처의 여관에서 그 남자를 만난다. 그 젊은 장교가 모든 것을 공급해 줄 것이 분명하다. 말을 공급하는 것으로만 만족할 것 같지 않다. 파란 외투와 크림색 레깅스를 입고 있는 그 청년은 (다리도 얼마나 긴지!) 루이 오라티오 부아에 뒤부아송이라고 불리는데, 처세술에 능한 것 같다. 지나가는 말로, 부르고뉴에 있는 소유지와 부친에 관한 이야기를 한다. 그는 장 바티스트의 일에 대해, 그가 이야기해 준 것보다 더 많이 알고 있는 듯하다. 장관과 연관이 있는 사람일까? 아니면 라 포스와? 정부 기금이 다시 정부로 들어가거나, 혹은 최소한 공무원들에게 돌아가게 되는 일종의 효율적이고 순환적인 제도일까? 장 바티스트가 말의 샘플을 보도록 그들은 일주일 뒤에 다시 만날 약속을 잡았다. 그들은 서로 허리를 굽혀 인사한다. 엔지니어는 젊은 S백작을 닮은 그 군인이 마음에 들지도, 신뢰가 가지도 않지만, 자신이 그 군인이었다면, 그래서 인생을 멋진 셔츠처럼 걸치고서 날씨가 좋으면 부르고뉴에 있는 그의 부

____

52) Lille: 파리의 북쪽으로 220km의 거리에 위치한 도시로 빌기에와의 국경에 가까움.

친 소유지 안에 있는 숲이나 강까지 말을 타고 거닐 수 있다면
참 좋겠다는 생각을 떨칠 수가 없다.

날씨는 좋아지지 않는다. 구름이 파리의 굴뚝에 엉킨다. 동
풍이 분다. 보통 오후 세 시경이면 이미 실내에서 부담없이 책
을 읽기에는 너무 어둡다. 장 바티스트는 매일 묘지로 가서 경
내를 걸으려고 노력한다. 때로는 혼자서, 때로는 발 밑에 누워
있는 죽은 자들을 마치 다 같은 대가족 구성원인양 이야기하는
소녀와 함께. 그녀는 저 턱뼈는 샤르코 부인의 것이고 저 대퇴
골은 감기로 죽은 편자공 메리쿠르 씨에게서 나왔다며, 땅에
흩어져 있는 많은 뼈들을 식별할 수 있는 척한다.
장 바티스트로 말하자면, 그는 뼈들을 누구의 몸에 붙어 있
었고 이름이 있었던 존재로 생각하고 싶지 않다. 그것들을 한
때는 사람이었고, 편자공이었으며, 어머니였고, 엔지니어였을
수도 있는 존재로 여기기 시작한다면, 어떻게 감히 땅에 삽질
을 하면서 발을 다리에서, 제자리에 붙어 있는 머리를 목에서
영원히 떼어 놓을 수 있겠는가?

랭쥬리 거리에서는, 모나르 가족과 함께 보내는 저녁 시간이
그가 처음에 예상했던 것처럼 그렇게 즐거움이 전혀 없는 시간
은 아닌 것으로 드러난다. 모나르 씨와 그는 모호하고 조심스
럽게 정치에 관한 이야기를 나눈다. 세금, 자원 부족, 국가 재
정에 대하여. 집주인이 진보주의자가 아니라는 사실은 별로 놀

랍지 않다. 그는 볼테르와 루소와 뜬구름 잡는 사상과 살롱과 선동을 폄하한다. 그는 질서를 선호하며, 필요한 경우 강제해야 한다고 생각하는 것 같다. 또한 그는 거래, 부지런함, 신뢰감을 주는 점원들을 좋아한다. 거기에 대한 응수로, 장 바티스트는 과격 반동주의 귀족이 아니면 불쾌해하지 않을 만한 내용으로 개혁의 바람직함 정도를 논하는 일반적인 이야기만을 조심스레 언급한다. 상황이 그런대로 좋아지고 있지만, 개선의 방법으로 지식을 퍼트리는 것 이외에 다른 현실적 방법을 그는 알지 못한다. 과연 아는 사람이 있을까? 어느 날 저녁, 그의 유토피아인 발랑시아나에 대해 거의 발설할 뻔했으나, 그는 입을 다문다. 모나르처럼 신문 말고는 아무것도 읽지 않는 사람은 이것을 이해할 리가 없다. 게다가 탄광촌의 르쾨르의 집 거실에서 늘 석탄이 부족한 듯한 화톳불 곁에서 보내던 그 밤들을 떠올리면 왠지 마음 한구석이 불편하다. 어리고 수다스러웠던 시절의 그, 방 안의 그림자 속에서 머리를 맞댄 두 사람, 알 수 없는 절박감…….

안주인과 그는 날씨에 관해 자세히 토론한다. 오늘 바람이 더 세게 불었나? 아침이 더 추웠던가, 오후가 더 추웠던가? 바라트 씨는 눈이 올 확률에 대하여 어떻게 생각하는지? 그는 눈을 좋아하는가? 모든 종류의 눈을 다 좋아하는가?

그리고, 지게트도 있다. 지게트와는 가끔은 테이블에서, 가끔은 벽난로 옆에 있는 보관함 벤치에서, 혹은 묘지가 내려다보이는 창가에 앉아서 대화를 하는데, 노력이 더 많이 든다. 그가 음악에 관한 이야기를 꺼내면, 그녀는 오히려 그보다 더 아는 것이 적고, 클레랑보나 쿠프랭 가문의 어떤 음악가도 들어본 적이 없다. 연극에 대해서도 마찬가지로 구제불능이며 (두 사람 다 연극에 대해서 잘 모른다) 책에 관해서는 그녀의 부모처럼 관심이 없는 것이 명백하다. 그는 그녀의 인생 이야기를 물어보지만, 그런 주제는 지루해하는 것 같다. 그녀는 그의 일에 관한 질문을 하고 그는 애매모호하게 답하는 수밖에 없다. 그녀에게 사랑하는 사람이 있을까 생각해 본다. 물론 그는 아니겠지만, 다른 사람이라도 말이다. 자신이 그녀를 원하는지를 생각한다. 그는 확신이 서지 않는다. 그녀에 대한 그의 관심은 저녁 식사를 가져오는 팔에 털이 많이 난 하녀에 대한 관심과 크게 다를 바 없다. 결혼 상대자로서는…… 가능할까? 파리에서 기반이 잘 잡힌 가게 소유인의 굉장히 예쁜 딸이면 대부분의 사람들은, 서로에게 모두 득이 되는, 잘 어울리는 짝이라고 생각할 것이다. 그는 머릿속에서 작은 실험을 진행한다. 이따금 그녀와 말하면서 할 때도 있다. 상상 속에서 그 두 사람은 방에, 혹은 지붕이 접히는 마차 안에, 또는 차양이 드리워진 침대 위에 함께 있다. 그가 묘지를 철거하면서부터 달콤해진 그녀의 숨결, 침대 밑 금고 속에 있는 그녀의 아버지의 돈 꾸러미…… 이런 생각들은 불쾌하지 않으나 영상이 얇은 막처럼 희미하다. 어느 것도 설득력이 없다.

모나르 씨네 음식은, 희한하게도 점점 더 입에 맞지 않는다. 사과파이를 먹을 때조차도 축축한 지하실 구석에서 자라는 은색 곰팡이를 먹는 듯한 느낌이 든다. 그래도 그는 언제나 접시를 깨끗이 비운다. 그것은 아버지의 손찌검 덕택에 유년 시절 초반부터 주입된 교육이, 더 커서는 노장에 있는 오라토리오 수도회의 수도사들의 회초리와 징계로 완전히 몸에 배게 되었기도 하지만, 거의 5주 동안 이 집에 있으면서, 그냥 모든 것에 익숙해지고 있기 때문이다.

그리고 저녁 식사가 끝나면 그는 자기의 방으로 들어가 반안을 걸치고 뷔퐁의 책 한두 페이지를 읽는다. 그리고 나서 침대로 올라가, 촛불을 끄고 자아의 교리문답을 읊조린다. 그는 자신이 행복한지 불행한지를 자문하지 않는다. 그 질문은 나중으로 미룬다. 그는 어둠 속에 누워, 헐어 있는 입천장 두 군데를 혀끝으로 탐색한다. 그의 숨냄새도 변했을까? 변했다면 그가 알 수 있을까? 아무리 생각해도, 그에게 이런 사실을 솔직하게 말해줄 사람이 떠오르지 않는다.

15일에, 그는 루이 오라티오 부아에 뒤부아송을 다시 만난다. 어스름이 깔려 올 무렵, 전에 만났던 여관 뒤의 들판에 그들이 있다. 말 다섯 필이 보슬비를 맞으며 서 있고, 몸에 안 맞는 제복을 입은 두 명의 병사가 고삐를 쥐고 있는데. 아직 많이 어려 보인다.

장 바티스트는 말들을 둘러보고 나서, 말들이 그의 주변을 걷게 해보라고 부탁한다. 그의 아버지는 말을 보는 눈이 있었고 그는 재주를 물려받았다. 그러나, 그는, 보슬비 속에 서서,

자신이 아버지의 자세나 평가 결과를 예감케 하는 눈과 입의 작은 움직임들을 단순히 흉내만 내는 것 같다고 느낀다.

"앞으로도 발을 절거나 아픈 말에 대해서는 돈을 지불하지 않겠습니다."

"당연하지요." 장교가 말한다. "누군들 돈을 내겠습니까?"

"그리고 제가 말이 필요할 때까지 보살펴 주시겠지요?"

"필요하실 때까지 말들을 대기시켜 놓겠습니다."

어린 병사들이 빗속에 남겨진 동안, 장 바티스트와 부아에 뒤부아송은 거래를 끝내기 위해 여관으로 들어간다. 그들은 방을 하나 부탁해서 받는다. 장 바티스트는 100리브르를 보증금으로 낸다. 그는 영수증을 달라고 부탁한다. 장교는 한쪽 눈썹을 치켜 올린 후, 그가 상대하고 있는 사람이 누구인지, 어떤 계급인지 기억난 듯이 미소짓는다. 그들은 그저 그런 포도주를 한 잔 마시고 나서, 말들과 소년 병사들이 기다리고 있는 들판으로 걸어 나갔다. 그들은 비를 흠뻑 맞은 한 마리의 복잡기괴한 동물처럼 붙어 서 있다.

편지 두 통이 도착한다. 계단 위에 있는 장 바티스트에게 마리가 그것을 건네준다. 그녀가 짓는 얼굴 표정은 다양하지는 않아도 감정이 뚜렷하게 실리는데, 어떤 표정을 짓든지 보고 있노라면 약간 마음이 편치 않다.

그는 그녀에게 감사인사를 하고, 편지를 그의 방으로 가져온다. 첫 번째 편지의 모서리에 검댕이 묻은 엄지손가락 지문이

찍혀 있다. 그는 봉인을 뜯는다. 르쾨르가 보낸 편지이다. 잉크 얼룩이 여기저기 보이고, 말을 타고 가면서 빠르게 휘갈겨 쓴 듯한 글씨체는, 알아볼 수 없는 부분이 약간 있기는 하지만, 전체적으로 읽기가 어렵지 않다. 오랜 친구의 연락에 얼마나 기뻐했던가! 탄광에서의 삶은 여느 때보다 마뜩지 않은 데다, 이제 지적 교류의 위안도 없다. 새로 온 감독들은 (1년 이상을 버티는 사람이 없는 것 같다) 별로 교육받지 못하였고 금전적 이득에만 급급한 반면, 광부들과 그들의 무서운 여편네들은 여전히 반 야생개처럼 살고 있다. 인부들이 남아돌아서 그것을 처리하는 것도 힘든 일인지라 그들을 고용하는 것은 문제도 되지 않는다. 30명이 아니라 60명도 쉽게 구할 수 있을 것이다. 도대체 어떤 공사이기에 이토록 애타게 유혹적인가? 게다가 파리에서라니! 혹시 일꾼들을 잘 알고, 그들이 효율적으로 일을 하도록 감독할 사람이 필요하지는 않은가? 양심적이고 신중한 사람으로? 동료 철학자는 어떤가?

다른 편지는, 질 좋은 종이에 흠잡을 곳이 없는 필체로 씌어졌으며 학술원의 드 베르퇴유라는 사람이 발신인으로 되어 있다. 레지노상 교회와 묘지에서 옮겨지는 유골을 강 서쪽에 있는 포르트 당페르53) 근처 채석장에 안치하기 위한 준비 작업에 관한 내용이다. 건물을 매입했고, 옛날 채굴장까지 닿을 수 있도록 지하실 계단을 확장했으며, 정원에는 같은 채굴장으로 흘

---

53) Porte d'Enfer: 파리의 카타콤인 당페르 로슈로(Denfert-Rochereau)의 옛 지명. 지옥문이라는 뜻을 지님.

러드는 원주가 3미터가 넘는 우물이 있는데 어지간히 말라서 사용에 매우 적절하다. 모든 것이 준비되면, 주교가 해당 통로와 방들을 축성祝聖할 것이다.

일단 이것이 끝나면, 엔지니어 선생께서 자유로이 첫 수송을 시작하실 수 있다. 엔지니어 선생께서는 뼈의 갯수를 얼마로 추정하시는가?

장 바티스트는 편지를 접어 공책 사이에 끼운다. 뼈의 갯수? 그는 전혀 감을 잡을 수 없다.

11

발랑시엔으로 떠나기 전, 그는 아르망을 찾아가 모든 것을 이야기한다. 그는 비밀을 간직하는 것에 익숙하지 않으며, 비밀에 부쳐진 진실은 모나르 가족이 먹는 고소한 젤티처럼 그의 뱃속에서 소화 불량을 일으킨다. 그것은 양심과 도덕성에 대한 부단한 계산을 강조하는, 피할 수 없는 모친의 종교적 영향이라는 것을 그는 안다. 그것은 또한, 첫날 이후 서너 차례 만나면서 서로에 대한 관심을 확인했고, 서로의 다른 점에 끌린다는 것을 명확히 느꼈기에, 그가 파리에서 유일한 친구로 여기는 이 사람에게 뭔가를 주고 싶은 욕구이기도 하다. 그리고 어쨌든, 모든 것을 조만간 밝혀야 할 테니. 거친 눈매를 한 서른 명의 광부들이 곡괭이와 망치를 들고 교회로 행진하여 들어오는 순간보다는 지금이 고백하기에 더 나으리라.

그는 추운 아침 아홉 시경에 생 드니 거리에 있는 아르망을 발견한다. 오르가니스트는 새우를 파는 소녀와 농담을 주고받으면서, 그녀에게서 눈을 떼지 않으면서, 가끔씩 손을 내밀어 소녀가 머리에 이고 있는 쟁반 위의 분홍색 작은 몸뚱아리 중 하나를 집어 먹는다. 그는 장 바티스트에게 인사를 하고 나서, 그의 팔을 붙잡고, 거리를 이리저리 데리고 다니며, 그의 서투른 서두를 듣더니, 그의 말을 가로막고서 모자 가게 밖의 시궁창에서 교미하고 있는 한 쌍의 애처로운 개들을 가리킨다. 그리고 장 바티스트가 다시 고백을 이어가기도 전에, 자신의 숙소로 와서 저녁 식사를 같이 하자고 초대한다.

"리자의 애새끼들도 거기 있을 걸세. 그래도 음식은 언제나 먹을 만하지. 묘지의 맛이 절대 나지 않거든. 그리고 더 늦게 손님들이 올 걸세."

그들은 일곱 시 정각에 이탈리아 분수 근처에서 만나기로 결정한다. 장 바티스트는 십 분 전에 거기로 도착하지만 사십 분을 더 기다리고 나서야 아르망이 나타난다. 사과도, 변명도 없다. 그들은 함께 떠난다. 가로등이 비치는 이쪽 모퉁이에서 저쪽 모퉁이로 성큼성큼 걷는 동안, 오르가니스트는 길고 흰 손가락을 흔들면서, 그리스어와 교회 라틴어를 짜깁기하여 집주인 여자의 젖가슴의 아름다움과 그 엄청난 크기에 부치는 찬가를 읊는다.

로얄 광장과 바스티유 방향으로 이십 분 정도 걸어가면 에쿠프 거리가 나온다. 건물의 일층에는 거울 제작과 수리를 전문으로 하는 가게가 있다. 두 남자는 진열장에 전시된 어느 거울 앞에서 잠시 멈추지만, 너무 어두워서 자신들의 대략적인 윤곽밖에 볼 수가 없다. 그들은 아파트 현관문으로 가는 가파른 목재 계단의 층계 세 개를 더듬거리며 올라간다. 리자 사제와 아이들은 부엌에 있다. 이곳은 밝고, 따뜻하며, 음식 냄새가 난다. 아르망은 이마에 쪽 소리가 나게 입을 맞추며 집주인 여자에게 인사를 하고, 아이들의 머리를 쓰다듬는다. 쇠꼬챙이에는 통닭이 구워지고 있는데, 여자아이가 그것을 돌리는 일을 하고 있다. 소녀는 장 바티스트를 흘낏 쳐다보고, 아르망을 향해 미소짓는다. 가슴이 납작하다는 것을 제외하면, 그 아이는 씩씩하게 생긴 어머니의 완벽한 축소형이다.

아르망이 유리잔과 병을 찾으며 찬장 안에 대고 말한다. "모나르 씨 집에서 내가 임시로 거처하던 방에 묵고 있는 바라트 씨라네."

여자가 그에 대한 말을 들은 적이 있음이 분명하다. 그녀는 부엌 테이블에 앉아서 닭내장을 가지고 뭔가를 만들고 있다. 그녀는 고개를 들어, 녹색 외투 속에서 길을 잃은 듯한 회색 눈의 사나이를 건너다본다. "이분이 우리와 함께 식사를 하실 건가요?" 그녀는 질문한다.

"물론이지." 아르망이 말한다. "이 친구가 파리에 온 이후로는 음식다운 음식을 먹어보지 못했네."

장 바티스트는 테이블 앞에 있는 등받이 없는 의자에 앉는다. 그는 여자아이와 불을 마주 보고 있다. 소녀의 남동생은, 등을 긁으며, 아르망의 어깨 너머로 누나가 요리하는 것을 부러운 듯이 바라본다.

"모나르 가족들은 요즘 어떤가요?" 여자는 바쁘게 칼질을 하면서 묻는다.

"잘 지내고 있습니다." 그것을 물어본 것이 아니라는 것을 알면서도, 장 바티스트는 이렇게 대답한다.

"이 양반이 묵을 다른 곳을 알아봐야겠어." 아르망이 말한다. "여기에 오래 머물 계획이라면 말이지."

"오래 계실 모양이지요?"

"알 수 없지." 아르망이 대꾸한다. "이 친구는 말을 별로 하지 않으니까."

장 바티스트는 자신의 녹차색 소매 끝동을 살펴보고, 테이블이 깨끗한지, 겉옷을 벗는 것이 현명할지 고민한다.

"당분간은 여기에 있을 예정입니다." 장 바티스트가 말한다. "얼마나 오래 있게 될지는 아직 모르겠네요."

"저라면 공동묘지에서 그렇게 못 살 것 같아요." 여자가 말한다. "몇 년씩이나 거기서 사는 이들은 도대체 어떤 사람들인지, 원. 아르망이 그곳의 냄새를 풍기며 돌아오는 것만으로도 못 견딜 지경인데."

"나를 레몬이랑 세이지 비누로 양잿물에 씻기고, 로즈메리 증기를 쐬게 한다네." 아르망의 말이다.

장 바티스트가 기회를 이용한다. "그곳을 없앤다면 낫지 않겠습니까?"

"없앤다고요?" 여인은 코웃음을 친다. "레지노상 같은 곳을 어떻게 없애시겠어요? 차라리 강을 없앤다고 하세요."

"가능합니다." 장 바티스트는 나직하게 말한다. "둘 다 없앨 수 있어요."

이를 잡기 위해 가르마를 타서 사내아이의 머리 밑을 살펴보
던 아르망은 잠시 멈추고 건너편을 바라본다.

"자네가 하는 일이 바로 이건가? 그 묘지?"

"물론 쉽지는 않을 걸세." 장 바티스트가 말한다. "여러 달이
걸릴 거야."

"이 사람도 당신이 어울리는 다른 사람들 같군요." 리자가
말한다. "어리숙하게 아무 말이나 믿는다 싶은 사람한테는 황
당한 농담을 잘 하네요."

아르망이 말한다. "그런데도 내가 보기엔 이 친구가 완전히
진지한 것 같은데."

"없앨 수 있고, 없애게 될 걸세." 장 바티스트가 단정짓는다.

"묘지 전체를?" 아르망이 묻는다.

"묘지와 교회 모두."

"교회도?"

"한동안은 손대지 않을 걸세. 아마 일 년 정도는."

아르망이 중얼거린다. "드디어, 그 순간이 왔군."

"자네에게 더 일찍 말하고 싶었지만, 비밀로 하라는 지시를
받았네."

여자는 이제 일손을 완전히 멈춘 상태이다. "그러면 이이의
자리는요?" 그녀가 묻는다. "그 자리도 없어지는 건가요?"

"그것에 관해서…… 제가 이야기했습니다." 장 바티스트는
얼버무린다.

"장관에게?" 아르망이 묻는다.

“장관의 대리인에게 말했네.”

“희망을 걸어도 되겠나?”

“내가 다시 말씀드려 보지.”

그들 사이에 침묵이 감돈다. 마침내 리자가 딸에게 날카롭게 소리를 치면서 침묵이 깨진다. 소녀는 어른들 간의 흥미로운 대화에 정신이 빠져서 닭을 돌리는 것을 잊고 있었다.

“자네에게 감사를 해야 할 것 같군.” 아르망이 말한다.

“이 사람에게 감사를 한다고요?” 여자가 묻는다. “무엇에 대해서 말이죠?”

“여보, 교회는 5년 전에 문을 닫았소. 언제까지 박쥐들을 위해 바흐를 계속 연주할 수는 없지.”

“어쨌든, 이건 다 뜬소문일 거예요.” 그녀는 식칼을 다시 쥐면서 말한다.

“당신, 여기 오는 길에 제코의 가게에 들렀나 보군요.”

장 바티스트는 말한다. “내가 아니라도 그들은 다른 사람을 보낼걸세. 하지만 자네가 원망하는 것을 탓할 수는 없지.”

“내가 원망한다고 누가 그러던가?” 병 쪽으로 손을 뻗으며 아르망이 말한다. “미래나 미래의 칙사를 원망하면 안 되는 법이야.”

그는 그들의 잔을 채운다. “자, 어둠의 나라를 위해 건배하세. 우리 모두 그곳으로 향해 가고 있지만, 어떤 이는 걸어서 가고, 또 다른 이는 비명을 꾸엑꾸엑 지르며 질질 끌려가지.”

소녀는 깔깔거린다. 잠시 뒤 사내아이도 합세한다. 리자는 못 듣는 척한다.

그들은 식사를 한다. 음식은 정말 이 도시에 온 후로 장 바티스트가 맛본 중 최고이다. 그러나 그에게 닭요리를 대접한 여인을 자기 편으로 만드는 방법을 찾아낸다면 즐거움이 한층 더 커질 것 같다. 그녀는 오히려 쇠꼬챙이를 휘둘러 그를 문 밖으로 쫓아내고 싶어 하는 것같이 보인다. 묘지에 대한 이야기는 더 이상 식탁에 오르지 않는다. 아르망은 뭔가를 생각하는 것 같고, 약간 거리감이 느껴지기도 하며, 주의가 좀 산만해진 것 같지만, 쾌활하다.

식사가 끝나고 나서, 아르망은 아이들에게 노래를 가르쳐 주고, 아이들은 그것을 귀엽게 되받아 부른다. 그가 장 바티스트에게 아이들에게 뭔가 간단한 산수 따위를 가르쳐 주라고 부탁하자, 그는 반 시간 정도 그렇게 한다. 아이들은 귀를 기울이지만 이해하는 것은 아무것도 없다. 그는 석판에 기하학 도형을 그려 준다. 원 속의 삼각형, 정사각형 속의 원. 즉시로 감탄이 터져 나온다. 아이들은 양 옆에 서서 그의 손가락 끝에서 어떤 신기한 묘기가 나타날지 숨을 죽이고 바라본다. 소녀는 그의 어깨 위에 편안히 손을 올려 놓는다.

누군가 창문에 뭔가 작은 것을 던지는 소리가 나자 마법은 풀린다. 손님을 대하는 태도가 서서히 풀리던 리자는 짜증스럽게 혀를 쯧 차며 일어선다. 촛불 하나를 들고서 아이들을 데리고 뒷방으로 간다. 아르망은 다른 문으로 나가더니 1분 뒤에 세 명의 남자와 돌아온다. 그들은 학생처럼 보이지만, 학생으로 여기기엔 다들 너무 나이가 많다. 하나는 낡은 비단 장미를 옷깃에 꽂았고, 그 옆 사람은 황토색 털목도리를 가는 목에 둘렀으며, 마지막 남자는 철테 안경을 익살맞게 코에 쓰고 있다.

"플뢰르[54] 씨, 레나르[55] 씨, 드 베르쥐라크[56] 씨를 소개하지." 아르망이 말한다. 남자들은 우스꽝스럽게 절을 한다. "나는 이제 오르그[57] 씨라네. 그리고 자네는…… 음, 가만히 보자. 자네는…… 음. 트리앙글[58] 씨? 노르망[59] 씨? 아니면 베슈[60] 씨? 그렇지. 베슈가 더 낫겠군. 죽은 자들을 파낼 때 사용할 삽을 따서 자네의 이름을 짓겠네."

"이 친구를 샤르베에게 보냈었구먼." 플뢰르 씨가 말한다.

"당연하지." 아르망도 맞받아서 씨익 웃으며, 대답한다.

그들의 대화를 따라가기는 쉽지 않다. 해학극의 등장인물 같은 이름을 지닌 남녀들에 관한 소문이 그 내용인 것 같다.

포도주가 바닥나자, 뭔가 더 독한 것을 찾아낸다. 그것이 무슨 술인지 정확히 아는 사람은 없다. 아몬드 맛이 나는 액체가 식도를 내려가면서 기분좋게 탄다. 그들은 히히덕거린다. 드 베르쥐라크는 코를 톡톡 두드리고, 레나르는 신발 밑창에 난

---

54) 꽃이라는 뜻.

55) 여우라는 뜻.

56) 프랑스 극작가, 시인, 검객, 물리학자이자 음악가인 시라노 드 베르쥐라크(Cyrano de Bergerac, 1619~1655)의 성.

57) 오르간이라는 뜻.

58) 삼각형이라는 뜻.

59) 노르망디 사람이라는 뜻.

60) 삽이라는 뜻.

구멍을, 마치 자신의 발바닥에 난 구멍처럼 부드럽게, 손가락으로 쑤신다.

리자 사제는 아이들과 함께 잠자리에 들었을까? 장 바티스트는 인사를 하고 자신의 숙소로 되돌아가고 싶어서 그녀를 기다리고 있는 중이다. 독주를 홀짝거리면서, 입술에 둔은 닭기름을 맛보는 것은 즐겁지만, 그가 하고자 하던 바를 끝냈고, 또 내일 발랑시엔으로 가기 위해 길을 떠나야 한다. 숙취로 멍한 머리로 여행하고 싶지는 않다.

아르망은 그가 문가를 두리번거리는 것을 발견하고, 그의 팔에 손을 얹는다. "도망갈 생각일랑은 말게, 베슈 선생. 우리는 아직 끝나지 않았으니까."

그들은 독주의 마지막 한 방울까지 비우고서, 사그라지는 난롯불을 가만히 바라보며 조용해진다. 방은 점점 식어간다. 아무 일도 일어나지 않는다. 자정일까? 더 늦었나? 그러다가, 예고도 없이, 아르망이 벌떡 일어선다. 그는 나가는 듯하더니, 짚으로 싼 큰 유리 항아리 두 개를 가지고 즉시 되돌아온다.

아르망이 속삭인다. "신사 여러분, 다들 무장이 되어 있으시겠지?"

레나르와 플뢰르와 드 베르쥬라크는, 자신들의 외투 깊숙이에서 붓을 꺼낸다. 그것을 보여준 뒤, 재빨리 다시 챙긴다.

그들은 거리로 내려간다. 이제 춥다. 춥고 습한, 여지없는 진짜 겨울밤이다.

장 바티스트는 승마외투의 단추를 턱밑까지 다 끼우지만, 그 아래에 자신의 헌 옷을 입고 있다면 얼마나 좋을까 하고, 다시 한 번, 후회한다.

아르망을 따라서, 그들은 생 앙투안 거리 뒤에 있는 작은 골목을 지난다. 도시는 그들의 것이다. 아무도 보이지도, 들리지도 않는다. 이것이 바로 도시의 조류가 바뀌는 순간이다. 술집들이 마지막까지 남은 주정뱅이들을 쫓아낸 후, 시장통의 수레가 나타나기 전까지. 좌우로 흔들리는 등이 달린 커다란 육륜六輪차. 혹은 줄줄이 늘어선 화물운송용 말들. 농장이나 시골 밭에서 짐바구니를 삐걱거리며 밤새 걸어왔을 불쌍한 짐승들이 나타나기 전까지, 잠깐 동안의 적막.

누브 가, 에샤르프 가를 통과하여, 로얄 광장에 있는 열주列柱로 전진…… 페인트 항아리를 들고 광장을 바쁘게 가로지르며 술 취해 그들이 하고 있는 행동은, 그게 무엇이든지 간에, 순찰대와 마주치게 되면 해명하기가 쉽지는 않을 것이다. 그리고, 새로 임명된 엔지니어인 그가 라포스에게, 장관께 직접 해명해야 한다면? (어쩔 수가 없었습니다, 각하. 단순히 거리를 탐험하러 나가는 것처럼 보였기 때문에 거절할 수 있는 상황이 아니었습니다. 이제 막 알게 된 이 사람들이 무슨 짓을 할 생각이었는지 제가 미리 알았더라면……)

그들은 생 앙투안 거리로 가서, 반대편으로 건너간 뒤, 생 메리 교회를 지난다. 그곳에는 계단에 열두 명의 거지들이 쭈그리고 앉아, 신앙심이 깊은 과부 같은 이들로부터 동전이라도 적선 받을 희망을 안고서, 새벽 다섯 시 첫 미사를 기다리고 있다. 이제 그들의 맞은편 150미터 정도 떨어진 곳에는 밤으로부터 서툴게 잘라낸 듯한 검은 모양의 바스티유 요새와 성벽과 탑들이 있다. 우뚝 솟아 모든 것을 내려다보고 있지만, 왠지 그것은 구석으로 몰리고, 갇힌 듯한 인상을 준다. 무시무시하게 몸을 치켜들고, 더 이상 쓸데가 없는 힘을 과시하는 최후의 바실리스크[61]. 그리고 저 벽들 너머에는 무엇이 있을까? 사슬에 묶여 지하 감옥에 생매장되어 있는 수십 명의 흉악범들? 아니면, 더 많은 돌들만 가득할지도 모르지. 돌들과 차고 습한 공기. 왕의 총애를 받는 누군가에 대한 풍자글을 썼다가 봉인장 封印狀[62]에 의해 자신들의 서재에서 체포된 글쟁이 신사들이, 지루하지만 큰 불편 없이, 수감된 방들.

그들은 어느 작업실 입구에 멈추어 선다. 눈앞의 거리를 샅샅이 살펴보고, 모자를 눌러쓴 다음, 아르망의 짧은 연설이 있은 뒤에, 바스티유 앞을 가로질러 그 옆에 세 개의 아치문이 난 생 앙투안 개선문을 향해 허리를 굽히고 재빨리 움직인다. 바로 여기 이 문의 돌판에 정부 공고나 칙령이 나붙는다. 판매세 상승, 센강에서 불법적으로 낚시를 하거나 아침 여섯 시와 저녁 여섯 시 사이에 인분을 거리에 비우는 행위에 대해 부과할 새로운 벌금형. 궁정사제가 생 샤펠 교회에 와서 설교하는 날

---

61)고대와 중세 유럽의 신화 및 전설에 나오는 상상의 동물. 모든 뱀의 왕이며, 그것과 시선을 마주치기만 해도 돌로 변하거나 울음소리를 듣기만 해도 죽는다고 여겨짐.

62)레트르 드 카셰(Lettre de cachet). 왕이 재판도 없이 국민을 체포 및 투옥하기 위해 보내는 개인 서한으로 일종의 약식 체포 명령서.

짜. 낙인형이나 교수형 집행 날짜와 시간.

이러한 공고문을 훼손하는 것은 정부와 국민들 간의 일종의 게임이다. 가끔씩, 순찰대가 상습범을 덮치기도 하지만, 보통은 왕비에 대한 〈오스트리아 창녀!〉 따위의 욕설이나 부당하게 돈을 울궈내는 악명 높은 세금징수원에 대한 추잡한 글을 낙서해 놓아도 정부의 관심을 별로 끌지 못한다.

오늘 밤, 새로 붙여놓은 공고문에 레나르, 플뢰르, 드 베르쥐라크, 오르그, 베슈가 작업을 한다. 완성하는데는 1분도 걸리지 않는다. 세차게 획을 긋는 레나르를 위해 페인트 항아리를 들고 있던 장 바티스트는 얼굴에 페인트가 튀는 것을 느낀다. 단 한 단어, '국민들!' 을 제외하면, 그들이 무엇을 쓰고 있는지조차 보이지 않는다. 그리고 나서, 붓과 페인트 항아리를 가지고, 식품저장고의 쥐들처럼 허둥지둥 달아난다.

숨을 헐떡거리며, 에쿠프 거리로 돌아온 뒤, 아르망은 그날 밤의 활약을 자축하기 위해 그들에게 위층으로 올라오라고 청한다. 그는 아몬드 술이 침대 아래인가 어디인가에 한 병 더 있을 거라고 생각한다. 장 바티스트는 양해를 구한다. 시간이 너무 늦었고, 아침에 그는 먼 길을 떠나야 한다…… 그는 사람들에게 정중하게, 심지어는 친근하게 목례를 하지만, 그들은 이미 그에게 등을 돌린 뒤이다. 아마 그의 결속력과 애당심愛黨心 결여로 기분이 상한 것 같다.

그는 외투깃을 움켜쥐고, 거리를 건넌다. 자갈을 박은 시멘트 길에서 올라오고 있는 안개는 이미 허벅지 높이의 거리 폿

말과 일층 창문들을 삼켜 버렸고, 곧 가게 간판들도 빨아들일 것이다. 거대한 장갑, 작은 대포같이 생긴 권총, 칼처럼 큰 깃펜 등등 나무와 쇠로 만든 모형 같은 간판들은 거리에 교수대처럼 매달려 있다. 그는 동요하지 않는다. 그는 집으로 돌아가는 길을 잘 알고 있고, 동네 지리도 꽤 익혔다. 그러나, 밤의 도시는 낮에 알던 그것과는 상당히 다른 장소라는 사실을 그는 잊은 듯하다. 또, 페인트 항아리를 들고 거리를 질주하는 일을 어떻게 생각해야 할지에 대한 고민 때문에 집중이 힘들다. 신나는 일이었던가? 다 끝나고 생각해 보니, 사실 그는 신이 났었다, 조금. 신나지만 성가시고 실없고 유치한 일이었다. 벽에 구호나 써대면서 도시를 활보하는 남자들에 의해 무엇이 바뀌겠는가? 게다가 얼마나 희한한 사람들인지! 뭔가 기이하고 필사적인 면이 있는 사람들이다. 그는 그 사람들과 엮여서는 안 되겠다고 생각한다. 아르망이 그런 사람들과 어울리는 것에 놀랐다. 하긴 아르망에게 그건 그저 밤새 술을 퍼마실 좋은 핑계에 불과할 것이다.

그 여자 리자는 무뚝뚝하지만, 재미있고 호감 가는 사람이었다. 아이들도 마찬가지였다. 그는 그 아이들과 시간을 보내는 것이 즐거웠다. 그가 석판에 기본 도형을 그리는 도습을 관심 있게 바라보는 모습이 귀여웠다.

그는 멈추어 서서 안개를 향하여 얼굴을 찡그린다. 지금쯤 그는 페르 거리 약간 위에 있는 생 드니 거리로 나왔어야 한다. 그 대신 그는…… 어디에? 전혀 기억에 없는 거리에 있다. 북쪽으로 너무 많이 올라온 것일까? 그는 왼쪽으로 갈라지는 길을 찾는다. 500미터는 족히 될 듯한 거리를 걸으니 하나가 나온다. 그 길을 따라 걷기 시작하지만, 한 걸음씩 앞으로 나아갈 때마다 자신의 위치에 대해 더 확신이 없어지면서, 자신이 파리의 심장부가 아닌 벨렘의 울퉁불퉁한 골목길을 따라 가고 있다는 착각이 든다.

그러던 중 갑자기, 그의 앞 허공에 우뚝 솟은 어느 큰 교회의 부벽이 보인다. 생 외스타슈일까? 안개는 이제 나무를 땔 때 나는 연기처럼 자욱하다. 그는 천천히, 조심스럽게 걸어간다. 만약 그 교회가 정말 생 외스타슈라면, 이론상으로는 자신의 위치를 정확히 아는 셈이다. 그러나 그는 다시 엉뚱한 길로 들어서서, 남은 밤 시간을 계류된 선박 같은 건물을 지나, 생경한 거리를 따라다니는데 다 허비하게 될까 두렵다.

그의 앞에 갑자기 발걸음 소리가 난다. 누군가가 여기에 있다. 빠르고 가벼운 발걸음으로 미루어 보아, 길을 잘 아는 사람이 분명하다. 불길해할 만한 이유도 없고, 최소한 눈에 두드러지는 이유는 없지만, 그래도 공포감이 그를 빠르게 엄습했다. 이런 시간에 밤길을 돌아다니는 남자는 어떤 부류인가? 그가 미행을 당했던 것일까? 생 앙투안 개선문에서부터 계속 따라온 것일까? 그는 자신을 방어할 만한 물건을 찾으려고 주머니를 뒤져 보지만, 가장 위험해 보이는 것이라고는 묘지 열쇠 정도이다. 어쨌든 너무 늦었다. 안개의 마법이 풀리고 있다. 형상, 그림자, 망토를 입은 그림자…… 여자이다! 상념에 잠긴 여자는 그에게서 겨우 1미터 정도 떨어진 거리에 이르러서야 멈추어 선다. 그들은 삼사 초 정도 원초적 경계심을 가지고 서로를 쳐다본다. 그러다가, 그들의 자세가 약간 누그러든다. 그가 아는 여인이다. 의심의 여지가 없다. 그 망토, 그 키, 안개 특유의 투명함으로 인해 빛나는 고요한 눈매, 양 사방에서 뿜어내는 푸르스름한 빛, 그녀가 그를 기억할까? 기억할 리가 없다고 그는 생각한다.

"집으로 걸어가는 중이었습니다." 그는 조용히 속삭인다. 그녀는 고개를 끄덕이고서 기다린다. 그녀는 그를 기억하고 있다! 그는 확신한다. "저는 길을 잃어버렸습니다."

"어느 거리에 사시나요?" 그의 목소리만큼 부드럽게 그녀가 묻는다.

"랭쥬리 거리입니다."

"묘지 옆이군요."

"맞습니다."

"여기서 멀지 않아요." 그녀가 말한다. "시장을 통과해서 걸어가시면 됩니다." 그가 꺾어야 할 방향으로 그의 어깨를 넘어 다본다.

"당신을 뵌 적이 있습니다." 그가 말한다.

"네." 그녀가 말한다.

"기억하십니까?"

"당신은 음악가랑 함께 있었지요."

"당신은 엘로이즈군요." 그가 말한다.

"저는 당신의 이름을 듣지 못했어요."

"베슈입니다."

"베슈?"

"장 바티스트가 제 이름입니다."

그녀를 향해 한 걸음 다가선다. 그리고 나서, 순식간에, 한 걸음 더 내딛는다. 그들은 안개 속에서 은밀하게 마주 서 있다. 그는 손을 들어 그녀의 뺨을 어루만진다. 그녀는 꼼짝도 하지 않는다.

"내가 두렵지 않소?" 그가 묻는다.

"전혀." 그녀가 말한다. "두려워해야 하나요?"

"아니오. 그럴 이유가 없소."

그의 손가락이 그녀의 피부 위에 머무른다. 여자와의 경험이 거의 없는 그는, 자신이 무엇을 하는지, 어떤 힘이 그를 이끌고 있는지 알지 못한다. 그녀가 창녀라는 점이 그가 이런 행동을 하도록 한 것일까? 그러나 이렇게 뜻밖의 시간에, 창녀, 엔지니어, 엘로이즈, 장 바티스트 따위의 단어들은 빨아먹은 생달걀 껍질처럼 공허하다.

"그러면 저기에서 꺾어서 가면 되겠습니까?" 갑자기 제정신이 든 그는, 손을 옆으로 떨구고서 묻는다.

"저쪽 모퉁이에서요." 그녀가 말한다.

그는 감사의 말을 내뱉고 그녀의 곁을 떠난다. 그다지 어렵지 않게 시장을 찾아낸다. 그곳은 이미 도시 속의 새로운 도시 같다. 손님이 오려면 아직 두 시간은 남았지만 벌써 왁자지껄

한 농지거리 소리가 나고, 등롱과 골풀양초[63]로 해뜩해뜩하다. 반대쪽에 보이는 것은 페르 거리 모퉁이, 묘지의 검은 벽, 랭쥬리 거리의 안개에 젖은 자갈돌 바닥…….

모나르 씨네 집의 문을 열자, 무엇인가가 그를 앞질러 쏜살같이 들어간다. 그는 더듬거리며 입구 탁자 위에 있는 부시통을 찾아, 불을 붙일 양초 하나를 마침내 찾아낸다. 타구는 지하실로 내려가는 문 옆에 있다. 고양이의 퉁명스러운 얼굴은 바닥쪽 문틈에 끼여 있다. 그 녀석은 마치 도움을 구하듯, 장 바티스트를 바라본다.

장 바티스트는 아래로 숙여, 문틈으로 흘러나오는 공기를 느껴 본다. 차가운 공기. 열병의 말기를 맞은 사람의 숨결처럼 차다. 그는 문 옆에 있는 선반 위에 촛불을 올려 놓는다. 즉각적으로 불꽃이 잦아들더니, 그것을 다시 들기도 전에, 꺼진다.

---

63) 마른 골풀 속을 지방이나 기름에 적셔서 만든 싸구려 양츠.

12

남은 밤 동안 그는 깨어서 누워 있다. 그의 머릿속은 상표가 붙어 있지 않은 술과 불면의 광휘로 빛난다. 모든 장면이 확실해질 때까지 그 여인, 엘로이즈와의 만남을 반복하여 떠올린 후, 그는 얕은 선잠 속으로, 다른 의식의 상태로 들어간다. 그 안에서 그는 천천히 열리는 지하실 문과 한 번도 본 적 없는 지하실 계단 꼭대기로 홀린 듯 걸어가는 자신을 본다…….

그는 동이 트자마자 옷을 입는다. 거울을 손으로 두 번 닦고 나서야, 검은 점이, 거울이 아니라, 자신의 얼굴에 묻어 있다는 것을 깨닫는다. 레나르 씨의 페인트 항아리를 들어준 데 대한 그의 보답이었다. 그는 씻을 물이 없다. 그는 욕설을 하고 집을 나선다.

우르 거리에서 마차에 오른 제일 마지막 승객은 그였다. 그는 승차하여 은발의 사제 맞은편에 앉는다. 그는 속이 불편한지 검은 망토 밑에서 배를 만져보고 눌러보고 하는 중이다. 그 사제 옆에는 외국인 남녀 한 쌍이 있는데 영국인들로 밝혀진다. 여자는 단정하고 깔끔한 옷차림에, 암탉처럼 편안하게 앉아 있고, 남자는 얼굴이 벌겋고 도박싸움꾼처럼 덩치가 좋다. 나머지 승객은 우아하면서도 신비한 슬픔에 싸인 그런 류의 여인으로, 대중 마차로 혼자 여행하면 당장에 다른 승객들의 온갖 상상과 억측을 한몸에 받을 만한 나이로 보인다. 그녀는 루이 오라티오 부아에 뒤부아송 같은 어떤 사람이 지난 밤의 안개 자락으로부터 말을 타고 달려나와 그녀에게 머물러 달라고 애원할 거라는 한 가닥의 희망에 매달리고 있는 듯 창 밖을 유심히 바라본다. 아무도 오지 않는다.

마차 사무실 입구에는, 마부가 아침술을 한 잔 걸치고 있다. 영국 부부는 삶은 달걀 하나를 나누어 먹는다. 사제는 작은 책을 읽고 있는데, 그의 코 끝이 거의 책장에 닿을락 말락 한다. 우아한 여인은 한숨을 쉰다. 지난 밤의 닭고기 이후로 아무것도 먹지 않은 장 바티스트는 눈을 감고 너무나도 깊이 잠들어 세상 모르고 잔다. 세 시간 뒤에 갑자기 잠에서 깨어난 그는, 진흙이 튄 창 밖으로, 겨울 시골길이 지나가는 것을 본다. 파리는 이미 상당히 멀어져 있다. 영국 여자는 그를 향해 미소를 지으며, 고개를 까딱인다. 그녀의 남편과 사제는 나란히 앉아, 각자만의 리듬을 타면서 코를 골아댄다.

그들은 언덕에 다다른다. 말들은 고군분투한다. 다부는 열린 창문을 들여다보면서, 신사분들은 수고스럽지만 꼭대기까지 걸어가 주실 수 있는지 묻는다. 신사들은 부탁을 받아들여 내린 후, 양 옆에 보이는 흙탕색 전원에 대한 언급을 하면서, 진흙길을 조심스럽게 걷는다. 언덕 마루에서 마차에 다시 올라, 신발에 묻은 진흙을 마차 바닥에 문지르고서, 손잡이 줄을 붙들고 있는 동안, 말들은 긴 비탈길을 미끄러지듯 내려가, 다음 마을에 당도한다. 거기서 다들 안도의 숨을 내쉬며, 잠시 길을 멈추고 점심을 먹는다.

오후에는 다들 식사 중에 백포도주를 잔뜩 마신 관계로, 한동안 부담없는 대화가 오간 뒤, 한 시간 정도 낮잠을 잔다. 마차는 보트처럼 흔들거리고, 창 밖의 세상은 감상하는 이도, 불러주는 이도 없이, 그렇게 지나간다.

어둠이 깔리고 두 시간이 지나자 아미앵으로 들어간다. 오래된 도시 문을 통과해 지나가면서, 대사원[64]의 그림자라도 보기 위해 사람들은 목을 길게 늘인다. 여관에는 한 무리의 순례자들이 묵고 있다. 새로 도착한 손님들은 남은 공간을 잘 활용해야 한다. 장 바티스트는 사제와 함께 다락방을 쓰게 되었다. 촛불이 꺼지기 전에, 사제가 기도할 때 함께 하겠느냐고 묻는다. 그는 기도하기를 원치 않는다. 자신이 철학자이고 합리주의자이며 자유사상가라는 것을 알리는 편이 나았겠지만, 그는 사제의 기도문 끝에 공손히 자신의 아멘을 붙이고, 오래된 위안 같은 것을 느낀다. 그들은 악수를 하고 촛불을 손가락으로 눌러서 끈다. 사제의 뱃속이 꾸르륵거린다. 그가 사과한다. 장 바티스트는 자신에게 그 소리가 전혀 불편을 주지 않는다고 사

---

64) 1220~1270년에 걸쳐 지어진 고딕풍의 아미앵 대사원(Cathédrale Notre-Dame d' Amiens). 프랑스의 대성당 가운데 가장 높음. 1981년 유네스코 세계유산 목록에 등재.

제를 안심시킨다.

아침에, 그의 머리가 사제의 어깨 위로 굴러 떨어지면서 잠에서 깬다. 그들은 침대에 앉아, 다시 악수를 한다. 이것이 인생이다. 이것이 여행이다.

새 마차, 새 마부, 원기왕성한 말들. 이른 오후까지는 두에[65]에 도달한다. 여기서 사람들은 흩어진다. 늙은 사저는 신학교에서 젊은 사제들이 마중 나와 있고, 영국인 부부는 구내를 가로질러 기다리고 있는 칼레[66]행 마차로 건너갔다. 슬프고도 우아한 여인은 브뤼셀로 가는 마차에 대해 조용히 알아본다. 장 바티스트는 작은 짐가방을 움켜쥐고, 발랑시엔으로 가는 붐비는 마차에 서둘러 올라탄다. 두 시간 뒤, 추위에 뻣뻣해져서, 거리에 내린다. 마을에서 광산까지는 언제나 마차들이 많이 다닌다. 10수만 주면 냄새가 지독한 버터통을 나르는 수레에 태워주고, 하루 해가 질 때쯤이면 탄광촌 어귀에 당도한다.

비록 어둠 속이지만, 르쾨르의 편지 그대로다. 장 바티스트가 마지막으로 여기를 떠난 뒤로 아무런 변화도 없었다는 것을 명백히 볼 수 있다. 이길 기미는 전혀 없이 암울하게 버티고 있는 포위군의 야영지처럼 줄지어 선 판잣집과 오두막도 똑같다. 이십여 개의 작은 모닥불들이 타고 있으며, 각각에는 남녀 그

---

65) Douai: 발랑시엔에서 서쪽으로 34km 정도 떨어져 있는 프랑스 북부에 있는 마을.
66) Calais: 프랑스 북부의 해안 도시로 영국에서 가장 가깝다. 로댕의 작품 소재가 되기도 한 〈칼레의 시민들〉 이야기로 유명하다.

림자 한 무리가 둘러서 있다. 길가에는 아이들이 열심히 놀고 있는데, 몇 명은 놀이를 멈추고 고개를 들어, 호기심 없이 창백한 얼굴로, 지나가는 마차를 바라본다. 도로는 회사가 닦은 것이다. 제일 먼저 만든 도로에는 샤르봉[67] 거리, 아브니르[68] 거리, 심지어는 리쉐스[69] 거리 같은 이름들이 붙여졌다. 나중에 만든 도로에는 그저 번호를 붙였다. 1번가, 2번가. 이 모든 것의 중심부에는, 더 어둡고, 더 자욱한 연기와 제어된 소음 지역으로 식별되는 작업장 자체가 있다.

감독들은 작업장으로부터 동쪽으로 약간 떨어진 곳에 자신들만의 기숙사가 있다. 이 지역의 계절풍이 검댕과 돌가루 더미를 꾸준히 불어 나른다. 기숙사는 지방 막사 형식으로, 각 구획은 여섯 개로 나누어져 있고, 여섯 번째마다 감독이 살고 있으며, 대부분은 미혼 남자이다. 여기는 아내를 데리고 올 만한 곳이 아니며, 신붓감을 찾을 만한 곳은 더더욱 아니다. 고참 감독들은 발랑시엔에 산다. 소유주와 주주들은 파리에 살면서, 탄광이란 그들의 공상에 나오는 곳으로, 손쉽게 돈을 퍼낼 수 있는 신기한 땅구멍 정도로 여긴다.

몇 시간째 눈이 금방이라도 내릴 것 같은 위협적인 날씨였다. 이제, 엔지니어가 기숙사로 들어가는 동안, 눈이 떨어지기 시작한다. 그는 르쾨르의 숙소를 기억한다. 각자 두 번째 구획

---

67) Charbon, 석탄이라는 의미.
68) Avenir, 미래라는 의미.
69) Richesse, 부(富)라는 의미.

의 1호와 2호에서, 거의 1년 동안을 나란히 살았다. 앞 창문 밖에, 르뢰르는 작은 뜰을 갖고 있었는데, 여름이 되면 이 작은 땅에서 양파나 상추나 만수국 같은 것을 길렀다. 이제는 흔적도 보이지 않는다.

그는 문을 톡톡 두드리고, 기다린다. 다시 노크를 한다. 눈이 그의 어깨와 모자챙에 쌓인다. 그가 문을 세 번째로 두드리려는 순간, 문이 끼익 열리고, 거기에는 촛불을 손에 든 르뢰르가 서 있다. 불꽃이 흐른다. 펄럭거린다.

"동지!" 그는 소리친다. "오, 친애하는 동지여! 자네를 기다리다 지쳐서 정신 이상이 될 뻔했네."

바람에 촛불이 꺼진다. 그들은 어둠 속의 작은 통로를 걸어간다. 응접실이 나온다. 필요한 재료를 찾고 나자, 촛불에는 다시 불이 붙는다. 르뢰르는 의기양양하게, 씩씩거리며, 약간은 불안정하게 방 안 한가운데 서 있다.

"기억하나?" 그는 묻는다. "음? 바로 저 팔걸이 의자에 앉은 자네 모습이 보이지 않나?"

"보이네." 장 바티스트는 말한다. 그는 방을 둘러본다. 사람의 기름때가 피어난 의자, 초라하고 작은 벽난로, 어머니와 여동생의 실루엣 초상화…… 영구성. 탄광촌의 풍경처럼, 좋지 않은 불변성이다.

테이블에는 음식이 차려져 있다. 절인 송아지 머리 몇 조각, 소스가 뿌려져 있지 않은 감자, 먼젓번 배송 때 받은 지독한 냄새가 나는 버터를 얇게 바른 빵. 테이블의 한복판에는 어떤 투명한 액체가 들어 있는 병이 놓여 있는데, 지금 르킈르가 그것을 두 잔에 따르고, 자신의 것을 즉시 비운 후, 나머지 잔을 장 바티스트에게 건넨다. 그들은 마주 앉는다. 장 바티스트는 그의 접시 위에 놓여 있는 머리고기 조각을 칼질한다. (불쌍한 것, 그것은 마치 자신의 눈물에 절여진 것 같은 맛이 난다.) 그는 병에서 따른 것을 홀짝거리고, 검은 눈송이가 소리없이 유리창에 부딪치는 것을 본다.

그들이 마지막으로 본 것은 3년 전이다. 발랑시엔의 마차 정류장에서 가랑비 속에서 서둘러 포옹을 했었지. 그 동안의 세월이 어떤 가혹한 횡포를 부렸기에 이 남자는 이렇게 초췌해졌을까? 그는 기껏해야 서른다섯. 더 젊을지도 모른다. 그러나 겉모습은 병든 오십대 남자 같다. 그의 이는 대부분 다 빠지고 없다. 그의 코는 부었고, 땀구멍이 숭숭 났으며, 부어오른 핏줄이 드러나 보인다. 그는 불쌍할 정도로 앙상하게 마르고 초조하다. 일단 이야기를 시작하면 그는 멈출 수가 없다. 가벼운 한담으로 시작한 것이 점점 한탄이 되고, 격렬한 불평이 되는데, 그 심장부에 있는 것은 바로 탄광, 바로 그 레비아탄[70], 바로 그 사람의 뼈를 갈아버리는 맷돌이다.

그는 매일 밤을 이렇게 보내는 것인가? 홀로 술병과 함께, 허공을 기소起訴하면서? 그는 엉긴 갈색 모직의 조끼를 입고 있다. 이 옷은 아마 미혼녀 친척들이 한때 가문의 마지막 큰 희망이었던, 치아가 있는 젊은 르킈르를 위해서 떠주었을 것이다.

____

70) 성경에 나오는 거대한 바다 괴물.

그가 조용해지고, 한숨을 쉬며, 다시 술병을 향해 손을 뻗을 무렵, 장 바티스트는 할 수 있다면 그를 파리로 데려가야겠다고 이미 마음을 굳힌 상태이다. 여기에 있다간 그는 다음 겨울을 나지 못할 것이다. 그런데, 그가 정말 예전에 지녔던 모든 능력을 다 잃었을까? 그가 한때 소유했던 그 모든 왕성한 지적 활동을? 장관의 돈과, 장관의 권력으로, 그를 구제하는 것이 불가능하지는 않을 터. 물론 위험은 있다. 그는 얼마나 많이 망가진 것일까? 하지만, 양심상 그를 발랑시엔에 버려둘 수는 없다.

그는 차근차근 생각한다. 레지노상 발굴 첫날의 그럴싸한 장면을 상상 속에서 만들어내면서. 르쾨르가 비계飛階나 발판 같은 곳 위에 서 있고 그 아래로 사람들이 연장을 들고 깨끗하게 줄지어 있는 모습을 상상하고 있을 때, 르쾨르가 갑자기 "결혼은 했나?" 하고 묻는다.

"안 했네." 대답하는 장 바티스트의 머리에 떠오르는 것은 (터무니 없게도!) 창녀 엘로이즈의 그림자이다.

"그럴 줄 알았네." 르쾨르가 말한다. "결혼한 남자가 이런 양복을 입을 리가 만무하지."

"자네는?" 장 바티스트가 묻는다. "누구…… 사귀는 사람이라도 있나?"

르쾨르는 미소를 지으며 고개를 가로젓더니, 화톳불을 곁눈질한다. "여자랑 아무 교류가 없은 지 오래 되었네."

아침 경종이 세 시 반에 울린다. 첫 교대, 첫 강하降下가 네 시에 있다. 장 바티스트는 위층 방에서 깨어난다. 그는 창 밖을 내다보지만, 빛이라고는 전혀 보이지 않는다. 그는 침대에서 다리를 밖으로 꺼낸다. 방은 견딜 수 없을 만큼 춥다. 그는 이 모든 것을 기억한다, 완벽하게.

응접실로 나가니, 르쾨르가 옷을 다 입고서, 집중하는 얼굴로 이제 거의 빈 병을 양손으로 잡고 술을 자신의 잔에 따르고 있다. 그는 병을 내려 놓고, 입을 잔 가장자리로 가져가, 잔이 여전히 테이블 위에 놓인 채로 첫 한 모금을 빨아들인다.

"한 잔 따라줄까?" 그가 묻는다.

"나중에." 장 바티스트는 말한다.

그들은 전날 밤에 레지노상에 대한 계획과 필요한 인부들에 대한 이야기를 조금 나누었다. 르쾨르의 투철한 직업의식이 그를 안심시켰다. 그는 이미 작성해 놓은 명단을 손에 들고, 하나씩 이름을 열거하며(이베르부, 슬라바르, 블로크, 라프, 쌍, 윈테르⋯⋯), 각각에 대한 간략한 평가, 대충의 나이, 근무 기간, 그들의 도덕성 등을 장 바티스트에게 이야기한다. 그 자신의 이름을 명단에 올리는 것에 대한 아무런 언급은 없었지만, 지금, 얼음처럼 차가운 응접실에서, 장 바티스트는 그에게 가능성을 고려해 볼 수 있는지 질문한다.

"고려하라니!"

르쾨르는 급하게 친구의 손을 잡으러 달려가다가, 테이블의 모서리에 허벅지를 부딪치면서 얼마 없는 소중한 술병을 쏟을 뻔한다.

"사람들이 우리 이름을 따서 광장 이름을 지을걸세!" 그는 소리지른다. "파리를 정화한 사람들로 기억될 거야!"

르쾨르는 갑자기 춤을 추기 시작한다. 자신을 주체할 수가 없다. 장 바티스트는 웃음을 터뜨리고, 박자에 맞추어 손뼉을 친다. 그는 오늘 아침을 먹기도 전에 한 인생을 구했다.

예전 같은 대화의 강도, 발랑시아나 시절의 치열한 논쟁을 되찾은 그들은, 해야 할 준비에 대해 의논한다. 인부들의 수송, 파리에서의 숙박. 위생, 규율, 보수. 궂은 날씨로부터 유령의 출몰에 이르기까지, 상상 가능한 모든 어려움에 대해.

"그리고 유골을 옮길 장소는……?" 르쾨르가 묻는다.

"오래된 채석장일세."

"그곳 준비는 완료되었나?"

"곧 될 걸세."

"그곳은 건조한가? 우리는 여기서 영국식 모델 이후로 새 펌프를 사용하고 있네. 전에 사용했던 어떤 것보다 더 빠르지."

"내 임무는 묘지만이네. 일단 마차가 레지노상을 떠나면 그쪽에서……."

"얼마나 깊이 파야 하나?"

"공동 매장 구덩이 중 어떤 것은 30미터가 된다고 하네."

"그렇게나 깊이?"

"대부분은 그렇게 깊지 않겠지. 그러나 인부들에게는 별로 즐거운 작업이 아닐걸세."

"곡괭이를 들고 땅 속으로 미끄러져 들어가서 언제 질식성

가스를 마시게 될지, 언제 등 뒤로 터널이 무너져 내릴지 알 수 없는 탄광일보다 더 나쁠 리야 있겠나. 이번 주에도 세 사람을 잃었네. 산 채로 묻혔어. 터널을 제대로 강화시키지 않으려고 하거든. 강화 작업을 한다고 돈을 받는 것이 아니니까. 석탄에 대해서만 보수를 받지."

창문 너머로, 날이 점점 밝아지는 것 같지가 않다. 작은 돌개 바람이 불어, 눈이 다시 창문을 때린다. 장 바티스트는 일어선다. 여기에 갇혀 있을 생각이 없다.

"자네에게 돈을 좀 주고 가겠네. 필요한 곳에 쓰게. 또 필요하면 장관의 이름을 대도 괜찮네. 하지만 지체해서는 안 되네. 꾸물거리면, 다른 사람들로 완전히 교체해 버리겠다고 하셨거든. 그 부분에 대해 강조를 많이 하셨어."

"아미쿠스 케르투스 인 레 인케르타 케르니투르(Amicus certus in re incerta cernitur)[71]." 르쾨르는 양 손바닥을 맞붙여 비비면서 말한다. "자, 이제 뭘 좀 먹겠나? 송아지 머리 몇 조각이라도?" 그는 벽에 붙어 있는 고기 저장고에서 그것을 꺼내어 사랑스러운 듯 안는다. 난도질당한 그 불쌍한 머리.

---

71) '불확실한 상황에서 확실한 친구가 나타난다'는 의미의 라틴어구. 고대 로마의 시인이자 극작가인 퀸투스 엔니우스의 말. 키케로가 자신의 저서 『우정론(De Amicitia)』에 인용.

13

파리에도 눈이 온다. 재, 검댕이, 진흙, 똥으로 범벅이 된 눈. 부유한 거리에서는, 부유한 집들 밖으로, 눈들이 치워져 회색 피라미드를 이루고 있다. 그 외 다른 곳에서는, 바퀴나 말발굽, 나막신 등에 밟혀 눈 사이에 길이 났다. 묘지에서는, 십자설교대 양팔 위에 눈이 쌓이고, 죽은 자들의 등[72]에 붙은 돌지붕 위에도 얌전히 내려 앉으며, 담과 납골당 지붕의 비탈진 곳에도 나란히 떨어진다.

장 바티스트는 교회지기의 사택에서 빌려온 삽으로 땅을 쿡쿡 찌르고, 땅의 저항을 감지하면서, 마치 쇠를 친 듯한 둔탁한 울림을 듣는다. 최소한 그곳의 악취는 많이 줄었다. 그는 구토가 나지 않는다. 참을 수 없는 역겨움은 없다.

아르망이 교회에서 나타나, 낮은 문 아래로 사라졌다가, 묘지를 가로지른다. 그의 선명한 머리 색깔에 비하면 세상의 어

---

72) 죽은 자들의 등(Lanternes des morts): 프랑스 중서부에서 흔히 발견되는 작은 돌탑. 윗부분에 작은 구멍들이 나 있고, 밤에는 그 속에 불을 켜서 묘지의 위치를 표시함.

떤 색도 그 빛을 잃는다.

그는 삽을 향해 고개를 끄덕이며 말한다. "내가 보니 확실히 이름값을 하시는군요, 베슈 씨."

장 바티스트가 응수한다. "이런 땅에는 도끼를 사용하는 것이 더 나을 것 같네."

"몇 달 동안 언 상태가 계속될 수 있다는 걸 자네도 알겠지." 아르망이 쾌활하게 말한다.

"그렇지 않을 거야."

"장관께서 그걸 허락하지 않으실 거란 말인가? 그렇다고 해두지. 하지만 크리스마스 전에 자네가 뼈를 파고 있을 것 같지는 않네. 고향으로 가게나. 자네가 누군지 일깨워줄 걸세."

장 바티스트는 고개를 끄덕이고, 발끝으로 삽을 톡톡 찬다. 고향. 그것보다 더 원하는 것은 없다. 아프도록 그리운 곳.

"자네는?" 그가 묻는다.

"크리스마스? 나는 삼일 정도 술에 취해 있을 거야. 리자가 나에게 개 같은 인간이라고 호되게 바가지를 긁겠지. 그리고 나서 술이 깨면, 그녀와 몇 시간씩 사랑을 나누고, 그녀와 아이들과 함께 미사에 참석하러 생 외스타슈 교회에 갈 거야. 내 앞에 앉은 젊은 유부녀에 대한 음란한 상상을 하고, 영성체를 받으러 서 있을 때 그녀의 몸에 은근히 기대 볼 궁리를 하겠지."

"자네 친구들은? 레나르? 플뢰르와 드 베르쥐라크는?"

"아, 자네는 그들을 별로 좋아하지 않았어, 그렇지? 사실, 그 사람들에게는 별로 좋아할 만한 점이 없지. 어쨌거나, 자네 얼굴에 묻은 페인트는 결국 지워질 거야. 그때까지는 애교점인 척하게. 애교 얘기가 나왔으니 말인데……."

두꺼운 숄을 어깨에 걸치고, 잔느가 교회지기 사택에서 나와 그들을 향해 걸어온다. 소녀는 분홍색 손을 들어 인사를 한다.

"돌아오셨네요." 그녀가 말한다.

"네." 장 바티스트가 대답한다.

"어디 가셨는지 궁금했어요."

"볼일이 좀 있었습니다." 그가 말한다. "다른 곳에서요. 여행을 했습니다."

"그랬군요. 좋았나요?"

"목적 달성은 했습니다." 장 바티스트가 말한다.

"이 아가씨는 아나?" 아르망이 묻는다. "그 목적이 무엇이었는지? 자네가 우리에게 어떤 일을 할 계획인지 이 아가씨도 아는 거야?"

잔느는 아르망과 장 바티스트를 번갈아 바라본다.

"우리에게 어떤 일을 할 계획이라니요?" 그녀가 묻는다.

"다른 사람들의 계획입니다." 장 바티스트가 말한다. "높은 사람들이지요."

"네?"

"놀랄 만도 하지." 아르망이 말한다.

"내가 여기서 무엇을 하고 있었는지 궁금했을 겁니다, 잔느. 나를 돕고 있으면서도, 많이 궁금했겠지요."

"저는 선생님을 도와드리는 것이 좋았어요." 그녀는 말한다.

“원하시면 오늘도 도와드릴게요.”

“오늘은 도움이 필요 없을 겁니다.” 그는 말한다.

“자네가 말하지 않으면, 나라도 이야기하겠네.” 아르망이 말한다. “묘지는 철거될 거야, 잔느. 묘지와 교회 모두.”

“그 문제는 오래 전에 결정되었죠.” 장 바티스트가 말한다. “이 장소는 새로워질 겁니다. 순수하게. 그것이 바로 국왕께서 바라시는 바이지요.”

“국왕께서요?”

“걱정할 것은 전혀 없습니다. 유골과 유해는 새로 마련된 장소로 옮겨져서, 그곳에 무사히 안치될 겁니다.”

“모두요?” 그녀가 묻는다.

“그렇습니다.”

“선생님이 그 일을 할 수 있으세요?” 그녀는 삽을 바라본다.

“저를 도와줄 사람들이 있습니다.” 그가 말한다.

그녀는 여러 번 고개를 끄덕인다. “만약 그것이 선생님께서 원하시는 바라면.” 그녀는 낮은 목소리로 중얼거린다.

“아가씨와 할아버지를 위해서 조치가 취해질 것입니다. 제가 약속드리지요.”

“약속을 함부로 해서는 안 될 텐데.” 아르망이 말한다.

장 바티스트는 아르망의 말을 못 들은 척하고 계속한다.

“묘지를 이대로 내버려 둘 수는 없지요. 그렇지 않습니까?”

“물론, 아니지요.” 그녀는 말한다. “그럴 수는 없겠지요.”

“그리고 아가씨도 사람들이 묘지에 대해 얼마나 불평하는지 알고 있겠지요.”

그녀는 얼굴을 찡그린다. “예전에는 사람들이 이렇게 유명한 곳 가까이에 사는 것에 자부심을 가졌었다고 할아버지가 말씀하세요. 묘지에 대해 자랑하고 다녔대요.”

아르망이 끼어든다. “사람들의 코가 점점 예민해진 거야.”

마치 완전히 검증된 사실인 것처럼, 그녀는 더욱 힘차게 고개를 다시 끄덕인다.

“그럼 사택은요?” 그녀가 묻는다.

“새 집을 받을 겁니다. 땅을 정화한 후에, 이곳에 지을 수도 있겠지요.”

“여기에요?”

“네.”

“할아버지는…… 제가 모실 수 있기만 하다면, 좋아하실 거예요.”

“그럼요. 할아버지와 함께 살아야지요.”

15분 정도 그들은 말없이 서 있다. 그들은 주변을 돌아본다. 지금과 다른 상태가 될 것이라는 어떤 기미도 찾아볼 수 없다.

한 시간 뒤에, 카페 드 푸아[73)]의 거울로 된 부스석에 앉아 브

---

73) Café de Foy: 1749년부터 1854년까지 팔레 루아얄 근처에서 영업했던 카페. 카미유 데물랭이 1789년 7월 13일 이곳에서 시민들에게 무기를 잡으라고 선동하면서 다음날 바스티유 감옥 습격 사건이 일어나고, 이 습격의 성공이 프랑스 혁명의 도화선이 됨.

랜디와 뜨거운 물로 몸을 녹이면서, 아르망이 입을 뗀다.

"잔느가 동의를 한 것은 오로지 그것이 자네였기 때문이야. 노르망디 남자의 매력에 빠진 것 같더군. 그렇지만, 자네가 그 아이를 오도한 것은 아닌가? 일단 자네가 고용한 광부들이 일을 시작하게 되면, 뼈들이 땔감처럼 휙휙 날아다닐 걸세. 그리고, 자네가 그녀에게 약속한 그 집, 즉흥적으로 자네가 지어낸 것 아닌가? 자네가 나에게 생 외스타슈의 오르가니스트 자리를 줄 힘이 없는 것처럼 그녀에게 집을 줄 힘도 없을 텐데."

"할 수 있는 한, 해볼 작정이네." 장 바티스트가 말한다.

"자네는 지시받은 대로 움직일 뿐이지." 아르망이 말한다. "그렇지 않나?"

"장관께서……."

"아, 그 자네의 절친한 친구 장관 나으리."

"장관께서…… 감정이 없는 분이라고는 믿지 않네."

"그래서 자네는 장관이 잔느에게 어떤 감정을 가질 거라고 생각하나? 그녀에게 어떤 감정이 있는 건 혹시 자네가 아닌가? 추운 밤 저런 여자와 같이 침대 속을 뒹구는 것도 좋겠다는 건 이해가 가네."

"그녀는 이제 막 어린아이 티를 벗었어."

"그걸로 충분해. 우리의 친애하는 왕비께서도 열네 살에 결혼을 했지. 잔느도 자네를 따라갈 걸세. 모나르 집에 있는 자네의 방으로 몰래 숨겨 들어가면 될 거야. 물론 분명히 지게트는 자존심이 완전 짓밟힌 것 같아서 기분이 상하겠지만."

"내가 보기에는, 지게트에게 관심이 있는 사람은 자네인 것 같군."

"자네 말이, 만약 기회가 생긴다면 그녀와 함께 잠자리를 하 겠냐는 의미라면, 대답은 그렇다일세. 그래서 자네도 그럴 거 라고 생각한 거야. 말이 난 김에 우리의 페르시아 공주님이나 감상하러 가세. 어떤가?"

"오늘은 안 되겠네."

"안 되다니? 자네 재미없게 왜 이러나, 베슈 선생. 따분함을 경계하는 것이 좋네. 그건 현대적이지 않아. 그렇지만 자네가 원하는 대로 하자구. 자네가 이 브랜디 값을 지불하고 나면, 내 가 자네를 숙소까지 모시겠네."

시장 주변에서, 프레쉐르 거리 언덕길을 건너고 있을 때, 그 들은 오스트리아 여인을 만난다. 그녀는 포장을 해서 검은 노 끈으로 깔끔하게 묶은 작은 책꾸러미를 들고 있다. 추위도, 자 갈을 박은 시멘트 길 위의 엉망진창이 된 눈도, 여느 사람들을 인상 쓰게 만드는 회오리바람도, 그녀에게는 영향을 미치지 못 하는 것 같은 인상을 준다. 아르망은 그녀에게 인사를 하고, 창 녀와 엔지니어 사이에 오가는 1초 정도의 대화와 그 둘의 눈빛 에서 무엇인가를 감지한다.

"아이구, 맙소사. 그녀마저도?" 그는 묻는다. 그리고 웃음을 터뜨린다.

두 번째

언젠가는 내가 사랑하는 자들을 애도하거나,
그들이 나를 애도하리라……
죽음에의 생각 앞에서, 억압된 영혼은 그 자신을
완전히 열고 애정의 대상을 품기를 갈망한다.
—조제프 드 지라르, 「무덤에 관해 혹은 그 제도적 영향에 관해」
『풍습의 장례식』

1

 달리는 마차의 창문 너머로 보이는 촌락들의 빈곤은 마치 한 폭의 아름다운 풍경화 같다. 지난 이백 년 동안 얼마나 많이 변한 것일까? 헨리 4세의 시절에는 이렇게 살지 않았을까? 인구도 적고, 땅도 덜 지쳐 있고, 멀리 보이는 성을 소유한 지주들도 이렇게 많지 않아서, 살기가 더 좋았을 것이다.

 그는 고향으로 가고 있다! 11주 만에 처음으로 가는 고향집. 그러나, 이타카의 푸른 그림자를 찾아 미간을 찡그리는 반백의 율리시스가 된 그의 마음 속에서는 11년 같은 세월이었다.

 다행히 도로 상태는 그럭저럭 괜찮은 편이다. 지난 주에 온 눈은 녹았고, 얼음 같은 태양과 부서지는 한밤의 공기는 진흙을 돌덩이로 만들어 놓았다.

 그는 마차를 두 번 갈아탔다. 이번 마부는 걱정스럽게도 술에 취해 있지만, 말들이 갈 길을 잘 안다. 그는 빽빽한 숲을 내다보고 가면서, 소녀가 지팡이를 들고서 몰고 가는 거위떼로 인해 마차 앞 길이 막히자 초조해한다. 그러다가 마지막 언덕이 나오고, 오후의 햇살에 자줏빛으로 물든 교회탑이 보인다.

마부는 큰 목소리로 외친다. "벨렘! 벨렘!"

그는 시장터에서 내린다. 그는 끈이 풀린 가방을 안고 있다. 늘 그렇듯이, 작은 무리의 동네 사람들이 근처에 서서 팔짱을 낀 채 바라본다. 벨렘 사람들은 호기심이 많다. 치통이나 중풍 및 궤양을 치료하는 약을 파는 과부가 구경꾼들 사이에 서 있다가, 그를 알아본다. 그는 그 여자와 이야기를 나누고, 그가 아는 두세 사람의 사망 소식이며, 마메르의 섬유 전모사剪毛士[1]와 결혼한 동네 처녀 이야기와, 추기경의 영지에서 밀렵을 하다가 잡혀서 노장(Nogent)에 재판을 받으러 호송된 남자 이야기를 듣는다. 돈을 버는 사람은 없는 것 같다. 농토는 자갈밭뿐이다. 그럼에도 불구하고, 어쩐 일인지 다들 목숨을 부지하고 있고, 교회 시계는 수리 중이다. 내년에는 신이 그들에게 더 나은 해를 주실 것이다. 그들은 나쁜 사람들이 아니며 그들의 죄는 단지 사소한 것들이기에.

"어떻게 지냈나?" 과부는 마침내 숨을 들이쉬며 묻는다. "어디에 갔었어?"

아직 상당히 더 가야 한다. 가방을 어깨에 둘러메고, 언덕을 내려간 뒤, 돌다리를 넘으며 개천을 가로지른 후, 여전에 흰 황소에게 쫓긴 적이 있는 밭 모퉁이를 조심스럽게 걸어간다. 그가 걷는 쪽에 있는 숲에서는, 자신들의 무리하고만 어울리는

---

1) 섬유 공정에서, 천의 표면에 나와 있는 실을 자르고 파일과 기모를 가지런히 만들거나, 조각하는 효과를 주면서 자르는 작업을 하는 사람.

수수께끼 같은 숯꾼들이 피우는 불에서 나는 연기 냄새가 난다. 그 다음, 올해는 열매가 무성하게 열린 호랑가시나무를 지나, 파필드 들판을 건너자, 개들이 시끄럽게 짖기 시작하는 소리가 들린다. 거기에는 집과 마당과 쓰러져 가는 별채가 보인다. 돌과 진흙으로 된 고향집이 늘 있던 모습으로 그 자리에 서 있다. 그렇지만, 그와 동시에, 이 모든 것이 어쩐지 놀랍다. 그는 발걸음을 재촉한다. 입구에 누군가가 나타난다. 그는 팔을 들고, 그녀 역시 팔을 든다. 그녀는 마지막 몇 걸음을 내딛는 그를 바라본다. 마치 그녀의 눈길이 그가 돌아올 귀향길인 것처럼, 마치 그 길의 끝에서 그녀의 회색 눈 속으로 그가 뚜벅뚜벅 들어가 버릴 것처럼.

인사를 나누고 나서, 그는 불가에 앉아 두 손을 온기에 가까이 댄다. 몇 초의 순간 동안, 그는 순수하고 열렬한 행복감을 느낀다. 동화책 속의 그림보다 더 복잡한 것은 세상에 없다. 그는 집으로 왔다. 마침내 고향집에! 그리고 그 순간이 지나간다.

어머니는 그를 위해 뭔가를 만들고, 뭔가를 가져다 주고, 그에게 질문을 하고, 그가 보낸 돈에 감사한다. 그는 어머니의 눈가와 입주변이 핼쑥해 보인다고 생각한다. 어머니가 쓴 모자 끝의 반원 물결 장식 아래에 더 많은 흰머리가 있는 건 아닐까? 그 동안 잘 지내셨는지 묻고 싶지만, 어머니는 그저 미소를 지으며 이 정도면 충분히 잘 지내온 것이라고 대답하시리라. 고통은 신의 선물. 불평할 일이 아니다.

여동생이 들어온다. 차가운 손을 겨드랑이 밑에 넣은 앙리에

트. 낙농장에 다녀오는 길이라, 그녀에게서 유모 같은 냄새가
난다. 그녀는 그 동안의 이야기를 몽땅 듣고 싶다고 말한다. 그
녀의 관심에 우쭐해진 그는, 최근에 일어난 일들에 대해 자신
이 능숙하게 편집하여 들려주는 이야기를 스스로도 약간 놀라
며 듣는다.

그의 이야기를 듣는 사람이면 누구나 그와 장관이 베르사유
정원에 있는 분수 사이를 함께 거닐면서 매일 아침을 보내는
줄로 상상할 것이다. 모나르 가족은 싹싹하고 나무랄 데 없는
평범한 부르주아 가정으로 탈바꿈하는 한편, 아들이 친구 없는
외톨이로 지낼까 늘 걱정하셨던 그의 어머니가 친구 삼기를 바
라실 그런 종류의 사람으로 아르망이 소개되고, 집주인 여자와
동거하거나 보존처리된 공주님들의 미라를 좋아할 거라고는
상상조차 할 수 없는 사람으로 변한다.

레지노상에서 그가 할 일에 대해서는, 이미 그가 편지에 쓴
대로, 인구가 밀집한 구區의 공중 보건을 향상시키는 임무와 오
래된 교회 건물의 구조 변경을 맡았다고만 되풀이한다. 가족들
에게 모든 것을 털어놓지 못할 이유는 없다. 그것을 금지하는
것도 없으며, 그가 나쁜 일을 하는 것도 아니다. 하지만, 막상
그 순간이 오면, 가족의 얼굴에서 무엇인가를 보게 될까 봐, 제
대로 숨기지 못한 반사적인 혐오의 표정을 언뜻 보게 될까 봐
그는 두렵다.

여동생은 그가 왕비를 본 적이 있는지 알고 싶어 한다.

"응." 그는 대답한다. 여태까지 그가 한 거짓말 중 가장 황당

무계하다. 당연히, 그는 왕비를 묘사하라는 요구를 받는다. 상세하게.

"왕비는 나랑 좀 떨어진 곳에 있었는데, 시녀들에게 둘러싸여 있었지."

"그래도 뭔가를 봤을 거 아니야?"

그는 창녀 엘로이즈를 떠올리며 묘사한다. 어머니와 여동생은 즐거워한다. 특히 여동생이.

"그렇게 멀리 떨어져 있었던 건 아니었나 봐." 그녀가 말한다. "초상화 그리듯 상세히 우리에게 설명해 주었잖아."

한 시간 뒤, 문을 두드리는 소리에 이어, 남동생 장 자크와 개들이 소란스럽고도 유쾌하게 법석을 떨며 벌컥 들어온다. 장 바티스트가 살아 계신 어머니와 많이 닮은 반면, 남동생은 돌아가신 아버지와 꼭 닮았다. 그는 서랍장 한쪽에 아버지로부터 물려받은 샤를빌 조총을 세워 놓은 뒤, 꾸밈없고 남자다운 애정을 가지고 형을 환영한다. 그것은 장 바티스트가 자리에 앉은 순간부터 마음 속에 커져가던 이방인 같은 기분을 즉시 강화시키는 효과를 발휘한다.

"내가 토끼를 맞혔어." 장 자크가 말한다. "조그만 놈이었는데, 구멍 옆에 있었거든. 그 불쌍한 녀석이 산산조각 나버렸지. 개들한테 먹이로 줘 버렸어."

"저것으로 뭔가를 맞혔다니……." 조총을 향해 턱을 치켜들며 장 바티스트가 중얼거린다.

"비밀은 반 미터 정도 왼쪽으로 조준하는 거야. 형이 내 대신 계산 좀 해봐. 형 안에 있는 유클리드[2]를 깨워서 말이야."

"총을 하나 새로 사는 게 더 낫겠다. 강선腔線[3]이 쳐져 있는 걸로."

"그래도 나는 쓰던 것이 더 좋아." 다리를 쭉 뻗고 불 앞에 편하게 앉으면서 장 자크가 말한다. "파리에는 무슨 뉴스가 있는지 풀어놔 봐, 응?"

"응, 그냥 이런저런 일들."

"형, 살이 빠졌네."

"응, 넌 이제 배가 나왔구나. 그 조끼 품을 늘려야겠다."

"불뚝한 배가 얘한테 잘 어울려." 앙리에트가 말한다. "그렇게 생각하지 않아?"

그렇다. 완벽하게 잘 어울린다. 이 녀석은 이 노르망디 세계에 얼마나 잘 들어맞는지! 농장에서 일한 덕분에 생긴 넓은 어깨. 밝고 선명한 홍조가 도는 뺨. 길고 오래된 파란색 리본으로 묶은 검은 머리카락. 멋진 시골 청년. 주어진 자신의 자리에 잘 적응한 남자. 형의 성공과 학식, 높으신 분들과의 연계 등을 별로 부러워한 적이 없는 것도 이상하지 않다. 그의 야망은 언제나 형하고는 달랐다. 덜 화려하고, 더 쉽게 성취할 수 있는 것들. 두 형제 중 이제 누가 더 자유로운가? 누가 더 큰 삶의 행복을 누리는가? 이런 것들을 정확히 볼 줄 아는 눈을 가진 심사위

---

2) 고대 그리스의 수학자(BC 330~BC 275), 기하학의 아버지로 불려지며 『기하학 원본』이라는 책을 통해 논리적으로 이론을 체계화시켰다.
3) 총포신 안쪽의 나선형 홈. 총알을 회전시켜 탄도를 안정시킴.

원에게는, 누가 성공을 한 자이며, 창창가도를 달리는 자인가?

그날 밤, 형제는 그들이 함께 쓰던 방에서, 부엉이의 울음소리를 자장가 삼아 잠이 들고, 늦게 지는 달빛 속에 함께 일어난다. 부엌. 달빛과 햇빛조차 헹궈 놓은 무명행주처럼 얌전히 눕는 것 같은 저 깨끗하고 정돈된 세계에서는 어머니가 불을 지피며, 작은 불길 속에 작은 나무 조각을 넣는다. 어머니는 사과술을 데운다. 그들은 이빨이 아프도록 뜨거운 술을 후루룩 마시고, 빵과 사과를 호주머니에 쑤셔 넣은 뒤, 암말을 몰고 가을 폭풍에 뿌리째 뽑혀 넘어진 느릅나무 고목 한 그루를 자르러 간다.

남동생을 따라잡기는 쉽지 않지만, 이 일은 아름답고도 건강한 작업이다. 형과 동생은 땀을 흘리고, 아무것도 아닌 일에도 웃고, 톱질 실력을 겨루고, 야한 이야기도 주고받은 뒤, 향기로운 재목을 가득 실은 암말을 데리고, 타는 목마름을 느끼며 집으로 돌아온다.

일주일을 이렇게 보내고 나니, 그는 모나르 가족과 르쾨르와 레지노상에 대해서는 잊기 시작한다. 자신 속에 있는 망각에의 욕구를 그는 발견한다. 그의 사투리는 짙어지고, 고향의 걸음걸이, 그가 나고 자란 고향 사람들의 특징인 느린 움직임과 몸짓에서 나오는 걸음걸이를 재발견한다.

크리스마스 이브에는 식구들이 벨렘에 미사를 드리러 간다. 그들은 제일 좋은 옷을 꺼내 입고, 서로의 옷매를 칭찬한다. 그렇지만 장 바티스트는 녹차색 양복을 입지 않고 있다. 파리를 떠나기 직전, 샤르베 씨가 형상화한 미래를 입고 그의 가족을 대할 용기가 도저히 나지 않았기 때문이다. 빅투아르 광장으로 되돌아가서 그가 입던 양복이 아직도 그대로 있는지 알아볼 생각도 잠시 했었지만 (어머니는 이미 그 옷에 대해 물어보신 적이 있다), 샤르베가 비웃을까 봐, 젊은 엔지니어가 하루는 진보의 도약을 했다가 이튿날은 서둘러 도망치는 겁쟁이였다고 무언의 판단을 할까 봐 두려워 포기하고 말았다. 그 대신, 모나르 씨로부터 빌린, 연례 도공工 만찬회 같은 곳에 입고 갈 만한 점잖은 비둘기색 양복을 입고 있다. 옷이 그에게 잘 맞는다. 어쩌면 그가 바라던 것보다 더.

교회에서 그들은 늘 앉는 자리인 성 안느 예배실 맞은편에 앉는다. 죽어가는 사람들과 인사불성이 되도록 취한 사람들을 빼고는 모두 와 있다. 사제인 브리카르 신부는 미사를 짧게 드린다는 점과 그의 교회 신자들이 어떤 저주받을 짓을 골라서 저지르든지 한없이 무관심하다는 점 때문에 인기가 좋다. 미사가 끝난 후, 추운 날씨에도 교회문 밖에서 좀 더 머물던 이웃들이 서서히 돌아가고, 아이들은 구두 뒤꿈치로 깰 얼음을 더 이상 찾지 못하고, 동네 개들은 짖다 짖다 목쉰 소리를 낼 무렵, 바라트 가족은 개천과 들판을 건너 집으로 간다. 농장에서, 형제는 가축을 돌보고, 불을 치켜들고서 외양간과 마구간을 들여다보며, 동물들의 뒤척임과 말들의 고요함에 아무런 이상이 없는지 확인한 후, 집 안으로 들어와, 앉아서 술을 마시며 잡담에 동참한다. (바디에 가족들과 같이 있던 남자는 누굴까? 카미유

바디에에게 가장 관심이 많은 것 같지 않았어? 또, 루실 로뱅이 쓰고 있던 작은 모자는 얼마나 희한하게 생겼는지! 설마 그런 모양을 의도적으로 연출한 건 아니겠지?)

마침내 불이 사그라지자, 식탁을 치우고 온 집안이 잠자리에 든다. 형제는 방 안에 누워, 그들 위의 허공을 바라보며 아버지에 대한 이야기를 나눈다. 이것은 그들이 늘 거행해야 하는, 둘만의 의식儀式이다. 그들이 공유하는 비밀창고에서 고인의 삶과 성품이 잘 드러난 열두 가지 일화를 고른다. 시장 한복판에서 티소 영감을 솔직히 비판했던 그 때라던지, 강에 빠져서 죽어가던 등짐장수를 건져내서 어깨에 그를 짊어지고 집에 데려왔던 그날 밤이라던지, 또 당신의 작업대에서 바늘과 쇠고리와 왁스를 칠한 실을 들고 작업하는 모습은 황소가 꽃목걸이를 만드는 장면을 얼마나 생각나게 하던지…….

이런 이야기는 형제에게 위안을 준다. 이런 이야기들은 다른 이야기를 하지 않아도 되도록 해주니까. 아버지가 주먹, 허리띠, 물푸레나무 지팡이, 장화, 가죽끈, 새로 바느질한 장갑 등 닥치는 대로 자유롭게 휘두르며, 형제들이나 앙리에트나 어머니를, 당신이 지쳐서 몸을 떨며 쓰러질 때까지 때리던 이야기. 혹은 아버지 일생의 마지막 1년에 대해서도 그들은 이야기하지 않지만, 대화가 멈추고 장 자크가 코를 골기 시작하는 순간에 장 바티스트가 생각하는 것은 바로 이것이다. 아버지가 자신의 머릿속에서 길을 잃어버리게 된 일, 당신이 사용하던 연장의 이름을 잊어버리고, 나중에는 그것들을 사용하는 방법까지 잊어버리게 된 일. 자신의 어머니와 이야기하듯 자신의 아내를 대하기 시작했던 일, 앙리에트를 당신의 죽은 여동생의 이름으로 부르던 일. 최악의 고비가 임박했을 때, 장 바티스트는 왕립 토목학교에서 집으로 호출되어, 병상 옆의 의자에 몇 시간씩 앉아서 거장 페로네 선생과 도로와 회색빛 교량 날개벽에 대한 이야기를 하는 동안, 아버지는 베개를 베고 미동도 없이, 눈을 뜨고, 입을 약간 벌린 채 누워 있었다. 하얀 라일락이 만개하였다. 벌들과 나비들이 좁은 창문 사이로 들어와서 방의 그늘진 곳에서 맴돌다가, 다시 밖으로 나갔다. 일주일에 두 번, 의사가 에페레[4]에서 와서 환자를 치료하기 위해 애썼지만 소용이 없었다. 가족들은 번갈아가면서 입에 수프를 떠넣어주고, 요강에 오줌을 누도록 침대 옆으로 부축해 앉혀주고, 입술을 적셔주고, 불안해할 때 다독여 주는 등 장갑 장인匠人의 시중을 들었다. 이것은 여름 내내 계속되었다. 병실 창문의 녹색 마름모꼴 창틀을 통해서 바라보던 그 여름. 그러던 어느 날, 마지막 여름 태풍을 예감하듯 공기가 눅눅했던 오후, 병마에 시달리던 남자가 갑자기 침대에 일어나 앉아, 장 바티스트의 손을 잡고, 그의 얼굴을 바라보며, 당신 속에 있는 얼음덩이를 깨고 힘들게 꺼낸 한마디. "정말로 사랑한다."

사랑? 부자 간에 한 번도 이런 단어를 말한 적이 없었다. 자녀들 중 누구도 아버지로부터 이런 말을 기대했던 사람은 없었

---

4) Eperrais: 벨렘에서 북쪽으로 6km 떨어진 곳에 위치하는 프랑스 북서부 마을.

다. 그러면, 소생하셨던 짧은 순간에, 아버지는 누구와 이야기를 하고 있다고 상상했던 것일까? 맏아들이라는 것을 알고 있었을까? 장 자크라고 생각하셨던 것일까? 아니면 당신의 동생, 시몽? 시몽 삼촌이 없는데도 아버지는 오랫동안 낮은 소리로 삼촌과 대화를 한 적이 몇 번 있었다. 다시 이런 일이 일어나지 않았고, 그 사건을 설명해 줄 어떤 일도 생기지 않았다. 이틀 뒤, 장갑 장인은 거대하고 은밀한 침묵 속으로 들어갔다. 그로부터 다시 2주일 뒤, 자신의 이름조차 더 이상 알지 못하는 그 남자는 죽었다.

크리스마스 아침, 시골의 기준으로도 이른 시각에, 장 바티스트는 어머니와 함께 언덕 위의 집이라고 불리는 신교도의 집으로 간다. 거기서 그녀는 한 무리의 다른 이들과 함께 그들이 원하는 방식으로 기도할 것이다. 동네 사람들 중 몇 명은 길에서 그들과 마주치지만 그들이 어디로 가는지 모른 척한다. 바라트 부인은 좋은 사람이며, 노르망디에는 예수 그리스도의 복음에 아무 관심조차 없는 사람들도 많다. 그녀가 이단 교회에 가는 것 정도는 눈감아 주자.

그들은 말끔히 빗질된 마당을 지나, 얼굴을 확인한 후 집 안으로 들여보내진다. 문의 왼쪽으로 돌로 된 넓은 계단이 있는데, 사람들이 얼마나 많이 다녔는지 마치 고대 강바닥에 던져진 돌처럼 맨들맨들하다. 계단이 굽이 도는 곳에 기둥이 있고, 그 돌에는 수수한 십자가가 그려져 있는데, 여기에 예닐곱 명이 모일 수 있는 공간이 있다.

작은 창문을 통해 도로가 내다보인다. 한때는 이 창문의 기능이 지금보다 더 필수불가결했을 것이다. 목사는 네덜란드 사람이다. 장 바티스트에겐 그의 불어 발음이 늘 약간 우스꽝스럽게 들린다. 그는 깔끔하게 면도한 얼굴에, 어린아이 같은 눈을 하고 있다. 그는 성경을 펼친다. 책장은 땟국물이 흐르고, 형체를 알 수 없을 만큼 낡아 있지만, 그는 그것을 읽을 필요가 없다. 그는 암송한다.

"보라 여호와께서 땅을 공허하게 하시며 황폐하게 하시며 지면을 뒤집어엎으시고 그 주민을 흩으시리니……."5)

어린 아기는? 마굿간은? 목동이나 먼 여행을 떠나는 동방 박사들은?

"땅이 슬퍼하고 쇠잔하며 세계가 쇠약하고 쇠잔하며 세상 백성 중에 높은 자가 쇠약하며 땅이 또한 그 주민 아래서 더럽게 되었으니……."6)

에스겔?7) 이사야?8) 다른 사람들은 알 테지.

---

5) 구약 성서의 이사야 24장 1절.
6) 구약 성서의 이사야 24장 4~5절.
7) 기원전 6세기경의 유대 선지자. 유대 왕국의 멸망과 예루살렘의 함락 및 구세주의 출현, 이스라엘의 회복과 예루살렘 성전의 저건 등을 예언한 바 있다.
8) 기원전 8세기경의 유대 선지자. 메시아의 동정탄생 및 이스라엘과 주변 국가들에 대한 예언을 이사야서에 기록.
9) 구약 성서의 이사야 24장 12절.

"성읍이 황무荒蕪하고 성문이 파괴되었느니라······⑼ 두려운 소리로 말미암아 도망하는 자는 함정에 빠지겠고 함정 속에서 올라오는 자는 올무에 걸리리니······."[10]

가차 없다. 사정을 봐 주는 것이 선한 일이라고 생각하지 않는 것 같다. 마침내, 오랜 시간 뒤, 그가 성경을 덮고, 적은 수의 신도들이 조용한 가운데 자신들의 양심을 돌아볼 동안, 장 바티스트는, 모자를 벗어 손에 들고는 있지만 머리를 숙이지는 않은 채, 바깥의 하늘을 바라보며 한동안 평범함의 아름다움과 신비 속에 젖는다. 끝나자, 사람들은 뻣뻣하고도 엄숙하게 서로를 포옹하고, 짝을 지어 그 집을 떠나서 밝은 날 속으로 녹아들 듯이 사라진다.

농장에는 이미 친척들이 여기저기 보인다. 그가 앉는 순간, 장 바티스트가 단지 희미하게 기억하는 사내아이 하나와 계집아이가 그의 등에 기어오른다. 사촌 앙드레도 물론 와 있다. 잘 나가는 석공다운 모습으로, 작은 마을의 소문을 이야기하면서 여자들을 즐겁게 해주고 있다. 순수한 바라트 소농이자 친척 중 가장 가난한 뒤도 영감과 그의 아내도 거기에 있는데, 그들의 눈은 한 뙈기의 노르망디 진흙땅에서 그들이 사육하는 동물들의 눈과 닮아 있다. 그들은 프랑스어를 모르는 관계로, 고대 노르만어만 쓰면서 테이블 끝에 앉아서, 덧옷 밑으로 흰 소시지 조각을 몰래 챙기고 있다. 그들 근처에는 언제나 소시지 한 접시가 이런 목적으로 놓여 있다. 아이들조차도 그들이 하는

---

10) 구약 성서의 이사야 24장 18절.

행동을 모른 척한다.

이러한 가운데, 이 정겨운 소란 중에, 장 바티스트는 사과술을 묵묵히 마신다. 이번 방문은, 벌써 오랫동안 고향 방문 때마다 그래 왔던 것처럼, 실패였다는 것을 희미하게 느낀다. 언제부터 우리는 귀향歸鄕하는 것이, 진정으로 귀향하는 것이 불가능하게 된 것인가? 어떤 비밀의 문이 닫히는 것인가? 파리를 탈출하기를 그렇게 바랐었는데, 이제는 돌아가고 싶어 조바심이 난다. 앞으로 그의 삶이 어떠하든, 운명이 어떤 역경을 가져오든, 그가 여전히 사랑하는 들판과 소년 시절의 숲 사이가 아닌, 다른 곳에서 그의 삶을 살게 되리라. 그는 잔을 비우고, 바닥에 가라앉은 뭔가를 씹으며, 주전자로 손을 뻗는다.

여동생이 그가 앉은 벤치의 옆자리에 앉는다. 그들이 어렸을 때 자주 싸우곤 했다. 그는 여동생을 못되고 잘난 척하는 아이로만 여겼다. 그러나 지금 평범한 스물세 살의 아가씨가 된 그녀는 늘 상냥하고, 어디서 얻었는지 모를 질투할 만한 지혜를 가지고 있다. 여동생은 파리에 관해, 패션에 관해, 그가 함께 살고 있는 모나르 가족에 관해 질문을 더 한다. 오빠가 뭔가 숨기는 것이 있다는 것을 그녀가 알고 있다는 사실을 그도 안다. 그녀는 특히 그의 건강에 대해 질문을 더 많이 한다. 어깨를 으쓱이며, 약간 피로할 뿐이라고 그는 말한다. 그는 예전처럼 숙면을 취하지는 못하고 있다. 그러다가 문득, 그녀가 무슨 말을 하는지 눈치를 챈다.

"내가 예전만큼 좋은 냄새를 풍기지 않는다는 의미냐?"

"우린 파리 공기 때문인가 생각했어, 오빠. 거기는 여기만큼 공기가 좋지 않을 테니."

"네 말이 맞아." 그가 말한다. "거긴 공기가 상당히 나쁘지."

"그러면 오빠가 여기로 돌아오면, 회복될 거야." 그녀가 말한다.

"내 생각엔 벌써 어느 정도 좋아진 것 같아."

그는 여동생에게 익살스럽게 감사를 표한다.

"언제 다시 가?" 그녀가 묻는다.

2

아르망과 그의 정부情婦는 그 동안 바빴던 것 같다. 어쩌면 잔느도. 파리로 돌아오니, 그의 외투 깃 위로 천사의 날개 가장자리가 살짝 드러난 것처럼 혹은 이마에 뿔이 튀어나온 것처럼, 길거리에서 사람들이 그에게 손가락질을 하거나 그저 뚫어져라 쳐다본다. 시장통에서, 예수 공현 대축일[11] 전날 아침에, 공공 장소에서 흔히 볼 수 있는, 넝마를 쓰고 우거지상을 한 늙은이가 그를 향해 쭈글쭈글한 팔을 흔들면서 '전능하신 그분의 진노를 사지 않으려면 우리 조상들이 누워 계신 곳을 가만히 두라' 고 경고한다. 이틀 뒤에는, 프로마쥬리 거리에 있는 가판대 주인이 그에게 송이꿀을 주면서 행운을 빌어 준다. 장 바티스트는 등 뒤에서 새로운 단어를 듣기 시작한다. 엔지니어. 그는 엔지니어가 무슨 의미인지 정확하게 아는 사람들이 몇이나 될지 궁금하다.

그러나 추운 새해 며칠 동안 그가 겪은 모든 반응들 중에 모

---

11) 주현절 혹은 공현절이라고도 하며 동방박사가 예수를 찾은 날을 축하하는 날. 1월 6일.

나르 가족들의 반응보다 더 당황스러운 것은 없다. 하숙집으로 돌아와서 그들을 보는 것이 반가웠고, 모나르 씨가 양복을 빌려 준 것에 대해 특별히 감사하는 마음이 컸으며, 모나르 부인과 모나르 양이 어떻게 명절을 보냈는지 열심히 물어보았으나, 이튿날 저녁 식사 시간 즈음이 되니, 무슨 일이 있는 것이 명백해졌다. 그들을 그토록 불안하게 만든 그 일을 언급한 것은 바로 모나르 부인이었다. (이야기를 시작하기 전에, 오도독뼈 조각이 그녀의 입에서 손 위로 튀었다.)

그녀는 운을 뗐다. "신사양반, 묘지에 대해 들리는 소문이 사실인가요?"

"무슨 말씀이신지요, 부인?"

"그곳이…… 폐쇄가 될 예정인가요?"

그는 칼과 포크를 내려놓았다. "굳이 말하자면, 그렇습니다, 부인. 그곳은 철거가 되고 땅은 깨끗하게 될 것입니다. 교회 역시 얼마 후 철거가 될 겁니다."

"우리 식구들에게는 충격입니다." 모나르 씨가 말했다. "전혀 생각하지 못했던 일이구려."

"저도 유감으로 생각합니다, 어르신. 하지만 교회와 묘지는 지난 5년간 사실상 폐쇄 상태였습니다. 그냥 저 상태로 방치해 둘 수는……."

"저희들에겐 생각하기조차 힘든 일이군요." 부인이 이상한 새된 목소리로 말했다.

"공공의 이익을 위한 일이라 믿습니다, 부인. 그리고 이 집도 더 이상 공동묘지를 바라보지 않아도 될 것이고요. 그 부작용으로 고통을 받지 않아도 될 것입니다."

"무슨 부작용 말씀이오?" 모나르 씨가 물었다.

장 바티스트는 방의 냉기 속에 음식이 이미 굳기 시작하는 자신의 접시를 내려다보았다. "건강에 끼치는 악영향이 전혀 없을까요, 어르신?"

"우리가 건강에 문제가 있는 것처럼 보이시오?"

"아닙니다, 물론. 기분 나쁘시게 해드릴 뜻이 아니라⋯⋯."

"뭐요, 그러면?"

그러자 지게트가 울기 시작했다. 가녀린 훌쩍거림으로 시작한 것이 애써 눌러 참는 듯한 울음이 되었다가, 가슴으로부터 올라오는 통곡으로 변했다. 우는 동안 그녀의 얼굴이 계속 격렬하게 움직였기 때문에, 장 바티스트에게는 그녀가 낯설게 보였다. 지게트는 방을 뛰쳐나갔다. 부인과 남편은 서로 눈짓을 교환했다.

"만약 제가 무슨⋯⋯" 의자에서 반쯤 일어나며 장 바티스트가 말을 시작하려 했다.

"불쌍한 우리 딸아이는 소동을 너무나 싫어한답니다." 부인이 이렇게 말한 후, 몇 마디를 덧붙였는데, 장 바티스트는 처음에는 이해가 가지 않았으나, 지게트가 월경을 시작했고 그 결과 유별나게 예민하다는 의미라는 것을 결국 이해했다.

이 불편한 장면의 후속편이 같은 밤 더 늦은 시각에 연출되었다. 장 바티스트는 붉은 다마스크 반얀을 두르고, 자신의 방에 있었다. 그가 뷔퐁의 책 몇 줄을 읽고 있을 때, 무해한 어떤 동물이, 자신의 무시무시한 사촌을 의태擬態[12]하는 듯한 소리를 들었다. 이미 친숙해진 문 긁는 소리에, 근육이 잘 단련된 고양이 라구를 만날 줄 알고 문을 열었더니, 뜻밖에도 지게트가 대신 서 있었다. 그녀는 잠옷 차림에, 죽음처럼 하얀 얼굴을 하고 있었다. 그녀가 한숨을 쉴 때마다 코르셋을 입지 않았다는 것이 드러나 보였다.

그녀가 해명을 하려고 온 것인지, 사과를 하려고 온 것인지, 둘 다인지, 아니면 이도저도 아닌지 분간하기가 힘들었다. 문가에서 약간의 속삭임이 있은 후, 그는 그녀를 방 안으로 청했고, 의자가 하나밖에 없었으므로 그녀에게 양보하고 자신은 침대에 앉았다. 그녀는 반얀에 놀라는 기색이 없었고 아무런 언급도 하지 않았다. 그는 벽난로에 장작을 하나 더 집어넣었다. 그는 그녀를 안심시키려고 노력했다.

"작업이 다 끝나면, 얼마나 근사할지 생각해 보세요. 지금 있는 곳 대신, 상쾌한 광장이 생길 수도 있고, 꽃밭으로 꾸밀 수도 있겠지요."

그녀는 고개를 끄덕였다. 그녀는 그의 논리를 따르려고 애를 쓰는 듯 보였지만, 눈에는 다시 눈물이 고이고 말았다. 잠시 생각하더니 그녀가 말했다. "그건 마치 선생님이 제 어린 시절을 갈아엎으려고 하시는 것 같아요."

"어린 시절요?"

---

12) 동물이 다른 동식물을 흉내내 자신을 보호하거나 먹이를 잡는 방법.

“천진난만한 어린 소녀 시절 말씀이에요.”

“저는 묘지만 갈아엎을 겁니다. 땅이랑 옛 유골들 말입니다. 엄청난 양의 옛 유골이겠지요.”

“선생님은 여기서 자라지 않으셨으니까요.” 그녀는 부드럽게 말한다. “그랬다면, 다르게 느끼셨을 거예요.”

그녀보다 약간 낮은 자리에 앉아 있는 관계로, 어찌 하다 보니 그의 눈길은 그녀의 치마폭에 머물렀다. 그는 천천히 흘러나오는 피를 상상했다. 연한 색 잠옷에 피어나는 핏빛 장미 한 송이가 그녀의 허벅지로 번져가고, 그 다음엔, 어쩌면 마룻바닥에 똑똑 떨어지는 모습을…….

그는 시선을 들어 그녀의 눈을 바라보면서 말했다. “공사가 완공되고 모든 것이 끝나면, 오히려 아가씨가 다르게 느끼실 겁니다. 처음에 느끼시는 불쾌감은 곧 사라질 겁니다. 마음에 드실 거예요.”

그녀는 그와 언쟁을 하지 않았다. 그녀는 조심스럽게 그의 방을 둘러보기 시작하였다. 침대, 짐가방, 책들이 놓여 있는 테이블, 놋쇠자. 그리고 나서, 그녀는 하품을 억누르고 그를 성가시게 한 것에 대한 사과를 한 다음, 본인의 잘못이 아닌 다른 이유로 누구에게나 당연한 것을 이해하지 못하는 사람에게 선사하는 그런 종류의, 다정하고도 물기 어린 미소를 지으며 그곳을 떠났다.

그녀가 등 뒤로 문을 당겨 닫는 동안, 그는 침대 위로 천장에 난 작은 구멍에 눈길을 주었다. 두 사람의 대화 도중, 그들 머리 위의 널빤지가 삐걱거리는 소리를 한두 번 정도 들었기 때문이었다.

그는 침대에 올라가서 그 위에 섰다. 천장이 쉽게 닿았다. 그는 구멍 안을 들여다보았다. 아무것도 없다. 불빛도, 전혀 아무것도 보이지 않는다. 그런 후, 그는 천천히, 주저하듯, 왼손 집게손가락을 집어 넣었다. 뷔퐁 백작이 수상한 벌레의 소굴을 조사하는 모습처럼. 이 벌레는 맹독을 품고 있을지, 눈속임을 하는 것인지 알 수 없으므로…… 그 순간에는 정확히 무엇을 느꼈는지 확신할 수 없었지만, 누군가 그의 손가락에 부드럽게 숨을 내쉰 것 같았다. 그래서 그는 한동안, 침대 위에서 균형을 잡으면서 그것을 확인했다.

3

　그는 라포스와 만난다. 1월은 지독하게도 힘들다. 시작한 것이 아무것도 없다. 뼈 하나도 옮기지 못했다. 그는 해명을 하고, 자신을 상황의 피해자로 묘사하려고 노력한다. 사실, 그는 그렇게 믿고 있다. 그는 광부들이 없으면 시작할 수 없는데, 광부들이 도착을 하지 않았다. 그들이 온다, 곧 온다. 그렇지만 아직 도착하지 않은 것뿐이다. 약간 낯 뜨거운 자기정당화로 해명을 한참 늘어놓다가, 그는 라포스가 몇 주 정도의 차이에는 상관도 하지 않고, 그를 해고하거나, 혹은 그럴 거라는 말을 한 적도 없다는 사실을 깨닫는다. 누가 촉박하게 이런 작업을 떠맡겠는가? 그는 회계 보고를 한다. 라포스가 감기로 고생하는 것이 그는 안타깝지가 않다.

　그가 혼자 할 수 있는 일은 혼자서 한다. 루이 오라티오 부아에 뒤부아송으로부터 범포帆布, 나무 장대, 밧줄, 굵고 긴 쇠사슬을 받는다. 드주르라는 이빨 없는 남자한테서 장작을 공급받기로 하고, 첫 배달이 올 때, 그 남자와 그의 아들들 곁에서 그도 같이 일한다. 그가 시장에 발을 들여 놓을 때마다 장사꾼들이 어떤 제의나 약속을 내걸면서 그에게 접근하고, 가끔 다른 장사꾼에 대해 도둑놈이니 믿지 말라는 경고의 말을 속삭이기도 한다. 침대를 만들 짚단은 우르 거리의 마차 사무실 뒤에 있는 마굿간에서 온다. 잘 말랐고 그럭저럭 깨끗하다. 서른 개의 삽과 서른 개의 곡괭이 역시 루이 오라티오 부아에 뒤부아송에게서 조달받는다. 탄광지인 발랑시엔에서는, 광부들이 연장을 소유하지 못하도록 되어 있다. 자신의 삽을 소유한 사람은 스스로를 독립적인 존재로 생각하기 시작할 위험이 있기에.

2월 5일에 그는 르쾨르로부터 모든 것이 마침내 다 준비되었고, 인부들과 함께 파리로 향하기 직전이며, 일주일 내로 도착할 것이라는 내용의 전갈을 받는다. 편지가 도착하기까지 이틀이 걸렸기 때문에, 장 바티스트는 이틀 뒤부터 생 드니 거리와 페르 거리 사거리에서, 하지만 빨래하는 여자들의 야한 농담의 표적이 되지 않도록 이탈리아 분수에서는 좀 떨어져서, 몇 시간이고 서서 기다리기 시작한다.

날씨는 춥지만 화창하다. 아침에는 짙은 서리가 끼지만 대낮에는 거의 따스하다. 같은 얼굴들이 계속해서 보이고, 거리들마다 그 나름의 흐름과 간만干滿이 있다. 그에게로부터 멀어져서 생 드니 구區 방향으로 저 멀리 걸어가는 엘로이즈가 보인다. 콜베르 신부도 보인다. 파란 안경을 쓰고, 크고 구부러진 등에 초록빛이 도는 검정 수단[13]을 걸친 모습을 보면 다른 사람일 리가 없다. 아르망도 보인다. 그는 사환을 고용하라고 말

---

13) 사제의 평상복. 프랑스어 수탄(soutane)에서 유래.

하지만 장 바티스트는 사내아이에게 의존하는 것도 내키지 않고, 하숙집에 빈둥거리며 앉아서, 무슨 일이 일어나지나 않을까 전전긍긍하고 싶지도 않다.

그리고 나서, 오후 두 시 즈음에, 발랑시엔에서 날아든 편지에 씌어진 날짜에서 딱 일주일 되던 날, 르쾨르는 갑자기, 거짓말같이, 강 쪽으로부터 마차를 타고 도착한다. 장 바티스트가 눈에 들어오자 르쾨르는 모자를 들어 우아하게 인사한다.

거기에는 진흙이 말라 붙은 큰 바퀴가 달린 지붕 없는 차량 세 대가 있다. 마차들이 서자, 세탁부들을 비롯한 동네 주민들이 무리를 지어 모여서 이방인들을 바라본다. 광부들도 역시, 겁먹은 가축처럼 눈을 커다랗게 뜨고, 일부는 순전히 경탄에 차서, 황금의 도시, 테노치티틀란[14]에 입성하는 에르난 코르테스의 군사들 같은 얼굴로 바라본다. 생 드니 거리의 모든 교통이 정지된다. 말들은 지쳐서 고개가 축 늘어진다. 한 마리는 시끄러운 소리를 내고 파랗게 질리면서, 자갈길 위로 똥오줌을 싼다. 르쾨르는 첫 마차의 앞좌석에서 내려와 장 바티스트에게로 가로질러 걸어간다. 그 둘은 밀려오는 안도감 속에, 서로의 손을 굳게 잡는다.

"오는 길에 몇 번의 모험을 겪었지." 르쾨르가 말한다. "키르케[15]나 키클롭스[16]는 아니었지만, 충분히 거기에 견줄 만한 일

---

14) Tenochtitlan: 아즈텍 왕국의 수도. 현재의 멕시코 시티.
15) 오디세우스의 부하들을 돼지로 변신시킨 그리스 로마 신화의 마녀.
16) 그리스 로마 신화에 나오는 외눈박이 거인.

들이었어. 하지만 여기에 왔네. 자네의 명령에 따를 준비가 되었어."

한겨울의 혹독한 추위를 뚫고 광부 서른 명과 함께 먼 길을 온 사람 치고, 르쾨르는 놀랍게도 깔끔하고 활기차다. 머리에는 작은 갈색 가발을 쓰고, 단정하게 면도한 얼굴에, 목에는 멋진 붉은 천을 두르고 있는데, 그의 숨결에서는 이 추위 속에 여행하는 사람이라면 감기 예방 차원에서 마실 만한 독주 냄새가 살짝 난다.

"다 데려왔나?" 장 바티스트는 마차들을 향해 고갯짓을 하며 묻는다.

"내 손으로 직접 엄선한 장정 서른 명일세. 흠잡을 곳이 전혀 없는 사람들이야."

"고맙네." 장 바티스트가 말한다. "정말 고맙네. 그런데 마차를 이쪽에 있는 거리로 옮겨야겠어." 그는 페르 거리를 가리킨다. "그렇지 않으면, 사람들이 우리한테 소리를 지를 거야. 이곳 사람들은 자신의 감정을 표현하는데 적극적이거든."

4분 만에 마차들과 말들을 교회의 북쪽 벽에 줄지어 세웠다. 남자들은 마차에서 내려, 무리지어 서서, 르쾨르와 장 바티스트 가운데 누구의 권위가 더 큰지 조용하게 비교해 보듯 그 둘을 번갈아 보면서, 나름대로 결론을 내리는 것 같다.

장 바티스트는 묘지로 들어가는 문을 연다. 그리고 나면, 첫 시험 관문이 여기에 나온다. 장 바티스트처럼 계몽된 사고를 가진 사람조차도 머리끝이 쭈뼛 서는 장소인 이 묘지로 인부들이 들어가야 한다. 그들은 머뭇거릴까? 그렇다면 어떻게 할 것인가? 강제로 집어넣어야 하나? 어떻게? 칼로 겨누고? 그는 칼이 없다.

"자네가 앞장을 서면 좋겠네." 그는 르쾨르에게 조용히 말한다. "그들은 자네에게 익숙하니까."

"잘 알겠네." 르쾨르가 대답한다. 그는 주저없이 문을 통과해 들어간다. 광부들은 그의 뒤를 어슬렁거리며 따라간다. 마지막 사람이 안으로 들어가고, 장 바티스트는 그들의 뒤를 따른 후, 문을 잡아당겨 닫고서, 르쾨르 곁으로 간다.

"자네가 말한 대로군." 르쾨르는 말한다. "꽤 강렬한 인상을 받았네."

"익숙해질 거야." 장 바티스트가 말한다. "적어도 약간은."

"이것 때문에 일을 더 빨리 해치우고 싶을 것 같군." 르쾨르는 미소를 지으려 노력하면서 말한다.

큰 모닥불을 피우기 위한 장작이 교회와 십자설교대 사이에 준비되어 수일째 쌓여 있다. 이제 교회지기의 부엌에서 가져온 불잉걸로 불을 붙인다. 연기가 고요한 공기 속으로 소용돌이친다. 불의 심장부에서 탁탁거리는 소리가 난다. 연기가 짙어지고, 장작 사이로 제법 불길들이 솟아오른다. 광부들은 주위에 둘러앉아, 손을 내밀어 불을 쬔다.

잔느가 나온다. 장 바티스트는 르쾨르에게 소녀를 소개한다. 사람들이 시장한가? 그녀가 묻는다. 오, 의심할 여지 없이 그렇다. 매우 허기져 있다. 그러면 그녀는 시장에 가서 그들에게 줄 수프와 빵을 사 올 것이다. 몸에 좋은 수프를 양동이로 파는 가게가 있다. 오래 걸리지 않을 것이다.

그녀의 선하고 실용적인 제의는 재빨리 받아들여진다. 르퀴르는 둘러앉은 남자들 가운데 그녀를 도와줄 세 사람을 고른다. 장 바티스트는 돈을 세어 그녀의 손에 놓는다.

"이 남자들은 상당히 착합니다." 르퀴르는 그녀의 조력자들을 가리킨다. "원하는 것을 말하시면, 그들이 해드릴 겁니다."

그들은 잔느가 가는 것을 지켜본다. 남자들은 그녀의 뒤를 터벅터벅 따라간다.

"그녀는 큰 자산이 될 걸세." 르퀴르가 말한다. "광부들의 작은 성모 같은 존재가 될 거라고 장담하네."

장 바티스트는 화제를 돌린다. "사람들이 식사를 마치고 나면 텐트를 쳐야 하네. 여기에 다섯 개씩 두 줄로 말이야. 자네는, 괜찮다면 교회지기 사택에서 묵게. 늙은이 하나와 잔느만이 거기에 살고 있지. 지내기가 상당히 좋을 걸세."

"나야 여기에 임무 수행차 온 것이네." 르퀴르가 말한다. "밤에 어디서 내 몸뚱이를 누일 것인가는 중요하지 않아."

장 바티스트는 고개를 끄덕인다. 그는 남자들이 나직히 말하는 소리를 들으면서, 무슨 이유에선지, 그가 잊었던 사실이 기억난다. 발랑시엔의 광부들의 최소한 절반 정도는 플라망어만 구사한다. 그가 탄광에서 일했을 때, 스무 개가 약간 넘는 정도의 단어를 배웠지만, 잊어버린 지 오래이다.

"자네, 플라망어를 할 줄 아나?" 르퀴르에게 묻는다.

"여자를 유혹할 정도는 안 되지만, 우리의 작업에 필요한 정도는 할 수 있을 거야."

반 시간이 지나고, 잔느가 광부들과 함께 돌아온다. 그들 중 두 명이 김이 모락모락 나는 수프 한 양동이를 들고 온다. 잔느와 세 번째 광부는 팔에 빵을 잔뜩 안고 있다. 그들 뒤에는 아르망이 온다. 그는 장 바티스트와 르쾨르에게로 성큼성큼 다가가면서, 아직 약간의 거리가 있는 상태로 외친다.

"연기를 보고 왔어. 자네가 그저 사근사근한 몽상가에 지나지 않는다고 결론을 내리던 차였는데. 앞으로는 자네의 말을 언제나 믿겠네."

"소개하도록 하지." 장 바티스트가 말한다. "이분은 생 메아르 씨라네."

"이곳과 연관이 있으십니까, 선생님?" 르쾨르가 묻는다.

"그렇다고 말씀드려도 될 것 같군요." 아르망은 장 바티스트를 쳐다보며 말한다.

"생 메아르 씨는 이 교회의 오르가니스트라네." 장 바티스트가 설명한다.

"전前 오르가니스트가 되겠지요." 아르망이 정정한다. "일단 이 신사분들이 작업을 시작하면 말입니다. 그렇지만, 제 자신의 멸망에 저도 참여할 작정입니다. 그것이 우리 도두가 가진 권리가 아니겠습니까?"

"고대인古代人들은 그렇게 믿었습지요, 선생님." 르쾨르가 대답한다.

“그렇다면 우리는 새로운 고대인이겠지요, 그렇지 않습니까?” 아르망이 맞장구를 친다.

르쾨르가 말한다. “우리는 파리를 정화시킬 사람들입니다. 제가 이 친구를 지난번에 만났을 때 이야기를 한 적이 있지요. 이 작업은 일종의 본보기가 될 것입니다.”

“우리가 과거를 폐기할 것입니다.” 아르망은 진지함과 장난이 섞인 목소리로 말한다. “역사가 우리를 너무 오랫동안 질식시켜 왔습니다.”

“저도 상당히 동감합니다.” 르쾨르는 목소리를 낮춘다.

“그렇다면 한 잔 걸치면서 동감합시다.” 아르망이 제안한다.

“두 시간 후면 어두워질 걸세.” 장 바티스트가 말한다. “술은 좀 있다가 마시자구.”

“벌써 우리의 폭군이 되셨구만.” 아르망의 말이다.

르쾨르는 불편한 듯 보인다. “하지만 저 친구의 말이 맞습니다, 선생님. 아주 옳은 이야기이지요. 여기에는 손이 가야 할 일이 많거든요. 아직은 맨정신을 유지할 필요가 있을 겁니다. 나중에 한잔할까요?”

사람들은 격식을 차리지 않고 자유롭게 수프와 빵을 먹는다. 광부들은 숟가락을 핥고, 손 가장자리로 수염을 깨끗이 닦고, 침을 뱉고, 쓱쓱 긁고, 하품을 한다.

그들이 식사를 마친 것을 보고, 장 바티스트는 구불구불한 계단으로 올라가서 십자설교대의 박공 위에 위치한, 난간이 쳐진 좁은 연단에 오른다. 르쾨르가 그를 따르고, 그 뒤를 이어 아르망이 자발적으로 올라온다. 연단에 세 사람이 서니, 바짝 붙어 서야 할 만큼 비좁다.

장 바티스트는 자유로운 쪽 팔로 광부들에게 손짓을 한다. 그들은 일어서서 천천히 십자가 쪽으로 다가온다. 이 사람들에 대해 잊어버린 것이 또 있는데, 수년간 굴 속에 웅크리고 서서 일을 한지라 많은 광부들의 등이 영구적으로 굽어버렸다. 그들은 그의 아래쪽에 모여, 불편한 자세로 고개를 젖혀 쳐다본다. 르쾨르에게 그가 부탁을 한다. "내가 사람들에게 이야기를 좀 할 테니, 자네가 그 골자를 추려서 플라망어로 다시 말해주면 고맙겠네."

그는 헛기침을 한다. 그는 목소리가 크지 않다. 잘 들렸으면 싶지만, 소리를 지를 마음은 없다. "여러분을 환영합니다." 그는 시작한다. "제가 발랑시엔에서 근무했었기에 저를 아시는 분들도 계실 겁니다. 여기서 우리들이 할 일은 매우 다릅니다. 여러분 뒤에 있는 오래된 묘지와 교회는 철거될 예정입니다. 묘지의 표면 전체를 파 엎어야 합니다. 납골당에서 여러분들이 보시는 것과 땅 밑과 지하묘소에 있는 모든 뼈들을 이곳에서 다른 장소로 옮기게 됩니다. 뼈를 여러분 선조들의 유골처럼 다루어 주시기 바랍니다. 내일 첫 번째 큰 구덩이에서부터 시작하겠습니다. 작업 도중 공기를 정화하고 환기시키기 위해서 불을 지필 겁니다. 땅을 파는 동안 나올 수 있는 유해 가스를 없애는 방법으로 불이 가장 좋다고 의사들이 입을 모았습니다.

여러분의 보수는 일당 25수입니다. 따뜻한 식사와 하루 1리터의 포도주가 나오게 됩니다. 저나 르쾨르 씨의 허가 없이 묘지를 이탈해서는 안 됩니다. 여러분의 첫 임무는 여러분들이 지낼 텐트를 치고 화장실을 파는 일입니다. 땅을 더럽히면 안 됩니다. 작업은 매일 진행됩니다. 여러분 각자의 연장 손질과 수리는 여러분들에게 맡깁니다.” 그리고 잠시 생각하더니, “저는 엔지니어인 바라트입니다.”라고 끝맺는다.

“훌륭해.” 르쾨르가 속삭인다.

“실용적이군.” 아르망이 덧붙인다.

르쾨르는 통역을 시작한다. 명백히, 그의 플라망어는 그가 장 바티스트에게 말했던 것보다 훨씬 더 유창하다. 그가 말을 하는 동안, 장 바티스트는 흐트러진 광부 대열을 훑어본다. 눈에 띄는 사람이 있다. 대부분의 광부들보다 키가 크고, 대머리에, 그의 눈빛은 십자설교대 위에 있는 삼인방의 얼굴을 서늘하게 가로지른다. 그가 재미있어 한다는 것은 쉽게 눈치챌 수 있다. 그는 이런 광경을 너무 많이 보고, 이런 순간을 너무 자주 목격하여, 이제는 이런 것이 우습게 느껴지는 듯하다. 몇 초 동안 그는 앞에 있는 나이가 훨씬 더 많은 광부의 어깨에 손을 올려놓는다. 20미터 정도의 거리에서 똑똑히 보기는 어렵지만, 손이 정상이 아니며, 약간 기형이라는 것을 한눈에 알아볼 수 있다.

르쾨르가 통역을 마치고, 세 사람은 서로에게 얽혀서 같이 굴러 떨어질 뻔하면서, 구불구불한 계단을 내려온다. 부아에 뒤부아송이 조달한 장대들과 범포를 묘지 한가운데 편편한 땅으로 나른다. 일단 첫 번째 텐트를 친 후, 조립 방법이 이해가 되자, 나머지는 꽤 신속하게 세워진다.

목재 상인이 신선한 나무를 싣고 도착한다. 그는 광부들을 둘러보고, 잇몸을 쩝쩝거리며 빨더니, 마음에 든다는 듯 고개를 끄덕인다. 레지노상에 장작을 대는 것이 그에게는 일생일대의 공사일 것이다. 일단 모닥불이 지펴지면, 몇 개월간 계속 지속될 것이기에. 새로 들어온 나무는 텐트 가까이에 쌓여 있다. 나무는 값어치가 있기도 하지만, 쉽게 훔칠 수 있는 물품이다. 이미 상당량이 밤에 담을 넘어 사라졌다.

장 바티스트는 화장실 작업을 검사 후 승인한다. 각각의 텐트를 확인하고, 밧줄을 당겨 본다. 상인들을 응대하기 위해 묘지 입구로 여러 번 불려 간다. 결국 그 일을 하고 싶어하던 아르망에게 맡긴다.

화장실과 모닥불 자리를 팔 때도 백 개가 넘는 큰 뼈들과 셀 수도 없는 조각들이 나왔다. 어떤 것들은 분필처럼 하얗고, 또 어떤 것들은 회색이거나 까맸으며 살구버섯처럼 노란 것들도 있었다. 잔느는 작은 두개골 하나를 골라, 엄지손가락으로 이마에 묻은 흙을 떼고, 새끼새를 둥지에 다시 올려 놓듯, 조심스레 잔디 위에 놓는다. 그녀의 이러한 행동에는 뭔가 좀 지나친 데가 있긴 하지만, 장 바티스트는 자신이 백 마디를 하는 것보다, 그녀가 시범을 보여준 것이 인부들에게 훨씬 더 깊은 인상을 줄 것이라고 확신한다.

그는 초저녁의 깊어지는 어둠 속에서 광부들을 지나가면서, 그들의 얼굴을 기억에 새기고자 노력한다. 눈을 똑바로 뜨고 그를 쳐다볼 사람들은 많지 않을 것이다. 눈을 마주치는 사람들이 보이면 그는 걸음을 멈추고 이름을 묻는다. 자크 이베르부, 조 슬라바르, 장 빌로, 피터 몰랑디노, 장 블로크. 십자설교대에서 보았던, 그토록 서늘하게 삼인방을 쳐다보던 남자를 찾을 수가 없다. 그가 누구인지는 몰라도, 마음 내키는 대로 자신을 보이지 않게 만드는 능력을 가지고 있는 것 같다.

장 바티스트가 S백작의 영지에 다리를 만들 때, 그는 열두 명가량의 남자들을 밑에 두었다. 저택과 정원에 딸린 하인들도 있었고, 트루아[17]에서 온 석수 장인匠人과 떠돌이 석공 두 명도 있었다. 특히, 장인은 공사를 감독하는 '꼬마'에 대한 짜증을 숨기려는 노력을 별로 하지 않았다. 떠돌이들도 그다지 더 인정이 있는 사람은 아니었다. 하인들조차도 자기들 마음 내키는 대로 왔다 갔다 했으며, 대저택의 하인들은 익숙한 방식으로 기회가 있을 때마다 그에게 망신을 주었다. 망신을 당하는 것은 유쾌한 일이 아니다. 명목상으로만 우두머리가 된다는 것은 즐거운 일이 아니다. 여기, 레지노상에서는, 자신의 의지를 관철시켜야 한다. 마음 속 은밀한 곳에서는 예전과 마찬가지로 확신이 없을지라도. 그렇지만 사람들이 그를 좋아하면 좋겠다. 아니면 최소한, 멸시라도 하지 않기를.

---

17) Troyes: 파리에서 남동쪽으로 150km에 위치한 도시.

날이 너무 어두워져 어떤 작업도 불가능해지자, 남자들은 텐트 입구 옆에 앉는다. 두 번째로 식사가 제공되었고 술도 나왔다. 장 바티스트는 입맛이 없었지만 잔느가 그의 곁에서 빵과 수프 그릇을 들고 자꾸 권하는 바람에 몇 술 떴다. 그가 르쾨르와 마지막으로 순찰을 돌면서 광부들에게 밤인사를 하자 그들도 웅얼거리며 인사한다. 반 이상이 밤에 달아날 생각을 하는지, 그들이 무슨 생각을 하는지 알 수가 없다. 신뢰할 수 있는 사람들인가? 탄광에서도, 가끔, 사고들이 있었다. 폭력 사고 같은 것들 말이다. 혹시라도 인부들이 무단이탈을 해서 파리를 쑥대밭으로 만들었다는 보고를 해야 될 일이 생긴다면, 장관의 얼굴이 어떨지 상상해 보라!

텐트에서 멀찌감치 떨어진 후에 르쾨르는 그를 안심시킨다.

"자네는 그들이 발랑시엔에서 받았던 액수보다 훨씬 더 많이 주고 있네. 그리고, 나름대로 괜찮은 사람들이야. 신경을 조금만 써 주면 아주 교양있는 신사들로 만들 수도 있을 걸세."

"자네가 그들의 대장으로 있는 한은 가능하겠지." 장 바티스트가 말한다.

"여보게, 바라트, 자네가 우리들의 대장일세. 자네가 백마를 타면 잘 어울릴 거 같은데."

"플라망어를 좀더 배워야 되겠군."

"전진, 공격. 적군의 머리 하나에 10수씩! 이 정도만 말할 줄 알면 될 것 같네."

그들은 묘지 모퉁이를 건너서 교회지기 사택으로 향한다. 르

르쾨르는 활활 타는 횃불을 들고 있지만, 그것이 필요하지는 않다. 사택 창문에서 불빛이 새어나오고 큰 모닥불에서 붉은 빛이 넓게 비추기 때문이다.

장 바티스트가 말한다. "내가 이 장소를 처음 본 것은 저기 위의 내 방 창문을 통해서였네. 밤에 내려다보면, 여기가 가장 칠흑같이 어두운 곳이었지. 이제 이곳은 거의 잔치터 같군."

"잔치터? 미안하지만, 이런 장소가 잔치터 같을 리 없네."

"이제 악취는 좀 어떤가?"

"참을 만하네. 딱 그 정도야. 내 후각이 민감하지는 않아. 탄광 생활의 후유증이지. 내 두개골에는 온통 석탄 가루가 꽉 차 있거든."

"짐승이 여기에 출몰한다는 소문이 있어." 장 바티스트는 말한다. "반은 개, 반은 늑대로 이쪽에 있는 납골당에서 산다고." 그는 그들 앞에 보이는 남쪽 벽, 회랑으로 연결되는 아치문을 가리킨다.

"나라면 그런 얘기는 광부들 사이에 퍼지지 않도록 하겠네."

"그렇지, 자네 말이 맞군." 장 바티스트가 말한다.

"그러나 만약 그것이 단순한 옛이야기가 아니라고 드러날 때를 대비해서 준비를 해왔지." 르쾨르는 걸음을 멈추더니 외투 호주머니에서 어떤 물건을 꺼낸다. "어떻게 생각하나?"

"장전되어 있는가?" 장 바티스트가 묻는다.

"내 짐에 화약가루와 총알이 있네. 이걸로 연습도 했어. 석탄통을 30보 거리에서 명중시킬 수 있네."

"르쾨르의 늑대 격퇴기로군." 장 바티스트가 농담을 한다. 그들은 부드럽게 웃는다. 르쾨르는 장화를 신은 한 쪽 발로 횃불을 밟아 끄고 사택으로 들어간다.

늙은이가 문가의 의자에서 잠들어 있다. 은빛으로 곱슬거리는 그의 수염이 앞가슴에 눌려 있다.

아르망은 잔느와 함께 테이블에 앉아 있다. 잔느는 두 사람이 들어서자마자 일어나며 말한다. "저희는 두 분을 기다리고 있었어요."

"야영장 순찰을 돌고 있었습니다." 르쾨르가 말한다. 그는 테이블 위 아르망의 팔꿈치 옆에 놓인 브랜디 병에 눈독을 들인다.

"할아버님은 어떠십니까?" 장 바티스트가 묻는다.

"지치셨어요." 잔느는 노인의 이마를 향해 미소를 짓는다. "그렇지만 일이 시작되었다는 것에 흡족하신 것 같아요. 그리고 제가 만족해하는 것을 아시니까요." 르쾨르에게는 이렇게 말한다. "선생님이 데리고 오신 사람들은 참 선해요."

르쾨르는 살짝 고개를 숙인다. "벌써 사람들이 아가씨를 좋아합니다."

"자……" 아르망이 하품을 하며 말한다. "이제는 한 잔씩 해도 괜찮겠지. 잔느, 술잔 두 개가 더 필요하네."

술잔을 가져오고, 채우고, 든다. 잔느까지도 한 모금 마신다. 술의 뜨거운 기운이 그녀의 뺨을 데운다. 아르망이 잔들을 다시 채운다. 장 바티스트는 자신의 잔을 옆으로 밀어낸다.

"내일 묘지를 파기 시작할 거야. 늦게까지 술을 마시지 않는 것이 좋겠네. 잔느, 내가 아침 일찍 여기로 오겠소. 그리고 리자 사제 부인도 올 거지?"

"리자도 올 걸세." 아르망이 대답한다. "자네에 대한 마음이 이제는 거의 풀린 것 같더군."

"동이 트는 대로 시장에 가서 빵을 사 올게요." 잔느도 대답한다. "할아버지도 가실 거예요. 아마 리자 사제 부인도요."

"저녁 식탁에 근사한 노계 열다섯 마리도 참석하도록 준비해 두었네." 아르망이 말한다. "감자 한 자루, 당근 한 포대, 장정 한 사람 무게는 나갈 양의 초록 편두와 양파도. 그리고 부르고뉴 포도주 120리터를 내 재량껏 주문했네. 고급 포도주는 아니지만. 포도주를 교회 사무실 한 군데에 문을 잠그고 보관하세. 콜베르 신부가 마시지는 않을 거야."

"좋아." 장 바티스트가 말한다. "수고했네."

"마치 우리는 기계가 된 것 같네." 르쾨르가 의기양양하게 말한다. 그는 잔을 두 번 비웠고, 잔은 다시 채워졌다. "태엽이 감기니, 이제 우리는 잘 돌아가는군!"

"똑, 딱, 똑, 딱." 아르망이 소리낸다. 잔느가 깔깔거린다.

"자네도 지금 갈 텐가?" 장 바티스트가 아르망에게 묻는다.

"나는 조금 더 있다 가겠네." 아르망이 대답한다.

짧은 침묵.

"알겠네. 그러면 다들 좋은 밤 되게."

그는 밖으로 나가면서, 신경질적으로 외투 깃을 잡아당긴다.

아르망이 그를 놀리려는 건가? 잔느와 무슨 일을 꾸미고 있는 걸까? 그는 리자가 그를 바짝 다잡기를 바라는 수밖에 없다.

페르 거리로 나가는 문에서, 그는 뒤를 돌아 자신이 창조한 기괴한 무대가 껌뻑거리는 모습을 본다. 한 텐트에서는 조용하고도 반복적인 노랫소리가 들린다. 발라드[18]나 애가哀歌인 것 같다. 그는 잠시 듣더니, 텅 빈 거리로 나가서, 문을 닫고 잠근다. 만약 아르망이 진짜 집으로 가려는 생각이 있다면, 교회를 통해서 길을 더듬어 나가겠지.

랭쥐리 거리의 하숙집에서, 그는 모나르 가족과 마주치는 것을 피하려고, 촛불을 들고 조용히 응접실을 지나간다. 그들도 다른 사람들처럼 불이 여기저기 지펴져 있는 것을 보았을 것이다. 여기보다 더 잘 보이는 곳도 없으니. 그의 일에 대해 그들이 불가해하게 반대하고 있는 것을 감안한다면, 그 광경을 보고 기뻐했을 리는 없다. 그들과 함께 앉아 있는다면, 그들은 침묵으로 그를 꾸짖고, 한숨으로 그를 때렸을 것이다. 그는 더 이상 그들에게 무슨 말을 해야 할지 모른다.

그의 방에서, 장화를 당겨서 벗는다. 브랜디가 뱃속에 고여서 얼얼한 느낌이 든다. 그는 트림을 하고, 침대에 기대서 창밖을 본다. 보슬비가 내리기 시작한다. 불이 있는 지점 외에는 보이는 것이 없다. 어둠이 그곳을 에워싸고 있다.

그는 덧창을 닫고 테이블에 앉아, 공책을 앞으로 잡아 당긴

---

18) 모험담이나 연애담을 취급한, 서정적이고 서사적인 시. 구송(口誦) 문학의 하나.

다. 그는 지난 주에 일기를 쓰기 시작해야겠다는 생각을 했다. 기술적이고도 철학적이며, 재치있게 쓰인 묘지 철거 기록. 언젠가 건축학교 행사가 있을 때 거장 페로네 선생님께 증정할 수도 있을 것이다.

장 바티스트는 펜을 만지작거리고, 손가락으로 돌리기도 한다. 다른 사람들과 함께 있으면서, 브랜디도 더 마시고, 좀 웃기도 할 것을. 그러는 편이 그를 위해서 더 좋았을 것이다. 잠도 자지 않고 몸을 흔들거리며 여기 혼자 앉아 있는 것보다 나았을 텐데.

그는 잉크병의 코르크 마개를 열고, 펜촉을 적신 뒤, 새 장의 제일 꼭대기에 날짜를 쓰고, 그 밑에 다음과 같이 쓴다. "오늘 그들이 왔다. 서른 명의 불쌍한 인부와 감독 한 명. 그들을 여기로 부른 것에 대해 후회를 하게 될지도 모르겠다. 아직 본격적인 공사를 시작하지도 않았지만, 나는 벌써부터 그 일이 혐오스럽게 느껴진다. 처음부터 레지노상에 대해 전혀 몰랐더라면 얼마나 좋았을까?"

그는 공책을 덮고, 밀어 놓은 뒤, 형을 선고받은 남자처럼 멍하니 그 자리에 앉아 있다. 그러더니, 그는 공책을 다시 당겨서, 그것을 펴고, 자신이 쓴 것을 주욱 읽어 본 후, 펜촉을 적셔서, 문장들이 모두 숨겨지고, 읽을 수 없게 되고, 묻힐 때까지 각각의 단어 위에 촉촉하게 젖은 X를 수없이 그려댄다.

★

그들 중 한 명은 연설을 하고, 다른 사람들은 듣는다. 여전히 비가 내리고 있지만 장작불을 끌 정도의 폭우는 아니다. 흐릿한 붉은 불빛이 텐트의 입구에서 새어 나온다. 그 빛으로 사람들의 다리는 보이지만 얼굴은 그림자 속에 남겨져 있다. 연설하는 남자는 연한 색 옷을 입고 있고, 쌓아 둔 장작 위에 앉아 있다. 나머지는 쭈그리고 앉아 있거나 짚단에 무릎을 꿇고 있다. 설교? 이야기? 플라망어는 사람들이 부드럽게 말을 할 때조차 이판암泥板岩을 맞부딪혀 비비고 두드리는 것 같은 소리가 나기 때문에, 이 언어를 모르는 사람들은 법률을 제정하거나 판결을 내리는 소리 같다고 생각할 것이다. 이따금 청중은 콧소리를 내며 동의를 표시한다. 연설자는 손을 움직여 맞잡았다가 놓았다가 한다. 왼손 중지는 가운데 마디 위쪽이 없고, 뭉툭한 뼈가 피부에 싸여져 있을 뿐이다.

그는 잠시 멈추고, 그의 장화 옆에 있는 어떤 물건을 향해 손을 뻗더니, 그것이 마치 잠을 깨거나 날아가 버릴 동물인 것처럼 조심스레 쳐든다. 그것은 길게 자른 나무토막이거나 회향이나 돼지풀같이 속이 빈 식물 줄기이다. 그는 고개를 다시 숙여 그 아랫 부분을 부드럽게 분다. 그 끝에서 작은 빛이 비치더니, 불똥이 일고, 혀를 날름거리는 불꽃이 되어, 그의 가늘고 치켜 올라간 눈에 그 빛이 앉는다. 다른 이들은 앉아서 바라본다. 무엇인가에 몰입한다. 그가 다시 말을 한다. 서너 마디의 묵직한 말들. 청중들은 빗소리보다 크지 않은 소리로 그 말을 따라 한다. 그리고 나서, 끝이 난다. 다 마쳤다. 그들은 짚에서 일어나, 텐트 속으로 들어가면서 어떤 사람들은 오래된 교회를 또 다른 이들은 납골당을 쳐다본다. 유령처럼 조용히 자신들의 텐트로 들어간다. 밤은, 비구름의 푸른 기운 속에 싸여, 그들 위로 포근히 지나간다. 묘지는 고요해진다.

4

아침에 그가 눈을 뜨자, 덧창문 틈으로 이미 빛이 새어 들어온다. 그는 더듬어서 회중시계를 찾은 뒤, 전시안全視眼이 새겨진 뚜껑을 튕겨 열고, 새어 들어온 한 줄의 약한 햇살 옆에 갖다 댄다. 여덟 시 십오 분! 그는 끙끙대며 덧창문을 열고 아래를 내려다본다. 텐트는 여전히 거기에 있고, 거대한 도닥불이 세차게 타오르고 있으며, 화장실과 텐트 사이로 사람들이 움직인다. 젖은 풀밭을 가로지르는 그림자는 잔느이고, 그 옆에 어깨가 벌어진 여자는 분명 리자 사제이다. 광부 한 명과 이야기를 하고 있는 르쾨르도 있다. 그리고 아르망이 보인다! 아르망도 일을 하고 있는데, 엔지니어이자 대장인 그는 아직도 침대 속에 있다니!

옷을 입는 시간은 오래 걸리지 않는다. 전날 밤, 옷을 거의 입은 채로 잤기 때문이다. 그는 조끼에 단추를 채우고, 장화를 신고, 모자를 쓴 뒤, 계단을 한꺼번에 세 칸씩 쿵쿵거리며 내려간 다음, 지하실 문을 지난다. 언제나 얇은 그림자가 드리워진 듯한 그 문……

묘지에서는 미소가 그를 반긴다. 특히 아르망이 큰 미소로 그를 맞지만, 다른 이들 역시 그에게 핀잔을 줄 만큼 박정한 사람은 아무도 없다. 다들 바쁘다. 차분하지만 분주하다. 그는 기쁘고도 안심이 되며, 표현하지 못할 만큼 그들이 고맙다. 잔느는 커피 한 잔을 그의 손에 쥐여 주고, 그가 감사의 말을 하기도 전에, 할아버지와 리자 사제를 돕기 위해 밖으로 나간다. 그 둘은 화덕, 쇠살대, 냄비 걸쇠, 비를 막기 위한 범포 차양이 달린 작은 임시 부엌을 짓고 있다. 그 필요성을 자신이 먼저 예측했어야 했다. 서른다섯 명이나 되는 사람들의 음식을 교회지기 사택의 부엌에서 요리하기엔 공간이 비좁다. 그가 미리 예상하지 못한 것에는 또 어떤 것이 있을까? 그는 커피를 마시다가, 뜨거운 액체에 혀와 목구멍을 거의 델 뻔한다.

부엌 옆에 붙어 있는 사무실은 르쾨르의 방이 되었다. 장 바티스트는 안을 들여다본다. 르쾨르가 한 것인지 잔느가 한 것인지는 몰라도, 벌써 깔끔하게 정리된 침대가 보인다. 침대 끝에는 별로 크지 않은 가방이 있는데, 속에 든 책 몇 권이 눈에 띈다. 방에는, 묘지 기록 문서들의 눅눅한 회반죽 같은 냄새와 함께, 브랜디에 절은 땀냄새가 뚜렷이 난다.

그는 르쾨르를 찾아다니다가, 비바람에 씻긴 석조물 덩어리가 석화된 작은 난파선처럼 땅에 움푹 빠져 들어가 있는 오래된 무덤 한 곳에서 그를 발견한다.

"어느 귀족 가문의 가족들 모두가 여기 아래에서 발견될지도 모르겠네." 르쾨르가 축축한 돌을 두드리며 말한다. "그러나 글자가 워낙 닳아서 이름도 제대로 못 알아보겠군. 자네는 읽을 수 있겠나?"

장 바티스트가 들여다본다. 로앙? 로링? 로슈? "아니." 그는 대답하고서, "이제 시작하세." 하고 말한다.

"땅을 파자는 말인가?"

"그렇네."

"알렉산더 대왕의 명령이시군." 르쾨르는 아직도 술이 덜 깬 것 같다.

"땅에 표식을 해둔 곳으로 자네가 인부들을 데려오면, 내가 거기에 있을 걸세."

장 바티스트가 아는 한(잔느와 할아버지가 그에게 일러주었다), 현존하는 구덩이 중 가장 오래된 것으로, 담장 너머 페르 거리와 랭쥐리 거리가 교차하는 곳 근처 북서쪽 구석진 자리에, 가로 7미터에 세로 7미터 정도 되는 정사각형을 밧줄과 대못으로 표시해 놓았다. 표면에는 빛바랜 풀들로 덮여 전혀 아무런 흔적이 없다. 만약 이곳이 실제로 그 장소가 맞다면, 그 속으로 들어간 사람들을 위한 남아 있는 추모비는 없었다.

그는 밧줄 옆에 서서 남자들이 다가오는 것을 바라본다. 그들을 맞이하며, 평안한 밤을 보내었기를 바란다는 인사를 한다. 그런 다음, 르쾨르의 도움을 받아, 인부들을 세 그룹으로 나눈다. 땅을 팔 사람들, 뼈를 모을 사람들, 뼈를 쌓을 사람들. 분류가 끝나자, 땅파기를 맡은 사람들을 밧줄이 쳐진 건너편으로 보낸다.

엔지니어가 설명한다. "흙은 여기 이쪽에 쌓아두시면 됩니다. 구덩이가 다 비워지면, 흙을 생석회生石灰와 섞어 다시 구덩이를 채울 겁니다. 뼈들은 나중에 도시 반대편 새로운 영면지永眠地로 나를 것입니다." 그는 설명을 멈춘다. 몇 사람들이 머리를 움직인다. 다른 이들은 그저 그를 바라본다.

그날은 매우 고요하다. 겨울의 정적. 잔느와 할아버지는 밧줄에서 약간 떨어진 곳에 조용히 함께 서 있다. 장 바티스트는 그들을 건너다본다. 그는 두 사람에게 미소를 짓지만, 아니 미소를 지으려고 애쓰지만, 얼굴이 얼었다. 그리고 어차피 그런 미소가 무슨 의미가 있을 것인가? 그는 가장 가까이에 있는 광부를 향한다. 조 슬라바르가 아니면 장 빌로이다. 장 블로크일지도 모르겠다. 그는 고개를 끄덕인다. 그 남자도 고개를 끄덕이고, 삽의 손잡이를 집어 든다. 땅이 열린다.

땅을 파기 시작한 지 세 시간이 지나자 장 바티스트는 르쾨르에게 휴식 시간을 갖자고 말한다. 첫 세 시간 동안은 별 소득이 없었다. 구덩이가 늙은이의 입 속에 있는 마른 빵처럼 죽은 자들을 휘저어 놓은 듯, 파편과 부스러기만 남은 것같이 보인다. 그들이 파고 있는 위치가 맞을까? 교회지기가 실수를 했을까? 그는 잔느와 함께 사택으로 돌아간 뒤이다. 그러나, 휴식 시간이 끝나고 나자, 구덩이는 감춰 놓은 보물을 토해내기 시작한다. 삽질을 두 번 하면 한 번씩은 형체를 알아볼 수 있는 뼛조각이 나온다. 지금도 쓸 만한 이가 가지런히 붙은 턱뼈. 부서지기 쉬운 발뼈, 나무로 만든 드럼통의 판대기 같은 갈비뼈.

뼈를 모아 놓은 더미는 점점 쌓여 낮은 벽이 된다. 나무라고는 가시조각도 발견되지 않아서, 그 구덩이에 들어간 사람들을 싼 수의를 제외하고는, 관棺이라든지 그들이 들어가서 쉴 어떤 궤 같은 것이 존재했던 흔적은 전혀 없다.

리자 사제가 냄비 바닥을 국자로 두드리면서 점심 시간을 알린다. 작업을 하면서 보았던, 비위 상하는 장면들조차도 그들의 식욕에 영향을 주지 못한다. 장 바티스트와 르쾨르는 구덩이 가장자리에서 계속 머문다. 르쾨르는 안색이 좋지 않다. 그는 크라바트를 당겨 입과 코를 감싼다.

"점심을 먹고 나서 불을 지필 걸세." 장 바티스트가 말한다. "그러면 좀 낫겠지."

르쾨르는 고개를 끄덕인다.

"뭘 좀 먹겠나?" 장 바티스트가 묻는다.

"속을 가라앉힐 약을 먼저 먹어야겠네." 덮인 입으로 웅웅거리며, 르쾨르가 이상한 목소리로 말한다.

"알겠네." 장 바티스트가 말한다. "아르망에게 브랜디를 더 가져오라고 부탁하지. 다시 일을 시작하기 전에 다들 한 모금씩 마시도록 말이야."

오후 근무에는 땅을 파는 인부 세 명을 뼈를 모으는 그룹으로 재배치시켰다. 밧줄 안쪽에 있는 사람들은, 자신들도 모르게, 어느 순간 뼈 위에 다들 서 있다. 뼈 이외 다른 것들도 발견되기 시작하고 옮겨진다. 모양이 뒤틀리고 푸르스름한 철제 십자가. 거의 다 망가진 장미 모양의 브로치. 양철판을 오려서 만든 아이의 장난감 말 조각. 단추들. 골동품같이 생긴 허리띠. 아직 돈이 되는 것은 없다. 그리고 만약 값어치가 나가는 것이 발견된다면? 누가 법적 소유주일까? 그것을 발견한 사람? 교회지기? 엔지니어? 어쩌면 장관일지도 모르지.

사람들 모두, 이따금씩, 구역질이 휩쓸고 지나가는 것처럼 보인다. 사람들은 눈을 감고, 부들부들 떨고, 머뭇거린다. 그러다가, 한 명이 손에 침을 뱉고, 장화나 신발을 신은 발로 삽 어깨를 확고하게 밟으면, 다시 작업의 리듬이 회복된다.

도시의 종소리가 네 시를 알릴 때 즈음, 날은 어두워진다. 구덩이 속에 들어가서 일하는 사람들의 고개 숙인 머리들은 이미 지면보다 더 낮은 위치에 있다. 위에서 보면, 마치 땅을 파는 그림자 같다. 구덩이의 벽에 횃불을 꽂는다. 이제 이 광경이야말로 가히 장관이라 할 만하다. 한 무리의 남자들이 붉은 구멍 속에서, 발 밑에 있는 뼈들을 캐낸다. 쌓인 뼈들이 만든 벽은 구덩이 한 면만큼 길고, 어른 남자 어깨만큼 높다. 마지막 한 시간은 그 자체만으로도 마치 하루처럼 길다. 장 바티스트는 그의 옆, 풀밭 위에 브랜디 병을 놓아두었다. 잠시 쉴 때마다 (쉬는 시간의 간격은 점점 좁혀지는데) 병을 돌리고, 사람들이 나누어 마시는 모습을 바라본 후, 더 가벼워진 병을 다시 받아든다. 여섯 시 십오 분이 되자 그는 작업을 중지시킨다. 나중이 되면 밤에도 일을 시켜야 할 것이라는 사실을 그는 인지하고 있지만, 지금은 아니다. 더 이상의 작업은 그 자신도 할 수가 없고, 다른 사람들에게도 요구할 수 없다.

그는 르쾨르를 찾아서 교회지기의 사택으로 말 한 마디 없이 함께 걸어간다. 두 사람은 부엌의 장작불 옆에 선다.

일이 분이 지나자, 르쾨르는 장작불을 향해 조용히 말한다.

"아, 시팔 염병할……."

"내일은 좀 수월해질 거야." 장 바티스트는 말한다.

르쾨르는 고개를 돌려, 갑자기 그에게 미소를 짓는다. "내일은 우리의 가슴을 찢어놓을 거야."

5

둘째 날. 사람들이 한 시간 정도 열심히 일을 하고 있었을 때, 날카로운 휘파람 소리가 엔지니어의 주의를 끈다. 고개를 돌리자 교회 쪽으로 오라고 손짓을 하는 아르망이 보인다.

그곳으로 간다. 아르망은 어떤 남자 세 명이 그를 만나러 왔다고 알린다.

"교회 안에?"

"교회 안에."

"자네가 아는 사람들인가?" 장 바티스트가 묻는다.

"전혀." 아르망이 대답하며 그의 뒤를 따른다.

챙 넓은 추기경 모자의 자투리 조각이 마치 신성시된 국그릇처럼 허공에 매달려 있는 기둥 옆의 신랑身廊[19)]에 남자들이 서 있다. 한 사람은 라포스이다. 다른 두 사람은 처음 본다.

"오셨습니까." 장 바티스트는 라포스에게 인사한다. 다른 사

---

19) 십자형 교회 건축에 있어서 중앙 회랑에 해당. 교회 내에서 가장 넓은 부분이며 보통 예배자를 위해 긴 의자가 설치되어 있는 장소임. 네이브(nave) 또는 중랑이라고도 불림.

람들은 그저 거기에 서서 엷게 미소를 띠고 있다. 장 바티스트는 아르망을 소개한다.

"오르가니스트?" 낯선 사람 하나가 말한다. "쿠프랭을 연주하시겠지요, 물론?"

"못 치는 곡이 없습지요." 아르망이 말한다.

"좀 듣고 싶습니다. 이 오르간이 운명을 다하기 전에 말입니다. 〈파르나소스 산〉 같은 것으로요."

"음악만이 영원불멸하지요." 아르망이 말한다.

라포스가 시선을 장 바티스트에게 고정시킨 채 말한다. "이 분들은 의사들이시오. 조사를 하러 오셨소. 최선을 다해 보필해 드리시오."

쿠프랭을 좋아하는, 풍채가 좋고 뚱뚱한 오십대 신사가 말한다. "이런 규모의 사체 발굴은 상당히 드문 일입니다. 부패의 모든 단계를 잘 관찰할 수 있고, 심지어는 마지막 한 줌의 흙먼지로 돌아간 상태까지도 볼 수 있지요."

좀더 각지고 마른 체형을 한 그의 동료가 입을 뗀다. "인간의 여정은 역사적으로, 탄생의 순간부터 죽음의 순간까지 잘 평가되어 왔습니다. 첫 숨에서 마지막 숨까지 말입니다. 그렇지만, 해부학자들의 날카로운 칼날 덕택에 이제 우리는 어머니의 뱃속에서 눈이 보이지 않게 누워 있는 몇 달간에 대해서도 많이 알게 되었지요. 여기에서 이루어지는 선생의 작업은 우리가 죽음이라고 부르는 사건 이후에 벌어지는 우리의 운명에 대한 가장 완벽한 그림을 보여줄 것입니다."

“우리의 육체적 운명에 대한 그림이지요.” 그 의사의 동료는 즐거운 목소리로, 어둠침침한 제단이 놓여 있는 쪽을 가리키며 말한다.

“아, 물론 그렇지요. 맞습니다.” 다른 사람이 말한다. “나머지는 지혜로운 어머니이신 교회에 맡겨야겠지요.”

“이분들이 일할 곳을 준비해 주시오.” 라포스가 말한다. “방해받지 않고 일을 하실 수 있는 곳으로.”

그들의 머리 위 높은 곳에서 작지만 또렷한 소리가 난다. 그 위에 앉은 새들이 움직이는 소리 이외에 다른 것은 아닐 것이다. 장 바티스트는 아르망이 눈치를 주는 것을 깨닫고서, 재빨리 의사들에게 필요한 모든 도움을 드리겠다고 말한다. 그는 콜베르 신부가 그에게 호령하는 일이 다시 생긴다고 해도 걱정하지 않을 것이다. 이곳에서 담임신부가 가지는 영향력이 얼마나 하찮은지 명백히 알았기 때문이다.

“그러면 내가 오늘 할 일은 끝났소.” 라포스가 말한다. 그는 마치 출구를 찾는 듯, 서둘러 돌아선다.

“나는 투레[20] 박사입니다.” 낯선 두 사람 중 빼빼한 사람이, 장관의 대리인으로부터 소개를 받기에는 글렀다는 것을 결국 감지하고서 말한다. “여기 계신 동료분은 기요탱[21] 박사입니다.” 그 동료라는 사람은 우아하게 미소를 짓는다.

---

20) Dr. Michelle Augustin Thouret(1748~1810), 프랑스 화학자. 인간 뇌의 구조에 대한 근대적 연구의 시작에 일조. 1776년 왕립의학회 창립 회원이자 1786년 레지노상의 발굴작업을 공동 감독함.

점심을 먹고 나서, 사람들은 장 바티스트의 지시 아래, 굵은 장대 세 개를 함께 묶고 바퀴 하나와 사슬을 달아서 도르래를 만든다. 사슬의 끝에 달 범포로 된 들것도 만든다. 넓고 튼튼한 발판이 붙은 사다리 두 개를 만든다. 장작불을 붙인다. 다시 일을 시작한다.

다림줄을 가지고 장 바티스트는 13미터가 약간 넘는 구덩이 바닥까지의 깊이를 잰다. 뼈는 곧 어른 키만큼 높게 쌓일 것이다. 전날 저녁 포르트 당페르에서 온 전갈만 아니었어도 이 많은 양의 뼈에 대해 걱정하지 않았을 것이다. 그곳은 지도상에 표시되어 있지 않은 어떤 샘에서 물이 쏟아져 나와 물바다를 이루었으며 레지노상에서 오는 유골들을 받을 준비가 되려면 시간이 좀 걸리겠다는 것이다. 며칠이 걸릴 것인지, 몇 주가 걸릴 것인지, 몇 달이 걸릴 것인지에 대해선 아무런 언급이 없다. 지금 이대로 가다가는, 단 몇 주만 더 늦어진다고 해도, 묘지는 미로가 될 것이다. 뼈에 둘러싸인 통로에서 사람들은 서로를 잃어버릴 것이다.

땅 파는 사람들, 뼈를 모으는 사람들, 뼈를 쌓는 사람들의 세 그룹들은 한 시간 간격으로 돌아가며 교대를 한다. 구덩이 바

---

21) Dr. Joseph Ignace Guillotin(1738~1814), 프랑스 의사. 1789년 좀더 인도적인 사형 집행 도구로 단두대 혹은 기요틴(Guillotine)의 사용을 제안함으로써 단두대에 그의 이름이 붙여지게 됨. 기요틴을 실제로 발명한 사람은 프랑스 외과의사이자 생리학자인 앙트완 루이(Antoine Louis, 1723~1792)였다.

닥에 사람을 두 시간 이상 두면 안 된다는 것은 명백하다. 늦은 오후 무렵, 그날은 햇빛이 쨍쨍 내리쬐는 것을 힘들어하는 그런 날이었는데, 교대 시간을 끝내고 사다리를 타고 올라오던 인부 한 명이, 잠시 멈추더니 손을 놓치고서 구덩이 안으로 떨어진다. 다행히, 그는 다른 인부들의 머리에 떨어지지는 않았다. 그는 범포 들것에 실려 지상으로 올려진다.

"블로크로군." 르쾨르가 그 남자 옆에 무릎을 꿇으면서 말한다. "장 블로크일세."

지상의 공기 덕분에 블로크는 몸을 움직이고 주변을 돌아보더니, 여전히 창백한 얼굴로 일어선다.

"원하면 자기 텐트로 가서 쉬도록 해주게." 장 바티스트가 말한다. 그는 이미 누군가가 '질식 가스' 라는 단어를 입에 올리는 소리를 들었다. 다들, 발랑시엔에서는, 사람이 어떤 감지할 수 없는 기체에 질식하는 것을 보거나 들은 적이 있다는 것을 안다. 물론, 그런 것이 구덩이에 존재할 수 있다고 생각하는 것 자체가 터무니없는 일이지만, 그는 휴식 시간을 가지기로 하고 술병을 돌린다. 사람들은 그를 바라본다. 그는 그들의 눈길 속에서 그가 뭐라고 이름할 수 없는 무언가를 본다. 십오 분 후에, 그는 다른 그룹을 사다리로 내려보낸다.

오늘 구덩이에서 발견된 물건 : 샤를 9세 통치 시대의 녹색 동전, 녹슬었지만 알아볼 만한 갑옷 목가리개, 십자가가 붙은 싸구려 반지, 더 많은 단추들, 칼날. 왜? 다음 세상에서 쓰기 위해서? 신기하고 작은 색색의 유리 조각. 하트 모양. 꽤 예쁘다.

엔지니어는 저녁에 손을 씻을 때, 마지막 물건을 헹군다. 그리고 즉흥적으로, 혹은 그저 어디에 쓸지를 몰라서, 잔느에게 줘 버린다. 그녀는 그것을 받는다. 소녀의 얼굴에 이상하고 엄숙한 미소가 떠오른다.

6

인부 한 명이 달아난다. 한밤중에 가방을 둘러메고 달아난다. 그가 가는 것을 본 사람이 없고, 소리를 들은 사람도 없었다. 그와 같은 텐트를 쓰던 사람들도 놀라고 불안해하는 기색이다. 마치 그들이 구덩이에서 잠을 방해한 어떤 것에 의해 그가 사라져 버린 것처럼. 르쾨르는 그를 쫓는 추격대를 지휘하겠다고 자청한다. 아직 멀리 가지는 못했을 것이며 낯선 도시에서 몸을 숨기기란 분명히 어려울 것이다.

"이 사람들은 죄수가 아닐세." 장 바티스트가 말한다. "채무 노예도 아니고 말이야."

"인부들은 엄한 감독이 필요하네." 르쾨르가 말한다. 그는 오늘 아침 면도를 하다가 목에 상처를 냈다. "말이 났으니 말이지, 우리가 이들을 광산에서 구해주지 않았나?"

"모르겠네." 장 바티스트는 르쾨르에게보다는 자신에게 말하는 것 같다. "우리가 누구를 구출했는지는."

다른 사람들은 모두 인원 파악이 되었다. 사다리에서 떨어진, 장 블로크라는 남자는 일을 할 상태가 아니다.

홀바인[22]의 그리스도처럼 짚으로 만든 침상에 그 광부가 누워 있는 텐트로, 장 바티스트는 병문안을 간다. 그의 눈은 엔지니어의 검은 형체를 따라간다. 그는 텐트 입구를 가로질러 그의 위에 서서, 텐트의 불빛에 모습을 드러낸다.

"춥나?"

"예."

"담요를 더 갖다 주겠네. 뜨거운 음료도 갖다 줄 거야."

블로크는 눈을 깜빡인다. 엔지니어는 떠난다. 그는 잔느를 발견하자, 아픈 남자에게 커피나 국물을 갖다 줄 수 있을지 묻는다. 그리고 어딘가에 담요가 더 있을까? 그가 추워한다.

구덩이에서는, 르쾨르의 지시하에 사람들이 이미 작업에 임하고 있다. 불, 도르래, 사다리. 뼈 위에 뼈가 쌓이는 공허한 소리. 아래에 있는 남자들이 간단한 신호 소리를 내어, 범포 들것이 꽉 차고, 끌어올릴 준비가 되었다는 것을 알린다. 이제 그들은 아침에도 불빛이 필요할 정도로 깊이 들어가 있다. 벽면에서 튀어나와 있는 횃불 네 개가 불규칙하게 탄다. 장 바티스트는 쭈그리고 앉아, 벽면 상태를 보려고 애쓴다. 흙이 부스러지는가? 붕괴의 위험이 있는가? 만약 구덩이의 한쪽 면이 무너지면 사람들이 신속하게 빠져나올 수 있는가?

그는 자신이 내려가서 직접 보아야겠다고 결심한다. 그가 내려가야 하는 순간이 왔다. 그리고 어떤 경고의 말도 없이, 몸을

---

22) Hans Holbein(1497~1543), 독일의 화가이자 목판화가. 당대 최고의 화가로 불리며 같은 이름의 아버지 역시 유명한 화가이다.

날려 가장 가까이에 있는 사다리로 휙 넘어가더니 내려가기 시작한다. 그는 위와 아래에서 모두들 작업을 멈추고 자신을 바라보고 있다는 것을 의식한다. 그는 발로 사다리 발판을 더듬어 내려간다. 하늘이 멀어진다. 공기가 답답해진다.

사다리 끝에서 바닥으로 뛰어내리면서, 그는 순간적으로 중심을 잃고, 바로 옆에 있는 한 인부의 팔꿈치를 잡는다. 이제 그가 여기 아래에 왔으니 일을 계속하라고 지시해야 하겠지만 자리가 너무도 비좁다. 그는 사람들을 본다. 위쪽의 횃불과 희미한 아침 햇빛에 밝혀진 어두운 얼굴들. 그는 검은 벽면을 바라본 다음, 그가 서 있는 자리를 바라보고, 구덩이의 가장자리에 르쾨르가 머리와 어깨를 숙이고 있는 곳을 바라본다. 그는 자신과 부딪혔던 인부의 손에서 삽을 받아들고, 삽날을 흙벽에 박은 뒤, 뒤틀면서 축축한 흙덩어리 한 조각이 벽에서 떨어지는 것을 본다. 그는 반대쪽 벽도 같은 방법으로 시험해 보고 같은 결과를 얻는다. 그는 연장을 돌려주고, 사다리의 제일 아랫발판에 장화 신은 발을 얹은 후, 한차례 메스꺼움을 느끼지만, 다행히도 그것을 억제하고 넘겨낸다. 그는 기어올라 꼭대기에 닿은 뒤, 잔디 위에서 균형을 잡는다.

그의 곁으로 다가온 르쾨르에게 목쉰 소리로 말한다. "틀을 짜야겠어. 상자 모양의 지지대로 벽을 고정시켜야 해. 사람들을 불러내게."

쓸만한 목재는 풍부하다. 드주르 씨가 파리에 있는 시판 목재의 절반은 다 사재기를 해놓은 것 같다. 그들은 기둥, 버팀대, 임시 동바리, 클리트로 벽의 안쪽을 보강한다. 나무로 작업을 하는 것은 즐겁다. 그리고 점심 식사 뒤에 다시 인부들이 아래로 내려갈 때, 조금은 가벼운 마음으로 가는 듯하다. 오후 중반이 되어 다림줄로 재어보니 깊이가 거의 17미터로 나온다. 들것에는 이제 뼈보다는 흙이 더 많이 실려 나온다. 어둑해질 무렵이면 거의 다 끝날 것이다! 레지노상의 구덩이 하나를 비웠다!

마지막 굴삭 팀이 땅 위로 올라오니 여섯 시 반이다. 겨울 달은 그들의 얼굴을 비추고, 뼈벽을 비춘다. 수많은 인생의 섬뜩하고도 비참한 찌꺼기들은 이제 실제와는 달라 보인다. 오히려 어렵게 거둔 풍성한 추수 같다. 장 바티스트는 모자를 벗고 머리카락을 문지른다. 가발이 아닌 자신의 머리카락이다. 샤르베의 충고에 따라, 보기 좋은 길이로 거의 다 길렀다. 광부들은 줄을 지어 그의 곁을 떠난다. 일부는 삽을 소총처럼 어깨에 둘러메고 있다. 좋은 하루였다. 묵묵히 열심히 일하고, 용기를 잃지 않은 대가로 얻은 작은 승리. 조용히, 구덩이 옆에서, 그와 르쾨르는 서로를 치하한다. 그들은 손을 뻗어 악수한다.

그 다음날, 세상은 전날만큼 그의 마음에 들지는 않는다. 그는 다시 잠을 제대로 자지 못했다. 한밤중 엉뚱한 시각에 심장이 두근거려 잠을 깨고, 다시 몇 시간을 누워서, 구역질이 날 때까지 구덩이를 차례 차례 파는 장면을 상상한 뒤, 침대에서 빠져 나와 어둠 속에서 옷을 입는다.

묘지에서는, 불빛 아래 검사를 해보니 장 블로크의 상태가 눈에 띄게 악화되어 있다. 그의 피부는 썩은 치즈 같은 광택이 난다. 그는 가쁘고 얕은 호흡을 이어가고 있다. 그는 죽어가고 있는지도 모른다. 다른 이들에게 전염될 수 있는 어떤 병에 걸려 죽어가는 상황이 전혀 억지스럽지 않게, 너무나도 자연스럽게 떠오른다. 몇 주 내로 이 지역 전체가 폐쇄되고, 마지막 살아 남은 사람이 마지막으로 죽은 사람을 비워낸 구덩이에 다시 밀어 넣는 모습들……

한 시간 뒤에, 그는 뼈벽을 살펴보는 기요탱 박사를 발견한다. 그는 의사가 거기에서 어떤 조각을 빼내어 외투 호주머니에 집어 넣는 것을 본다.

"반대는 없으시겠지요?" 의사는 엔지니어가 다가오는 것을 보고 묻는다. "신기한 모습으로 기형이 된 척추골이오. 투레가 선수를 치기 전에 내가 먼저 가지고 싶었소."

장 바티스트는 그에게 환자에 대한 이야기를 하고, 사고를 설명한 후에 그를 진찰해 달라고 부탁한다. "혹시 전염병이라면…… 만에 하나라도……"

의사는 선뜻 동의한다. 그 남자가 근처에 있는가. 그렇다. 그들은 텐트로 함께 걸어가서 허리를 굽혀 안으로 들어간다. 거기에는 누군가 다른 사람이 있다. 손이 기형인 광부이다. 그들을 잔잔하게 바라보는 광부의 눈길 때문에, 그들은 잠시 동안 구석에서 가만히 서 있는다. 그리고 나서, 그는 조용하게 서두르지 않고 떠난다.

“흥미롭게 보이는 인물이군요.” 의사가 말한다. “보라색 눈이라니. 선생도 보셨소? 아주 특이해.” 그는 짚단 위의 남자를 향한다. “그의 이름이 무엇이오?” 그가 묻는다.

“이 사람은 블로크입니다.” 장 바티스트가 말한다.

“블로크? 좋은 아침이오, 블로크. 낙상했다고요? 몸이 안 좋은가요?”

장 블로크는 놀란 눈치이다.

의사는 빙그레 웃는다. “나를 겁낼 필요는 없소.” 장 바티스트에게 그는 말한다. “환자의 몸을 좀 뒤집어 주겠소? 누워 있지 않다면 등을 진찰하기가 더 쉬운데.”

장 바티스트는 광부의 어깨를 잡고, 그를 뒤집기 시작한다. 아픈 남자는 불평하지 않지만, 그의 살이 떨린다. 그를 뒤집는 것은 쉬운 일이 아니다. 마침내 뒤집고 나자 의사는 “그의 셔츠를 올려주시오.” 하고 말한다.

장 블로크의 위쪽 등에는 등뼈 양쪽으로 피부에 구멍이 나 있고, 찔린 자국은 작지만 그 주변에 둥그렇게 심한 염증이 생겨 있다.

기요탱은 한 발짝 다가선다. 그는 바라보기는 하나, 그와 같은 직업을 가진 사람들의 버릇처럼, 손을 대려고 하지는 않는다. 그는 고개를 끄덕인다. “셔츠를 내려도 좋소. 협조 감사하오, 블로크 씨. 당신을 편안하게 해줄 방도를 찾아봅시다.”

텐트에서 몇 걸음 떨어진 곳에 이르자 의사가 말한다. “낙상시 그가 찔린 어떤 물체로 인해 독이 들어갔습니다. 상처를 유황액으로 즉시 소독해야 하오. 열에는 기나피[23] 가루를 약간의 브랜디에 타서 먹이시오. 그렇지만 완전히 해열을 시키는 것은 좋지 않아요. 열은 나쁜 것이 아니오. 병을 연소시키는 불이지요." 그는 멈추고, 장 바티스트를 유심히 바라본다. "건강이 매우 좋을 때에도 우리는 각자가 일으키는 열 속에서 지속적으로 재생됩니다. 플로지스톤설說에 대해 알고 계시오?"

"조금 알고 있습니다."

"플로지스톤은, 그리스어에서 나온 단어로, 불을 붙인다는 뜻이오. 모든 것에 존재하는 가연성분입니다. 잠복하고 있는 불, 잠재적 불이지요. 자극을 받기 전까지는 수동적이랍니다."

"자극을 받기 전까지라니요?"

"어떤 충격이나 마찰 말입니다. 아니면 그저 점층적 열의 증가일 수도 있소."

장 바티스트가 묻는다. "그렇다면 유골 속에 잠자고 있던 병에 의해 블로크의 병이 생겨났을 가능성도 있습니까? 한때 사람들을 덮쳤던 질병의 찌꺼기를 그 뼈들이 여전히 간직하고 있는 것은 아닐까요? 그 뼈들의 주인을 덮쳤던 질병 말입니다."

"참 특이하게 표현하시는구려." 기요탱이 말한다. "인간의 뼈가, 무슨 말이나 시계처럼, 단순한 소유물인 것처럼 말씀하시는군요. 선생의 질문에 답하자면, 어떤 질병이든지 그 숙주보다 더 오래 살아남을 가능성은 거의 없소. 그렇지만, 선생이나 인부들이 상처나 환부에 뼈를 닿게 하는 일은 피하는 것이

---

23) 키니네의 원료가 되는 기나 나무의 껍질.

좋소. 소독제로는 식초를 권장하오. 그리고 에탄올 같은 정제 알콜도 매우 효과적이지요. 그러나 보관 장소에 주의하시오. 독한 술이 되기도 하니까. 또 매우 불붙기 쉽습니다. 증기조차도 말입니다. 아니 특별히 증기가 더 그렇습니다."

"어디서 구하면 되겠습니까? 에탄올 말입니다."

"좀 구해 드릴까요?"

"은혜는 잊지 않겠습니다. 그리고 유황액은요? 기나피도 부탁드려도 되겠습니까?"

"약상점에 가져갈 처방전을 써드리겠소." 기요탱은 젊은이의 어깨를 두드린다. "자, 이제 사택으로 가서 그 친절한 아가씨에게 커피 좀 타 달라고 합시다. 어떻소?"

부엌 테이블에는 잔느와 리자 사제, 그리고 리자의 두 아이들이 바쁘게 채소를 다듬고 있다. 의사를 위해 의자를 가져오지만 그는 오히려 불가에 서 있고 싶어 한다. 그는 활기차고 성격이 좋다. 그는 여자들과 아이들에게 듣기 좋은 칭찬의 말들을 늘어놓는다. 장 바티스트는 아픈 광부를 보고 오는 길이라고 설명한다. 오늘 그의 상태가 확실히 더 악화되었지만, 의사가 약을 처방해 주었다는 말도 덧붙인다.

"나탈리가 심부름을 할 거예요." 리자는 고개를 겨집아이 쪽으로 갸우뚱한다. "손을 씻고 외투를 입거라, 나탈리."

"사택에 환자가 지낼 방을 만들게요." 잔느가 말한다. "위층 층계참에 침대를 준비하지요. 여기 있는 편이 그에게 더 나을 거예요."

"아가씨는 요리와 그 외 다른 할 일들이 많을 텐데요." 장 바
티스트가 말한다.

기요탱이 끼어든다. "간호를 잘 하느냐 못 하느냐에 따라 환
자가 살고 죽을 수 있소."

"그렇다면 해야지요." 잔느가 장 바티스트를 향해 눈을 크게
뜨며 말한다.

"입원을 시킬 수도 있지 않을까요?" 장 바티스트가 묻는다.

의사는 콧구멍을 벌름거린다. "병원은 매우 위험한 장소요.
특히 병으로 약해져 있는 사람에게는 더더욱."

나탈리는 외투의 단추를 채우고, 심부름을 할 준비가 다 되
어 있다. 르쾨르가 자는 사무실에 필기도구가 있다. 의사는 작
은 목록을 쓰고, 눈을 찡그려 보더니, 서명을 하고, 접어서 아이
에게 준다.

"한 가지를 더 추가했소." 그는 장 바티스트에게 말한다.

"라크리마 파파베리스(lachryma papaveris). 양귀비의 눈물[24]이
오. 선생이 숙면을 취하는데 도움이 될 거요. 내가 정확하게 짚
었소?"

"부스탕쿠아 씨에게 가거라." 리자는 딸에게 이른다. "거기
로 곧장 갔다가 바로 되돌아와야 해."

소녀는 고개를 끄덕이고, 의사를 향해 애교를 부리듯 생긋

---

24) 아편. 덜 익은 양귀비 꼬투리에 상처를 내어 눈물처럼 흘러내리는 유
    액이 마르면 그것을 채취한다.

웃고서, 집을 나선다.

"아이들이란……" 중얼거리던 의사는 커피 주전자의 뚜껑을 손가락으로 두드린다. "좀 부탁드려도 되겠소, 아가씨?"

빈 구덩이는 생석회 몇 푸대를 섞어 발효시킨 검은 흙으로 다시 채워졌다. 바람이 일어나, 윙윙거리며 묘지 담장 사이를 빙빙 돈다. 인부들의 옷과 손과 얼굴은 모두 미세한 가루에 뒤 덮인다. 눈은 따갑고, 콧물은 줄줄 흐르지만 구덩이를 메우는 일이 파내는 일보다 더 낫다. 속력이 더 나는 일이기도 하다. 이른 오후경에, 장 바티스트의 공책 속에 구덩이 1호라고 쓴 글 자 중앙을 가로질러 깔끔하게 지움표가 줄쳐진다.

불이 사그라진다. 도르래와 들것, 지지대 틀을 만들 나무, 연 장, 인부들 등 모두 남쪽으로 열다섯 발자국 옮겨 갔다. 르쾨르 와 장 바티스트는 새로운 구덩이의 입구를 대못과 밧줄로 잰 다. 위치를 확인하기 위해 잔느와 교회지기가 불려 나온다. 잠 잘 곳을 찾는 개 모양으로 이리저리 걸어본 다음, 교회지기는 결국 밧줄로 만든 정사각형이 남쪽 벽 방향으로 다섯 발자국 더 가서 시작해야 한다고 결론내린다. 대못을 뽑고 다시 박는 다. 교회지기는 고개를 끄덕인다. 새로운 장작불이 마련되고, 불이 붙는다. 밧줄을 넘어 한 걸음 더 들어간 곳에 굴삭 팀이 들어간다. 뼈를 쌓을 사람들은 준비한 채로 기다린다. 다시 시 작이다. 땅에 삽날이 부딪히며 내는 둔탁한 음악. 그 다음, 뼈 들이 서로 부딪치며 점토 항아리처럼 울리는 소리.

작업을 참아내기 위해 필요한 독주의 양을 보면 얼마나 힘든 하루였는지 알 수 있다. 오늘은 세 병짜리 날이다. 1미터 깊이당 한 병. 일인당 1미터 깊이마다 0.1병. 공식이 이렇게 되나? 이런 것을 계산하는 공식을 엔지니어가 왕립 토목학교에서 배운 적이 없으니. 일을 마치고 광부들이 자기들의 텐트로 돌아가거나 십자설교대 옆의 큰 모닥불의 온기를 향해 흩어지고 나서, 장 바티스트와 르쾨르는 교회지기 사택 문 밖에 있는 양동이에 손을 씻는다.

"저 속에서 그들이 하게 될 일이란 뭔가?" 르쾨르가 손가락에 묻은 물을 털면서 의사들의 작업실 쪽으로 고개를 까닥인다. 그곳은 범포를 교회의 한쪽 벽면에 붙여 만든 창문 없는 구조물이다.

"누가 알겠나." 장 바티스트는 말한다. 그는 그 날 일찍, 움직일 때마다 짤랑거리는 소리가 나는 무거운 가죽 주머니와 긴 사각형 테이블 두 개가 그 안으로 들어가는 것을 보았다.

부엌에는 의자에서 잠들어 있는 늙은 교회지기밖에 없지만, 잠시 후에 잔느가 계단 아래쪽에 나타난다. 그녀의 얼굴은 찬물에 방금 목욕이라도 한 듯 부드럽게 빛난다. "그는 쉬고 있어요." 그녀가 말한다. "그리고 약을 다 복용했어요."

"블로크 말인가?" 장 바티스트는 묻는다.

그녀는 고개를 끄덕인다. "의사 선생님은, 시간이 나면 내일 다시 진찰하시겠다고 하세요."

"잘됐군. 고마워요, 잔느. 큰 도움이 되었어요."

"그리고 선생님의 약은 벽난로 위 선반에 있어요." 그녀가 말한다. "저기요."

"자네의 약?" 르쾨르가 묻는다.

"기요탱 박사는 내가 잠자는 데 도움이 필요하다고 생각하는 것 같더군."

"아, 잠 때문에…… 맞네. 모르페우스25)는 최근엔 나와도 친한 것 같지 않더군. 밤이 되면 봄을 맞는 처녀처럼 마음이 싱숭생숭해지거든."

"그렇다면 이것의 반을 가져가게나." 장 바티스트는 아무런 딱지가 붙어 있지 않은 코르크 마개가 닫혀 있는 두꺼운 갈색 병을 자세히 들여다보며 말한다. "우리 두 사람이 복용하기에 충분한 양이 될 걸세."

그는 잔느와 할아버지가 있는 사택에 르쾨르를 두고, 랭쥬리 거리로 돌아간다. 외투 호주머니에는 약의 반을 옮겨 부은 병이 들어 있다. 그는 잠자리에 들기 전에 장부 정리를 좀 해야 하고, 내일 생 오노레 거리에 있는 금은방에 가서 돈을 좀더 찾아야 한다. 업자들에게 돈을 주어야 하고, 인건비도 줘야 하는 것은 물론, 르쾨르, 잔느와 할아버지, 아르망과 리자 사제에게도 두둑히 돈을 줘야 하리라. 모나르 씨에게 한 달치 방세도 내야 한다. 그는 방세가 밀리는 것을 좋아하지 않는다. 모나르 씨에게 책잡힐 만한 일을 더 이상 만들고 싶지 않다. 응접실로 올라가는 계단에서, 접시들이 담긴 쟁반을 들고 내려오는 마리와

____

25) 그리스 로마 신화에 나오는 꿈의 신.

마주친다. 접시에는 작은 뼈들이 버려져 있다. 그녀는 그를 보고 인상을 쓴다. 그 표정이 생 앙투안 구에서는 어떤 구체적인 의미가 있을지도 모른다. 그는 목소리를 낮추고, 오늘은 지게트가 좀 어떠냐고 묻는다.

"오, 불쌍한 지게트!" 마리는 모나르 부인을 똑같이 흉내낸다. 그런 다음, 그녀는 그를 스치면서 지나간다. 그의 몸에 자신의 어깨와 허벅지를 스치면서.

그는 자신의 방으로 올라가서 촛불을 켜 놓고 앉아서, 약병을 테이블 위에 올려 놓은 후, 팔짱을 끼고 그것을 바라본다. 몇 방울을 복용해야 되나? 기요탱이 말했었던가? 그는 아버지가 말년에 그런 약을 드셨던 것을 기억한다. 아버지의 입에 떠 드렸던 것이 얼마였지? 열 방울? 스무 방울? 그는 그저 약간만 마시자고 결정한다. 방울 수를 세고 싶지 않다. 그는 세는 것에 신물이 난다. 약간만 복용하고 어떤지 보도록 하자. 그리고 나서 거기에 맞게 양을 조절하면 될 것이다.

늦은 밤이다. 늦은 밤이 아니면 이른 아침이다. 잔느는 잠결에 들은 소리에 깨어나, 할아버지와 함께 쓰는 방을 빠져나가서 장 블로크를 내려다본다. 층계참 끝에 있는 좁은 아치창을 통해 미끄러져 들어오는 달빛에 그의 얼굴이 환하게 빛난다. 그녀가 깊은 잠에서 막 깬 탓에, 그가 눈을 뜨고 있다는 것을 깨닫는데 몇 초가 걸린다. 그녀는 그를 향해 미소를 짓고, 그 옆에 무릎을 꿇어서 그가 그녀를 똑똑히 볼 수 있게 한다. 그가 그녀를 향해 손을 뻗자, 그녀는 손이 떨어지기 전에 잡아서 잠시 가만히 있은 뒤, 가쁜 숨을 쉬는 그의 가슴 위에 얹어 준다. 천천히 그는 눈을 감는다. 그가 눈을 감는 모습에는 너무나 체념적이고 너무나 최종적인 무엇인가가 있어서, 그녀는 그가 다시 눈을 뜰 수 있을 거라는 상상이 가지 않는다. 그의 숨은 한순간 멈춘다. 긴 한순간. 어쩌면 영원으로 이어지는 한순간. 그러더니, 가슴에서 일종의 딸꾹질 같은 작은 경련과 함께 호흡이 다시 시작된다. 어느 정도 편안해진다.

계단에서 나무가 삐걱거린다. 계단의 어둠에서 솟아올라 복도의 은색 달빛에 비친 머리 하나가 나타난다. 깎은 대머리에, 번뜩이는 눈.

"겁내지 마세요." 그 머리는 매우 부드럽게 말한다. "르쾨르입니다."

"그가 깨어났었어요." 그녀는 말한다. "하지만 지금은 자고 있어요."

"착한 아가씨이군요. 내가 당신에 대한 꿈을 꾸었던 것 같습니다."

"지금 아침인가요?" 그녀가 묻는다.

"아니오." 그는 확신 없는 목소리이다. "아닌 것 같소."

7

엘로이즈 고다르. 독서광, 매춘부, 오를레앙―파리 국도에 있는 여관 주인의 딸, 이제 막 스물다섯 살이 되었으며, 긴 타락의 행보가 아직 끝나지 않은 젊은 여인. 그녀는 생 외스타슈 교회의 여섯 시 종소리에 일어나서, 더듬거리며 흰 스타킹으로부터 목에 맨 초록 리본까지 옷을 갖춰 입은 후, 옷매무새를 재빨리 최종 점검을 하기 위해 양초에 불을 붙였다가, 그것을 불어서 끈 다음, 구불거리는 목조 계단을 내려가 바깥 세계 속으로 이어지는 주르 거리로 발을 내디딘다.

언제나 밖에 나오면 작은 충격 같은 것을 경험하게 된다. 그녀가 침대에 혼자 누워 있는 밤 시간 동안 부드러워지고 열려 있던 무엇인가가 다시 굳는 느낌…… 그녀는 망토를 꼭 잡고 망토의 모자를 올려 쓴 뒤, 차가운 공기를 들이마신다.

시장의 반대편 끝 쪽에 작업장이 있는 바구니 제작공 부봉과 약속이 있다. 부봉은 홀아비이고, 책장수 위즈보나 재단사 티보처럼, 또 그녀 자신처럼 이웃들과 쉽게 어울리지 못하는 사람이다. 그를 방문하는 것은 이번이 여덟 번째이다. 그녀가 만나는 사람들이 많지는 않지만, 정기적으로 만난다. 약속된 날에, 약속된 시각에. 그녀는 가벼운 거래는 하지 않는다. 그녀의 코 밑에 동전만 흔들면 아무나 따라간다는 소문은 다 거짓이다. 대부분의 경우, 신사에게 그녀가 먼저 접근하며, 그런 때조차 노골적인 흥정은 없다. 그녀는 직접적으로 용건을 말하지 않고도 효율적으로 장사를 하는 방법을 배웠다. 그녀는 바로 이 점이 사람들이 그녀를 좋아하는 큰 이유 중 하나라고 생각한다. 그들이 하고 있는 짓이 무엇인지, 무엇에 대한 돈을 지불하는 것인지, 그들의 욕구가 무엇인지를 고객들에게 결코 들이대지 않는 그녀의 자발적 태도. 그리고 남자들의 욕구는 동네 사람들이 추잡한 상상력을 발휘하여 생각하는 그것과는 조금 다르다. 예를 들어, 부봉과는 짚단과 버드나무 가지 사이에서 그녀가 그의 무릎에 앉는다. 그는 자신의 장사에 대해 이야기하고 허리와 허벅지의 통증에 대한 불평을 한다. 그녀는 상냥하고 부드럽게 다 듣고 나서 아내 같은 충고의 말, 아내 같은 격려의 말을 들려 준다. 나중에, 그는 그녀가 신고 있는 스타킹의 제일 윗부분을 바라보고, 굳은살이 박인 뭉툭한 손가락으로 모직 치마단을 따라 쓰다듬는 동안, 그녀는 슬라이핑26)과 슬루잉27)의 차이점을 되묻고, 슬루잉이 정확히 랜딩28)이나 웨일링29)

---

26) Slyping : 버들 공예에서 가지의 끝부분을 비스듬히 잘라 한 개 혹은 두 개의 홈집을 내는 작업.
27) Slewing : 버들 공예에서 가지 세 겹을 막대 기둥의 위 아래로 엮어서 짜는 문양.

과 어떻게 다른지를 묻는다. 이런 대화들이 특별히 불쾌하지는 않다. 물론 참을 만하다. 대부분의 경우, 참을 만하다. 그 다음, 드레스와 페티코트와 속치마를 다시 내리고 옷을 털어 구김살을 없애고, 작업장의 장작불에 끓여낸 커피를 같이 마신 뒤, 그녀는 종이에 싸서 문틈에 끼워 놓은 돈을 집어든다. (그녀는 돈을 먼저 받기 전에는 어떤 짓도, 어떤 말도 하지 않는 팔레 루아얄의 싸구려 창녀들과는 질적으로 다르다.) 그리고 그녀는 신속하고 조용하게 떠나고, 다음 주에 다시 만날 것에 그 두 사람은 안도한다.

그러나 부봉을 만나러 가기 전에, 그녀는 무엇을 좀 먹어야 한다. 아침 저자거리를 걸어가면서, 잠깐 길을 멈추고 허기진 아침 속을 달래지 않을 수 없다. 묘지 근처이지만 음식 냄새에 저항할 수 없다. 그래서 그녀는 포르쥬 부인이 하는 가게에 멈추어 서서(머리카락을 푸줏간 행주 색깔로 물들이는 그 포르쥬 부인 말이다), 작고 피처럼 따뜻한 빵을 산 후, 딱딱한 부분을 뜯어먹으면서 간다. 아침 이 시각에는 그녀를 알아보는 사람도 별로 없고, 모욕하는 사람도 거의 없다. 눈가에 얼룩이 진 채로 계단에 앉아서 양파를 먹고 있는 주정뱅이 메르다조차 그녀를 부드럽게 한 번 올려다보는 것 외에 다른 행동은 하지 않는다.

---

28) Randing: 버들 공예의 슬루잉과 비슷하나 가지 한 겹을 사용해서 짜는 문양.

29) Waling: 버들 공예에서 가지 세 겹을 같은 점에서 시작하여 하나씩 차례로 엇갈아 짜는 문양.

몇 분 정도의 걸음을 벌려는 심산으로 어물전 사이를 가로지르면서, 대구 대가리의 가격을 놓고 생선 파는 소녀와 실랑이를 벌이고 있는, 푸른 안경을 쓴 늙은 신부를 본다. 소녀의 어머니라면 가난한 신부에게 대가리를 공짜로 주었을지도 모른다. 그녀의 할머니라면 분명히 공짜로 주었으리라. 하지만 세상은 변했다. 더 이상 신부들에게 잘 보일 필요가 없다. 천국과 지옥, 천사와 악마, 이런 것들을 조롱할 준비가 된 사람들이 많다. 그것은 카페 드 푸아나 카페 프로코프[30]에 드나드는 지식층뿐만이 아니다. 평범한 사람들 중에도 이렇게 말하는 자들이 많다. 생선 파는 소녀도 그런 사람일지도 모른다. 그녀도 그들 중 하나이다.

그녀는 어물전에서 나온 신부를 뒤따라가다가, 시장으로 나오는 인파 속에서 그를 놓치고, 프로마쥬리 거리를 향해 걸어간 다음, 시장의 남쪽 주변부를 건너 페르 거리의 모퉁이에 도착한다. 묘지벽 위에는, 요즘 밤낮으로 그렇듯이 장작불에서 피어오르는 뒤틀린 깃털 모양의 연기가 곳곳에 보인다. 하지만 오늘 아침에는 새로운 다른 볼거리가 있다. 묘지벽 위의 검은 글자. 묘지 입구에서 거의 랭쥬리 거리까지 길게 뻗어 있는 크고 거칠며 눈에 띄는 글씨. 〈돼지 왕과 창녀 왕비는 조심하라! 베슈가 베르사유 전체를 묻어버릴 만큼 큰 구멍을 파고 있다!〉

---

30) Café Procope: 1686년에 문을 연 프랑스 최초의 카페. 출판사와 대학이 밀집된 지역에 위치하여, 프랑스의 지성인들과 예술가들의 모임과 사교의 장소가 됨. 현재도 영업 중.

거리 중앙에는 남녀 대여섯 명이 쳐다보고, 의논하면서 거기에 뭐라고 적혀 있는지에 대한 의견의 일치를 보기 위해 애쓰고 있다. 그들은 '왕' 과 '왕비', '창녀' 와 '베르사유' 는 맞추었다. 나머지에 관해서는 의견이 분분하다. 물론 그녀가 말해줄 수도 있지만, 그들은 그녀의 말을 들으려고 하지 않을 것이다. 여자의 말을, 더구나 저 여자의 말을.

그들은 여전히 논쟁하면서 떠나고, 그녀 역시 떠나려고 하는 순간 (부봉을 초조하게 만들고 싶지 않다. 부봉은 이미 초조한 사람이다.) 안개 속에서 저 벽에 낙서된 이름으로 자칭했던 젊은 엔지니어가 랭쥬리 거리의 모퉁이를 돌아 나오는 것이 보인다. 그는 그녀를 보고, 1초 뒤 검은 글자를 발견한 다음, 그것을 읽고 눈에 띄게 긴장하여 붉어진 얼굴로 그녀에게 다가와서 말한다. "나는 모르는 일입니다."

그녀는 고개를 끄덕이고, 빵을 한 조각 떼어 그에게 내민다. 그는 그것을 거의 낚아채듯 받아들고, 외투 호주머니에 급히 밀어넣고서 허둥지둥 자리를 뜬다.

8

아르망과 단둘이 있게 되자, 남쪽 납골당으로 들어가는 아치문 입구 안에서, 머리 위에 뼈로 된 지붕을 이고 둘은 옥신각신하기 시작한다. 오르가니스트는 손을 좌악 펴서 손에 페인트가 한 점도 없다는 사실을 확인시킨다.

"플뢰르나 레나르일 거야. 드 베르쥬라크일 가능성은 적네. 열정이 지나쳤군. 내가 그들과 이야기하겠네. 그래도, 칭찬인 줄 알게."

"칭찬?"

"자네가 그들에게 깊은 인상을 준 모양이야. 그들과는 고아원에서부터 알던 사이인데도 나에 대해서는 한 마디도 쓴 적이 없어."

"그들도 고아였나?"

"고아였고 지금도 고아일세."

"전혀 몰랐네."

"그렇겠지. 자네는 그 녀석들을 그저 미워하는 쪽이었지. 그들을 업신여겼던 거야."

“하지만, 여기는 내 근무지야! 그런 것은 그 사람들에게 전혀 상관이 없나?”

“누가 그걸 눈치채겠나? 자네의 가명을 아무에게도 언급하지 않았겠지?”

“아니. 물론, 그런 적 없었네.”

“그런 적이 없어?”

“없다니까!”

“그러면?”

“나는 결코…… 절대로……” 엔지니어는 더듬거리더니, 마치 번지르르한 빈말로 가득찬 기념비들 사이에서 그가 결코, 절대로 하거나 하지 않을 일이 무엇인지 발견할 수 있을 것처럼, 주변을 두리번거린다. 기요탱이 처방한 약을 더 많이 마셨어야 했다는 것이 분명하다. 불면의 밤이 그를 멍청한 상태로 만들고, 정신적 황무지를 이루어 그의 사고를 뚝뚝 끊어지게 한다. 이성이나 일관성 같은 것들은 오늘 아침이나 오늘 밤, 다음 주 언제라도 갑자기 다 소모될 수 있는 유한한 자산같이 보인다. 그리고 오스트리아 여인과의 괴이하고도 놀라운 만남! 그녀가 그를 기다리고 있었을까? 그녀의 빵조각을 주기 위해서 기다렸던 것일까? 그녀가 그럴 만한 이유가 무엇일까?

“자네는……” 아르망은 벌써 꽤 오랜 시간 동안 지껄이고 있었을지도 모른다. “미결론의 사상을 가지고 있어. 애처롭게도 흔한 일이지.”

“뭐라고?”

"자네도 알잖나. 자네는 글도 읽고 사유도 하지만 당연한 결론에 도달하기를 거부하고 있어."

"그것이 뭔가?"

"지적 능력이 훨씬 떨어지는 사람들이 완벽하게 이해했던 것들일세. 플뢰르, 레나르, 드 베르쥬라크 같은 사람들이."

"그러면 나의 문제는 아마도 부모님의 함자를 안다는 점일지도 모르지."

"자네가 화난 이유는 벽의 낙서가 자네의 직업적 특성을 나타낼지도 모른다는 게 고작이야. 자네는 완전히 자기중심적이지. 자네는 자신을 고매한 사상과 진보적 정서의 인간으로 여기지만, 자네의 유일한 진짜 이상은 야망뿐이야."

"자네는 그럼 자신의 야망을 포기했나? 생 외스타슈의 오르간 자리를?"

"나는 야망을 초월하여 사물을 볼 수 있네. 내 야망에 예속되어 있지 않지. 바로 그게 차이점일세."

기분이 상하여 그들은 서로에게서 등을 돌린다. 장 바티스트는 단단히 팔짱을 낀 채, 아치형 문 입구의 검댕이 묻은 돌멩이 너머로 내다본다. 르뢰르가 그들을 향해 풀밭을 건너 오고 있다. 불안하고 뻣뻣한 걸음걸이, 앞으로 기울어진 몸, 모자에 그늘진 얼굴……

"폭동일세." 그는 아치를 통과하면서, 예의바른 인사치레는 생략한다. "인부들이 폭동을 일으켰어!" 그는 둘을 쳐다본다. 그들의 놀란 얼굴을 보고 크게 만족한 듯하다. 그런 다음, 그는 말한다. "폭동을 일으켰다는 건 정확한 표현이 아닐 수도 있겠군. 아직은 말이네. 그렇지만 그들은 불만에 차 있네. 아무튼 불만이 커. 그들은 일을 하지 않을 걸세."

"이유는?"

"파이프를 요구하네."

"파이프?"

"담배 파이프 말이야. 그것 없이는 일하지 않겠다는군. 담배가 병균이 옮는 것을 막아주는 효과가 있다고 확신하고 있어."

"무슨 병균?"

"구덩이에서 나오는 병균 말일세, 물론."

"담배를 피우고 싶어 한단 말인가?"

"고집을 부리고 있어, 모든 인부들이. 그런 생각이 누구에게서 나왔는지 찾느라 수고할 필요는 없네. 어느 날 자고 일어났더니 그런 생각이 머릿속에 떠오른 거야. 이런 발상들은 자생적일 수 있다네."

아르망은 낄낄댄다. "이건 불행이라기보다는 다행이군. 이 요구는 아주 값싸게 만족시킬 수 있지 않나. 그리고 사람들은 요구를 들어준 것에 대해 자네를 높이 평가할 걸세. 그들에게는 위안이 될 테고."

이야기를 하면서 세 사람은 납골당 밖으로 나왔다. 광부들은 큰 모닥불 근처에 무리를 지어 서서 그들을 바라본다.

아르망이 이야기를 계속한다. "우르 거리에 있는 마차 사무실 반대편에 가게가 있네. 파이프 수백 개의 재고가 있지. 해군에 공급하고도 남을 양의 담배도. 그곳을 추천하겠네."

"그러면 필요한 것을 자네가 좀 사오겠나?" 장 바티스트가 묻는다.

"외상 거래 장부를 하나 터 놓을까?" 아르망은 손쉽게 자신의 원래 역할인 스카라무슈[31], 할리퀸[32], 퍽[33]으로 돌아가며 묻는다. "값을 깎아야겠지? 고지서를 매달 보내라고 할까?"

"생 메아르 선생께서 괜찮으시다면, 나도 따라가고 싶네." 르쾨르가 재빨리 말한다.

아르망은 허리를 굽히고 한 손을 벌려 초청의 몸짓을 한다. 르쾨르 역시 허리를 굽혀 화답한다.

"환자는 오늘 아침 좀 어떤가?" 장 바티스트가 묻는다.

"블로크? 아, 천사의 간호를 받고 있네."

"죽었나?" 장 바티스트는 여전히 인부들과 그들의 생각을 가늠하는 게 얼마나 힘든지에 대해 온 신경을 집중하더 묻는다.

"잔느 말일세." 르쾨르가 말한다. "그녀가 간호를 하고 있어. 블로크에 대해 우리가 걱정할 필요는 없을 걸세. 블로크는 우리 중 가장 오래 살 거야."

생 외스타슈의 종소리와 쉴새없이 움직이는 장 바티스트의

---

31) Scaramouche: 이탈리아 희극에 나오는 허풍쟁이 광대. 까만 옷을 입고 기타를 들고 있다.
32) Harlequin: 이탈리아 판토마임에 나오는 어릿광대. 가면을 쓰고, 화려한 얼룩무늬 옷에, 목검이나 마술 지팡이를 들고 있다.
33) Puck: 영국 민화에 나오는 장난꾸러기 요정.

시곗바늘에 의하면, 거의 두 시간이 지나서야 아르망과 르쾨르가 묘지로 돌아온다. 이미 그는 두 사람을 같이 가도록 허락한 자신의 어리석음을 탓했지만, 과연 그들을 막을 수 있었을지, 그들을 막을 권력과 권리와 거기에 필요한 굳은 성품이 있는지에 대해 그는 잘 알지 못한다.

수 미터의 거리에서도 두 사람 모두 취했다는 것은 확실하지만, 비틀거리지 않고도 걸을 수 있는 듯하고, 르쾨르가 안고 있는 꾸러미를 보니 심부름하러 간 원래의 목적을 잊지 않은 것이 분명하다.

"벽을 보았나?" 르쾨르가 소곤거린다. 그의 입은 엔지니어의 뺨에 너무나도 가까이 있어서 거의 입을 맞추는 것처럼 보인다. "생 메아르 씨는 그 사람이 누군지 안다고 하더군. 그 베슈라는 자 말이야. 급진주의자라는 의심이 전혀 가지 않을 사람이라고 하네. 만나 보면 겸손한 사람 같지만, 그 밑에는 얼음처럼 차가운 인물이라는군. 눈도 깜빡하지 않고 살인을 저지를 수 있다고. 생 메아르 씨는 그를 민중의 보복자라고 부르네. 일종의 아름다움이 느껴지지 않나?"

"그건 파이프인가?" 장 바티스트는 말을 돌린다.

"가게에 있는 파이프를 몽땅 샀네. 완전히 떨이를 해버렸지. 여분도 꽤 되네. 자네도 하나 하겠나? 내가 하나 골라줄까?" 그는 웃으며, 꾸러미 속을 뒤지기 시작한다. 그가 행복해 보이는 것은, 이렇게 완전히 행복해 보이는 것은 며칠 만에 처음이다.

마침내 인부들이 모였다가 다시 구덩이로 돌아갈 무렵, 토기로 된 막대기를 입에 물고 있지 않은 광부는 하나도 없다. 그것이 사람들이 땅을 파고, 뼈를 모으고, 쌓는 속력을 늦추는 것 같지는 않다. 르쾨르는 구덩이의 가장자리에 위험스럽도록 가깝게 서 있다. 그는 꾸벅꾸벅 졸고 있는 듯하다. 의사들이 도착한다. 기요탱은 장 바티스트 옆에 서서 작업을 한동안 지켜보더니 말한다. "벽에 씌어 있는 것을 보았소?"

장 바티스트는 고개를 끄덕인다.

"어떤 힘이 움직이고 있소." 기요탱이 말한다. "우리의 국왕 내외께서는 위험을 깨닫지 못하고, 그것을 무시하고 있다오."

장 바티스트는 고개를 돌려 그를 바라본다. 크고 발그레한 얼굴에, 부드러운 갈색 눈동자. 기요탱은 미래당에 속해 있을까? 그도, 레나르, 플뢰르, 드 베르쥐라크, 아르망처럼, 당연한 결론을 아는 것일까? 그들이 잠시 서로를 응시하고 있을 때, 삽에 부딪혀 나무가 갈라지는 소리가 두 사람의 주의를 다시 구덩이 속으로 이끈다.

엔지니어는 쭈그리고 앉는다. "관인가?" 그는 소리친다. 광부 한 명이 위를 쳐다보고, 대답과 동의의 표시로 입에 문 파이프를 뺀다.

인부들은 그것을 파내어 범포 들것에 얹은 후, 위로 끌어 당겨 지면에 놓는다.

"열어 보아야 할 것 같군." 장 바티스트는 혼잣말을 하듯 조용하게 중얼거린다. 그는 제일 가까이에 있는 남자를 바라본다. 귀도 브룅. 브룅이 아니라면, 그를 매우 닮은 사람. 아무개 아가스트. 앙글르베르 아가스트인가? 그 남자는 삽날을 관 뚜껑 밑에 박고, 지렛대처럼 들어 올린 다음, 좀 더 힘을 주자, 나무가 작은 펑 소리와 함께 열리고, 관은 대부분이 즉시에 붕괴된다. 내부에는 인간의 찌꺼기인 해골이, 가죽 같은 힘줄 조각에 붙어 있는 그의 뼈들이 있다. 거칠고 검은 머리카락 한 줌이 검은 풀처럼 두개골의 양 측면으로부터 자라 있다. 큰 갈색 치아 몇 개도 보인다.

이제 완전히 잠이 깨고, 술기운도 달아난 르쾨르는 인부들 몇 명이 하는 것처럼 성호를 긋는다.

투레 박사가 말한다. "뼈를 꺼내서 따로 떼고, 원하는 대로 다루려면, 뼈를 삶아야 할 겁니다."

"시체를 삶는다고요?" 장 바티스트는 놀라서 묻는다.

"매우 일반적인 절차입니다." 기요탱이 달래듯 말한다. "전혀 이상할 것 없소. 교회지기와 이야기해 보시오. 교회지기들은 이런 것에 대해 잘 아니까."

지상으로 올라온 다음 관 속에는 깨끗한 뼛조각만 나와서, 관을 집어들고 흔들면, 아기 장난감처럼 딸랑거릴 것 같다. 다음 관 속에는 약간의 먼지를 제외하면 아무것도 없다.

기요탱은 함께 있는 사람들을 둘러보며 말한다. "최소한, 한 명은 탈출했소. 우리에게도 희망이 있군요."

분위기를 띄워보려고 한 말인 것 같지만, 인부들은 그를 돌 같은 얼굴로 바라본다. 오직 르쾨르만이 예의바르고 용기있게 미소로 화답해 보인다.

새로운 방법과 새로운 절차가 생겨난다. 나무관을 모닥불에 태우면, 불 속에서 묘한 색의 불꽃이 잠시 나타난다. 여전히 고집스럽게 인대와 힘줄이 붙어 있는 사체들은 납골당 속에 옮겨지는데, 한낮이 지나면 마네티가 광부 한 명의 도움을 받아 그것들을 손수레에 실어, 찜기가 설치된 곳으로 밀고 간다. 레지노상의 흙이 시작한 것을 끝내는 일에 수백 년간 사용된 커다란 구리 찜통을, 그것이 처박혀 있던 묘지 구석에서 이제 끌어내 놓았다.

구덩이에 있는 남자들과 그 위에서 관 뚜껑을 여는 일을 맡은 남자들 사이에는 뚜렷한 긴장감이 느껴진다. 관에서 무엇인가가 갑자기 튀어나와 그들을 바라본다든지 하는, 어떤 무시무시한 일이 벌어질까 봐 모두들 긴장한 모습이다. 브랜디 병과 함께 담배 항아리도 인부들 사이에 돈다. 다행히도, 그것은 인부들이 작업을 계속하게 만드는 데 충분하다. 해가 저물 무렵, 마지막 관이 장작불 옆으로 올라온다. 이 모든 것이 희한하게도 견딜 만하게 보인다. 결국에는, 그 세부 사항이야 어쨌건, 일은 그저 일일 뿐이었던 것처럼. 눈에 보이는 보상을 위해서 하게 되었던 일. 인간적 불안이 저절로 사라지지 않는다면 적절히 통제되어야 하기에 할 수밖에 없었던 일.

그는 모나르 가족과 함께 저녁을 먹는다. 영원히 그들을 피할 수는 없는 노릇이다. 주인 부부와 같이 앉아 고기와 갈색 콩을 씹고 있다. 벽난로 속의 작은 불은 여느 때보다 더 힘차다. 장 바티스트가 묘지에 수북하게 쌓인 장작을 좀 날라오도록 시켰기 때문이다. 불꽃은 광이 나는 피아노의 측면에서 잔물결을 일으킨다. 지게트가 자리에 없다는 사실을 언급하는 사람은 아무도 없다. 그녀의 어머니가 가끔씩 식탁 위에 사용되지 않은 수저만 덩그라니 놓여 있는 빈자리를 바라보기는 하지만.

그들은 이미 날씨, 고기의 품질, 콩의 가격 상승 따위를 간헐적으로 오가는 대화 소재로 써버렸고, 각자 자신들만의 생각에 잠겨 열심히 음식을 씹고 있을 때, 모나르 부인이 헛기침을 하고서 묻는다. "묘지벽에 충격적인 글이 적혀 있다고 마리가 전해주던데, 그것이 사실인가요, 신사양반?"

"마리가요? 그 아이가 글을 읽을 줄 아는지 몰랐습니다."

"그 아이는 자기 이름도 못 읽소, 신사양반." 모나르 씨가 거든다. "하지만 귀가 있지요. 부엉이보다 더 잘 듣는다오."

즉각적으로, 털이 빽빽하게 난 귀가 달린 마리가 달빛 아래 나뭇가지 위에 앉아 있는, 예상치 못한 장면이 엔지니어의 상상 속에 똑똑히 떠오른다.

"누가 말해주었답니다, 신사양반." 부인이 설명한다. "그걸 기억한 것이지요."

"그뿐만이 아니오." 모나르 씨가 말한다. "고벨 씨가 오늘 오후에 가게로 왔는데, 거래소 맞은편 벽에도 비슷한 내용의 글이 씌어 있는 것을 보았다고 하더군요."

"수백 개가 씌어졌나 봐요." 부인이 말한다. "수백 개 정도 되겠죠?"

장 바티스트는 포크로 허공을 찌르며 묻는다. "거래소 근처
에 적힌 그것도 같은 이름이 언급되어 있습니까?"

모나르 씨가 접시 위의 마지막 소고기 조각을 찌르며 대답한
다. "베슈인지 삽인지, 왕과 장관들에 대해 오만 협박을 했답니
다. 집사람은 이 일로 굉장히 충격을 받았다오, 신사양반."

"너무 무서워요." 정말로 부인은 갑자기 큰 충격을 받은 것
처럼 보인다. "잠을 자다가 몰살당하거나, 목이 잘릴까 봐 두려
워요."

"할 일 없는 놈들의 소행일 겁니다." 장 바티스트가 안심시
키려 한다. "그저 단순한 장난임에 틀림없습니다."

"장난이라고요? 신사양반은 그렇게 말씀하시지만. 네, 저를
위로하시려는 것이지요. 젊은 분이 참 배려심이 깊으시군요.
하지만 오늘 밤 이 베슈라는 자가 침실 창문을 통해 들어오는
꿈을 꿀 것 같아요. 우리가 신사양반을 부르면 와 주시겠어요?
칼을 가지고 계시나요?"

"아니오, 부인."

"칼을 가지고 계실 줄 알았는데."

"저는 엔지니어입니다, 부인. 놋쇠자는 있지요."

"그거라도 괜찮아요." 부인은 골똘히 생각하며 말한다. "자
가 크다면요."

마리가 접시를 치우러 들어온다. 모든 대화가 멈춘다. 접시
가 모이고, 포개진다. 하녀의 손은 남자처럼, 그것도 막일을 하

는 남자처럼 크고 붉다. 그리고 그녀의 저 검은 머리카락! 그녀의 무성한 콧수염도 분명 큰 문제가 되지 않는다. 장 바티스트가 보기에 그녀는 이 방 안에 있는 그 누구도 상대가 되지 않는 활력을 갖고 있다. 마치 그녀의 뿌리는 그들이 미치지 못하는 풍부하고 검은 토양에 깊이 박혀 있는 것처럼.

하녀가 발을 질질 끌며 문을 닫고 나가자, 부부는 눈짓을 교환하고, 그들의 하숙객이 랭쥬리 거리에 도착한 이후로 일어난 모든 불쾌하고 언짢은 일에 대한 무슨 해명을 요구라도 하듯, 시선을 이제 엔지니어에게 돌린다.

장 바티스트는 입을 연다. "따님에 대해 건강은 괜찮은지 여쭤보고 싶었습니다, 부인."

"지게트 말인가요? 아휴, 무자식이 상팔자랍니다, 신사양반. 그 아이는 신경쇠약 상태인 것 같아요. 한번 그 아이한테 가 봐주세요. 바깥양반이랑 저는 어찌할 줄을 모르겠네요. 말씀드리기 죄송하지만, 작업을 시작하신 이후로 아이가 슬픔에서 헤어나오지 못하고 있답니다. 마치 자기의 피부에 삽질을 하는 것처럼 느끼고 있어요."

"유감입니다." 장 바티스트가 말한다. "진심으로요. 하지만 공사를 하지 않을 수는 없습니다. 부인, 저는…… 저희는 공공의 이익을 위해, 최선을 다해서……."

불이 튀는 소리가 난다. 불꽃 하나가 밖으로 튀어나온다. 장 바티스트는 재빨리 일어나서 장화 앞쪽으로 그것을 끈다.

"나무가 아직 초록을 띠고 있어서 그렇소." 모나르 씨는 으르렁거린 후, 마치 초록 장작이 그를 괴롭히는 모든 것의 초록 심장이라도 되는 듯, 불을 향해 얼굴을 찌푸린다.

위층에서는 엔지니어가, 보이지 않게 흐르는 수많은 비밀처럼 집 꼭대기의 공기 속에 사는 여러 줄기의 외풍으로부터 촛불을 보호하며, 지게트의 방문 앞에서 멈추어 서서 문 아래로 새어나오는 불빛 한 줄을 내려다본다. 늦은 시간이지만 신경쇠약에 걸린 소녀를 보고 싶은 호기심이 일어난다. 그리고 할 수만 있다면 그녀를 좀 안심시켜 주고 싶다. 손님으로서, 이곳에 함께 지내는 하숙인으로서, 주인집 딸에게 자신의 따뜻한 마음을 표하는 것이 당연하리라. 그가 문을 조심스럽게 두드리려고 할 때 문이 열리고 마리가 얼굴에 희미한 미소를 띠고 서 있다. 그들은 서로를 빤히 쳐다보며 몇 초간 서 있은 후, 하녀는 몇 발자국 물러나 그를 들인다.

그가 들고 온 촛불 외에도, 두 개의 촛불이 방을 밝히고 있다. 화장대 위에 하나, 침대 옆 서랍장 위에 색깔을 입힌 사기 촛대에 다른 하나가 있다. 그 방은 널찍해서, 최소한 그가 쓰는 방의 세 배는 될 듯하며, 조용한 거리를 향해 난 창문에는 커다란 덧창문이 달려 있다. 잘 정리만 하면 쾌적한 방이 될 것이고, 어쩌면 이 집에서 제일 근사한 곳이 될 수도 있으련만, 모든 것이 어지럽혀져 있다. 그곳은 마치 태풍이 쥐도 새도 모르게 다녀간 것같이 보인다. 모든 드레스며 페티코트, 면즈머니, 수놓은 앞치마, 코르셋, 실내용 모자, 밀짚모자, 주름장식, 스타킹,

장식천 등, 칼장수 아버지가 하나밖에 없는 딸을 위해 사 나른 온갖 것들을 태풍이 허공에 휘휘 저은 뒤, 갑자기 멈추어, 모든 것이 혼돈 속에 비처럼 쏟아져 내린 후의 모습이다. 이 모든 것의 중심에는 지게트가 있다. 덮고 있는 홑이불에 그녀의 몸이 느슨하게 조각되어 있고, 얼굴은 몸 속의 열로 인해 붉어져 있다. (방 안 벽난로의 불은 그다지 세지 않다.) 그녀는 부은 눈으로 엔지니어를 쳐다본다. 핀도 꽂혀 있지 않고, 두건이나 모자도 쓰지 않았으며, 빗질도 되어 있지 않은 그녀의 머리는 엉킨 황금색 실타래처럼 커다란 베개 위에 흐트러져 있다. 그녀의 입술은 부르텄고, 미끈하게 뻗은 하얀 목에는 피가 툭툭 고동치며 흐르는 모습이 뚜렷하게 드러난다.

"너무 늦은 시간은 아니겠지요?"

그녀는 그의 말에 대답하지 않는다. 그는 바로 뒤에 서서, 양손을 허벅지 앞에 모으고 서 있는 마리를 돌아본다. 마리는 이제 완전히 무표정하다.

다시 지게트를 향하며 그가 말한다. "어머님께서 아가씨가 저의 방문을 싫어하지 않을 거라고 하시더군요. 어머님과 방금 저녁 식사를 하고 오는 길입니다. 물론, 아버님과도 함께요." 그는 바깥 아래쪽 응접실을 향해 손짓한다. "몸이 불편하시다니 마음이 아픕니다. 제가 혹시라도 의도치 않게……."

지게트는 갑자기 허둥지둥 손짓을 한다. 마리는 침대 밑에서 요강을 꺼낸다. 지게트는 구토를 한다. 그녀의 위장이 거의 비어서인지 나오는 것은 별로 없다. 그러나 소리는 요강에 울려서 엄청나다. 마리는 붉은 손가락을 처녀의 금발 머리채에 집어 넣고, 뒤로 약간 당기며, 그녀의 머리를 잡아 준다.

엔지니어는 층계참으로 나와 문을 조용히 닫고 자신의 방으로 빠르게 건너간다. 그는 침대 끝에 앉아서, 환자의 방에서 소리가 더 나는지 귀를 기울이자, 희미한 구역질 소리가 몇 차례 더 들린다. 그리고 나자 집은 조용하다. 늘 들리는 작은 삐그덕 소리조차 잠시 동안 나지 않는다.

불을 붙일까? 귀찮다.

그는 반얀을 끌어당겨 무릎 위에 담요처럼 덮고, 뷔퐁의 『박물지』 제2권의 표지 위에 놓인 팅크병을 바라보면서, 지게트에게 갈색 물약을 한 숟갈 정도 듬뿍 떠서 좀 줄까 하다가, 갑자기 일어나 그가 오늘 아침에 입고 있었던 승마외투로 가서, 호주머니를 뒤지고 다른 호주머니도 뒤지더니 묘지벽 바깥에서 엘로이즈가 그에게 주었던 빵조각을 꺼낸다. 그것은 다 말라서 거의 비스킷처럼 변했지만, 그는 그것을 조심스럽게 베어 물고, 혀 위에 놓고 부드럽게 녹인다. 그렇게 우아하고, 그렇게 즉흥적이며, 그렇게 소박한 그녀의 몸짓을 떠올리면서 그가 미소를 짓고 있을 때, 바깥 아래쪽에서 틀림없이 묘지 쪽에서 울려퍼지는 여자의 웃음소리가 들린다. 그는 걸쇠를 들어올리고, 창문을 밀어서 연 뒤, 머리를 밖으로 내민다. 눈에 띄는 것은 아무것도 없다. 십자설교대 옆의 화톳불이, 평상시 이 시각보다 더 밝게 타고 있는 것 같지만, 그것 말고는…… 그는, 거의 허리까지 나오도록, 밖으로 몸을 더 기대고 자세히 본다. 장작불의 붉은 빛 너머, 그림자가 휙 스친다. 그때, 다시 들린다. 그 거친 웃음 소리. 담 위로 퍼지며, 밤의 깊고 차가운 정적 속, 등 짐장수의 방울소리처럼 맑게 울린다.

9

아침 일곱 시. 납골당의 기와는 서리로 덮여 있고, 하얀 태양이 생 드니 거리의 두 집 사이에서 고개를 내민다.

"여자들의 소리를 들었네." 장 바티스트는 르쾨르에게 말한다. "적어도 한 명은 들었어."

"음……" 오늘은 뜨개질한 두꺼운 니트를 입고 있는 르쾨르가 입을 뗀다. "그렇지. 주인님께서 우리가 잘 보이는 곳에 계시고, 틈나는 대로 우리를 훔쳐볼 수 있다는 사실을 잊어서는 안 되겠군."

"나는 훔쳐보고 있었던 게 아닐세." 장 바티스트가 말한다. "나는 훔쳐보는 습관이 없네."

"그래? 그렇다면, 자네가 높은 곳에서 목을 빼고 우리를 내려다보는 것을 뭐라고 부르면 자네 마음에 흡족하시겠나?"

"내 마음에 흡족하려면 자네가 아침부터 술 취한 모습을 안 보여야 될 듯하네."

"술 취했다고? 오, 멋지군. 그래. 이제는 내 명예를 실추시키려는 작정이군. 그리고 내가 그랬다면…… 자네 말대로라면 어쩔 텐가? 내가 그럴 만한 이유가 있지 않은가? 자네야 매일 밤 이곳을 빠져나가지만 나는 구덩이와 뼈들에 둘러싸인 채 여기에 남아 있어야 하지 않나. 견디기 힘든 일이라구!'

"자네는 발랑시엔에 있는 편이 더 좋았겠는가?"

"나는 이제 거기에 되돌아갈 수 없네, 이 양반아. 자네를 위해 모든 걸 팽개치고 왔기 때문에. 이게 다, 자네가 베르사유에서 한가로이 백조에게 먹이나 주고 높으신 나리들과 함께 시간을 보낼 수 있도록 하기 위해서란 말이야!"

"내가 무슨 백조에게 먹이를 준다고 그러나! 또, 베르사유에는 가지도 않는다구. 내가 가는 곳은 저기, 저 하숙집이야. 멀리도 아니고 바로 저기. 내가 거기서 함께 시간을 보내는 사람들은 이해도 할 수 없는 사람들이라네."

그들의 목소리는 거의 고함에 가까워졌다. 두 사람은 사람들이 쳐다보고 있다는 것을, 그들의 말을 엿듣고 있다는 것을 어렴풋이 느낀다.

"그렇지만 미안하네." 장 바티스트는 갑자기 아이 같은 눈물을 쏟기 직전인 자신을 발견하고 놀라서 말한다. "자네가 견디기 힘들어하니 마음이 아프네. 자네 마음대로 오고 갈 자유가 늘 있었네. 교회지기 사택 내에 모든 열쇠가 다 있다는 것을 알지 않나. 하고 싶다면, 자네는 오늘 아침이라도 여기서 나갈 수 있네. 시내 구경이라도 하게. 내가 이곳을 책임질 수 있네. 그리고…… 하숙집으로 저녁 식사를 하러 오게. 더 일찍 자네를 초대하고 싶었는데. 집주인도 자네를 만나고 싶어 할 걸세. 원하면, 오늘 저녁에 오게.”

“오늘 저녁에?” 르뢰르는 한 발 앞으로 다가서며 용서에 대한 말과, 우정이라는 달콤한 향유에 대한 무슨 이야기를 중얼거린다. 그는 장 바티스트를 끌어당겨 안으려고 하지만, 르뢰르의 품에 안길 생각이 없는 장 바티스트는 한 발 둘러난다. 잠시 동안, 한 사람은 다가가고 다른 사람은 피하는 모양이 마치 춤을 추고 있는 것처럼 보인다.

“여자들에 관해서 나에게 아직 이야기를 하지 않았네.” 장 바티스트가 이렇게 말하면서, 두 사람은 두 번째 구덩이의 가장자리에 선다.

“여자들? 억센 동네 아가씨들 여섯 명이었네. 사다리로 담을 타 넘어왔어. 내려올 때는 인부들이 도와주었네. 나는 참견하지 않았어. 그 결과, 오늘 아침 인부들의 사기가 훨씬 더 고양되었다는 것을 자네도 보게 될 거야. 묘지야, 물론, 한때는 그런 여자들로 악명이 높지 않았는가.”

“자네도 그녀들을 보았나?”

“형체만 보았네. 멀리에서.”

“그리고 아무도…… 아무도 어떤 특별한 구석이 없던가?”

“다들 같은 부류의 여자들이더군. 끈질기고 부도덕한 종류.”

“잔느도 보았나?”

“우리는 같이 보았어. 그 광경에 꽤 신나하더군.”

“어쩌면 잔느가 아는 여자들일 수 있겠군.”

“소문을 통해서 말인가?”

"그렇네."

"나야 모르지."

"밤마다 이런 일이 벌어져서는 안 되네. 무슨…… 규칙이라도 있어야 해. 특정한 밤에 오도록 하세. 토요일이라든가. 우리가 문으로 들여보내면 되네. 사다리를 쓸 필요 없이."

"그렇지만 이 결정을 어떻게 알리지? 마을 포고관에게 외치고 다니라고 해야 하나?"

"생 메아르 씨가 있네. 그 여자들 중 적어도 한 명은 그가 알 거야. 하나에게 알리면 충분해."

"우리의 새로운 직무가 되는구먼." 르쾨르가 말한다.

"직무?"

"이런 일을 성사시켜 주는 사람을 부르는 이름이 따로 있지 않나?"

재빨리 악수를 하고 그들은 헤어진다. 르쾨르는 화장실로, 장 바티스트는 잔느와, 리자 사제와 그녀의 딸 나탈리가 부엌에서 요리를 시작할 교회지기의 사택으로. 그들은 창문으로 르쾨르와 있었던 일을 보았을 테지만, 아무 말도 하지 않는다. 그는 잔느에게 여자들에 관해, 그 아가씨들에 관해, 그들의 키나 머리 모양 같은 것을 묻고 싶다. 그는 엘로이즈가 묘지벽에 기댄 사다리를 타고 올라가는 장면을 상상해 보고, 그건 그녀가 망토를 펴고 앉아 날아서 담을 넘는 것보다도 더 확률이 적은 일이라고 이미 결론을 내리긴 했지만 말이다.

부엌 장작불 옆에는 의자 두 개가 놓여 있다. 교회지기의 의자는 비어 있고, 다른 자리에는 장 블로크가 앉아 있다. 굽은 어깨에는 담요가 걸쳐져 있고, 눈은 움푹 파이고 그늘졌으나, 그가 회복기에 들어섰다는 것이 한눈에 보인다. 장 바티스트는 그에게 축하의 말을 한다. 블로크는 고개를 끄덕이고, 잔느를 흘낏 쳐다본 후, 다시 흔들리고 있는 불꽃으로 눈을 돌린다.

"좋습니다." 엔지니어는 혼자말을 하듯, 혹은 아무나 들으라는 듯이 공중을 향해 말한다. "이제 계속하면 되겠군요."

그날 저녁, 내키지는 않지만, 장 바티스트는 르쾨르와 함께 랭쥬리 거리로 돌아가서, 모나르 가족에게 그를 소개한다. 테이블에는 한 자리가 더 마련된다. 르쾨르는 부인의 맞은편에 앉는다. 장 바티스트는 함께 여기로 오면서 묘지 작업에 대해 말하지 말 것과, 모나르 가족들은 변화나 소란에 이상스럽게도 민감한 사람들이라고 그에게 미리 일러두었다. 르쾨르는 알겠다고 약속하고 그 약속을 지켰다. 그 대신, 그는 그 외의 모든 것에 대해 유창하고 쉼없이 지껄인다. 마치 말들이 그의 내면에 몇 주 동안 축적되어 오면서, 그의 목구멍에서 튀어나오기 위해, 오로지 부드러운 분위기와 피아노가 있는 풍경을 기다렸다는 듯이.

그러나, 모나르 씨는 발랑시엔의 탄광, 펌프나 기어의 기술적 세부 사항에 진심으로 관심이 있는 것처럼 보이고, 부인은 르쾨르의 어머니의 죽음에 대한 이야기에 감동된 듯하다. 그의 어머니는 수종증으로 몇 년 전에 돌아가셨으며, 죽기 전 마지막 고통 속에서 르쾨르와 그의 여동생 비올레트의 간호를 받으셨다.

"그렇다면 신사분과 바라트 씨는 서로를 잘 이해하시겠군요." 부인이 말한다. "바라트 씨는 일찌기 아버지를 여의셨거든요. 그리고 아버지를 잃은 슬픔이 더 큰지, 어머니를 잃은 슬픔이 더 큰지, 누가 감히 말할 수 있겠어요? 또 두 분 모두 굉장히 감성이 풍부한 젊은이시잖아요, 그렇지 않은가요?"

"맞습니다, 부인." 르쾨르가 말한다. "저희의 우정은 감수성과 철학이라는 양대 기둥에 기초하고 있지요. 우리는 서로의 생각을 알고 있습니다, 부인."

"저도 제 딸과 그런 사이랍니다. 신사양반이 설명하신 그대로이지요."

"딸이 있으시다고요, 부인? 저는 부인께서 이 집안의 따님이신 줄 알았습니다." 그는 과장된 손짓을 한다. 외투의 이중 소매동이 그의 유리잔 가장자리를 친다. 마리가 불려온다. 그녀는 무릎을 꿇고, 깨진 유리조각을 앞치마에 모아 담는다.

저녁 식사 후, 두 친구는 장 바티스트의 방으로 올라간다. 장 바티스트는 불을 피운다. 그는 르쾨르에게 의자를 권하고, 침대에 앉는다. 그는 르쾨르가 자신이 묵고 있는 장소의 소박함을 볼 수 있게 되어 기쁘다. 그의 방은 크기나 가구들을 보면 르쾨르가 자는 교회지기 사택과 크게 다를 바 없다. 그는 그 사실을 넌지시 암시한다. 르쾨르는 암시를 알아듣지 못한다.

"빈손으로 올 수 없었네." 르쾨르는 그의 셔츠 아래로 손을 넣어 구겨진 꾸러미를 꺼낸다. 그는 그것을 둘 사이에 있는 테이블에 놓고 구김을 편다. 꾸러미는 빨간 리본으로 묶여 있다. 그는 그것을 살살 풀어, 무늬 없는 윗 종이를 들어낸다. 아래에는 일종의 그림 같은 것이, 색 바랜 잉크로 그려진 복잡한 도표가 있다. 여기저기 필기가 많이 되어 있다. 그는 미소를 짓고 그것을 장 바티스트에게 건넨다. 그는 그것을 받아들고, 바라보더니 고개를 끄덕인다. "발랑시아나." 그가 말한다.

"맞네. 발랑시아나일세." 르쾨르가 말한다.

"우리가 옛날에 만든 계획안이로군. 이걸 아직도 간수하고 있었다니."

"내가 그것을 불에 던져 버릴 거라고 생각했나? 이제 우리는 나이가 더 들고, 세상이 돌아가는 것에 대해서도 더 많이 알고 있으니, 이걸 다시 검토하세. 이걸 정제精製해야지."

"그런가?"

"보라!" 르쾨르는 책상에서 놋쇠자를 들고, 수평으로 손에 얹어, 성체성사를 집전하는 사제처럼 머리 위로 그것을 받쳐 올린다. "발랑시아나가 재 속에서 다시 살아나는도다!"

촛불이 잦아들면서, 그 둘을 어둠 속에 오롯이 앉아 있게 하겠다고 으름장을 놓을 때까지, 한 시간 반 동안 그들은 큰 종잇장들과 작은 종이 조각들을 둘 사이에 돌려 본다. 종이들에는 6년 전 탄광에서 보낸 겨울밤의 흥분감을 다시 불러 일으키는 바로 그 필체가 보인다. 어떤 것은 장 바티스트 것이고, 또 다른 것은 르쾨르의 필체이다. 거기엔 〈여성의 교육에 관하여〉,

〈현대 하수처리 시설계획안〉, 〈스파르타와 발랑시아나〉, 〈연소燃燒에 관하여〉, 〈이상적인 아내〉, 〈이성적 종교에의 조사〉, 〈여성 의복〉, 〈형태의 순수〉, 〈여성을 위한 교통 수단〉, 〈가교 계획안〉 같은 제목이 붙어 있다.

"이것을 보게." 르쾨르가 말한다. "시체 처리에 대한 글도 있었군."

"난 잊고 있었네." 장 바티스트가 말한다. "이것의 대부분을 잊고 있었어."

"그게 바로 내가 이것을 가져온 이유지. 첫 야망이 제일 멋지네. 나중에는 점점 덜 용감해지니까. 그렇게 생각하지 않나?"

"혹은 우리는 그저 변하는 게 아닐까?"

"나이 들어 간다는 말인가?"

"나이도 있고, 다른 것도 있고."

"하지만 오늘 밤은 모든 것이 예전 같네. 머리에서 머리로, 가슴과 가슴으로의 대화. 우리의 가슴에는 청춘의 샘이 있네…… 퐁퐁 솟아나는! 누군가를 다른 사람과 구별되게 하는 것은 무엇이라고 생각하나? 나태한 타인들이 자신의 입에 무덤의 흙이 차는 것을 방관하는 동안에도 순수한 상태로 남아 있고자 하는 의지일세."

장 바티스트는 촛불을 향해 고개를 끄덕인다. "현관까지 바래다 주겠네."

"여기서 자면 안 될까?" 르쾨르가 묻는다.

장 바티스트는 일어서면서 말한다. "내 생각엔 우리 둘 다 불편할 것 같네."

앞문에서 그들은 헤어진다. 악수를 한다. 르쾨르는 지하세계로 되돌아가야 할 시간이 된 그의 그림자 같은 영혼처럼, 거리에 서서 머뭇거리고 한숨을 쉬다가 마침내 마지 못해 돌아서는데, 그 모습이 보기에 애처롭다.

장 바티스트는 문을 닫고, 잠근 후, 현관에 한동안 서 있다. 거리로 나가는 출입문과 부엌문 사이의 칠흑 같은 공간 속에서. 그는 할 도리를 다했다. 그렇지 않은가? 그를 초대했고, 예상했던 것보다 더 멀리 있는 듯 보이는 열정의 과거를 함께 회상했다. 그에게 더 이상 무엇을 기대하는가? 그럼에도 그가 계단 아랫부분을 찾아 더듬거리며 길을 찾아가는 동안 그의 가슴에 내려앉는 것은 틀림없는 배신의 느낌이다. 그는 그것에 대해 생각해 보지 않는다. 그를 감싸안는 어둠에 몸을 맡기며, 그는 조심스럽게 올라간다.

이튿날 점심 시간 즈음에 두 번째 구덩이가 비워지고 채워져, 목록에서 지울 수 있게 된다. 레지노상 같은 곳에서 사기를 가늠한다는 것은 쉬운 일이 아니지만, 장 바티스트의 눈에도 확실히 인부들이 뭔가를 회복한 것 같다. 웃는 여자들과 함께 시간을 보내면서, 새로운 활력을 수혈받은 것 같다. 두 번째 구덩이로부터 서쪽에 세 번째 구덩이가 표시되고, 오후 한 시, 계속 내리던 보슬비가 곧 가랑비로 변하는 가운데, 사람들은 땅을 파헤치기 시작한다. (그들 중 몇몇은 머리를 거꾸로 처박고도 파이프를 피울 수 있는 기술을 갖고 있다.)

의사들이 다시 함께 있다. 그들은 폭이 넓은 우산을 들고 비를 막는다. 연못가에 앉아서 저녁거리로 강꼬치고기를 낚을 희망에 부푼 낚시꾼 양반들처럼, 그들은 꽤 편안해 보이지만, 묘지에는 이들의 직업적 호기심을 자극할 만한 것들은 사실상 거의 없다. 의사들은 뼈 사이에서 무엇인가를 골라내고, 찜기와 교회지기 옆에서 가끔 시간을 보내고, 납골당을 스케치하고, 재고, 관찰해 왔지만, 생 세베랭 교회나 생 제르베 교회의 부속 묘지같이 오래된 아무 묘지에서라도 그런 일들을 할 수 있다. 그러던 중 세 시가 막 지나자, 관 두 개가 들어 올려지고 젖은 풀밭 위에 나란히 놓인다. 외관상으로는, 점심 시간 이후에 인부들이 들어 올린 마흔 개의 다른 관들과 별 다를 것이 없어 보인다. 아마도 나무가 약간 덜 상한 듯하지만, 자세히 살펴볼 시간이 없다. 광부 두 명이 삽을 뚜껑 밑에 집어 넣는다. 거의 모든 인부들은 이제 관을 조개처럼 살살 여는 데 이골이 났다. 그런 다음, 그들은 뒷걸음질친다. 한 사람은 삽을 떨어뜨리고, 그것은 젖은 땅에 소리 없이 떨어진다. 관들에는 젊은 여자들이 누워 있다. 피부, 머리카락, 입술, 손톱, 속눈썹까지! 이 모든 것이, 심지어 그녀들이 싸여 있는 양모 수의까지도, 세탁을 좀 하고, 손질을 약간 하고, 몇 군데만 꿰매면 새것 같은 상태로 되돌아올 것 같다.

몇 초 동안 아무도 움직이지 않는다. 죽은 아가씨들의 얼굴에 비가 내린다. 그러자, 의사들은 무릎을 꿇고 그녀들 위로 우산을 받쳐든다. 낚시꾼들은 갑자기 구애자들로 변한다. 그들은 사전 조사를 한다. 투레는 한 처녀의 건초색 머리카락을 만지고, 기요탱은 그가 가지고 있던 철못 끝으로, 혹은 은색 이쑤시개 같은 것으로 다른 처녀의 입술을 조심스레 벌린다. 그들은 상의를 한다. 기요탱은 관을 닫고 즉각 작업실로 옮기도록 명령한다.

"자연적으로 미라가 되었네." 그는 장 바티스트에게 말한다. "놀라운 경우일세. 기막히지! 마치 말린 꽃 두 송이처럼……."

마네티의 손수레가 사용된다. 의사들은 수레의 양쪽을 걸어 다니며, 교회에 있는 작업실로 가는 동안 관을 호위한다. 모든 작업이 중단된다. 남자들은 파이프를 준비한다. 비로 인해 고요해진 정적靜的인 오후이다. 이제 죽음이 삶과 너무나도 닮았으니, 이 순간을 근사하게 만들 무슨 예식이라도 있어야 하지 않겠는가? 콜베르 신부를 교회에서 불러와서 기도를 올리거나, 성수라도 뿌려야 하지 않을까? 그러나 그들이 콜베르를 초청한다면, 맹렬한 치통에 시달리는 세례 요한처럼 그들에게로 달려와서, 젊은 엔지니어라든지 누군가를 구덩이에 던져 넣을 가능성이 높다.

르퀴르는 모자챙에서 뚝뚝 떨어지는 빗물 사이로 장 바티스트를 바라본다. 장 바티스트는 고개를 끄덕인다. 르퀴르는 계속하라는 지시를, 거의 짖어대듯 외친다. 불평 하나 없이 사람들은 지시를 따른다.

어둠이 깔린 후, 기요탱은 보존된 여자들 중 한 명을 보러 오라고 아르망, 르쾨르, 장 바티스트를 초대한다. 다른 하나는 의사들이 이미 연구 조사를 했기 때문에, 그 결과 관람에 부적합하기 때문이다. 르쾨르는 촛불을, 기요탱 박사는 연기가 나지 않는 고래 기름 등을 들고 있다. 관은 범포로 만들어진 작업실 내 기다란 테이블 위에 놓여 있다. 그들은 뚜껑을 열고 그녀를 내려다본다.

"그녀를 샤를로트라고 이름지었소." 기요탱 박사가 말한다. "리옹에 사는 내 질녀의 이름을 땄소. 실제로 둘이 많이 닮았다는 생각이 들어서요."

"젊군요." 아르망이 말한다. 그의 목소리는, 의사의 목소리와 마찬가지로 억제되어 거의 속삭임처럼 들린다.

"젊고도 늙었지요." 의사가 말한다. "스무 살 정도의 나이에 죽었으며 오십여 년 전에 땅에 묻힌 것으로 추정됩니다. 친절하신 우리 교회지기께서 본인이 처음 여기에 고용되었을 때 젊은 아가씨 둘을 묻은 기억이 난다고 하시는구려. 미혼의 동네 미녀 두 명이었답니다. 온 동네가 애도했다는군요."

"그러면 처녀로 죽었겠군요." 르쾨르의 목소리에는 경외감 같은 것이 묻어난다.

"동네 미인들은 처녀로 죽는 법이 거의 없지." 아르망이 말한다.

"아마 그 말이 맞을 거요." 의사가 말한다. "샤를로트가 숫처녀였는지 아직 확인하지 않았지만, 다른 아가씨의 경우, 투레 박사와 함께 조사를 해보니, 임신을 했던 흔적이 있소."

"그녀의 몸 속에 아기가 있었다는 말씀이십니까?" 장 바티스트가 묻는다.

"확실히 말할 수는 없소. 내장 기관이 목재 펄프나 종이 반죽처럼 변했으니까. 그러나, 그것을 암시하는 증거들이 보여요."

"그녀를 어떻게 할 작정이십니까?" 아르망이 묻는다. "박사님의 샤를로트 말입니다. 다른 여자처럼 토막내실 건가요?"

기요탱이 대답한다. "내 생각에는 그녀를 이 모습 그대로 보존하고 싶소. 유리관 같은 것을 만들어 그녀를 넣어두면 좋겠지요. 학회에도 발표를 하고 말이오."

"그녀가 그대로 유지될까요?" 장 바티스트가 묻는다. "이제 다시 공기와 접촉 상태가 되었으니 말입니다."

의사는 어깨를 으쓱이고, 장 바티스트의 어깨 너머를 보며 미소짓는다. "자네도 보고 싶은가?" 그가 묻는다.

다른 사람들도 돌아본다. 잔느가 작업실 입구에 서 있다. 기요탱 박사를 제외하고, 남자들은 순간적으로 거북해하는 것같이 보인다. 마치 무슨 부적절한 열정에 강하게 휩쓸려 있는 모습을 들킨 것처럼.

"혹시 필요한 것이 있으신지 여쭈러 왔어요." 잔느가 말한다. 그녀는 안으로 들어오지도, 관에 다가가지도 않는다. 잠시 후, 기요탱과 르쾨르는 조심스럽게 뚜껑을 닫는다.

10

새 구덩이는 동네 미녀들을 더 이상 내놓지 않는다. 그들이 구덩이 바닥에 거의 도달하는 동안 (마지막으로 다림줄로 쟀을 때 22미터로, 여지껏 파낸 것 중 가장 깊다) 관들은 거의 다 부서지고, 그 속에 있던 입주자들은 이웃들과 섞이고, 뒤죽박죽이 되었다. 그 주 내내 밤 여덟 시나 아홉 시가 되도록, 횃불과 등과 모닥불 아래에서 삽질하고 나르고 쌓으며 열심히 일한다. 그리고 나서, 빛을 점점 잃어가는 서쪽 하늘 속에 별 하나가 평화롭게 빛나던 토요일, 끝이 왔다. 아래에 있던 남자들은 위를 보고, 위에 있는 사람들은 내려다본다. 엔지니어는 일을 중지하라는 지시를 내린다. 그는 르쾨르에게 사람들을 십자설교대 부근에 모으라고 부탁하고, 르쾨르와 함께 나선 계단으로 올라가서 그가 결정한 것을 공표한다. 구덩이 하나를 비울 때마다, 구덩이 하나를 해치울 때마다, 일인당 30수의 보너스를 줄 것이다. 그는 전날 밤 종이에 가득 공식들을 써서 이쪽저쪽으로 숫자를 옮기고 지워가며 필요한 금액을 계산해 냈다.

"그리고 하나 더." 적당한 음성을 찾으려 애쓰며 그는 말한다. 약간 허풍스럽고 세속적인 느낌과 관대한 아버지의 느낌이 잘 섞인 목소리가 적당할 것이다. "내일, 묘지 문들이 열리고 여러분들 마음대로 나가서 저물녘 문이 다시 잠길 때까지 외출할 수 있게 될 것입니다. 오늘 밤은, 혹시 여러분들의 손님이 오실 것을 대비해서, 문이 한 시간 동안 열려 있을 것입니다."

르쾨르는 박수를 친다. 그는 아마 인부들이 같이 감사의 표시를 할 것으로 기대했을 것이나, 약간의 웅성거림과 발을 뒤척이는 소리가 들릴 뿐이다. 그들이 엔지니어의 말을 이해한 것일까? 그는 르쾨르를 바라본다. 그러나 그가 조언을 청하기도 전에, 전체 내용을 플라망어의 걸걸한 소리로 바꾸어 달라고 부탁하기도 전에, 리자 사제가 냄비를 두드리고, 남자들은 수저와 양철통을 가지러 자신들의 텐트로 달려간다.

"그들을 내보내는 것은 아주 잘하는 일일세." 계단을 함께 내려가면서 르쾨르가 말한다. "인부들의 마음이 가벼워졌네."

"자네는 그렇게 생각하나?"

"내가 똑똑히 봤네."

장 바티스트는 고개를 끄덕인다. 그가 월요일 아침에 똑똑히 본 것은 광부가 한 명도 없었다는 것이다. 아니 정확히 말하면, 술이 곤드레만드레 취해서 셔츠도 입지 않은 맨몸에 오만가지의 쓰레기를 덕지덕지 붙인 여섯 명의 인부를 보긴 했다. 이 사람들은 터키 친위보병처럼 억셀지는 몰라도, 이곳의 말 빠르고, 손 빠른 사람들과는 상대가 되지 않을 것이다. 그래도 만약 그들을 더 오래 가두어 놓으려고 한다면, 폭동이 일어날 것이

고, 이번에는 토기 파이프와 담배로 해결되지 않을 것이다. 발
랑시엔에서는 직접 보지는 않았지만 인부들이 미쳐 날뛰고, 기
계를 때려 부수며, 회사 건물에 불을 지르고 심지어 감독들이
묵는 숙사를 포위해서 민병대까지 왔다는 이야기가 있었다. 인
부들은 대부분, 그와 같은 북쪽 사람들이다. 쉽게 자극받지는
않지만, 일단 불이 붙게 되면…….

남자들이 식사를 하고 한 시간이 지나자 여자들이 도착한다.
처음에는 조심스럽게, 가장 용감한 아가씨가 페르 거리로 나
있는, 반쯤 열린 문 사이로 빼꼼히 얼굴을 들이민다. 그 다음,
문이 활짝 열리더니, 이름을 부르고, 농탕치고, 팔을 흔들며, 그
들이 행진해 들어온다.

르쾨르, 아르망, 잔느, 리자 사제, 장 바티스트는 교회 서쪽벽
기슭의 밤 그늘에 숨어서 바라본다. 그녀들을 세는 것은 쉽지
않다. 르쾨르는 열두 명으로 잡는다. 아르망은 그에게 한 명을
빠뜨렸다고 하면서, 몇 명의 이름을 주워섬긴다. 시몬느, 마리
안느, 뒤쪽에 있는 빼빼한 여자는 ‘엄지’라고 불린다. 가장 어
린 여자는 잔느보다 더 나이가 든 것 같지 않은 데 반해, 가장
나이 든 여인은, 군기 호위 하사관처럼 걸걸하고 큰 목소리가
나는데, 거의 할머니 같은 나이이다. 그녀는 단호하고도 결의
에 찬 듯 다리를 절뚝거리면서 거친 땅 위를 걸어다닌다.

광부들은 마법에 걸린 배의 선원처럼 기다린다. 여자들은 파
도처럼 밀려와 그들을 감싼다. 모닥불빛 속에서 파티가 시작된
다. 남자들은 술병과 브랜디를 미리 부은 양철통을 돌린다. 여

자들은 술을 마시고, 전문적인 솜씨로 점점 야성적이 되더니, 짝을 고르고, 가격을 흥정한다. 첫 커플이 여느 애인들처럼 서로 팔짱을 끼고, 어둠 속으로 방향을 잡는다. 남십자자리 아래의 해변에서 벌어지는 원주민들의 의식을 관찰하는 모험가들처럼, 조용히 서 있던 교회 근처의 구경꾼들은 이제 교회지기의 사택으로 퇴각한다. 블로크와 마네티는 부엌 장작불의 양옆에 앉아 있는데, 마네티는 의자 등받이에 붙은 날개에 기대어 잠들어 있다. 장 블로크는 졸리운 듯 앉아 있다가, 다른 사람들이 들어오자 움찔하더니, 엔지니어가 인사를 하자 약간 어색하게 머리를 숙여 예의를 갖춘다.

그들은 부엌 테이블에 앉아 있다. 거기에는 브랜디도 있다. (어디를 가나 브랜디 판이군. 장 바티스트는 생각한다. 뼈들이 술 홍수에 포르트 당페르로 떠내려가게 생겼군.) 그들은 이야기를 하지만, 그들의 대화는 바깥의 파티에서 나는 함성과 웃음 소리로 계속 끊어진다. 생각에 집중할 수가 없다. 육욕적 자성磁性이 푸른 안개 줄기처럼 사택의 모퉁이를 감싸고 돈다.

"우리도 음악이 있어야겠어요." 리자 사제가 이렇게 말을 하더니, 평범하지만 기분 좋은 목소리로 곧장 노래하기 시작한다. 가볍고, 여성스러운 것이, 말할 때의 목소리와는 상당히 다르다. 아르망도 합세한다. 르쾨르는 열심히, 그러나 박자가 틀리게, 테이블 위를 두드린다. 교회지기가 깨어난다. 자신의 집 안에서, 그는 잠시 길을 잃은 듯 보인다. 잔느는 할아버지를 진정시키며 그의 주름진 갈색 손등을 쓰다듬는다.

아르망은 자신의 외투를 향해 손을 뻗는다. "결국 우린 음악을 즐기게 되는군. 늙은 콜베르의 양초 창고를 털자구." 그는 장 바티스트와 르쾨르를 가리킨다. "자네들 둘은 오르간 펌프에 힘 좀 쓰게. 숙녀들은 우아하게 앉아 계시고, 음악 감독인 나는 여러분을 즐겁게 해드리기 위한 연주를 하지."

장 바티스트가 이 가당찮은 계획에 반대할 구실을 찾는 동안 (지금 교회에 간다고? 음악을 연주하러?) 다른 사람들은 외투의 단추를 잠근다. 그들은 그를 바라본다. 이런 눈길에 저항하기는 힘들다. 그는 어깨를 으쓱이고는 일어선다. 그가 그들을 막을 수 없다면, 최소한 지나친 행동을 하지 않도록 살필 수는 있을 것이다. 하지만 지나친 행동에 대한 갑작스런 가능성에 활기 넘치는 갈증이 그의 속에 일어나고, 그는 사람들을 따라 기꺼이, 어쩌면 신이 나서 집을 나선다.

그들은 남쪽 익랑翼廊³⁴⁾으로 연결되는 문으로 들어간다. 아르망은 라틴 싯구, 날짜, 선행, 문장紋章으로 빽빽한 벽에 깃털 같은 빛을 비추는 등을 높이 들고 앞장을 선다. 그들은 발을 끌며 줄지어 간다. 속삭이는 소리가 그들의 머리 주변을 날아다닌다. 어둠 속으로부터 사물들이 그들을 향해 기울며, 잠시 모습을 드러낸다. 그들이 지나가자 금가루가 뿌려진 대천사의 날개에 파문이 인다. 비밀스러운 즐거움으로 가득한 노란 얼굴의

---

34) 십자형 교회 건축에 있어서 팔에 해당하는 부분으로, 신랑(身廊)과 직각으로 교차되어 있는 회랑. 트랜셉트(transept) 혹은 수랑(袖廊)이라고도 한다.

성처녀는 그들을 기둥으로부터 나오라고 부추기고…….

부속 예배실 한 곳에서, 아르망이 철 상자에서 양초를 훔쳐 내어 뒤로 보낸다. 그들은 양초에 불을 서로 나누어 붙이기 위해 모여든다. 불이 밝아지면서, 장 바티스트의 눈이 들어오는 것은, 예배실 반대쪽에 나란히 놓인 여섯 개의 커다란 용기이다. 버드나무 바구니 속에 녹색빛을 띠는 두꺼운 우리 항아리들이 옹기종기 들어 있고, 그 안에는 투명한 액체가 담겨 있다. 병목에는 꼬아진 철사 끝에 달린 딱지가 붙어 있다. 그는 촛불을 기울여서 하나를 읽는다.

에탄올.

그가 너무나 빨리 뒷걸음질치는 바람에, 들고 있던 촛불이 꺼진다.

"자네가 이걸 여기에 두었나?" 그는 아르망에게 화를 낸다.

"이것들? 지난주에 여기로 가져왔네. 우리들의 친구인 의사 양반들을 위해서."

"이건 에탄올이야! 순수 알콜이라고. 불길을 가까이 대면 교회 전체가 홀라당 타버릴 수 있단 말일세."

"진정하게." 아르망이 말한다. "뚜껑이 꽉 봉해져 있어. 보이나? 왁스로 막아놓았단 말일세. 겁낼 것 없네. 그리고 교회가 타버리면 그게 대수인가? 오히려 우리의 수고를 덜어줄 일 아닌가?"

엔지니어는 그들을 예배실 밖으로 인도한다. 일단 사람들이 신랑身廊을 가로질러 오르간 주위에 모여들고 나서야 마음이 편해진 것 같다. 오르간 건반들의 양편에 섬세한 화환 모양의 놋쇠 고리들이 있고, 이것들 안으로 촛불 네 개가 들어간다. 아르망은 자리에 앉는다. 장 바티스트와 르퀴르는 돌아서 펌프 쪽으로 간다. 배 젓는 노 같은 굵기에, 1미터 정도 되는 참나무 음경陰莖이다.

"운동을 하게 되어 다행이네." 르퀴르의 입김이 은빛의 기체로 변한다. "이곳은 달처럼 춥구먼."

"여기가 더 추울 걸세." 장 바티스트는 응수한다.

여자들은 가장 가까운 신도석에 다닥다닥 붙어 앉아, 고해성사를 하는 사람들처럼 자신들 앞에 촛불을 들고 있다.

"시작!" 아르망이 외친다.

그들은 시작한다. 아래, 위. 아래, 위. 아래, 위. 판자의 건너편 깊은 곳에서, 악기가 철컥거리고 씨근덕거리기 시작한다. 장 바티스트에게는 마치 그들이 기구 전체를 허공에 물리적으로 들어 올려야 하는 것처럼 느껴진다. 아니면 쓰러진 레비아탄이나, 베르사유의 개들을 그토록 놀라게 했다고 장관이 말하던 코끼리 같은 것을 소생시키고 있는 것 같다. 그 다음, 그 물체의 꼭대기에서 세상의 마지막 호흡 같은, 긴 한숨 소리가 나더니, 빗방울처럼 부드럽게 음악이 시작된다. 복스 셀레스트35), 복스 휴마나36), 트롱페트37), 크롬호른38), 티어스39).

---

35) Vox céleste: 천상의 소리라는 의미의 파이프 오르간 스톱.

36) Vox humana: 인간의 목소리라는 의미의 파이프 오르간 스톱. 인간의 목소리를 모방한 음색.

소리들이 겹겹이 쌓이며, 파도처럼 부서진다. 르쾨르는 그에게 뭐라고 소리친다. 장 바티스트는 대답으로 얼굴을 찌푸리지만, 그가 하는 말을 이해할 수가 없다. 그의 말이 들리지 않는다. 낮은 음들은 그의 가슴 구석구석을 염탐하고, 높은 음들은 그의 영혼을 건드린다. 이런 세상에! 그들은 악기 속에 있는 것이나 마찬가지이다. 그리고 이 펌프질은 어떤가? 위, 아래. 위, 아래. 아름다움은 그 뿌리를 보면 결국 힘겨운 노동의 열매인 듯하다. 그는 증기로 돌아가는 자동 펌프가 달린 기계를 상상하기 시작한다. 실제로 만들 수 있을 것이다. 모든 메커니즘을 그의 머리 속, 기름칠을 잘 한 부분에 늘어놓고, 거의 구상을 다 끝내갈 무렵, 음악이 중간에서 뚝 끊어진다.

그는 펌프를 놓고 오르간의 앞쪽으로 걸어간다. 잔느와 리자 사제 뒤의 신도석에는 유령 같은 형상들이 잔느와 리자가 들고 있는 촛불의 약한 빛에 젖은 채 앉아 있고, 다른 사람들은 그 옆에 조용히 자리를 차지한다. 광부들과 그들의 창녀들. 창녀들과 그들의 광부들. 마법에 걸린 남녀들.

"드디어 자네의 청중이 생겼군." 장 바티스트는 말한다. 아르망은 악보대 위에 있는 작은 거울 속으로 그들을 바라본다. 그는 악보 한 장을 넘기고, 손으로 갈피를 눌러 편 다음, 장 바

---

37) Trompette: 트럼펫 소리가 나는 베이스 음색의 파이프 오르간 스톱.
38) Cromorne: 르네상스의 악기인 크롬호른 소리가 나는 소프라노 음색의 파이프 오르간 스톱.
39) Tierce: 테너 음색의 파이프 오르간 스톱.

티스트에게 오르간 뒤로 가도록 지시한다.

다시 시작된다. 이전 곡처럼 섬세하게 시작한다. (시계 태엽이나 재봉사의 손놀림을 생각해 보라.) 그리고 단계적 변화 없이 엄청나게 큰 소리가 난다. (우편 마차나 대포를 생각해 보라.) 그 다음은…… 그 다음엔 폭동 같은 엄청난 소란이 벌어진다. 엔지니어와 르쾨르는 노를 집어던진다. 장 바티스트를 공격한 적이 있는 한 목소리가 그들의 위쪽 어둠 속에서 크게 울려퍼지면서, 미사일이, 작고 검은 미사책이 그들의 머리 위로 날아 떨어진다. 광부 한 명을 맞히더니, 이제는 창녀 한 명을 맞힌다. 지금은 오르가니스트의 빨개진 뺨을 근사하게 명중!

신도석에 모인 사람들은 깜짝 놀라 허둥댄다. 그러다가 젊고 늙은 여자들이 전열을 가다듬고 응사한다. 그들을 저주하는 신부의 베이스 소리는 날카로운 비웃음, 조롱, 경멸의 소리와 만난다. 예전부터 쌓였던 분노로 너무나도 격화된 소리인지라, 신부가 똥을 싸며 당장 도망치지 않는 것이 이상할 정도이다. 만약 그 여자들에게 잡히기라도 한다면, 그녀들은 그가 앉은 높은 자리에서 그를 끌어내려, 밤은 피바다로 끝날 것이다. 어쩌면 살인이 일어날 수도 있다.

장 바티스트는 팔을 벌리고 여자들을 밖으로 이동시키려 애쓰지만, 몇몇은 부산한 거리의 양 옆에 보행자를 보호하기 위한 굵은 말뚝처럼 꿈쩍도 하지 않는다. 신부를 위기에서 구한 것은 잔느이다. 잔느는 그들의 대장인 가장 몸집이 큰 창녀의 손을 잡고, 부드럽게 잡아 끈다. 다른 여자들도 그녀를 따른다.

고함을 쳐도 이제 대답은 없다. 오직 메아리만이 대답할 뿐. 묘지의 영역으로 들어서니 다들 즐거운 분위기로 바뀐다. 여자들이 아르망을 둘러싸고, 부드럽게 그를 잡고 만지자, 리자 사제는 여자들이 모두 잘 알아들을 만한 말로 경고를 한다.

파티는 다시 시작된다. 농탕질치고, 팔을 목에 두르며, 짝을 지어 흩어진다. 엔지니어는 잠시 바라본 뒤, 갑작스러운 피로에 몸을 떨며 (교회 내부에 몇 개의 촛불이 켜진 채로 있는지, 한밤중에 어떤 경보가 울릴지 궁금해하면서), 르쾨르와 신중하게 인사를 나누고, 사람들을 뒤로 한 채 조용히 페르 거리로 통하는 문으로 간다. 그는 혼자 남았지만, 아니 혼자 남았다고 생각하지만, 문에 도달할 무렵 자신과 함께 걷고 있는 잔느가 보인다. 그들은 걸음을 멈춘다. 그는 그녀의 이름을 부른다. 그녀는 미소짓는다. 그의 가슴이 덜컥 내려앉는다.

"저 사람들 때문에 마음이 언짢아지지 않았나요?" 시끌벅적한 불가를 가리키며 묻는다.

"제게 나쁜 짓을 할 사람들이 아니에요." 그녀는 대답한다.

"그렇지요. 아가씨를 해칠 사람은 없을 거예요."

"저는 성자가 아니에요." 그녀는 말한다.

"성자? 물론 아니겠지요."

"저에게 키스를 하셔도 아무에게도 말하지 않을 거예요." 그녀는 그의 외투 소매에 매우 가볍게 손을 얹는다. 참새보다 더 가볍게.

"나는 아가씨 나이의 두 배요. 그렇지 않소?"

"아니에요. 선생님은 스물여덟 살이고 저는 열네 살인걸요."

"그렇다면 정확하게 내 나이는 아가씨 나이의 두 배가 되는 군요."

"여자가 있으세요?" 그녀는 손을 치우며 묻는다. "지게트 모나르를 좋아하세요?"

"지게트?"

"굉장히 미인이죠."

"아니…… 지게트 모나르에게 아무런 관심도 없소."

"안녕히 주무세요." 그녀가 말한다.

"네." 그가 대답한다. 그녀는 "네"라는 말이 다인지, "네"라는 말이 무엇인가로 이어질 수 있을지 기다려 본다.

그는 그녀의 머리 위를 처다본다. 밤은 더 차가워지고, 더 맑아졌다. 파란 지붕 위에 별들이 푸르게 비친다. 묘지에는 수북이 쌓인 뼈벽들이 패배한 옛 군사들의 무기처럼 반짝거린다.

"르쾨르에게 여자들이 떠날 때, 문이 잠겼는지 확인하라고 전해주겠소? 이제 곧 여자들이 가야 할 시간이군요."

그녀는 아무 말도 하지 않는다. 그녀는 그로부터 멀어져 간다. 그는 그녀의 등을 향해 고개를 끄덕이고, 잠시 움직일 줄을 모른다. 그런 다음 문을 열고 거리로 나가 그는 창피함으로부터 도망가려는 듯, 성큼성큼 큰 발걸음을 내딛는다. 제기랄, 그녀에게 키스를 하는 것이 그렇게도 힘든 일이었나? 입술이 닿도록 그저 고개를 약간 숙이는 것이? 아르망이라면 당장 해주었을 것이고 그녀는 상처받고 화나는 대신, 행복하게 집으로 갔을 것이다. 그를 막은 것은 무엇인가? 새 모자를 사는 정도의 돈만 지불하면 그에게 이미 몸을 허락했을 한 여인에 대한 정신 나간 집착? 삶을 더 이상 예의와 이성에 기반을 두지 않은 채 살 수는 없을까? 내일 (틀림없이 내일!) 뭔가, 계획 같은 것을 종이에 만들어야 한다. 그가 과거에 종종 그랬던 것처럼. 그를 이끌어 줄 실천 방안, 그가 가진 최고의, 최상의 능력을 발휘하여 세운 이성적 계획. 이것을 하라, 저것은 안 된다. 이것이 성공으로 이끌 것이다, 이것이 바보의 삶으로…… 그는 결국에는 몸뚱아리 하나에 불과한 것인가? 그들이 매일같이 레지노상에서 파내는 시체들의 잠시 생기가 돌던 시절을 보여주는 예시본? 볼테르도 저렇게 살았던 것일까? 거장 페로네 선생은 왕립 토목학교에 있는 그의 연구실, 풍요로운 아침 햇살이 가득한 기억 속의 방에서 모형들과 기계들 사이에 앉아 그의 인생을 저렇게 보냈던 것일까?

하숙집의 현관을 열 때 즈음, 그는 좀 침착하고, 좀 진정되고, 견딜 수 있을 만큼 제정신으로 돌아오기 시작한다. 현관 테이블 위를 더듬어 양초와 부시통을 찾아 불꽃을 일으켜 불을 붙인다. 고양이는 몸을 비틀어 부엌문 사이를 통과하여, 그를 따라 계단으로 올라오더니, 잠시 지게트의 방의 유혹을 받는 듯하다가, 엔지니어를 따라 방에 들어온다. 그는 촛불을 테이블 위에 올리고, 외투와 장화를 벗은 후, 반얀을 몸에 두른다. 이제 자정이 되었을까? 더 늦었나? 그의 시계는 외투 호주머니에 들어 있지만, 그것을 꺼내러 가기가 상당히 귀찮다. 그는 약을 준비하고 (방처럼 차가운 신 포도주 한 모금에 서른 방울 정도를 넣는다) 반얀 밑에서 옷을 벗은 뒤, 준비가 되자, 촛불을 불어서 끄고, 창문을 열어 아래를 내려다본다.

여자들은 다 갔을까? 그들이 보이지도, 들리지도 않는다. 하던 일을 마저 끝내러 텐트에 들어갔을지도 모르지. 적어도 교회는 불타고 있지 않고, 묘지도 잠잠한 상태인 듯하다. 하지만, 사택의 부엌 창문에는 불이 여전히 켜져 있다. 선원들이 쓰는 작은 망원경이라도 있다면, 집안을 들여다볼 수 있을 것이고, 테이블에 앉아 있는 잔느가 보일지도 모른다. 그녀의 눈물이 보이는가? 그는 창문을 닫고, 덧창문를 친 다음, 침대로 기어들어가 고양이의 온기 밑에 발을 밀어 넣는다. 어둠. 어둠과 그의 피가 포효하는 소리 이외에는 아무것도 들리지 않는 정적. 약효가 빠르다. 일이 분이 지나면, 약이 그의 눈꺼풀 안쪽에 밤의 괴물들을 스케치하기 시작할 것이다. 그러나 그 전에, 그가 하강하기 전에, 잠과 양귀비 즙이 그를 완전히 원자화하기 전에, 그는 사라져 가는 속삭임 속으로 숨결을 내보낸다.

"너는 누구인가? 나는 장 바티스트 바라트이다. 어디서 왔는가? 노르망디의 벨렘에서 왔다. 무엇을 하는 사람이냐? 왕립토목학교에서 교육을 받은 엔지니어이다. 너는 무엇을 믿는가? 너는 무엇…… 무엇…… 너…… 무엇…… 믿나…… 나…… 나……."

11

　폭행이 일어났을 때가 정확하게 언제인지를 자신있게 말할 수 있는 사람은 아무도 없었다. 깊은 밤과 이른 아침 사이, 부드럽고 깊은 겨울밤의 품속. 그는 수면제의 무게에 눌려 꿈을 꾸고 있는 중이었다. 그러다가 그의 눈이 떠졌다. 방에는 불빛이 있었다. 흔들리는 은색 불빛. 그 빛 뒤에는 작은 책상 옆에 서 있는 여자의 모습이 보였다. 한 손에는 촛불을, 다른 손에는 뭔가 다른 것을 들고. 그녀는 실오라기 하나 걸치지 않았다. 불빛은 그녀의 피부 위를 쉬지 않고 어루만졌다. 그녀의 머리카락 위에서 반짝이며, 그녀의 성기 위의 곱슬거리는 금발의 음모 위에서 반짝였다. 그녀는 아무 말도 하지 않았다. 그 자신의 목소리가 그에게도 전달이 되었지만 너무나도 느리게 들렸다. 그녀는 침대 옆으로 다가가서 그를 내려다본다. 그녀의 얼굴은 촛불의 빛을 향해 기울어져 있는데, 병든 은자隱者의 침대를 굽어보는 흑백의 데생 판화에 나올 법한 천사처럼, 침착하고 거의 온화하게 보이기까지 했다. 그들은 한 순간 서로를 향해 미소도 지었다. 그런 다음, 그녀의 팔이 세차게 올라갔다가 힘있게 내려오는 듯하더니, 밀려드는 극심한 고통과 함께, 온 세상이 그의 두개골에 부딪혀 산산조각이 났다. 순간, 그는 헉, 하며 숨이 멎는 소리를 들었다. 그녀의 소리인지, 그의 소리인지도 몰랐다. 그리고 나서, 다행히, 더 이상 아무 일도 없었다.

12

마리의 엿보는 버릇이 아니었더라면, 그는 과다 출혈로 죽었을지도 모른다. 그가 촛불을 불어 끄는 것을 보고, 그녀도 잠자리에 들었다. 성모송을 읊조리고, 가랑이 사이를 약간 문지른 뒤 일 분 정도, 혹은 한두 시간 정도, 졸다가 눈을 떴을 때 바닥에서 올라오는 빛이 보였다. 즉시로 잠이 번쩍 깬 그녀는 마루 판자로 몸을 낮추고, 차가운 바닥을 엉금엉금 기어가서 구멍에 눈을 갖다 대었다. 이런 한밤중에 그는 다시 불을 켜고 무엇을 하고 있는 것일까? 전에는 이런 일이 없었다고 그녀는 확신했다. 그리고 난 다음, 더욱 이상하게, 전율이 느껴질 정도로 이상하게, 그가 잠들어 있는 것이 보였다. 잠이 든 상태라는 것이 확연하게 드러나 보였다. 불빛은 다른 사람이 들고 있는 양초에서 빛나는 것이었다. 그것이 누구인지 아직은 보이지 않았다. 실제로는 삼십 초도 안 되는 영원 같은 시간이 흐르는 동안, 아무런 일도 일어나지 않았다. 아무것도! 마리는 궁금증에 거의 미칠 지경이었다. 의문의 사람이 그냥 나가 버려서, 그것이 누구인지 결코 알지도, 보지도 못한다면? 상대를 보지는 못했지만, 그녀처럼 이 남자를 몰래 지켜보고 있는 또 다른 사람이 여자라고 확신했다. 그러나, 이런 세상에 까무러칠 일이 있나! 조용히 그녀의 시야로 들어온 사람은 발가벗은 지게트였다! 전혀 예상치 못한 일이라, 그녀는 충격에서 잠시 벗어나지 못했다. 그녀가 저녁에 와인을 한두 모금 이상 더 훔쳐 마셨더라면, 마룻바닥에 쓰러졌을 것이다. 커다란 장밋빛 유방을 드러낸 지게트! 커다란 장밋빛 엉덩이의 곡선! 한 손에는 촛불을 들고, 다른 한 손에는 하숙객의 테이블 위에서 무엇인가를 주워들었다. 빛을 반사하고, 테이블 위의 다른 물건에 부딪히자 작은 울림이 나는 무엇. 그 소리를 그가 잠결에 들었는지 몸을 뒤척이기 시작했다. 그것은 그가 뭔가를 재는 금속 제품이었다. 그를 재려고 하는 것일까? 무엇을 재려는 것이지? 그의 목, 그의 발, 그의 고추잠자리?

마지막 장면은 매우 짧았는데, 그가 깨어나서 지게트를 바라보고 있었다고 그녀는 믿고 있다. 비록 그 둘은 아무런 말 한마디도 하지는 않았지만. 이미 마리는 다음에 어떤 장면이 연출될지 상상 속에서 보고 있었다. 이불을 젖히고 서로의 품에 포근히 안긴 연인들이 키스를 하고 애무를 하며, 감탄을 하고 헐떡이는 소리. 그녀는 그 위 마룻바닥에서 몸을 배배 꼬고 있었다. 그러나 그런 일은 일어나지 않았다. 금속자가 공기를 가르더니 그의 머리에 떨어지면서 그를 죽였다. 그녀의 입에서는 분명히 무슨 소리, 작은 비명 같은 것이 새어나갔던 것 같았다. 지게트는 갑자기 위를 올려다보았다. 그녀의 얼굴은 칠흑같이 어두웠다. 마치 어둠의 가면을 쓴 것처럼. 지게트와 함께, 바로 그 장면을 보면서, 마리는 방광 속에 있던 모나르 씨의 와인을 몇 방울 지리고 말았다.

구멍에서 눈을 떼고 고양이처럼 소리없이 도망가서, 계단에서 발걸음 소리가 나는지 귀를 기울이며, 침대 옆에서 웅크리고 있었다. 그런 다음, 아무런 발걸음 소리도 들리지 않고, 문이 끼이익 열리는 소리도 없으며, 피투성이 금속 작대기를 든 발가벗은 아가씨가 나타나지도 않자, 그녀는 침대 속으로 기어 들어가 자고 싶었다. 그렇게 하고서 아침에 일어나견, 모든 것이 정상으로 돌아와 있을 것이라고 생각하면서. 그녀는 아마 그렇게 했을 것이다. 그가 내는 소리를 듣지만 않았어도 말이다. 코 고는 소리 같기도 한 그 소리는 깨어나지 못하는 악몽에 시달리는 사람의 소리처럼 끔찍했다. 그녀는 듣고 또 들었다. 그녀의 두려움은 점점 줄어들었다. 정신 나간 지게트가 들어오면, 자신의 나막신 한 짝으로 그녀의 머리를 후려치면 될 것이다. 그러면 그녀도 잠잠해지리라. 생 앙투안의 판잣집 출신 처녀들은 레알 출신의 백합 같은 피부를 가진 아가씨들 앞에서 떨 이유가 없다.

마리는 옷을 주워 입었다. 사방이 캄캄했지만 어둠 속에서 옷을 입는 것에 완전히 익숙해 있었다. 그녀는 스타킹을 신은 발로 좁은 계단을 더듬어 내려가 충계참에 닿았다. 지게트의 방문 아래로 빛이 새나오고 있었지만, 그녀가 움직이는 소리나 우는 소리, 혹은 한 남자의 머리를 두 조각 낸 여자가 할 만한 어떤 행동의 소리도 들리지 않았다. 자세히 보니, 문이 꽉 닫힌 것이 아니었고, 살짝 밀어 보니 머리가 들어갈 만큼 문이 열렸다. 거기에 주인집 딸이 있었다. 침대 위에서 이불을 잘 덮고 누워, 양처럼 순진하게 잠들어 있었다. 침대의 한쪽에는 자가 있었고, 머릿장 위에는 촛불이 있었다. 그녀는 몸을 방 안으로 기울여, 촛불을 들고 나와 하숙객의 방으로 건너갔다. 그녀가 문을 열었을 때, 라구가 튀어나와 그녀의 발치를 지나서 계단 아래로 뛰어들었다. 손에 든 촛불이 흔들렸지만, 아슬아슬하게 도 떨어뜨리지는 않았다. 그녀는 숨을 가다듬고 방 안으로 들어간 뒤, 침대 가까이로 곧장 걸어가 그를 굽어보고 섰다.

지게트가 무슨 짓을 했는지, 그는 완전히 눈을 뜨고 볼 수 없는 처참한 상태였다! 그것은 그녀가 어린 시절 보았던 장면을 생각나게 했다. 어느 무더운 여름날 오후, 정확한 촌수는 모르겠지만, 그녀의 친척 아저씨가 납으로 된 구슬을 자신의 관자놀이에 쏴 넣었다. 피. 피. 피. 홍건한 피바다. 하지만 이 하숙객은 그녀의 아저씨와는 달리 여전히 숨을 쉬고 있었고, 평소와는 달리 요란하지만 얕고 짧은 숨으로, 긴 울음 뒤의 아이처럼 공기를 살짝살짝 들이켜고 있었다. 상처에서 피가 흐르는 것을 멈추기 위해서, 거미줄로 동여매어야 한다. 어디선가 그런 말을 들었던 적이 있다. 그러나 어디서 거미줄을 구한다는 말인가? 그녀는 워낙 훌륭한 하녀인지라, 본인이 그런 것들은 이미 치워버리지 않았던가? 그녀는 그의 짐가방으로 가서, 그것을 열었다. 제일 위에는 그녀가 처음 보았을 때, 너무나 우습고도 아름답게 보였던 녹색 비단 양복이 있었다. 그녀는 그 아래로 손을 뻗쳐 아마천을 한 움큼 꺼내 침대로 돌아갔다. 그녀는 그의 머리 위로 촛불을 들고, 찢어진 자리의 너덜너덜한 가장자리를 만졌다. 그는 발작을 하려는 듯, 신음을 하고 몸을 떨었다. "저는 그냥 만졌을 뿐이에요." 그녀는 속삭이고는 재빨리, 깔끔하게 천을 네모로 접어 상처에 갖다대고 (씻고 나서 물기를 닦을 천은 좀 남겨 두었다) 넥타이로 묶어 고정시켰다. 그런 다음 혹시나 하는 마음에 피처럼 따뜻한 자신의 스타킹을 벗어, 그의 턱 아래 감고 이미 검붉어진 천조각 위에 매듭을 지었다. 그녀는 침대에 앉아 그를 바라보았다. 이따금 그의 눈동자가 까딱거렸지만, 눈을 뜨지는 않았다. 그의 손을 쓰다듬고 있자니, 그녀는 이 놀라운 재앙의 소유권을 포기하기 싫은 생각이 들었다. 하지만, 반쯤 깬 모나르 부부에게 그들의 딸이 한 짓을 알릴 생각을 하자, 그것은 너무나 유혹적이었다. 그래서 촛불을 들고 주인의 방으로 (한쪽은 맨다리로, 다른 쪽은 스타킹을 신고) 내려가 가장 알아듣기 쉬운 말로 모든 것을 이야기한 다음, 끝에 이와 같이 덧붙인다. (그녀도 스스로를 자제할 수가 없었다.) "주인마님, 사람들이 아가씨의 목을 매달지도 모르겠어요."

13

레지노상의 묘지에는, 아침 여덟 시의 진주빛 햇살 속에 광부들이 페르 거리로 난 문 근처에 모였다. 대부분 창녀들 때문에 고무되어서인지 말쑥하게 보이려는 노력을 쏟았다. 뼈들이나 관이나 기적적으로 보존된 여자들을 땅에서 파내는 남자들이 아닌 루이 16세의 평범한 백성처럼 보인다. 재킷은 솔질이 되어 있고, 장화의 진흙은 제거되어 있다. 심지어는 몸을 씻고 수염을 정리한 사람들도 있다. 문에 가장 가까이 서 있는 젊은 남자 세 명은 풀을 엮어서 만든 왕관을 모자챙에 둘러 썼다. 다른 사람들은, 자세히 보면, 죽은 자들을 치장하기 위해 한때 사용했던 물건을 걸치고 있는 것을 볼 수 있다. 끈적한 땅에서 줍거나 한밤중에 텐트에서 은밀하게 거래된 장신구들이다. 맑고 고요한 눈에, 다른 사람들보다 더 등이 곧은 남자는 한 손에는 레스피체 피넴(Respice finem)[40]이라고 적혀 있고, 다른 한 손에는 멘스 비데트 아스트라(Mens videt astra)[41]라고 씌어 있는 기념

---

40) '끝을 고려하라' 는 의미의 라틴어구.
41) '정신은 별을 본다' 는 의미 라틴어구.

반지 한 쌍을 자랑스레 끼고 있다. 잘린 가운데손가락의 밑둥을 푸른색이 도는 금속이 감싸고 있다.

그들은 빵을 먹고 커피를 마신 지 이미 오래되었고, 그들이 없을 때 지필 장작을 십자설교대 모닥불 옆에 쌓아 두었다. 그들은 이제 준비가 되었다. 그들은 몸이 근질근질하다.

교회지기 사택 밖에서, 르퀴르는 시계를 들여다보더니 인상을 쓰고 낮은 소리로 중얼거린다. 장 바티스트 바라트가 하고 많은 아침 중에 하필 제일 불편한 이 아침에 늦잠을 자기로 결정하다니. 물론 하숙집이 너무도 편하니 아래에 사는 사람들을 잊어버리기가 너무나도 쉽겠지. 인부들은 계속 할 일 없이 기다리게 하면, 굉장히 불쾌하게 여길 것이다. 르퀴르 스스로도 불쾌하게 받아들일 것이다. 어젯밤 팅크를 50방울은 마셨으리라! 최소한 50방울에다, 입가심을 하기 위해 술을 얼마나 마셨는지 모른다. 그러나 숙면의 밤을 보내기는커녕 오히려 그 자신도 알아보지 못할 사람으로 만들어 놓았다. 그건 마치 (어떻게 설명을 해야 할까?) 르퀴르는 기계적으로 움직이는 육체만 남고, 뭔가, 어떤 지적 생명체가 침입하여 그의 내부에 들어앉아, 그를 움직이고 그가 할 행동을 명령하는 것 같다.

한밤중에 나가기로 한 결정은 진짜 르퀴르가 내린 것일까? 그랬을까? 그는 그렇지 않다고 믿었다. 그래도 그는 잠옷 외에는 아무것도 걸치지 않고 나가서 의사들의 작업실로 갔다. 거기서 관 뚜껑을 열고 그녀, 샤를로트를 보았다. 모닥불 속에서 꺼낸 불 붙은 나뭇가지 하나가 그의 손에 마술처럼 들려 있었

다. 지독한 흥분! 심장에 큰 무리가 간다. 그의 치아에도 마찬
가지였다. 턱뼈의 통증으로 보아, 몇 시간 동안 미친 듯이 이를
갈고 있었던 모양이었다.

그의 뒤로 부드러운 발걸음 소리가 들린다. 뒤돌아보니 잔느
가 보인다. 어깨에 숄을 두르고, 집에서 나와 그에게로 다가온
다. 그녀는 그에게 미소를 짓는다. 언제나처럼 예쁘게. 그러나
잔느에게서 오늘은 여느 때의 쾌활한 빛이, 평소의 활기가 보
이지 않는다.
"그가 오지 않은 것이 이상해요." 그녀는 말한다.
"지난밤에 수면제를 과다복용한 모양입니다." 르쾨르가 말
한다.
"그렇지 않은 것 같은데요." 그녀는 근엄하게 말한다.
"아, 아닌가 봅니다." 르쾨르가 급하게 동의한다. "아마 어떤
예기치 않은 볼일을 보고 있겠지요. 어쩌면 라포스라는 사람과
회의 중인지도 모르겠습니다. 장관의 대리인 말입니다."
그녀는 고개를 끄덕인다. "선생님도 오늘 외출하실 건가요?"
"그럴 것 같습니다. 생 메아르 선생이 친구들 몇 명과 나들이
를 가는데 저를 초대했답니다. 한데 정확한 계획을 말해주진
않더군요."
"즐거운 경험이 될 거예요." 그녀는 말한다. "열쇠는 갖고 계
신가요?"
그는 그녀에게 그것을 보여준다. 오래된 열쇠 하나가 그의

손에 들려 있다.

"바라트 선생님은 선생님께서 인부들을 외출시키기를 바라실 거예요." 그녀가 말한다.

"그렇게 생각하십니까?"

"그렇게 생각하지 않으세요?"

"아가씨 말이 아마 맞을 겁니다." 그는 인부들을 바라보고, 앞니를 잠시 드러낸 다음, 소녀를 내려다본다. "우리 같이 그렇게 할까요?" 그는 묻는다.

세 번째

곧 이웃들이 깨어나서 더 이상 죽음이 아닌,

로맨스의 장소가 된 곳으로 달려간다.

— 카데 드 보[42],
「레지노상 묘지의 역사적 및 물리적 회고록」

42) Antoine Alexis Cadet de Vaux(1743~1828), 프랑스의 화학자.

돌계단의 긴 층계가 아래로 가파르게 길을 이끈다. 지하창고. 그 아래에 무엇이 있는지, 무엇이 있을지…….

처음에는 너무 어두워 그의 주변의 어떤 것도 보거나 알아챌 수가 없다. 그의 발밑에 느껴지는 내리막 계단밖에 없다. 그런 다음, 부드러운 분홍색 빛이 나는 좁은 현관에는 양철 방울이 올려져 있는 테이블이 보인다. 한 여인이 테이블 뒤에 앉아 있다. 그녀의 얼굴은 다른 곳을 향하고 있지만, 그가 거기에 있다는 것을 그녀도 알고 있다. 그녀가 방울을 흔들자, 그다지 잘 들리지 않는 소리임에도 불구하고 현관 끝에 있는 커튼이 즉시 걷힌다. 어떤 남자가 그를 향해 미소짓고, 작은 고갯짓으로 그를 부른다.

그들은 통로에 있다. 양쪽에는 늘어뜨린 커튼이 아마도 방으로 들어가는 입구인 듯이 보이는 곳을 가리고 있다. 그 중 한 군데, 커튼이 불완전하게 드리워져 있는 곳에서, 그는 걸음을 멈추고 들여다보지만, 어쩌면 그곳은 방이 아니었던 것 같다. 사방의 벽은 검은 흙으로 채워진 것처럼 보인다. 크기가 확실치 않고, 거기에 있는 사람들의 숫자도 마찬가지이다. 남자들과 여자들과 아이들이 앉아 있거나 쭈그리고 있거나 누워 있다. 그들은 그를 돌아본다. 그들의 시선에는 무엇인가 간절한 것이 있다. 간절하고 크며 공허한 눈. 그는 외면한다. 그들 중 하나가 입을 열어, 그를 부르고, 모두 그의 이름을 알게 될까 봐 그는 두렵다.

안내인은 통로 끝에서 기다리고 있다. 또 다른 커튼이 보인다. 싹싹한 초대의 몸짓. 그가 들어가고, 안내인은 그의 뒤로 커튼을 닫는다. 무슨 일이든지 일어나게 된다면, 바로 여기 이곳에서 일어날 것이다. 그들은 모나르 씨 집에 있는 그의 방에 있거나, 창문이 없고 벽이 텅 빈, 그의 방과 비슷한 곳에 있는 것 같다. 빛은 테이블 위에 있는 커다란 촛불 하나에서 나온다. 침대 위에는 한 남자가 있다. 그는 끝자락이 무릎에 닿는 셔츠 하나만 입고 있다. 그의 눈은 열려 있지만, 그의 입술은 검은 실로 서툴게 꿰매어져 있다.

안내인은 테이블 위의 양초를 들고 침대로 다가간다. 오래 걸리지 않을 것이라고 그는 말한다. 플로지스톤을 방출해야만 한다. 그것은 변신의 촉매, 불순한 것을 파괴하는 물질이다.

그는 몸을 기울이고, 마치 침대에 누운 남자의 귀에 뭔가 소중한 것을 붓는 것처럼, 양초 심지를 그 남자의 머리에 갖다 댄다. 순식간에 마른 풀처럼 탄다. 그리고, 불꽃이 남자의 얼굴 위로 미끄러지고, 그의 목을 감은 후, 가슴의 피부로 달려 내려와 배를 향한다. 어떻게 육체가 이렇게 탈 수 있을까? 사람이 두루마리 종이처럼 탈 수는 없을진대! 무슨 일을 한 것인가? 어떤 방법으로?

화염에 휩싸인 그 남자의 몸이 움직이기 시작한다. 팔. 다리. 상체가 불붙은 이불로부터 올라간다, 아니 떠오른다! 입술 사이의 실이 뜯어진다. 입이 활짝 열리고 포효한다. 으아아아아…….

1

"그를 꼭 잡으시오." 기요탱이 말한다. 그는 침대로 몸을 기울인다. 환자의 얼굴에 놓인 검은 실 한 줄 때문에 마치 얼굴에 미세한 금이 간 것처럼 보인다. 마리는 발길질을 하는 그의 다리를 잡아 누른다. 그녀는 이런 일에 적격인 힘세고 튼튼한 처녀이다. 의사가 일을 시작한다.

첫 마흔여덟 시간 동안은 생명이 위태로운, 위독한 상태이다. 만약 뇌출혈이 생기면, 조치를 취할 수는 있다. 생 오노레 거리에는 멋진 드릴이 있는 외과 의사가 있다. 그러나 제 시간 내에 불러올 수 있을 것인가? 마리, 잔느, 리자 사제, 아르망, 르 쾨르가 환자의 침상을 돌아가며 계속 지키고 있다. 기요탱이 매일 아침 왕진하고 초저녁마다 다시 와서 환자를 본다. 그는 환자 곁에 서서 가능성을 타진하고 레지노상 교회를 내다보며, 인간과 그들의 머리, 가슴, 세상이 돌아가는 이치에 대한 큰 생각에 잠긴다. 옛 세상과 이제 곧 다가올 세상.

곁에서 돌보는 사람들이 늘 있음에도 불구하고, 엔지니어가
마침내 눈을 떴을 때, 그는 방에 아무도 없다고 믿었다. 베개
위에 놓인 그의 머리는 목뿌리에 심어 놓은 연골 덩어리처럼
엄청난 무게로 느껴진다. 고통은 표면에 존재하는 게 아니라,
뇌의 깊은 곳에 하얗게 묻혀 있다. 고통은 그의 피와 박자를 같
이 한다. 심장이 뛸 때마다, 그는 찡그린다. 문이 움직인다. 모
나르 부인이 들여다본다. 그의 눈이 열린 것과, 그가 분명히 그
녀를 바라보고 있다는 것을 알자, 그녀는 황급히 사라진다.

"내가 누구요?"
"박사님요? 의사이시지요."
"그리고 내 이름은?"
"기요탱."
"좋습니다. 그리고 당신은?"
"바라트."
"또 우리 국왕의 존함은?"
"루이."
"무슨 일이 일어났었는지 기억합니까?"
"약간."
"약간?"
"충분하게 기억합니다."

"라포스 씨가 방문했었네." 르쾨르가 말한다. (몇 시간이 지

났을까? 며칠이 지났나?) "기요탱 박사가 그에게 자네의……
불운한 사고를 알렸을 테지. 그는 나에게 작업을 계속하라고
지시했었어. 인부들을 빈둥거리도록 두면 안 된다고 하더군.
시간이 돈이라고 하면서."

"지게트는?" 장 바티스트는 중얼거리지만, 목소리가 너무나
낮다.

"그리고 이것 보게." 르쾨르가 말한다. "잔느가 자네에게 약
을 보내왔어. 일종의 약초 같군." 그는 병을 들고 자세히 들여
다본다. 그의 손에는 고집스런 검은 페인트 얼룩들이 반점처럼
묻어 있다.

"틀림없이 사랑의 묘약이겠지." 아르망이 말한다. 엔지니어
의 시야에는 벗어나 있지만, 그도 역시 방 안에 있다.

"오늘이 무슨 날인가?" 환자가 묻는다.

"요일?" 르쾨르가 대답한다. "수요일이네. 수요일 아침."

마리는 침대 옆 의자에 앉아서 장작불에 무엇을 하고 있다.
그는 그것을 보기 위해 고개를 돌리고 싶지는 않다. 머리를 약
간만 움직여도 세상이 뒤집어질 듯 요동을 친다. "지게트는?"
그가 묻는다.

"왜요? 아가씨가 다시 찾아올까 봐 겁이 나세요?" 그 다음,
그가 대답을 하지 않자, 그녀는 말한다. "선생님을 구해드린 건
바로 저예요."

그의 유리창에 걸린 햇빛은 흰 홑청 같다. 누릿한 흰 천은 매일 저녁 개켜져서 다음날 새벽이 되면 다시 내걸린다. 사람들은 더 이상 그의 침상을 쉴 틈 없이 지키지는 않는다. 아무도 보는 사람이 없을 때, 그는 침대를 빠져나가, 십 분 동안 의자를 꽉 잡고 자리에 앉아 있는다. 그 다음날, 그는 반 시간 동안 앉아 있다. 앉아 있는 것이 그의 습관처럼 된다. 가끔씩 자신에 대한, 무서웠던 아버지에 대한, 유령에 사로잡힌 낯선 이들의 삶에 대한, 묘지의 차가운 뼈들에 대한 연민에 휩싸일 때, 그는 기괴한 입 모양을 하고 눈물 없는 통곡을 한다. 다른 때에는 세상의 원색原色, 자신의 숨소리, 공기의 통렬함이 그를 다시 깨울 때까지 그는 멍하게, 고요하고 완전히 멍한 상태로 앉아 있다. 그는 자신의 손을 유심히 살펴보고, 장작불을 바라본 다음, 다리가 그려진 액자를 묘하게 들여다본다. 그는 눈을 들어 창문을 바라본다. 구름은 디에프43)의 바다를 닮았다. 그는 누구인가? 의사가 물었다. 그는 동산에 혼자 있는 아담이다. 그는 어둠의 공백으로 삶이 두 조각으로 갈라지게 된, 무덤에서 밀려난 나사로44)이다.

기요탱이 그의 피를 뽑으러 왔다. 이런 경우 사혈瀉血45)은 일반적인 예방 조치이다. 먼저 상처에 대한 정규 검사를 실시한다. "선생 같은 노르망 사람들은 두껍고 튼튼한 두개골을 가졌

---

43) Dieppe: 영국 해협에 접한 프랑스 북부 항구 도시.
44) 요한복음의 인물로, 무덤에 묻힌 지 나흘 만에 예수에 의해 되살아남.

소. 사후에 당신의 머리를 나에게 줄 의향이 있소?"

"왜 박사님이 저보다 오래 사실 거라고 생각하십니까?"

"선생의 여자에 대한 취향 때문이오." 이렇게 말하면서, 의사는 엔지니어의 오른팔로 주의를 돌려 팔꿈치 가까이에 상처를 낸다. 피가 양철 대야 속으로 떨어진다. "걱정 마시게. 많이 뽑지 않을 테니."

"그 사람, 어디에 있습니까?"

"선생의 가해자 말이오?"

"그녀의 행방을 저에게 아무도 말해주려고 하지 않습니다."

"이틀 전까지 여기, 이 집에 있었소. 지금은 그녀를 다른 곳으로 보냈소. 도피네⁴⁶⁾에 사는 나이 든 친척한테로. 굉장히 독실한 종교 생활을 하는 사람들이라고 하오. 나도 그 계획에 찬성을 했고, 그 점에 대해 반대하지 마시길 바라오. 젊은 여자들의 지나친 열정에는 외딴 지방의 추운 집에서 일이 년 정도 기도문을 외는 것보다 더 효과적인 치료법은 없다오. 그 여자를 고소할 마음은 없으시리라고 생각했소. 그런 상황에 있었던 여자를 고소한다는 것은 남자로서 스스로를 조롱거리로 만드는 일일 뿐이니까. 물론, 돌아가셨더라면 이 문제는 사적으로 해결할 차원을 넘어섰겠지만 말이오. 선생과 그 여자는 애인 사이였습니까?"

---

45) 침으로 나쁜 피를 뽑아내는 치료방법.

46) Dauphiné : 프랑스 동남부에 있었던 지역. 현재는 이제르 주, 드롬 주, 오트잘프 주로 나누어져 있음.

"아닙니다."

"선생의 말을 믿겠소." 붕대를 말아서 상처 위에 댄 뒤, 조심스럽게 환자의 팔을 접으며 의사가 말한다. "하지만, 사랑이나 질투, 욕망 같은 것이 아니라면, 그녀가 선생의 방에 들어와 머리를 두 동강 내려고 한 이유가 무엇이라고 생각하시오?"

"레지노상입니다."

"묘지? 그곳을 파괴하지 못하게 하려고? 그녀의 중세가 내가 생각했던 것보다 더 심각할 수도 있겠군. 그녀가 도피네에서 친척들을 학살하는 일이 없기를 기원합시다. 책임감 같은 것이 느껴지는구려."

"얼마나 되었습니까?"

"폭행 사건이 있은 지? 두 주 정도. 약간 넘었소."

"저는 일하러 가야 합니다."

"노르망디에서 좋은 공기를 쐬면서 한 달을 지내는 것보다 더 좋은 처방은 없을 거요."

"저는 거의 다 나았습니다."

"머리에 엄청난 가격을 당했소. 그런 상해의 후유증은 예측하기 힘들 뿐 아니라 오래 갑니다. 평상시와 다른 점을 발견하지는 않으셨소? 헛것을 본다거나, 기억이 끊어지지는 않소?"

"그런 것 없습니다." 장 바티스트는 거짓말을 한다.

의사는 의료용 칼날을 닦는다. "그렇다면, 내일 응접실로 내려오시도록 해보는 것이 어떻겠소? 모나르 가족은 물론 선생의 편의를 봐드리기 위해 만전을 기할 것이오." 그는 미소를 짓는다. "그 동안, 뷔퐁 백작과 함께 시간을 보내시게." 그는 테이블에서 책을 가져와, 이불 위에 놓는다. "물론, 이 책 뒤로 서른 권이 더 있는 것은 알고 있겠지요?"

의사가 떠나자, 장 바티스트는 책을 쳐다보고, 잠시 후 그것을 연다. 폭행 사건 이후로 그가 책 읽기를 시도한 것은 이번이 처음은 아니다. 그는 눈을 감았다가 뜬 뒤, 과거에는 너무나도 잘 돌아가던 집중력의 엔진을 최대로 증폭시켜 튼다. 그는 왼쪽 페이지 제일 왼쪽 꼭대기를 손가락으로 짚는다. 첫 네 단어는 어렵지 않다. 〈이제 우리가 고려할 것은……〉 다음 단어는 읽을 수가 없다. 그 다음 단어는 〈경우에〉인 것 같고, 그 다음은 어떤 형체 외에는 아무것도 아닌, 의미 없는 잉크 자국이다. 그 다음 단어도, 또 그 다음 단어도 마찬가지. 이제 책 속의 단어뿐 아니라, 그의 머릿속의 단어들도 사라졌다. 물건의 이름들, 아이들도 알 법한 평범한 물건의 이름들조차도. 그리고 만약 이것이, 눈이 제대로 보이지 않는다는 이 사실이 세상에 알려지게 되면 어떻게 될까? 라포스와 장관이 이것을 알게 된다면, 어떻게 될까? 아무리 묘지 철거 작업이라도 이 세상에 누가 이런 사람을 고용하겠는가?

그는 책을 덮고 바닥에 밀어 놓은 후, 침대에서 굴러나와 시험삼아 일어서서 몰린 피가 제자리를 찾도록 기다린 다음, 발을 끌며 거울 쪽으로 간다. 머리에는 취침모자를 쓰고, 그 아래에는 붕대 같은 것을 칭칭 감고 있다. 그는 뭐랄까 바보 같기도

하고 성자 같기도 하며 조금 무시무시하게 보이기도 한다. 그
는 손가락으로 턱에 난 수염을 만지고, 두개골을 만진다. 그는
매우 조심스럽다. 마치 그것이 껍질에 싸인 날달걀이며, 약간
의 날카로운 움직임이라도 있으면 깨져 구멍이 나면서 노른자
같은 그의 뇌가 줄줄 흘러 내릴 것처럼…….

그가 취침모자를 천천히 벗고, 밑에 선홍색이 비치는 젖은
붕대를 벗겨내는 데 이십 분이 걸린다. 그의 머리카락은 잘려
나가, 쥐 파먹은 듯하게 삭발이 되어 있었으나, 아무리 각도를
바꾸어가며 머리를 보아도, 색이 변한 흉측한 피부와 거기에
기괴하게 난 한 가닥의 머리카락 같은 검은 실 한 줄만 보이고,
상처 그 자체는 거의 보이지 않는다.

그는 옷을 찾는다. 지게트가 그를 죽이려고 들어온 그 전날
에 입고 있던 작업복을 찾는다. 그것은 보이지 않는다. 잘 개어
치워 놓았던지, 누가 가져간 모양이다. 옷을 버린 걸까? 피가
튀어서, 흉기에서 피가 튀어서, 그것, 그 철제 물건, 그 물건의
이름도 (그의 가슴에 공황의 불꽃이 일어난다) 잃어버린 걸까?
인간이 생각할 단어를 잃어버린다면 어떻게 사고 자체를 할 수
있을 것인가? 언어가 아니라면 무엇이 그를 인도할 것인가?

그는 짐가방으로 가서, 뚜껑을 든다. 충격적인 색깔, 창백하
고 병약한 색깔을 발견하고 그는 움찔하지만, 머리 속에 '초
록' 이라든가, '비단' , 혹은 '녹차' 같은 단어가 들리자 그는 안
심한다. 그는 양복을 침대로 가져가서, 그곳에 놓고, 한동안 바
라보다가, 지친 듯 옷 속으로 기어들어간다. 이것을 해답으로

삼으리라. 그는 그저 세상을 따라갈 것이다. 세상이, 세상의 것들이 그를 인도할 것이다. 그것들이 제시하는 대로 행동할 것이다. 그가 이름을 알건 말건 문제 삼지 않을 것이다. 계단 아래로 튀어 내려가는 공을 좇는 아이가 되리라. 어쩌면 그는 늘 그래 왔을지도 모른다. 그는 정확히 기억을 할 수 없다.

그는 옷을 입고 나서, 반얀, 타르부시, 임대한 가발, 그것들을 쌌던 포장지를 찾아, 크고 서툰 꾸러미로 다시 포장을 한다. 그는 신발을 신고, 승마외투를 입는다. 상처가 눌릴세라 이를 악물고 모자를 머리에 얹는다. 아래층으로 내려간다. 그를 보는 사람은 아무도 없다. 부엌문은 열렸지만 안은 텅 비어 있다. 그는 지하실 문을 흘낏 보면서, 열어 보고 싶은 충동을 억누르고, 길거리로 나가는 문을 연다. 햇살에 눈을 찡그리며 집의 벽에 등을 기대고 힘과 용기와 그가 계속 앞으로 나아가기에 필요한 그 모든 것을 불러모으며, 일 분간 서 있다. 사람들이 그를 알아보고, 불러세우고, 말을 걸까 두렵다. 이미 어떤 소문이 퍼져 나가서 그는 이제 단순히 엔지니어가 아니라, 모나르 씨네 딸이 공격한 남자, 어떤 식으로든, 틀림없이 그녀가 그런 일을 저지를 만한 짓을 한 남자로 알려져 있으리라. 그는 사내아이 두 명이 거리로 나와 속이 빈 동그란 나무로 된 장난감을 굴리는 모습을 바라본다. 그는 그들이 지나가도록 길을 양보한 뒤, 벽에서 떨어져 나와 다시 길을 간다.

그는 고데의 이발소에서 면도를 한다. 그가 유일한 손님이다. 안으로 들어가니, 이발사는 의자에 앉아 《메르퀴르 드 프랑스》47)를 읽으며 손톱을 물어 뜯고 있다. 면도는 소박하고도 육감적인 쾌감을 준다. 물론, 상처에 대한 언급은 없지만 고데는 그것을 관찰할 시간이 넉넉하다. 그 대신, 이발사는 도시와 동네 소식, 물가, 최근에 일어난 파업들에 대해 이야기한다. 장 바티스트의 논평이 필요한 이야기들은 아니다. 그는 감사하게 여기며, 고데가 일을 하면서 수다를 떨도록 놔둔다.

"그 동안 좀 아팠습니다." 그가 마침내 말한다.

"그래도 이제 다시 건강해지셨으니 다행입니다." 고데는 엔지니어의 어깨에서 갈색에 약간 희끗해진 머리카락을 털어내면서 말한다. "곧 예전과 같은 모습으로 회복되실 겁니다."

"그렇게 생각하십니까?"

이발사는 거울이라는 매개체를 통해 그를 보고 싱긋 웃어 보이고, 점잖게 어깨를 으쓱한 후, 그 날카롭고 반짝거리는 물체를 굽은 손잡이 속으로 접어 넣는다.

꾸러미를 품에 안고, 턱과 뺨을 때리는 차가운 바람을 맞으며, 인도 회사48)와 봉장팡 거리를 지나 빅투아르 광장으로 걸어간다. 2주 동안 침상에 누워 있었던 후인지라 산책으로 피곤하기도 하련만, 오히려 그것이 그를 조금 회복시키는 것같이

---

47) 1675년에 창간된 프랑스 신문 겸 문예지.

48) 1684년에 설립된 북미 및 서인도 제도 내 프랑스 식민지 독점 개발 무역 계획인 미시시피 회사를 스코틀랜드 사업가 존 로(John Law)가 1717년에 경영권을 획득하여 서방 회사로 개명 후, 1719년에 동인도 회사, 중국 회사, 기타 프랑스 무역 회사와 합병함으로 탄생한, 전 해상 독점 상업권을 가진 무역 개발 회사.

보인다. 그가 가고자 하는 곳의 주소를 기억하는데는 어려움이 없다. 그는 어깨로 문을 민다. 초인종이 울린다. 벨벳 구두를 신은 샤르베가 가게의 광나는 바닥을 가로지르며 온다. 그는 멈추어 서서, 그의 짧은 눈썹을 치켜뜨고, 허리부터 뻣뻣하게 몸을 기울인다.

"엔지니어 선생 아니십니까?"

문 옆에 의자가 있다. 장 바티스트는 들고 온 꾸러미를 그 자리에 털썩 놓는다. 꾸러미 속에 마치 살아 있는 무언가가 들어 있는 듯 저절로 풀어진다. "제가 입던 옷을 돌려받고 싶습니다. 제가 생 메아르와 함께 왔을 때 입었던 옷 말입니다."

샤르베는 조수를 바라본 뒤, 다시 엔지니어를 바라본다. "선생님의 헌 양복 말입니까? 하지만 그건 팔렸는데요, 손님. 장사하시는 신사분이 사간 것으로 압니다. 그렇지 않나, 세드릭?"

조수는 그 사실을 인정한다.

장 바티스트는 고개를 끄덕이고, 그의 시선은 가게 안을 천천히 돌아다닌다. 크기 조절이 가능한 상체가 달린 목재 마네킹에 깔끔하게 재단된 검정 모직 양복이 입혀져 있다. 그는 다가가서 천을 만져 보고 사이즈를 확인한다. "그럼 이걸로 하지요. 이것이면 되겠습니다."

샤르베는 이제 아이에게, 그것도 총명한 아이가 아니라 어리석은 아이에게 설명하는 것처럼 타이른다. "저걸 입으시면, 제네바 사람처럼 보일 겁니다. 그걸 여기에 걸어 놓은 유일한 이유는 다양한 스타일을 전시하는 것이 필요하기 때문이지요. 폭

넓은 스타일 말입니다. 아시겠지요. 하지만 선생님께서 입으시기에, 이 웃은⋯⋯."

"그리고 이것." 장 바티스트는 녹색 비단을 약간 내보이기 위해 외투의 단추를 푼다. "더 이상 필요가 없게 되었습니다."

샤르베는 목을 주욱 빼고, 눈을 쉴새없이 깜빡거리면서 희한한 몸짓을 한다. "하지만, 선생님, 그것을 처음 입어보시고서 굉장히 좋아하셨던 것으로 기억하는데요."

"그렇습니까?" 정말로 놀라서 그는 묻는다.

"선생님께서는 좀더 유행에 앞서가기를 원하셨습니다."

"더 현대적으로?"

"바로 그것이었습니다. 선생님⋯⋯ 기억이 안 나십니까?"

"술 취했던 것은 기억납니다. 과찬을 받은 기억도 나고요."

"이 양복은 지금도 여전히 근사합니다."

"더 이상 이 양복이 필요 없습니다. 그리고 반얀도 다시 가져왔습니다. 나머지 것들도요. 저기, 의자 위에 있습니다."

샤르베와 그의 조수는 의자를, 꾸러미를, 종이로부터 나와 붉은 혀처럼 늘어져 있는 다마스크천을 바라본다.

그들은 그 검정 양복을 그에게 맞춘다. 몇 군데 단을 넣고 나니 놀랄 정도로 편안하게 들어맞고, 색깔도 잘 어울린다. 다만, 그가 정말 제네바 사람처럼 보이는 것은 사실이다. 샤르베는 수선을 조수에게 맡긴다. 그는 팔짱을 끼고 한쪽에 서 있다. 이 따금 혐오스러운 표정을 지으며 엔지니어의 우그러진 머리를 슬쩍슬쩍 쳐다본다.

드디어 그가 입을 연다. "이 양복은 단순할지는 몰라도 가격이 저렴하지는 않습니다. 그리고 가져오신 것은 이미 많이 입으셨고, 소매에 얼룩도 몇 군데 보입니다. 제 눈이 정확하다면 기름 얼룩인 것 같군요. 기름이나 더 심한 얼룩일 수도 있고요. 헐값에 팔 수밖에 없겠습니다. 상당히……"

장 바티스트는 조심스레 어깨를 으쓱거리면서 승마 외투를 다시 걸치고 단추를 채우면서 말한다. "당신이 가지고 간 나의 이전 옷은, 그 장사하는 신사분에게 팔았다는 그 양복은 당신 가게 전체를 팔아도 살 수 없는 그런 옷이오. 그 점만은 내가 정확히 기억하고 있소." 그는 샤르베가 고개를 돌릴 때까지 샤르베를 뚫어지게 쳐다본다. 그는 문으로 간다. 조수는 허둥지둥 문을 열어 준다. 순전히 습관에 의한 반사 작용이다.

외투 호주머니에는 페르 거리로 이어지는 묘지 일구문의 열쇠가 들어 있다. 그는 손을 호주머니 속에 넣은 채, 열쇠를 주먹 속에 움켜쥐고 시장을 가로지른다. 배가 고픈지 그는 생각해 본다. 아침 식사로 수프를 조금 먹은 것 외에는 아무것도 먹지 않았다. 아직 날이 밝기도 전에 약이 된다는 국물을 먹었었다. 그는 어느 어물전 입구에서 걸음을 멈춘다. 시장은 어쩐지 그의 눈에 다르게 보인다. 꼬집어서 어떻게 다른지 말할 수는 없지만, 뭔가 느낌이 다르다. 외관상으로는 똑같다. 똑같은 가게들, 여전히 얼굴이 붉고 손가락이 거친 상인들, 목쉰 고함소리나 쓰레기가 쌓인 모습도 예전과 똑같다. 그는 어물전 안으로 들어가, 물고기 비늘로 반짝이는 물 웅덩이 사이의 그림자 위에 서서, 깊은 숨을 쉰다. 코의 내벽에 차갑고 축축한 감각이 있지만, 냄새나 악취로 불릴 만한 느낌은 없다. 그렇다면 그것 역시 사라졌다! 적어도 이것은 뒷탈 없이 기요탱 박사에게 털어놓을 수 있는 증상이군…….

그 후, 그는 거기, 갈색 연기가 휘감겨 묘지벽 위로 올라가고 아직도 덜 마른 듯이 보이는 검은 글자들이 그를 기다리고 있는 페르 거리에 있다. 〈돼지 왕과 창녀 왕비는 조심하라! 베슈가 베르사유 전체를 묻어버릴 만큼 큰 구멍을 파고 있다!〉

그가 그것을 읽고 있는 것일까 아니면 기억을 하고 있는 것일까? 그도 알지 못한다. 그가 의심할 여지 없이 정확하게 알고 있는 것은 이 글을 처음 보았을 때, 그녀는 여기에, 거의 정확하게 그가 지금 서 있는 곳에, 빵 덩어리를 가지고 서 있었다. 그녀는 그것을 그에게 떼어 주었고, 그는 무슨 크고 투박한 새처럼, 노란 눈의 거대한 갈매기처럼 빵조각을 그녀의 손에서 낚아챘었다. 그리고 나중에, 납골당에서 아르망과 함께 있으면서, 그의 위치를 위태롭게 만드는 경솔한 행위에 대해 꾸짖을 요량이었으나, 오히려 그가 자신의 직업적 특성에만 전전긍긍한다는 비난과, 그가 가진 사상은 고작 '미결론' 의 사상이라는 책망을 받았다.

아르망이 한 말이 무슨 의미인지 그가 이해를 했을까? 거기에 대해 생각해 볼 기회가 거의 없었다. 먼저 인부들의 파이프 조달 문제가 있었고, 그 다음에는 르쾨르와 아르망이 술에 취해 돌아왔다. 그것 말고도 수백 가지의 다른 걱정거리들도 있었다. 그렇지만 그는 충분히 이해했다. 그것의 정당성도 느꼈고, 그 말에 분개도 했고……

묘지의 문이 열린다. 말랐지만 강단있는 몸에 수척한 얼굴이지만 젊어 보이고 활력있는, 노란 수염이 난 어떤 남자가 거리로 발을 내딛는다. 그는 엔지니어를 보고 멈추어 서서, 긴장하며 빤히 바라본다.

"블로크?" 장 바티스트가 다가선다. "블로크인가?

블로크는 고개를 끄덕인다. 그는 팔 아래에 둘둘 만 자루 두 개를 끼고 있다. 밀가루가 묻은 것으로 보아 빵자루임에 틀림없다.

"심부름을 가는 길인가?"

블로크는 다시 고개를 끄덕인다.

"잔느가 보냈나?"

"네."

"자네는 기운을 차렸군."

"네."

그들은 잠깐 서로를 쳐다본다. 그들의 얼굴에는 죽음과 불확실한 소생이라는, 같은 경험을 나누었다는 사실을 인식하는 기색이 스친다.

그런 다음, 그들은 서로의 어깨를 스치며 지나간다.

묘지 안에는 인부들이 북쪽벽 근처의 구덩이에 모여 있다. 구덩이 8호? 9호? 진흙이 채워진 연갈색 골반뼈를 들어 뼈벽 위에 올려놓던 남자가 그를 먼저 발견한다. 그는 멈추고, 광부로

서 할 수 있는 만큼 허리를 편다. 르쾨르는 그 남자의 시선을 따라가다가, 반가운 비명을 지르고 급히 달려가, 어찌나 빠르고 정신 없이 말을 하는지, 그가 내뱉는 단어들이 서로 겹치는 듯하다. 그의 눈에 맺힌 것은 눈물인가? 아마 연기 때문일 것이다. 단지 연기 때문이리라.

지상에서 일하는 사람들은 얼빠진 듯이 바라본다. 누군가 돌멩이 같은 한 마디를 밑에 있는 동료들에게 떨어뜨린다. 엔지니어는 그들에게 인사한다. 그들의 이름을 기억해 내는 것은 어렵지 않다. 아가스트, 이베르부, 클로에, 퐁트, 장 빌로, 자크 오프트, 루이 쌍, 일라이 윈테르…… 그는 그들을 보자 반갑다. 그들을 다시 보는 것이 진정으로 얼마나 기쁜지 그 스스로도 놀란다. 그는 그들에게 계속 수고해 달라고 부탁한다. 그들은 작업을 계속한다.

"내가 바랐던 만큼의 진전은 없었어." 르쾨르가 비밀스럽게 말한다. "지난주에 두 개를 끝냈네." 그는 사람들이 파낸 곳을 가리킨다. "그리고 한쪽 벽이 무너지지만 않았더라도, 이것도 끝낼 수 있었을 텐데. 다행히 휴식시간이었다네. 나는 묘지벽에 대한 책망까지 들었다니까."

"자네, 그 나무로 된…… 사방의 벽을 지탱하는 그 도구…… 그 도구……를 사용하고 있었나?"

"상자형 지지대 말인가? 그게 필요없을 것 같았네. 날씨가 참을 만하게 건조했거든. 물론, 그것이 실수였지. 미안하네."

"큰 문제는 아닐세. 흙으로 벽을 떠받치면 되니까. 흙으로 경사로를 만들고 지지대를 고정시키는 것이지."

"좋네. 그게 최선일 것 같군." 르쾨르가 말한다.

"인부들은 점심 식사를 했나?"

"몇 시간 전에. 지금 세 시가 넘었을 걸세."

"그런 줄 몰랐군."

"템푸스 푸지트(Tempus fugit)[49]." 르쾨르는 유쾌하게 말한다. 그의 입꼬리에는 허연 침버캐가 매달려 있다. 그의 입술은 바람에 터서 따가워 보인다.

"자네 완전히 다 나았나?" 르쾨르가 묻는다.

"내 두개골이 두껍다고 하더군." 장 바티스트가 말한다. "자네는?"

"다 나았냐고?"

"자네는 건강한가?"

"아, 나야 불편한 구석이 없지. 우리 르쾨르 집안 사람들은 튼튼한 종자들일세." 르쾨르는 웃는다. "난 곰과도 씨름할 수 있을 거야. 그래야 될 상황이 오면 말이지."

"코끼리는 어떤가?"

"코끼리?"

"방금 그 생각이 떠올랐네. 코끼리 말이야. 이유는 나도 모르겠어. 우리가 코끼리에 대한 이야기를 한 적이 있었나?"

"내게는 그런 기억이……."

"중요한 건 아닐세."

---

49) '시간은 쏜살 같다'는 의미의 라틴어 문구.

장 바티스트가 거의 한 시간 가까이 겨울 잔디 위에 앉아서 작업을 지휘했을 무렵, 그의 사지는 가늘게 떨리기 시작한다. 그는 양해를 구하고 교회지기 사택으로 건너간다.

잔느는 테이블 앞에 서서, 칼에 힘을 실어서 마른 소시지를 자르고 있다. 아르망은 커다란 크림색 책장에 검은 오선과 수백 개의 춤추는 음표들이 있는 악보집을 무릎에 얹어 놓고, 마네티의 의자에 앉아 있다. 그는 집중하느라 인상을 쓰면서 손가락으로 무릎뼈를 치고 있다. 그는 고개를 들어 장 바티스트를 보고, 활짝 웃는다. "이거, 이거, 이거!" 그가 외친다. "이게 누군가!"

"앉으세요." 잔느는 칼을 내려 놓고 테이블 아래에서 의자를 당겨 꺼낸다. 장 바티스트는 힘이 드는 듯, 눈을 잠시 감았다가 천천히 모자를 벗는다.

"여전히 많이 창백하시네요."

"이 친구는 언제나 창백해." 아르망이 대꾸한다.

"선생님은 집에서 쉬셔야 해요." 잔느는 재빨리 커피 주전자가 불가의 타일 위에 놓여 있는 난로로 간다.

"집은 이 친구의 머리통이 박살난 곳이라네." 아르망이 말한다. "이 사람이 묘지를 더 안전하게 느끼는 게 당연하지 싶군."

커피는 그저 미지근하고, 향내를 맡을 수 없으니 맛도 못 느끼지만, 장 바티스트는 그것을 벌컥벌컥 들이켜고 더 달라고 사발을 내민다. "할아버님은?" 그는 묻는다.

"쉬고 계세요." 잔느는 엔지니어의 회색 눈을 향해 자신의 갈색 눈을 깜빡이며 말한다. 그는 그녀가 무슨 생각을 하는지 궁금하다. 그녀에 대해, 다른 사람에 대해 그가 제일 마지막으로 기억하고 있는 것은 함께 교회에 가서 아르망의 오르간 연주를 들은 것이다. 그것이 그가 폭행을 당했던 날이었을까? 그 전날 밤이었나? 지난주였나?

아르망이 말한다. "발굴된 친구들을 찌는 작업이 이 늙은이를 상당히 지치게 하는구먼. 생각을 하기만 해도 지치네."

"이 소시지는 먹어도 되는 겁니까?" 장 바티스트가 묻는다. 그는 한 조각을 집어서 입에 넣는다. 돈육과 비계로 된 소시지는 동전처럼 딱딱하다.

아르망은 악보집을 덮는다. 그는 의자에 앉은 채로 몸을 돌려 엔지니어를 바라본다. 그가 음식을 열심히 씹다가 마침내 삼키는 것을 지켜본다.

"나를 쳐다보는 것이 그렇게도 재미있나?" 장 바티스트는 묻는다.

"재미있냐고? 자네가 교회에 처음 들어섰던 그 순간부터 자네를 재미있게 생각해 온 것을 알지 않나. 지금은 자네 머리에 어떤 실력을 발휘했는지 보고 싶다고 솔직히 고백하겠네."

"기요탱 박사가 말인가?"

"지게트 모나르 말일세. 난 그녀가 자네를 완전히 끝장내 버린 줄 알았네."

장 바티스트의 머리의 상처를 따라 실밥이 잠시 팽팽해진다. "그것이 그녀의 의도였지." 그는 말한다.

"아, 하지만 자네는 무언가가 필요했지. 자네는 알에서 깨어
나오기 전이었던 거야…… 그리고 자네가 입고 있는 건 새 양
복이 아닌가? 이걸 봤어, 잔느? 한밤중 같은 검정색이라니! 브
라보! 이 친구가, 내가 늘 의심했던 바대로, 철저한 칼빈주의자
의 본색을 드디어 드러냈군. 그의 모친이 그쪽의 신앙을 가진
사람이라는 걸 아가씨도 아는가?"

"우리 어머니는……" 장 바티스트는 두 발 사이의 돌바닥을
보면서 이야기하기 시작한다. "우리 어머니는……" 그는 입을
다문다. 그는 아르망의 게임에 놀아날 기분도, 상황도 아니다.
그는 두 번째 커피 사발을 비우고 일어서서 마네티를 살펴보러
위층으로 올라가, 잠자고 있는 노인 옆에 잠시 앉아 있는다. 그
런 다음, 계단을 내려오면서 아찔한 어지러움을 느끼지만, 난
간을 움켜잡아서 낙상을 겨우 면한다.

"자네, 오늘은 이만하면 충분하네." 아르망이 그의 팔을 꼭
잡고 밖으로 부축하면서 말한다. "묘지는 아직도 자네 것일세.
불쌍한 르쾨르는 자네가 없으니 어쩔 줄 모르더군."

"그 친구랑 이야기를 해야겠어." 장 바티스트가 말한다.

"내일 해도 늦지 않아."

"그럼 내일 오겠네."

"그러시겠지." 아르망이 말한다.

"작업복을 찾을 수 있으면 입고 오겠네."

"자네를 기다리며 준비하고 있겠네. 나도 하루나 이틀 정도
는 자네를 놀리지 않으려고 노력하지." 그는 미소를 짓는다.

"그 일이 일어났을 때……" 장 바티스트는 빠르고 조용하게 말하면서 아르망의 어깨 너머로 납골당의 아치문들을 바라본다. "그녀가 나를 쳤을 때…… 나중에, 그러니까, 내가 의식을 잃기 전에 시간이 약간 있었네. 굉장히 짧았던 것 같지만 충분한 시간이었지. 난 뭔가를…… 붙잡고 싶었네. 어떤 계획 같은 것을. 난 내가 죽어간다고 믿었거든. 그 순간을 가능하게 만들 무엇인가를 바랐네."

"그래서 무엇을 찾았나?"

"아무것도. 아무것도 못 찾았네."

페르 거리의 회색빛. 회색 석조물. 가파른 지붕 위의 검은 형체의 새들. 그의 왼쪽은 랭쥬리 거리의 모퉁이. 그의 오른쪽은 생 드니 거리. 분수 옆에는 깡마르고 쭈그러든 개 한 마리가 웅덩이에 고인 물을 핥고 있다. 그 개는 누군가 자신을 보고 있다는 것을 느끼고 고개를 들더니, 주둥이에서 물이 뚝뚝 떨어지는 채로 뒤를 돌아 생 드니 거리로 절뚝거리며 가다가, 이 세상 어떤 쪽에서 자신을 부르는지 확인하려는 듯 잠시 멈춘 후, 생 드니 구區를 향해 북쪽으로 간다.

엔지니어가 그 뒤를 밟으며 거리의 인파 속으로 들어가, 어색하게 가만히 서 있자, 단번에 사람들의 걸음을 방해하는 꼴이 된다. 개가 더 이상 보이지 않지만, 개를 봐야 할 필요도 없다. 그는 교육받고 계몽된 지성의 소유자로 자부하는 사람으로서, 의식 마술(ritual magic) 속으로 떨어지듯 불편하게 느껴지긴

하지만, 이제 무엇을 해야 할지를 안다. 먼저 그는 생 드니 거리로 걸어갈 것이다. 그 다음, 그는 빙빙 돌아 생 외스타슈 교회로 갈 것이다. 아르망과 그의 부랑자 친구들을 따라 페인트질을 하러 간 그날 밤, 안개 속에서 홀로 엘로이즈를 만난 그날 밤에 갔던 길을, 그가 할 수 있는 한 정확하게 짚어갈 것이다. 그 경로를 따라가다가 그녀를 다시 만날 것이며, 그의 마음을 전할 것이다. 그것이 무엇이든지 간에. 그는 아직 그것을 언어화하지는 못했지만, 일단 그녀가 그 앞에 나타나기만 하면, 성령이 임한 것처럼, 그의 입에서 쏟아져 나오리라.

실눈을 뜨고 바늘을 들여다보면서 작업대에 앉아 열두 시간을 보낸 후에 빨간 볼을 하고 왁자지껄하게 떠들면서 강 쪽으로 향하는 한 무리의 삯바느질꾼 처녀들을 뚫고, 그는 출발한다. 생 드니 거리에는 일이 잠시 중지되는 활기찬 시간이 왔다. 고개를 들고 겨울 저녁의 한때 작은 즐거움을 짜낼 기회이다. 제코의 포도주 가게는 이미 붐빈다. 인부 두 명이 황금 시대의 스페인 신사들처럼 바깥 벽에 느긋하게 기대고 있다. 주물공들, 꽃 파는 처녀들, 구두닦이들, 땔감 상인들, 거지들, 거리의 악사들, 대필 작가들. 이들 중 엔지니어의 백지장같이 파리한 중환자 같은 얼굴을 발견한 사람들은 한두 발자국을 걷는 동안 궁금하고도 걱정스러운 얼굴을 하다가, 곧 다른 구경거리에 휩쓸려 지나가 버린다. 물론 그는 반대편에서 급하게 오는 사람들과 어깨를 가끔씩 부딪힐 때를 제외하고는, 그들을 거의 의식하지 못한다. 그는 가능한 한 멀리 앞을 바라보면서, 그가 지금 무엇을 하고 있는지, 이 모든 행동이 기요탱 박사가 경고하던 종잡을 수 없고 오래 가는 후유증의 일부가 아닌지 의구심이 점점 커지지만, 그것에 굴복하지 않으려고 애쓴다. 그런 다음, 분수에서 300미터도 채 못 갔을 때, 불빛 때문에 거의 자주색으로 보이는 빨간색이 움직이는 것을 보고 발이 얼어붙는다. 그리고 나서 다시 더 빠른 속도로 걷기 시작한다.

이렇게 쉽게 그녀를 찾으니 마음이 불안하다! 그의 어지러움증을 떨쳐낼 시간도 없이. 자신을 추스릴 시간도 없이. 마술이 효과를 본 것 같은 생각에 불안하다…….

그녀는 소리쳐 부르기에는 너무 앞서 있고, 그와 마찬가지로 북쪽 방향으로 움직이고 있다. 잠깐 동안 그는 그녀를 놓친다. 한가로이 걷는 화물운송용 말 두 마리에 시야가 가려졌기 때문이다. 그리고 나서 그는 가게 창문 곁에 서서 유리에 얼굴을 가까이 댄 그녀를 다시 발견한다. 그는 그곳을 안다. 거기를 열두 번도 더 지나갔다. 그들은 그 물건들을 판다. 그것. 제기랄, 그의 머리 위에도 하나가 얹혀져 있는데! 하지만 그곳 물건은 여자들용이다. 여자들과 소녀들의 것. 리본 같은 것이 달려 있고, 큰 공간이 있으며, 색색의 깃털이 꽂혀 있기도 한…….

"엘로이즈!"

그는 너무 일찍 불렀다. 그의 목소리는 제대로 전달되지 않는다. 그렇지만 드럼통 같은 몸매를 하고 나이에 비해 늙어버린 시장 노파가 그의 뒤에서 그가 부르는 소리를 똑똑히 듣고서, 그의 애처롭고 거친 목소리를 놀라울 정도로 잘 흉내낸다.

"오, 엘로이이이즈!"

그는 뒤를 돌아 노파를 본다. 화가 나기보다는 어리둥절하다. 이 여자는 누구일까? 그가 아는 사람인가?

"어이, 왕비 아가씨!" 첫 번째 여자의 자매 같은 여자가 소리친다. "이 신사분께서 널 원하시는 것 같은데?"

그러나 그녀는 여전히 그들의 소리를 듣지 못했다. 그녀는 아직도 가게 창문을 응시하며, 거리에서 그녀 쪽으로 다가오는 상황을 알아채지 못한다.

"바구니 제작공이 질투할까 봐 겁나나 봐." 세 번째 여자가 말한다. "아니면 헌책장수든지. 아니면 너의 서방이든지."

"내 남편이 저년을 쳐다보기라도 하면, 저녁으로 그놈의 불알을 요리해 버릴 거야."

이제서야 그녀는 돌아서서, 그들을 바라본다. 그들이 다가오는 동안 꿈쩍도 하지 않는다. 분노, 두려움, 놀람. 그녀가 느끼는 감정이 무엇이든지 간에, 그것이 얼굴에 드러나지 않도록 조심한다. 엔지니어는 1미터 반, 아마 2미터 정도 거리를 두고 걸음을 멈춘다.

"혀를 갑자기 잃어버렸나 봐." 첫 번째 여자가 말한다.

"그가 원하는 건 혀가 아니니까." 두 번째 여자는 이렇게 말하고서, 자신의 재치에 혼자 웃는다.

"그 사람이네." 남자의 목소리가 들린다. 가게 옆집에 불꺼진 방의 창을 열고 밖으로 나온 더벅머리가 말한다. "레지노상을 파젖히는 자야."

"확실한가?"

"물론 확실하지. 그를 보라구."

"저 사람이 쓰는 일꾼들이 재미를 보니, 자기도 재미를 보고 싶은 게야." 다른 사람보다 어린 여자의 목소리이다.

"당신을 찾고 있었습니다." 장 바티스트는 엘로이즈에게 말한다. "당신과…… 이야기를 나누고 싶었습니다." 이야기를 나눈다는 말에, 청중들은 유쾌한 웃음을 터뜨린다.

"신사양반, 갖고 계신 돈 구경을 시켜주셔야지. 순진하기는. 이런 경험이 처음인가 봐."

"모나르 씨 딸은 어떡하고요?" 좀더 젊은 목소리가 묻는다.

"마음이 떠났나 보군요. 그렇죠?"

엔지니어를 제외하고는 그 누구에게도 눈길을 주지 않던 엘로이즈는 모든 것을 만회할 시간을 사오 초 정도 준다. 그는 숨을 쉬고, 얼굴을 찌푸리더니, 입을 연다. "모자였어요! 어떻게 모자를 잊어버릴 수가 있었는지."

그녀는 잘 보이지 않을 정도로 살짝 고개를 끄덕인 뒤, 매우 담담하게 마치 이 모든 일이 그녀와는 전혀 상관이 없다는 듯, 마치 터무니없는 일을 그저 우연히 맞닥뜨리게 되었고 이제는 관심이 사라졌다는 듯, 돌아서서 가던 길을 계속 간다.

창가의 남자는 머리를 밖으로 더 내밀고 외친다. "모자라니! 저 남자 얘기를 들었소? 모자였다는군요. 모자!"

창문은 장 바티스트가 서 있는 자리에서 한두 발자국밖에 안 되는 위치에 있다. 그는 그리로 간다. 그 남자가 반응할 틈도 없이 재빠르게 움직인다. 그는 남자의 머리를 한 움큼 쥐고, 잡아당겨 좁은 창문턱에 머리를 세게 내리박는다. 다른 손에는 묘지 열쇠를 들고 있다. 그는 열쇠 끝을 남자의 턱 바로 밑 부드러운 목 부분에 대고 누른다.

"내가 너에게 누구로 보이냐?" 장 바티스트는 조용하게, 거의 담화를 나누는 듯한 목소리로 말한다. "내가 너에게 누구로 보이냐니까?"

나중에 이 일에 대한 이야기를 할 기회가 생기면, 남자는 그 회색 눈에서 살기를 느꼈다고 몇 번이고 말을 하고, 사람들은 귀를 세우고 들으리라. 그가 느꼈던 것이 무엇이든지 간에 그를 침묵하도록 만들기에 충분했다. 여자들조차도 당황스러워한다. 쇼는 끝났다. 그들은 각각 자신들의 자리로 돌아가기 위해 사라진다. 순식간에 엔지니어는 혼자 서 있다.

2

생 드니 거리의 사건이 있은 지 사흘 뒤, 라포스 씨와 다시 만났을 때, 장 바티스트는 사표를 낸다. 그는 거기에 관해 의사를 분명히 한다. 그는 더 이상 레지노상 묘지 철거 공사의 총 책임자로 있고 싶지 않다. 그는 레지노상과는 무관하게 살고 싶다. 그는 어딘가 다른 곳으로 가서, 뭔가 다른 일을 하고 싶다. 결국 그는 엔지니어가 아닌가. 그도 그 정도는 알고 있다. 좀더 수준에 맞는 일을 찾기 위해 애써야 할 것이다.

하숙집 응접실에서 만날 때마다 절대 자리에 앉지 않는 라포스는 청년이 하고자 하는 말을 다 할 때까지 기다렸다가, 사임을 하는 것은 높은 사람들에게 허용되는 사항이며 엔니지어는 그런 사람이 아니라고 말한다. 엔지니어는 오히려 일종의 하인이나 마찬가지이며, 더구나 직책이 높은 하인도 아니라고 한다. 그저 장관이 원하실 때 쓸 수 있는 하인일 뿐. 장관이 더 이상 필요로 하지 않을 때 보내줄 거라고 한다. 그것이 그들의 계약 조건이다. 그것을 어기게 되면 앞으로 출세의 길은 완전히 막히게 될 것이다. 엔지니어가 이 모든 것을 이해를 못했다는 것이 우습기보다는 애처롭다.

"그러면 제가 여기에 남아 있어야 합니까? 그것 외에 다른 선택의 여지가 없다는 뜻입니까?"

"브라보, 젊은 양반. 드디어 요점을 파악하셨구려. 그러면 이제, 이의가 없으시면 내가 여기까지 수고스럽게 와서 선생과 의논하려던 것에 대해 이야기해도 되겠소?"

라포스가 의논하러 온 사항은, 하긴 그들 사이에 의논같이 보이는 대화가 오간 적은 없지만, 포르트 당페르의 채석장이 마침내 묘지로부터 첫 수송을 받을 준비가 되었다는 소식이다. 뼈가 묻힐 회랑과 통로에 주교 은하께서 성수를 뿌리셨다.

운송마차는 밤에 이동할 것이며, 생 루이에 있는 신학교에서 온 신부들이 같이 갈 것이다. 이동하는 동안 신부들이 큰 목소리로 기도할 것이다. 향과 횃불과 검정 벨벳이 이용될 것이다. 모든 것이 장관의 염려와 천주교도로서의 품위를 잘 반영해야 할 것이다.

"그리고 장관께 선생의 건강이 이제 거의 회복되었다고 말씀드려도 되겠소? 또, 앞으로는 그런 일이 다시는 일어나지 않을 것이라고?"

그는 자신의 것보다도 더 검은 엔지니어의 새 검정 양복에 대해 아무런 언급이 없다.

3

모나르 가족과의 저녁 식사. 케이퍼[50]로 속을 채운 양배추. 포도주에 요리한 송아지 콩팥 요리. 호박 파이.

주인집 부부는 심히 불편한 가운데 식사를 한다. 이제 모든 음식을 단순히 양, 부피, 탄성, 표면 질감, 건조 상태로만 느끼는 엔지니어는 그저 배를 채운다. 마리는 생기가 돈다.

---

50) caper, 지중해산 관목으로 그 꽃과 잎과 열매를 식용으로 씀.

4

3월 9일 밤, 엔지니어의 시계로 열한 시가 막 지났을 때, 튼튼하고 넓직한 암석운반용 마차의 호송대가 퐁네프와 채석장을 향해 떠날 준비가 다 되었다. 유골을 싣는 데 세 시간 이상 걸렸지만, 묘지에 쌓인 뼈들은 예전에 비해 줄어든 것 같지가 않다. 지하묘소와 회랑 위 다락에 있는 뼈는 아직 손도 대지 않은 상태이다.

말들은 봇줄에 매인 채 참을성 있게 기다린다. 이따금 한 녀석이 발굽을 자갈을 박은 시멘트 바닥에 비비곤 한다. 창백한 젊은 신부들은 미리 연습을 한 듯이 경쟁적으로 경건한 태도를 보인다. 그들은 횃불을 들고, 주변 사람들과 벨벳으로 덮은 수송물을 실은 마차를 쳐다본다.

"이 친구들이 튼튼한 장화를 신고 있기를 기원하세." 아르망이 중얼거린다. "이 일이 끝날 때쯤이면 달에 다녀온 것 같을 거야."

스무 명, 서른 명 정도의 구경꾼들이 페로네리 거리 건너편에 모여 있다. 지금까지는 사람들이 구경할 만한 일이 거의 일어나지 않았다. 화톳불 연기, 외국 항구에 도착하여 유흥을 즐기는 선원처럼 불안한 비밀을 알고 있는 듯한 눈을 하고 주말마다 모습을 드러내는 광부들. 그러나 이제는 이것이 모습을 드러낸다. 수송차와 불, 놋쇠단추가 달린 긴 외투를 입은 신부들의 행렬. 레지노상의 종말을 보여주는 부정할 수 없는 첫 증거! 첫 이송. 항의나 애도는 없었다. 악취 나는 한 뙈기의 땅에 어떤 애착을 느끼든지 간에, 지게트 모나르 이외의 그 누구도 그것을 구하려는 노력을 하는 사람은 없었다.

모든 것이 준비되고 곡예가 시작되려는 마지막 순간에, 콜베르 신부가 나타난다. 그는 묘지문을 통과해 넘어질 듯 들어오더니, 아르망과 장 바티스트 사이에 밀치고 서서, 색깔 있는 안경 너머로 그들을 노려보고, 젊은 신부들을 노려본다. 그들 중 한 명의 손에서 횃불을 빼앗아 들고, 쿵쿵거리는 발걸음으로 행렬의 맨 앞으로 가서, 선두 자리를 차지하고 선다.

엔지니어는 짐마차꾼에게 신호를 보낸다. 짐마차꾼은 말들에게 휘파람으로 신호한다. 돌에 쇠테두리가 부딪히면서, 마구가 철렁거리는 소리가 나고, 짐차의 뒤쪽에서는 쌓인 뼈들이 흔들리고 부딪혀 아래로 가라앉는 둔탁한 소리가 덮개 아래에서 들린다.

신부들은 시편 미제레레 메이 데우스(Miserere Mei Deus)[51]

---

51) '우리를 불쌍히 여기소서'라는 의미로 다윗왕이 유부녀 밧세바의 남편을 죽이고 그녀와 정을 통한 뒤 선지자 나탄의 직언으로 뉘우치며 지은 시. 시편 51편.

를 읊조리기 시작하지만, 그들의 걸음걸이와 노래의 리듬이 제
멋대로 행진하는 콜베르의 장화 소리에 섞여 엉망이 된다. 그
는 마치 영혼을 구원하기 위해 지옥으로 가는 사람처럼, 붉은
얼굴을 비장하게 내민 채 앞장서서 그들을 강으로 이끈다.

5

묘지벽 근처의 구덩이를 파내고 다시 채웠다. 두 군데가 더 열렸다. 엔지니어는 자신의 방법을 개선한다. 그는 일꾼들을 더 독려하고, 계절이 바뀌면서 밤이 서서히 짧아지자 작업 시간을 늘인다.

두 번째 광부가 무단이탈을 했다가 사흘 뒤에 아무 말 없이 굶주린 채 돌아온다. 다른 사람들은 어떤지 알 수가 없다. 외관상으로는, 일의 성격과 피로 때문에 의기소침해지고 냉담해진 것 같다. 자신들끼리만 따로 남았을 때 무슨 이야기들을 하는지 그는 매우 궁금하다. 그는 그들을, 그들의 용기를, 그들이 지닌 독립적인 태도를 존경한다. 그들은 그보다 덜 얽매인 것 같지 않은가? 더 자유로운 것 같지 않은가?

특히 그의 시선과 상상력을 사로잡는 한 사람이 있다. 잘린 손가락에 보라색 눈을 하고, 유령처럼 나타났다 사라지는 그 광부. 다른 이들은 은밀하게 그를 따르고, 별자리들이 움직이는 것처럼 존경을 표시하며 그를 중심으로 움직인다. 다른 일에서는 확실한 소식통인 르쾨르도 그에 관해서는 아는 것이 거의 없다. 다만 건강상의 이유로 긴 여행을 할 수 없게 된 광부 한 명을 대신해서 그들이 발랑시엔을 떠나기 직전에 그가 합류 했다는 정도가 다이다. 이름이 호른웨더이다. 아마 호른웨더일 것이다. 호른웨더가 아니면 탄트, 혹은 뫼무스일지도 모른다. 그들은 종종 가명을 지어서 사용하기 때문이다. 엔지니어는 그에게 불만스러운 일이라도 있는가? 아니다. 아니라고 장 바티스트가 말한다. 문제는 없다. 그저 호기심에서 묻는 것이다.

그 달 중순까지, 포르트 당페르로 매주 다섯 행렬을 보낸다. 중얼거리는 신부들, 촛불들, 침통한 짐을 싣고 가는 마차들의 이 행렬은 한동안 도시의 볼거리 중 하나가 된다. 《메르퀴르 드 프랑스》지는 행렬의 시간과 어디서 보면 가장 잘 보이는지 (강을 건너는 것을 강력히 추천한다) 안내하는 글을 싣는다.

젊은 남녀들, 특히 유한 계급에 속한 이들은, 그 광경을 보며 흥분한다. 도덕가들은 엄숙한 얼굴로 관심있게, 팔짱을 끼고 구경한다. 외국 관광객들은 프랑스에서 벌어지는 뼈들의 긴 행렬에 대해, 은유적 표현을 찾으려 애를 써가면서 고향에 편지를 쓴다. 그리고 나서 도시 전체가 이 일에 대해 손을 턴다. 도시는 다른 흥밋거리를 찾아 본다. 카페들. 정치 문제. 폭동 같은 것들을.

6

아르망은 지게트의 피아노를 연주하기 위해 모나르 씨의 집에 자청하여 찾아온다. 모나르 씨가 비용을 부담하고, 아르망이 치과 도구 같은 연장으로 무장한 남자를 고용한다. 그는 혀를 차고, 인상을 쓰고, 악기 내부로 몸을 반쯤 밀어넣더니, 마침내 듣기 좋은 선율이 흘러나온다.

아르망이 앉아서 연주할 때는, 그가 손가락 끝에서 건반으로 소리를 던져 넣는 것처럼 보인다. 천둥처럼 큰 소리의 화성 연주 부분이 처음 연주되자, 라구는 목제 보관함 벤치 밑에 웅크리고 있다가 나와서 양탄자의 직조면을 미친 듯이 긁는다.

아르망은 자신의 피아노 소리 때문에 목소리를 높여 외친다. "자네가 내 오르간을 파괴하고 있지만, 이것을 내게 주었으니 자네를 용서하겠네."

"난 자네에게 그것을 준 적이 없네." 장 바티스트는 말한다.

아르망이 대꾸한다. "소유권은 머지않아 좀더 유연한 개념이 될 걸세."

장 바티스트는 두통에 시달린다. 앞으로 평생을 두통에 시달리게 될 것이다. 두통이 극심할 때는, 마치 자신의 머리통에 난 틈을 통해 내다보는 것처럼, 세상이 검푸른 자주색의 막으로 덮여 있다. 그는 앉아서 꼼짝도 않고 가만히 있어야 한다. 통증은 점점 고조되어 결국은 엄청난 양의 구토로 방출된다. 다른 증상은 덜 심하고 기요탱의 처방에 따라 진한 커피를 서너 잔 마시면 완화된다.

잃어버린 단어들 중 몇 개는, 비둘기들이 지붕으로 다시 돌아오듯, 그에게로 다시 돌아온다. 그는 펜과 검은 잉크를 이용하여 일기장 뒷면에 쓴다.

면도칼
고리
자
지지대
모자……

그는 아직도 뷔퐁의 책 한 장을 완독할 수가 없고, 언제, 왜 그것을 샀는지 기억을 하지 못한다. 인간이 스스로에 관해 자신에게 들려주는 이야기가 삶의 얼마나 큰 부분을 차지하는지 그는 생각해 본다. 그것이 상관이 있을까 생각해 본다.

좋은 점이 있다면, 그는 더 이상 악몽에 시달리지 않는다. 그는 깊이 잔다. 끈적한 양귀비 유액이 들어 있는 약병이 그의 방

안 벽난로 위의 선반에 얹혀져 있지만 사건 이후로는, 어둠 속에 누워서 생 드니 거리에서 오스트리아 여인에게 그가 했을지도 모를 수백 가지의 말을 생각하던 그 밤을 포함하여, 약에 손을 댄 적이 없다.

열 번째 구덩이 바닥에서는 서른 명이나 마흔 명 정도 되는 아이들의 유골이 나온다. 더 정확한 수치를 계산할 시간적 여유가 없다. 기요탱과 투레는 아이들의 사망 연령을 네 살에서 열 살 사이로 추정한다. 마네티에게 질문을 했더니, 그는 고개를 끄덕인다. 플레시에 있는 고아원에 전염병이 돌았다고 한다. 1740년? 어쩌면 1741년일지도 모른다. 그는 확답을 하지 못한다. 구덩이 속에 아이들은 머리와 발을 맞대고 누워 있다. 아마 그들이 고아원에서 함께 잠잘 때도 그렇게 누웠으리라. 이 광경은 일꾼들에게 슬픔을 안겨다 준다. 그들은 파이프를 뻐끔거리고, 그들의 장신구들을 만지작거린다. 의사들은 두개골 몇 개를 모아, 마치 양배추나 순무처럼 잔느의 대바구니 속에 쌓고는 작업실로 가져간다.

3월의 마지막 며칠 동안 눈이 내린다. 눈은 양초처럼 교회의 검은 벽에 붙고, 쌓인 뼈 무더기 위에 바삭바삭하게 내려 반짝인다. 그리고 나서 얼어붙는다. 땅을 파는 것이 아니라 거의 긁어내는 것 같다. 연장이 땅에 부딪쳐 울린다. 열한 번째 구덩이를 시작하기 위해 밤새 그 위에 불을 피워야 한다. 겨울의 마지막 추위이다.

다음 주 내내 땅이 녹아, 당밀 같은 진흙이 된다. 관을 당겨서 빼낼 때 기괴한 소리가 난다. 외투의 단추는 열리고, 모자는 뒤로 젖혀진다. 레지노상에서조차, 또 엔지니어처럼 후각이 시들어버린 사람에게도, 공기의 변화가 느껴진다. 예기치 못할 간격으로, 불안하지만 순수한 기운이 공기중에 감지되기 시작한다. 그 순수함으로 인해 남자들, 여자들, 광부들, 감독들 할 것 없이 모두가, 시골로 멀리 길을 떠난다든지, 기슭에 버드나무가 무성한 강가로 산책을 간다든지 하는, 묘지가 아닌 다른 곳에 있는 상상을 하게 된다.

어느 날 아침, 엔지니어가 묘지에 도착하자마자 잔느가 그를 부른다. 신이 난 그녀의 얼굴은 환하다. 그녀는 그를 묘지 북서쪽 모퉁이로 인도한다. 그들이 처음 파낸 공동 매장 구덩이 근처이다.

"보이세요?" 그녀는 얼룩덜룩한 녹색 삽같이 생긴 이파리들과 작은 노란꽃들이 피어난 곳을 가리킨다. 근처에는 진홍색 꽃들이 달린 키가 더 큰 화초 무더기도 보인다.

"씨가 심어졌던 거예요. 선생님의 땅 파는 작업이 이 꽃들을 소생시켰어요."

그는 노란색, 진홍색 꽃들을 유심히 바라본다. 그는 아무 말도 하지 않는다. 그는 너무나 당혹스럽다.

7

그녀가 그의 곁에 서 있을 때까지, 그는 그녀를 보지도 듣지도 못했다. 땅거미가 질 무렵, 그는 막 하숙집으로 들어가려는 참이다. 〈여러분을 귀족으로 모시는 윌로 앤드 선스〉라고 씌어 있는 큰 짐차가 생 오노레 거리를 향해 덜그덕거리며 달린다. 깜짝 놀라서 그녀를 쳐다보는 자신의 모습이 우스꽝스러웠으리라고 그는 생각한다.

"저에게 하실 말씀이 있었나요?" 그녀가 말한다.

"그건 이미 몇 주 전이었소."

"그러면 더 이상 저에게 하실 말이 없으신가요?"

"아니오. 할 말이 있소."

"하실 말이 있다고요?"

"그렇소."

"잘 알겠어요." 그녀는 기다리며 그의 눈을 똑바로 바라본다. 그녀는 오늘 빨간 망토를 입지 않고 있지만 머리를 가리는 얇은 천으로 된 숄인지 스카프인지를 두르고 있다. 그녀의 얼굴은 경직되어 있고, 입술은 꼭 다물어져 있다.

“당신 생각을 했소.” 그가 입을 열자 말들이 저절로 굴러 나온다. 신중하게 생각하면서, 그 말이 불러일으킬 반향을 주의 깊게 계산하기에는 너무 늦었다. “당신 생각을 자주 했소.”

그녀는 고개를 끄덕인다. 그런 몸짓은 그에게 큰 도움이 되지 않는다.

“안으로 들어갑시다.” 그가 말한다. “안에서 이야기합시다.”

“모나르 씨네 집에서요?”

“반대하지 않을 겁니다. 그들은 나에게 반대할 입장이 아니니까.”

“그들의 딸 때문인가요?”

“그렇소.”

“그녀가 한 짓 때문에?”

“그렇소.”

“그녀와 친한 사이였나요?”

“당신이 생각하는 그런 의미로는 아니오.”

“제가 어떻게 생각하는데요?”

“잘 알지 않소.”

“어쨌든 상관없어요.”

“그런가요?”

“상관 있을 이유가 어디 있겠어요?”

“글쎄요. 나도 모르겠소.”

그들은 잠시 침묵한다. 너무나도 낯선 이 대화에, 이런 대화가 오고간다는 자체에 대해 그들의 정신이 잠시 압도된 듯하

다. 먼저 충격에서 회복한 것은 엘로이즈이다. "그래서 그것이
하실 말이었나요? 제 생각을 많이 했다는 것이?"

"그것이 다는 아니오."

"그럼 나머지는 무엇인가요?"

"혹시…… 여기에 올 수 있는지…… 물어보고 싶었소."

"선생님을 만나러요?"

"여기에서 머물 생각이 있는지. 그렇게 하고 싶은 생각이 있
는지."

"이 집에서요?"

"그렇소."

"우리 분명히 하도록 해요."

"나는 분명하게 말했다고 생각하는데."

"나를 정부로 삼고 싶으신 건가요?"

"나와 함께 여기서 머물기를 바라오."

"여기서 머문다는 것이 무슨 말이지요? 선생님이랑 함께 살
자는 말씀인가요?"

"맞소."

그는 생각한다. 이제 그녀는 머리를 뒤로 젖히고 웃어댈 것
이다. 경멸에 가득 찬 목소리로, 그가 하는 말을 그 자신도 알
지 못한다고 비난하리라. 그리고 그것은 사실이다. 그는 알지
못한다. 이것이 그가 하려던 말이었나? 나와 함께 살자? 혹은
그저 그가 생각해 낼 수 있는 가장 대단한 말이랍시고 한 것인
가? 그는 그녀에게 뭔가 차갑고 무시하는 말을 하려고 준비한

다. 그의 창피함을 만회할 어떤 말을.

그러나 다시 말을 하기 시작하는 그녀의 목소리는 조용하고 진지하다. 불친절하지 않다.

"여자와 살아 본 적이 있나요?" 그녀는 질문을 한다.

"아니오." 그는 말한다. "현실적인 질문인가요? 내가 제대로 행동하는 법을 모를까 봐 걱정이 되시오?"

"우리는 서로를 모르니까요." 그녀가 말한다.

"우리가 서로를 잘 알지는 못하지요." 그가 말한다.

"더 잘 알게 되고 나면, 저를 싫어하게 될지도 모르죠. 저 역시 선생님에 대해 마찬가지이고요."

"나와 함께 살고 싶지 않으시오?"

"제가 그렇게 말한 적은 없어요. 단지 선생님께서…… 필요한 모든 것을 다 생각하지 못하신 것 같아서요. 꼼꼼하게 생각하지는 않으신 것 같아요."

"당신이 틀렸소." 그는 말한다.

"아니면 선생님이 틀렸을 수도 있고요."

"나는 틀리지 않았소."

"하! 선생님은 반박을 싫어하시는군요."

시장에서 약삭빠르고도 끈질긴 장사꾼과 흥정을 할 때처럼, 그녀는 입으로 어떤 모양을 만든다. 그리고 나서, 그녀는 아래로 내려다보고 시멘트 바닥에 박아 놓은 자갈에 발끝을 천천히 문지른다.

"저를 좋아하시는군요." 그녀는 말한다.

“그렇소.”

“왜요?”

“왜냐고?”

“아실 것 아니에요.” 그녀가 말한다.

“물론이오.” 그러나, 사실은 그녀를 좋아하는데 이유가 필요하다는 생각이 든 적은 한 번도 없었다. “당신이 나를 바라보았소.” 그는 말한다.

“당신을 주목했다는 얘긴가요?”

“그래요.”

“사실이에요. 선생님이 눈에 띄었어요.”

“당신은 치즈를 사고 있었소.”

그녀는 고개를 끄덕거린다. “선생님은 길을 잃은 것처럼 보였어요.”

“당신도 그랬소.”

“길을 잃은 것같이 보였나요?”

“당신이 있어야 할 곳이 아닌 것 같았소.”

그녀는 그의 말 한 마디 한 마디를 조심스럽게 자듯 잠시 침묵한 뒤 말한다. “이 제안에 동의하기 위해서는, 제가 원할 때마다 자유롭게 오갈 수 있어야 해요. 선생님이나 다른 누구에게라도 지시를 받기에는 저도 너무 나이가 많으니까요.”

“당신은 자유로울 것이오.”

“그리고 혹시라도 저를 때리신다면…….”

“그럴 일은 없소.”

"어떤 남자의 목에 칼을 들이대셨다는 소문을 들었어요. 그 날 밤 생 드니 거리에서."

"칼이 아니라 열쇠였소."

"열쇠요?"

"그렇소."

"그가 나를 모욕했기 때문에?"

"그렇소."

"앞으로도 나를 모욕할 사람들이 더 있을 텐데요."

"그렇다면 그들과 싸우겠소."

"열쇠로요?"

"당신이 빨리 오면 좋겠소. 짐이 많은가요?"

"옷 약간하고, 책이 조금 있어요."

"책?"

"제가 글을 읽을 줄 모를 거라고 생각하셨나요?"

"아니오. 그런 생각을 한 건 아닙니다."

"책이 더 있었으면 좋겠어요. 좋은 제본으로요. 펴자마자 손에서 다 갈라지는 15수짜리 말고요."

"그렇지. 그런 싸구려들 말고."

"그리고 극장도요. 가본 지가 너무 오래되었어요."

"나도 극장에 가고 싶소."

잠시 그들은 평화로운 침묵에 잠긴다. 거리조차도 마침 조용하고 아무도 없는 드문 순간을 맞이한다. 창문 너머로 둘을 아는 누군가가 자신들을 훔쳐보고 있을 것 같다고 장 바티스트는 생각한다. 그는 개의치 않는다.

"저건 선생님인가요?" 그녀는 대각선으로 거리를 가로질러, 바느질 가게의 덧문 위에 검은 페인트가 권력자들에 대한 베슈 선생의 엄포를 선언하고 있는 곳으로 몸을 돌리며 묻는다. 이번 것은 바스티유 사령관이 맞이하게 될 운명에 대한 내용이다. 일주일 전에 씌어진 것인데 아직도 페인트로 덧칠을 하지 않았다.

"나의 이름을 알지 않소." 그는 말한다.

"네, 두 개 다 알지요." 그녀는 처음으로 활짝 웃으며 말한다.

8

　그녀는 그에게 확언을 주지 않는다. 그녀는 이 문제에 대해 숙고할 것이다. 이것은 중요한 일이다. 잘 생각해 보고 전갈을 보낼 것이다. 그 동안 그도 그것에 관해 깊이 생각을 해보라고 그녀는 제의한다. 그가 정말로 그렇게 말하려고 했는지, 진심으로 그것을 원하는지.

　거의 일주일 동안 그는 극심한 불확실성 속에 내던져진 상태였다. 닷새째 되던 날, 그날 밤, 그는 갑자기 그 일이 일어나지 않을 거라는 확신이 든다. 그의 육감이, 그의 통찰력이 그렇게 말해주고 있다. 그런 일은 일어나지 않을 것이고, 일어날 수 없을 것이다. 틀림없이 매주마다, 자신의 욕정을 좀더 애틋한 감정으로, 그녀가 몸담고 있는 직업의 세계에서는 존재하지 않을 그런 감정으로 혼동하고 있는 예닐곱 명의 남자들이 그녀에게 같이 살자고 조를 테니. 그녀는 냉정하리라. 논리가 그런 결론을 고집한다. 그녀는 냉정하고 공허하리라.

　아니면, 그녀는 마음이 고와서, 한없이 고와서, 그를 위해서 그에게로 오지 않을 것이다. 그처럼 교육받은 전문인은 세상에서 출세하려고 애쓰는 것이 당연할 테고, 그런 경우 그녀와 같은 처지의 여자와 어울리는 것은 공공연한 불명예와 경멸을 자청하는 셈이다. 그가 꿈꾸지도 못할 자리에 올라 있는 S백작 같은 귀족이나, 혹은 명예가 실추됨으로써 잃을 것이 거의 없는 하찮은 인간이라면 할 수 있을 것이다. 하지만 위대하지도 하찮지도 않은 그로서는 불가능한 일이다. 그리고 그녀는 그것을 깨닫고, 자신의 안위를 희생하여, 그의 어리석음으로부터 그를 보호하는 편을 선택한다.

그는 누군가와 대화를 하고 싶어진다. 그는 자신이 이렇게 낯설어 보인 적이 없었다. 그의 삶은 마치 모든 익숙한 물건들이 단순한 모조품들로 대체된 방 같다. 아르망에게 이야기를 해볼까? 그러나 아르망은 너무 열정적으로, 너무 격렬하게 찬성을 하거나 반대를 할 것이고, 너무 재미있어 할 것이다. 기요탱은? 기요탱이라면 귀를 기울일 것이고, 그의 수년간의 경험을 바탕으로, 이 문제를 거시적 안목을 가지고 바라볼 것이다. 의료적인 안목? 그럴 수도 있다. 그것이 옳은 안목일지도 모른다. 그는 건강이 좋지 않다! 원래에 비해 건강이 좋지 않고 제정신도 아니다.

그는 따뜻한 아침 햇살 속에, 의사들의 작업실에 앉아서 고아들의 두개골 중 하나를 들고 다듬고 있는 기요탱 박사를 발견한다. 그의 손에 들린 불쌍하고도 눈부신 물체를 보자마자, 모든 것을 털어놓으려던 마음이 싹 사라진다. 대신 그들은 두개골에 관한 이야기를 나눈다. 이마뼈, 마루뼈, 뒤통수뼈. 영유아 시기에는 머리뼈들이 아직 융합되지 않아 여러 개로 분리된 상태라는 것과, 두개골은 출생 당시 산도를 통과할 때 거대한 압력을 받게 되기 때문에 뼈들이 분리되어 있어야 한다는 이야기 등.

"이것들은 완벽하게 만들어졌소." 의사는 두개골을 장 바티스트에게 건네며 말한다. "멜론처럼 쪼개어지지도 않고, 유리공처럼 산산조각 나지도 않지요."

그는 서서 장 바티스트의 상처를 들여다보고, 새로이 난 머리카락을 조심스레 가른 다음, 흉터가 생기는 것을 보고 꽤 흡족해한다.

"아직도 두통 말고는 아무런 증상이 없소?"

"저는……" 장 바티스트는 운을 뗀 뒤, 어깨를 으쓱거린다. "저는 박사님께서 보시는 대로입니다. 그리고 치료비를 얼마라도 정하면 좋겠습니다. 박사님이 해주신 수고에 대해서 말입니다. 저를 돌봐주신 은혜에 대한 표시라도요. 저를 치료해 주신 것에 제대로 감사를 드린 적이 없습니다."

의사는 손을 저으며 제안을 거절한다. "물론, 내가 좋아하는 엔지니어 선생이 마음을 바꾸어 그 유명한 머리를 나에게 넘겨준다고 하면 받겠소만."

늦은 황혼 무렵 묘지로부터 돌아오고 있을 때, 어떤 소년이 묘지 벽의 그림자에 몸을 숨기고 있다가 튀어나와 그의 길을 가로막고 선다. 모나르 씨네 집으로 이사한 그날 밤, 그의 짐가

방을 날라준 벙어리 소년이다. 아이는 손을 내민다. 장 바티스트는 그가 뭔가를 달라는 것으로, 구걸을 하는 것으로 잠시 착각했으나, 그는 뭔가를, 네모로 꼬깃꼬깃 접은 종이를 내밀고 있다. 거리 한복판으로 걸음을 옮기자, 종이에 씌어 있는 글을 겨우 읽을 수 있을 만큼의 빛이 들어온다. 매우 짧은 글이다. 〈아직도 원하신다면 가겠어요.〉

그는 필기도구가 없다. 소년에게 말한다. "손짓을 할 수 있나? 손짓으로 의사 전달을 할 수 있어?"

소년은 고개를 끄덕인다.

"그렇다면 지금 너에게 이것을 준 여자에게 가거라. 내일 오시라고 말씀드려. 오후 세 시에. 이제 이 내용을 어떻게 전할 것인지 나에게 보여다오."

소년은 그에게 보여준다. 장 바티스트에게 의미가 명확하게 전달된다. 그는 소년에게 동전을 준다. "가거라. 오늘 밤 그녀를 찾거라."

9

집으로 돌아가서 계단을 오르며 방으로 가는 동안, 장 바티스트는 자신이 파리에서 가장 행복한 남자라고 생각한다. 그는 촛불을 켜지 않는다. 자주색달개비에 싸인 것처럼, 선선하고 거의 캄캄해진 방 안 침대에 앉아 있다. 이 모든 것이 얼마나 간단한지! 자신의 삶을 시련으로 만드는 우리는 얼마나 어리석은가! 마치 불행해지고 싶어 하는 것처럼, 혹은 갈구하는 일이 성취되면 우리가 터져 버리기라도 할까 봐 겁내는 것처럼! 오래된 반사신경처럼 잠시 그는 자신의 감정을 검사하고 싶고, 각부에 이름을 붙이고 싶으며, 이 새로운 환희는 또 어떠한 기제인지 알고 싶다. 그런 다음, 그는 부드럽게 웃으며 침대에 눕는다.

그렇게 잠에 빠져들 무렵, 그는 갑자기 벌떡 일어나 앉고, 모든 것이 다시 불확실해진다. 그녀의 그 글은 정확히 무슨 의미였을까? 모호한 부분이라도 있었던가? 그가 잘못 읽은 것은 아닐까? 그에게는 글이라는 것이 믿지 못할 시종이 되었으니. 그런데다 벙어리 소년에게 그의 대답을 말로써 전했다. 약간의 냉철함과 약간의 참을성만 있었다면 소년을 집으로 데려와 쉽고 명쾌하게 글을 쓸 수 있었을 것을!

그는 일어나서 작은 방을 이리저리 걸어다니다가, 문가에서 걸음을 멈추고, 이제 모든 물건들이 그저 어둠 속에서 어렴풋한 형체만 드러내 보이고 있는 방을 바라보며, 만약 그녀가 내일 여기로 온다면 (그리고 도대체 왜 세 시인지?) 그들이 이 방에 있을 수 없다는 것을, 여기에 머물 수 없다는 것을, 여기서 단 하룻밤도 지낼 수 없다는 것을 깨닫는다.

그는 살금살금 계단을 내려가 응접실 문을 지나서, 현관 입구 테이블 위에 있는 촛불을 가지고, 한 걸음에 두 계단씩 오르며 위층으로 돌아온다. 그는 지게트의 방 바깥에 서서, 문에 대고 귀를 기울이는 자신을 발견한 뒤, 소곤거리는 소리로 스스로를 꾸짖으며, 문을 열고 안으로 들어간다.

그는 신경쇠약의 여인은 어떻게 생겼는지 보려고 그녀를 병문안하러 갔다가 엉망이 된 방과 여자를 발견한 그 밤 이후로 여기에 온 적이 없다. 이제는 정돈이 그럭저럭 잘 되어 있고, 문이 닫힌 채로 내버려 두어서 공기가 좀 눅눅하지만, 금방 괜찮아질 것이다. 그는 촛불을 들고, 색칠된 옷장과 벽난로, 타원형 거울이 달려 있는 화장대를 둘러본다. 거울 속에서 이제 그가 들고 있는 촛불의 불꽃이 번뜩인다. 침대는 두 사람이 눕기에 충분한 크기이다. 방에서 아직도 그녀의 냄새가 나는가? 알 수가 없다. 그는 냄새를 분간하지 못한다. 그는 덧문이 닫혀 있지 않은 창문으로 가서, 그것을 열고, 그의 손가락 사이를 지나

들어오는 저녁 공기의 흐름을 느낀다. 발작 같은 의심의 순간은 지나갔지만, 저 아름답고 어지럽도록 눈부신 희열의 순간 역시 지나갔다. 그는 배가 고프다. 지독하게 허기진다.

그는 아래층으로 가서 저녁 식사 중인 모나르 부부와 합류한다. 그들은 수프를 거의 다 먹었지만 국냄비는 아직도 테이블 위에 있다. 그가 그들 부부에게 이야기를 할 순간이 왔다. 그가 무슨 계획을 가지고 있는지, 내일 벙어리 소년의 몸짓이 제대로 전달되면, 누가 그들의 집에 와서 살게 될 것인지. 수프를 숟가락으로 떠서 입에 넣으면서, 그는 이 모든 것을 우아하고도 결단력 있게 이야기할 방법을 찾으려고 애쓰지만, 시작하기도 전에 그는 웃기 시작한다. 묽은 갈색 수프가 입에서 줄줄 흘러나와 국그릇에 다시 떨어진다. 그는 입술을 닦고, 헛기침을 한다. 사과를 한다.

동이 튼다. 그는 검은 양복을 입고, 마리를 찾으러 나가, 부엌에서 그녀를 발견한다. 그녀는 부엌 테이블 옆에서 머리가 땅에 닿도록 허리를 굽히고, 고양이가 뛰어올라 낚아채도록 입에 삶은 고기 한 점을 대롱대롱 물고 있다.

"게임을 하고 있어요." 그녀가 말한다.

그는 고개를 끄덕이고는 지게트의 모든 옷과 사기로 만든 양치기 소녀들, 아마추어 수채화 그림들, 조개껍데기, 색칠한 골무, 색칠한 부채, 이 모든 것을 그녀의 방에서 그의 방으로 우선 옮겨서 보관해 달라고 부탁한다.

"왜요?" 그녀가 묻는다.

"내가 좀 쓰려고."

"아가씨의 방을요?"

"그렇네."

"선생님께서 쓰시려고요?"

"그래. 내가 쓰려고. 나와…… 다른 사람. 여자와 같이."

"여자요?"

"나와 함께 머물 거야."

"여자요?"

"그렇네. 여자. 그게 그리도 놀랍나?"

"사모님이신가요?"

"그건…… 우리끼리 그렇게 약정한 것이네. 생 앙투안 구에는 동거하는 남녀들이 모두 결혼한 사이뿐인가?"

"아뇨."

"그렇다면 우리도 그런 사람들일세."

"선생님 시중을 들라는 말씀이신가요? 그 여자분도요?"

"자네에게 돈을 좀 주겠네. 모나르 씨가 자네에게 주는 금액의 반을 또 덤으로 주지."

"여자분은 언제 오세요?"

"오늘 올 것 같군. 아마 오후에 올 거야."

"그러면 오늘 저한테 돈을 주실 건가요?"

"방이 준비되면 주겠네. 다른 일을 할…… 시간은 있겠지?"

그녀는 고개를 끄덕이고 능글맞게, 신나는 듯 웃는다. 그들의 대화 내내 고양이는 하녀의 입을 뚫어지게 쳐다보았다.

두 시에, 생 오노레의 금은방에서 돈을 좀 찾아야 하는 이유에 대해 르쾨르에게 거짓말을 연달아 늘어놓은 다음, 장 바티스트는 집으로 돌아온다. 지게트의 방문을 열어보고, 그는 열려 있는 텅 빈 옷장과 핀 하나도 남아 있지 않은 화장대하며 아무것도 걸려 있지 않은 벽을 보고 안도한다. 훌륭하군, 마리! 이번 일로 그녀에게 두둑히 사례를 해야겠다. 근사한 새 드레스를 사기에 충분할 정도로. 고향을 방문할 때 자랑스럽게 입고 갈 수 있는 걸로. 만약 그녀도 고향이 있다면, 어딘가에 고향이라고 여길 만한 곳이 있다면.

그녀가 이불 홑청은 다 갈았을까? 그는 침대보를 젖히고, 베개에 금색 머리카락이 있는지 확인한 뒤, 충동적으로 침대 밑을 들여다보고, 뭔가 작은 것을 발견한다. 그는 그것을 끄집어내어 손바닥에 놓고 살펴본다. 자주색 새틴. 자주색 리본으로 묶인 자주색 새틴. 일종의 신발인데, 부드러운…… 그것의 이름이 무엇이든 무슨 상관인가? 그런 생각을 할 시간이 없다. 그는 그것을 접어 호주머니에 넣고, 침대 모퉁이에 앉은 다음, 즉시 일어나 창문으로 간 뒤 밖으로 몸을 내밀고 거리를 노려본다. 그러면서 여자들의 시간 관념에 대한 서투른 속담을 중얼거린 후, 다시 침대로 갔다가 거울로 가서 이빨을 드러내어 점검을 한다. 시계를 꺼내 아직 약속 시간 십오 분 전이라는 것을 확인하자, 그는 다시 침대에 앉아서 신발에 묻은 흙을 본다. 묘지의 흙. 죽은 남자들과 죽은 여자들로 만들어진 부식토. 그리고 나서 그는 기요탱의 샤를로트, 오래된 동전 같은 푹 꺼진 회색 눈꺼풀에 긴 속눈썹이 돋아나 있는 그 썩지 않은 처녀를 떠올리고 있는 자신을 발견한다. 왜 그는 지금 그녀를 떠올려야 하는 것일까? 한두 시간만이라도 그들로부터 자유로울 수는 없는 것인가? 예전의 그는 자신의 아버지를 제외하고는, 죽은 사람들에 대해서 생각해 본 적이 없었는데……

 그리고 거리의 맞은편 창문에서 그를 바라보고 있는 저 늙은 얼굴은 도대체 어떤 놈인가? 그래, 남을 엿보기 좋아한단 말이지, 음? 그래, 좋다. 그는 서서 되받아 노려본다. 앞가슴에 팔짱을 끼고, 노려보고, 조롱하면서. 그러다가 점점 의심이 든다. 저것은 얼굴이 아니라 뭔가가 걸려 있는 것 같다. 어쩌면 작은 거울에 비친 부드러운 빛인지도 모르겠다. 그때 마침, 그의 귀에 또각또각 활기있는 말발굽 소리와 용수철이 달린 바퀴의 리듬이 들린다. 합승 마차들은 특유의 소리가 있고, 이건 틀림없이 합승 마차이다. 그는 창문으로 달려가, 아래를 보고, 집 밖에 그것이 서는 것을 본다. 늙은 마부가 그의 자리에서 내려와 마차 문을 열어주는 것이 보인다. 잠시 후, 그녀의 머리 꼭대기가 보인다. 바로 저 정수리.

 "드디어 왔군." 그의 목소리는 방의 새로 찾은 공허한 울림 속에 배우의 목소리처럼 가식적이고 낯설게 들린다. 그는 쿵쿵거리는 신발 소리를 내면서 곤두박질쳐서 계단을 내려온다.

 모나르 부인이 응접실에서 나와서 층계참에 서서 두 손을 쥐어짠다.

　"집에 불이라도 났나요?" 엔지니어가 그녀를 지나 달려나가는 것을 보고 소리친다. "신사양반! 신사양반!"

10

그들이 함께 보낸 처음 몇 시간은 너무나 고통스러우리만치 어색한지라 심각한 실수를 저지른 것 같다는 결론을 각자 내리게 된다. 그는 수다스럽게 지껄이다가, 그 다음 반 시간 정도는 입을 완전히 닫는다. 그녀는 화장대 옆 의자에 앉아 있고, 빛이 그녀의 어깨 너머로 비친다. 갑자기, 불가사의하게, 거리에서 그들이 만났을 때마다 느꼈던 것처럼 그렇게 그녀가 예쁘지는 않다는 생각에 그는 괴롭다. 그녀는 빨간색과 분홍색 꽃이 수놓인 드레스를 입고 있다. 그녀에게 어울리는가? 그녀의 가슴뼈 위쪽에는 그녀가 가루분으로 가리려고 애썼던 여드름 자국 같은 것이 있다. 그녀는 그를 동정하듯이 이것저것에 대한 이야기를 한다. 그의 일에 대해 예의바른 질문을 한다. 그의 일이라니! 그는 시체도둑보다 약간 나은 정도이다. 그가 그녀의 일에 관해 물어 보면 기분이 어떻겠는가?

방 안은 어두워져 빨래를 하고 난 물의 색깔로 변한다. 그는 갑자기 매우 화가 난다. 그는 여자들, 기생, 매춘부들에 대한 멍청하고 냉소적인 말을 던지고 싶다. 용서받지 못할 어떤 말을. 그 대신 그는 이렇게 말한다. "뭘 좀 먹읍시다."

"여기서요?"

"여기 말고 어디겠소?"

"모나르 가족들과 함께 식사하시나요?"

"물론이오."

"그럼 오늘 밤만이라도 우리 둘만 이 방에서 식사할 수 있을까요?"

"그들을 언젠가는 만나게 될 거요. 쇠뿔도 단김에 빼는 것이 좋소."

아래층 응접실에서는 모나르 부인이 벽난로 옆에 혼자 앉아 있다. 지게트가 떠나고 몇 주 만에 삶의 큰 부분이 그녀로부터 빠져나간 것 같다. 그 동안 눈물을 흘린 적도 많았고, 뭉친 손수건에 코를 훌쩍이기도 하였으며, 한숨을 쉬고, 젖은 눈으로 먼 산을 바라보기도 했으며, 가끔씩 자신도 모르게 찔찔 짜는 소리를 내기도 했다. 그녀의 남편도 그녀에게 별로 위안이 되는 것 같지 않다. 누구도 그녀를 위로할 수 없는 듯하다. 가끔씩 그녀는 주위의 돌아가는 세상 일에 대해 전혀 눈치채지 못하고 있는 듯한 인상을 주지만, 엘로이즈 고다르가 그 방으로 걸어 들어오는 것을 보고서 상당히 놀란다.

물론 마리가 미리 귀띔을 해줄 수도 있었겠지만 그렇게 하지 않기로 했다. 모나르 부인은 오후에 문을 두드렸던 방문객을 그저 바라트 씨의 지인으로만 알고 있었다. 보나마나 묘지에서 온 사람일 것이다. 어쩌면 무시무시한 라포스 씨라는 자일지도 모르지. 그런데 이 사람이라니. 이 여자라니! 기품 있는 사람들 사이에서는, 그녀의 이름을 알고 있다고 해도 입에 담지 못할, 바로 그 여자가 갑자기 꿈만 같이 나타나다니!

"모나르 부인, 이쪽은 고다르 양입니다. 고다르 양은 이제 이 집에서 머물 것입니다." 장 바티스트가 말한다.

"너무 큰 폐가 되지는 않을는지요, 부인?" 엘로이즈가 조심스레 묻는다.

장 바티스트가 말한다. "하숙비의 추가분은 제가 남편분과 정산하겠습니다."

모나르 부인은 고개를 끄덕거린다. 그녀는 두 사람을 번갈아 쳐다보면서 그녀의 무릎에 놓인 라벤더를 채워 넣은 작은 쿠션의 모퉁이를 비튼다.

"이 방은 정말 근사하군요." 엘로이즈가 말한다. "우아하면서도 동시에 아늑해요. 보통은 둘 중에 하나이거든요."

"그런가요?" 부인이 속삭인다.

"저도 전문가는 아니랍니다." 엘로이즈는 너무나도 넉넉하고 다정한 미소를 중년의 여인에게 쏟아낸다. 장 바티스트는 자신이 질투로 비명이라도 지르게 될까 봐 시선을 돌려야 한다. 그는 테이블에서 술병을 집어들고, 두 잔을 따라서 하나를 엘로이즈에게 주자, 그녀는 그것을 모나르 부인에게 건네주고, 부인은 마치 유리잔을 손에 들어 본 적이 없는 사람처럼, 또 적포도주를 처음 보는 사람처럼 그것을 받아든다.

"수를 놓으시나요, 부인?" 엘로이즈는 벽난로 근처 벽에 걸려 있는 평범한 실력의 자수 작품을 가리킨다.

"수?"

"바느질 말씀이에요, 부인. 저도 어릴 때 이런 것을 만들었지만 이것만큼 깔끔하지는 않았답니다."

"내 딸이 한 것이에요. 내 딸, 지게트."

사건 이후, 그녀가 엔지니어가 듣는 앞에서 감히 딸의 이름을 언급한 것은 처음이다.

"훌륭하게 배운 표가 납니다." 엘로이즈가 말한다.

부인은 미소를 짓는다. 순수한 감사, 순수한 안도. 그러더니 그녀의 속에서 용기가 일어난다. 배에서 가슴을 지나 입으로. "아가씨 생각에는……" 쿠션을 더 세게 쥐면서 말한다. "오늘 날씨가 조금 더 따뜻했던 것 같나요? 어제보다 더?"

엘로이즈는 고개를 끄덕인다. "그랬던 것 같습니다, 부인. 아마 그랬을 거예요."

반 시간 뒤에, 예의바르고 여성스러운 수다가 졸졸 흐른 지 반 시간 정도 뒤에, 가게에서 사용하는 시큼하고 자극적인 화학물질의 냄새를 여느 때처럼 풍기면서 모나르 씨가 방으로 들어와서 그들을 만난다.

엘로이즈를 바라트 씨의 친구라며 기껍게 소개하는 것은 바로 그의 아내이다. 그러나 고다르 양이 이 집에서 머물게 될 것이라는 사실을 알리는 것은 장 바티스트의 몫이다. 여기서 살게 될 것이다. 그와 함께.

"산다고요, 신사양반?"

"네."

"여기서?"

"그렇습니다."

"이 집에서?"

"네."

바로 지금이 모나르 씨가 봉기를 일으킬 순간이다. 그가 단칼에 잘라 거절하고, 두 사람이 그의 집에 일 분이라도 더 있는다면 동네가 떠나갈 듯이 소리를 지르고, 이성을 잃고 엔지니어에게 몸을 날려, 그를 상대로 몸싸움을 벌일 그런 순간……그러다가 그 순간이 지났다. 어쩌면 피투성이가 된 놋쇠 막대를 발치에 두고, 나체로 누워 순한 양처럼 순진무구하게 자고 있던 그의 딸에 대한 기억 때문에 참았는지도 모른다. 그는 소매에서 무엇인가를 털어내고 창 밖으로 레지노상의 모닥불들이 봄날 밤을 가르며 들쭉날쭉하게 타오르는 모습을 바라본다.

"잘 알겠소." 그가 말한다.

그들은 테이블에 앉는다. 마리가 쟁반을 들고 들어와서, 엘로이즈에게 음식을 먼저 차려 준다. 이미 그녀가 마음에 든 것 같다. 그들은 무 수프를 먼저 먹는다. 주요리로 삶은 녹색 채소와 양파를 곁들인 관 모양의 회색 고기가 같은 색깔의 소스와 함께 나온다.

"이것은 장어인가요, 부인?" 엘로이즈가 묻고, 모나르 부인이 그렇다고 대답하자, 엘로이즈는 장어에 대해서 나름대로 재치 있고, 무난한 말을 몇 마디 한다.

"장어들은 신기하더군요, 부인. 새끼들을 어디에서 기르는지 아무도 모른다고 합니다."

부인이 말한다. "내가 아이였을 때, 시장에서 양동이에 담긴 장어를 구경하는 것을 좋아했었답니다. 물에 손을 집어넣으면 어떻게 될까 하는 생각을 하곤 했죠. 그들이 손을 먹어 버릴 것인지 궁금했어요."

"제기랄." 모나르 씨가 으르렁거린다.

"네?" 엘로이즈가 묻는다.

"아무 말도 안 했소이다, 아가씨."

모나르 부인이 이야기를 시작한다. "바깥양반은 트루아 모레 거리에 큰 가게를 운영하고 있답니다. 일반칼에서 전문가용 고급칼까지 다 취급합니다. 생 외스타슈 교회의 푸파르 신부님도 고기를 자르실 때 바깥양반이 만든 칼을 쓰시지요."

"저도 본 적이 있어요, 부인. 가게 말입니다. 모두들 품질이 좋다고 칭찬이 자자하더군요."

"푸파르 신부님을 아세요?" 부인이 묻는다. 그녀는 머릿속에서 자신이 누구와 이야기를 하는지 완전히 잊어버리는 묘기를 부린 듯하다.

"길거리에서 마주친 적이 있답니다, 부인."

"신부님이 말하는 목소리는 참 듣기 좋지요. 내 딸이 그분의 목소리를 참 좋아했던 것 같아요."

"그렇게 큰 교회의 사제로 있으려면 목청이 좋아야겠지요."

"정말 그렇지요, 아가씨. 그 말이 정말 맞다고 생각해요."

"불한당 같으니!"

모나르 씨가 소리 지르며 자리에서 벌떡 일어선다. 라구는 거우 억제된 무정부 상태 같은 방의 분위기에 영향을 받아, 테이블 위로 뛰어올라 모나르 씨의 장어 아가리를 낚아챈다. 고양이는 그것을 가지고 피아노 밑으로 숨는다. 모나르 씨는 마침내 감정을 표출하고서 고양이에게 자신의 접시를 굉장히 난폭하게 집어던진다. 접시는 악기의 측면에 부딪혀 사기 조각과 회색 소스가 비처럼 쏟아진다.

이어지는 고요함 속에서 장 바티스트가 일어선다. 잠시 후, 엘로이즈도 역시 일어선다.

"이사하느라 피곤하시겠어요, 아가씨." 모나르 부인은 아무 일도 없었다는 듯 말한다.

"친절하게 마음을 써 주시니 감사합니다." 엘로이즈가 온 거리는 여섯 블록이 넘지 않았지만 그래도 이렇게 말한다.

"안녕히 주무세요, 어르신." 그녀는 인사한다.

모나르 씨는 고개를 끄덕이고 끙 하는 소리를 내지만, 라구가 소량의 장어 별미를 뒤집어 엎은 후, 큰 접시 조각에 묻은 소스를 조심스레 핥고 있는 바닥에서 눈을 떼지 않는다. 어쩌면 눈을 떼지 못하는지도 모른다.

그들은 방으로, 그들의 방으로 간다. 그들의 방이라고 불러도 괜찮은지 모르겠지만. 그날 저녁, 방 안은 딱히 춥지는 않다. 몇 주 전만 해도 입김이 하얗게 나오는 것을 볼 수 있었을 것이다. 그래도 장 바티스트는 난로 깔개 위에 무릎을 꿇고 불을 붙이기에 바쁘다. 불이 붙자, 그는 뒤로 물러서서 그것을 바라본다. 그는 여전히 불을 보면서 엘로이즈에게 자신이 묘지로 돌아가야 한다고 말한다.

"지금요?"

"사람들이 짐차에 유골을 싣고 있을 거요."

"오래 걸리나요?"

"일이 끝날 때까지는 있어야겠지."

"다른 사람이 할 수는 없나요?"

"그것이 문제가 아니오."

그는 재빨리 떠난다. 그녀는 문 뒤를 바라보고, 계단을 내려가는 그의 발걸음 소리를 듣는다. 곧 현관문 소리가 들린다. 몇 분 동안 그녀는 굳은 얼굴로 그 자리에 그대로 있다. 그리고 나서, 그녀는 손을 들어 눈에서 떨어지는 눈물 두 방울을 얼른 닦아 감추고서 화장대로 간다. 머리에 있는 고운 무명 리본을 풀었다가 다시 묶고, 신발을 벗겨낸 다음, 신발이 끼이는 오른쪽 발 바깥쪽을 주무르고 나서, 단추와 레이스를 풀고, 구멍, 매듭, 핀 같은 것을 이리저리 만지작거리면서 속치마와 슈미즈와 스타킹만 남기고 옷을 벗는다. 그녀는 자신의 전 재산을 넣어온 큰 가방 세 개 중에서 태피스트리 가방 하나를 열어 누빈 잠옷 한 벌, 가죽 슬리퍼 한 켤레, 오렌지물 한 병, 수건 하나를 꺼낸다. 그녀는 오렌지물로 얼굴과 목과 겨드랑이와 젖가슴 사이를 닦는다. 용변기는 방 안 한구석에 있는데, 주름 잡힌 면칸막이를 나무틀에 끼운 병풍에 가려져 있다. 그녀는 거기에 앉아 볼일을 다 본 후, 오렌지물로 가랑이 사이의 주름 부근을 닦는다. 그녀는 며칠 내로 생리가 시작될 예정이다. 그녀의 내부에서 점점 쌓이는 것을 느낄 수 있다. 약간의 무거운 느낌. 약간의 붓기. 그녀가 아는 남자들 중에는 여성의 월경에 혐오감을 느끼는 사람도 있고, 더 골치 아프게, 그것에 끌리는 사람도 있다. 엔지니어는 그것에 대해 전혀 생각하고 싶어 하지 않는 남자들 중 하나일 것이라고 그녀는 생각한다.

그녀는 잠옷의 단추를 잠그고, 불쏘시개로 난로를 휘저은 다음, 방을 살펴보기 시작한다. 그가 쓰던 방이 아니라는 것이 명백하다. 여기에는 그의 물건이 없기 때문이다. 옷장은 텅 비어 있다. 그녀도 아직은, 혹시나 하는 마음에 그녀의 옷을 넣지 않았다. 남자들 방 특유의 어수선함이 없다. 한때 그가 입은 것을 보았던 양복을, 야생 상추 같은 색깔의 그 옷을 구경하고 싶지만, 그것이 없다. 셔츠 한 장도 없다. 그의 방이 아니라면, 이것은 누구의 방일까? 그녀는 짐작이 가지만, 아마도 그녀의 짐작이 맞겠지만, 내일 그 특이하고 키 작은 하녀에게 물어 보면 될 것이다. 그 하녀는 모든 것을 알고 있을 테니까.

그래도 최소한 창문이 묘지 쪽이 아닌 거리 쪽으로 나 있다. 그리고 랭쥬리 거리에 사는 고객은 없었다. 우연히 마주쳐서 그녀가 창피해할 만한 사람은 없다. 그렇다고 그녀가 어떤 일에 쉽게 창피해할 사람은 아니지만. 그녀는 옛 생활을 버렸으나, 그것은 겨우 하루 이틀 전의 일이고, 그녀는 수치스럽게 가식을 떠는 수준으로 자신을 낮출 생각은 없다. 그녀는 공공연하게 노출된 삶을 살아왔고, 거의 사 년 동안 공공의 여자로, 사람들의 눈에 완전히 노출된 직업에 몸을 담았다. 저 오를레앙—파리 국도에 있는 여관에서 그녀의 부모가 가르친 일이었다. 그러나 사 년은 긴 시간이었다. 충분한 경험을 하였다. 슬픔과 분노가 끊임없이 돋아났고, 그녀가 가는 길에 무성한 가시덤불처럼 그것은 그녀를 긁어대며 천 개의 작은 상처를 냈지만, 그녀를 죽이지는 못했다. 그리고 이제 새로운 삶이 왔다. 그녀가 잘 알고 있는 것 같은, 회색 눈을 가진 어색한 이방인과의 새로운 삶. 그녀를 원하는 이방인. 물론 그것은 특별히 새로운 일이 아니지만, 그는 매일을 그녀와 함께 하기 원한다. 매달 첫 화요일에만 그녀를 원하는 늙은 이즈보 같은 사람들과는 다르다…….

생각이 책장수에게로 미치자, 그녀는 태피스트리 가방으로 다시 가서 책 두 권을 꺼내 화장대로 가져와, 앉아서 촛불을 가까이 잡아당긴다. 무엇을 읽을까? 자크 카조트의 『사랑에 빠진 악마』를 읽을까? 아니면 프란체스코 알가로티의 『숙녀를 위한 뉴터니즘』? 오늘 밤은 알가로티랑 뉴턴과 함께 보내야겠다. 그리고 나서, 그가 돌아오면, 그에게 설명을 해달라고 부탁하면서 그를 위로할 수 있을 것이다. 그가 그것을 좋아할 거야. 남자는 다들 그런 것을 좋아하니까. 그녀는 자리를 잡고서 읽던

쪽을 펼친 후, 광학에 관한 장을 시작하려 하던 찰나, 문에서 조용하게 긁는 소리가 들린다.

그는 묘지로 가지 않는다. 애초부터 그럴 생각이 없었다. 그는 반대 방향으로 가서 팔레 루아얄로 향한다. 그는 생각하기 위해, 생각을 멈추기 위해 좀 걸어야 할 것 같다. 그를 괴롭히는 두통이 또 찾아온 것일까? 놀랍게도 그렇지 않다.

그녀는 여기로 온 것을 얼마나 뼈저리게 후회하고 있을지! 그 저녁 식사 시간! 엽기적이었다! 그리고 무엇보다 나빴던 것은, 그 자신의 행동거지였다. 얼마나 무디고 무례했던지. 마치 그녀를 원망하는 것처럼! 그가 겨울 내내 열망했던 그녀를! 눈에 잘 띄지 않는 가슴 속 한 켠에 불가해한 거부감 없이, 부정不定 없이, 단순히 원하고, 단순히 갈망할 수 있는 것이 왜 하나도 없는 것인가? 그리고 엘로이즈 고다르 같은 여인과 함께 있으면서 제 구실을 하는 남자라면 응당 할 일을 하고 있어야 마땅할 이때에, 그는 도망을 쳤다. 아르망 같으면 지금 벌써 두 번째로 일을 치르고 있었으리라. 유리가 창틀에서 와르르 깨져 내렸겠지. 아르망이 엘로이즈와 함께 있다니, 물론, 생각만으로도 더럽다. 만약 그 인간이 그녀에게 손가락 하나라도 건드린다면…….

팔레에서는 넘쳐 흐르는 불빛에 밤공기가 반짝인다. 횃불, 샹들리에, 중국식 초롱불들. 묘지를 이렇게 밝혀 놓으면 일꾼들이 밤새도록 일을 할 수 있겠군. 장정 서른 명을 더 고용해서, 한 무리가 자는 동안 나머지 사람들은 땅을 파고, 새벽과 저물녘에 교대를 시키면 되겠다. 발랑시엔에서는 남녀 인부들과 펌프와 말들이 이렇게 스물네 시간 일한다. 다음 세기가 도래했을 때에도 여전히 죽은 이들을 파내고 있지 않으려면, 정말로 뭔가 혁신적인 방법을 생각해 내든지 무슨 수를 써야 한다.

그는 부대끼며 앞으로 나아간다. 그의 검정 외투는 초록, 빨강, 은색, 금색의 옷들을 스친다. 사람들과 부딪힐 때마다 얼굴들이 헤엄쳐 나타난다. 분칠을 심하게 한 남자 하나가 엔지니어를 보고 혀끝을 낼름 내민다. 아파트 이층에 사는 창녀인지 아닌지 모를 두 여인이, 은사슬로 말뚝에 묶인 원숭이와 장난을 치다가 고개를 들고 그를 쳐다본다.

카페 코레차 밖에는, 노란 머리를 한 청년이 의자 위에 위태롭게 서서 연설을 하고 있다. 무엇에 관한 것인가? 늘 듣던 소리들이다. 인간의 마음, 자연의 요건, 철학의 전망, 인류의 운명, 굴하지 않는 정의, 덕목…… 그리고 그가 베슈를 언급했던 걸까? 정의의 용사 베슈? 잡담 소리, 웃음 소리, 매춘부와 신사들이 내는 비틀거리는 발걸음 소리, 안뜰에서 대여섯 명의 작은 악단이 음악을 연주하는 소리 등 온갖 다른 사람들이 내는 소음으로 제대로 알아듣기가 불가능하다.

그는 '이탈리앙'이라는 가게로 들어가 사기난로 근처 자리에 앉아 브랜디를 주문한다. 요즘 종업원이 자신을 더 빨리 접대하는 것 같다고 그는 생각한다. 검정 외투 때문인가? 근엄한 검은색이 그를 사제나 고급공무원 혹은 알 수 없는 권력을 쥐고 있는 사람처럼 보이게 만드는 것일까? 아니면 지게트 모나르 덕분인가? 또는 남자의 목에 열쇠를 들이댄 전에 보지 못했던 광기 때문에? 폭력 앞에서 사람들은 정중해진다. 세상에 대해 그 정도는 그도 안다. 어쩌면 그것이 의자 위에서 설교를 하고 있는 청년이 말하는 덕목 중 하나일지도 모른다. 발목까지 피에 잠긴 채로 허리를 굽혀 인사하며 서로에게 우아한 몸짓을 해 보이는 신사들. 신사적인 폭력. 폭력의 신사적인 필요성. 폭력은 의무이다. 앞으로 다가오는 미래상일 것이다.

브랜디의 값을 치르려고 호주머니에 손을 집어넣었다가, 지게트의 새틴 신발 같은 것을 끄집어 낸다. 종업원은 보일 듯 말 듯한 미소를 그에게 보낸다.

밖으로 나가서, 그는 자매나 사촌들로 보이는 여성 만돌린 연주자들 사이를 뚫고 걸어가, 7번 살롱의 창틀에 새틴으로 된 그 물건을 버리고, 증권거래소 뒤쪽의 거리로 접어들면서 갑작스런 어둠 속의 고요를 되찾는다. 약간의 브랜디에 그는 정신이 번쩍 든다. 그는 이제 그가 할 일을 안다. 생 외스타슈의 부벽에 도착하자 그는 달리기 시작한다.

돌아와서, 그는 자신이 상상했던 것보다 그녀가 덜 불행하게 보이자 순간적으로 실망한다. 사실, 그녀는 전혀 불행해 보이지 않는다. 그녀는 그를 향해 미소를 짓고, 무릎에서 참하게 몸을 웅크리고 있는 라구의 머리 위로 읽고 있던 책을 태연하게 내민다. 그녀는 페이지 중간에 있는 단어 하나를 가리킨다.

"무슨 글자인지 안 보이는군." 그는 말한다.

"보지 않고 계시잖아요." 그녀가 말한다.

"읽을 줄 모르오?" 그가 묻는다.

"굴절." 그녀는 말한다.

그는 웃는다. "아, 그래요. 알고 있소. 굴절은 렌즈를 사용해서 빛의 각도를 바꾸는 것이오."

그는 고양이를 복도로 데려간다. 내려 놓자, 그 녀석은 몸서리를 친다. 그리고 나서 그는 방으로 돌아와 장화, 외투, 조끼를 벗는다. 그들은 침대에 나란히 눕는다. 그녀는 손가락 두 개를 적셔 촛불을 끈다. 벽난로의 빛으로 충분하다. 둘은 눕는다. 키스를 한다. 그들의 입이 처음에는 서로에게 차갑게 느껴지더니, 곧 녹는다. 그녀는 놀랄 만큼 단추를 잘 푼다. 그는 반바지를 벗기 위해 버둥거린 후, 그녀의 가슴에 얼굴을 묻고, 그녀를 껴안는다. 그녀는 그의 팔을 부드럽게 풀어내면서 슈미즈를 허리께로 말려 올라갈 때까지 걷어 올린다. 그가 용기를 내어 바라보니, 불꽃처럼 환한 그녀의 허벅지 살이 보인다. 셔츠 밑에서 그는 병처럼 단단하다. 너무나 단단하다. 그녀가 그를 거의 스치듯 만지자마자, 그는 경련을 일으키면서 지게트 모나르가자로 그의 머리를 내려친 그날 밤처럼 억눌린 짧은 비명 같은 것을 지른다.

일주일이 지나고서야 어느 늦은 오후, 예기치 않게, 옷도 거의 벗지 않은 상태로 그는 드디어 그녀의 속으로 들어간다. 일단 삽입을 하자, 그는 이마를 낮추어 그들의 두개골을 서로 가

볍게 맞댄다. 그녀의 엄지손가락은 흉터 자국을 따라, 신경이
죽은 피부 융기를 따라 움직인다. 그 순간부터 가슴 속에서 그
는 그녀를 자신의 아내로 여긴다.

11

레지노상에서는 들쥐들의 숫자가 엄청나게 늘어나고 있다. 쥐들이 여기저기 눈에 띈다. 기요탱은 이놈들이 이곳을 떠나는 것이라고 생각한다. 일꾼들은 고양이들을 입수한다. 텐트마다 최소한 한 마리는 있지만, 르쾨르조차도 사람들이 고양이를 어디서 구해오는지 알지 못하는 눈치이다. 아마 토요일 밤에 만나는 여자들로부터, 그들의 애인들로부터 구하는 것 같다. 가끔씩 엔지니어는 저물녘 순찰을 돌면서 그들 중에 라구를 본 것 같은 생각이 들지만, 멀리서 보면 고양이들은 다 비슷해 보인다. 밤에는 대서사시에 나올 법한 전투가 벌어진다. 고양이 한 마리가 사망했지만, 들쥐들도 엄청나게 많이 죽었다. 그 녀석들의 시체는 온전한 것도 있고 찢어진 것도 있는데, 길게 자라고 있는 잔디 속에서 발견되기도 하고 납골당 계단 위에 전리품처럼 놓여 있기도 한다.

열네 번째인 새 구덩이가 남쪽 납골당 근처에서 파헤쳐진다. 그것과 더불어, 엔지니어는 첫 개인 지하묘소를 시작하기로 결심한다. 그는 슬라바르, 빌로, 블로크, 이베르부와 함께 작은 팀을 만들어, 랭쥬리 거리 창문 아래에 있는 서쪽 납골당으로 그들을 이끌고 간다. 그들은 1610년에 봉인된 플라셜 집안의 묘소부터 시작할 것이다. 끌과 망치로 모르타르를 깨 부수고, 위에 있는 큰 돌덩이를 헐겁게 만든 다음, 길고 끝이 납작한 강철 봉을 집어 넣고, 돌덩이가 움직일 때까지 아래로 누른다. 지하 묘소는 귀족적인 면이 있는 듯하다.

장 빌로가 제일 먼저 내려간다. 그가 내려가는 동안, 그가 들고 있는 불이 펄럭거린다. 사다리를 거의 다 내려갔을 때, 불이 꺼진다. 그들은 이름을 부르지만, 그는 대답을 하지 않는다. 장 바티스트와 장 블로크는 그를 데리러 내려간다. 그들은 가리비를 따러 들어가는 해녀처럼 숨을 참는다. 그들은 손으로 더듬어 그를 찾아내고, 축 늘어진 그를 사다리로 끌어 올려, 이베르부와 슬라바르에게 넘긴다. 그는 곧 정신을 차렸으나, 그와 엔지니어와 장 블로크는 납골당 밖의 잔디 위에 다 같이 웅크리고 앉아 몇 분 동안 침을 뱉고, 공기를 들여마신다.

나중에 교회지기의 부엌에서, 장 바티스트는 약품 처리된 양모나 숯가루로 된 필터가 붙은 마스크 같은 숨쉬는 기구의 도안을 그린다. 혹은 공기 파이프와 날숨을 내보낼 수 있도록 된 간단한 밸브가 달린 닫힌 복면처럼 뭔가 더 전체적으로 얼굴을 감싸는 것도 좋겠다. 그는 자신의 계획에 르쾨르의 흥미를 끌기 위해 애를 써 보지만, 르쾨르의 마음은 다른 곳에 가 있다.

"르쾨르 씨는 지쳐 있거든요." 잔느는 말한다. 아마 그녀가 의도했던 것보다 더 날카롭게 말이 나온 것 같다. "다들 지쳐 있어요."

그는 고개를 끄덕인다. 잔느는 물론 엘로이즈 고다르에 대해 알고 있다. 온 동네가 다 알고 있다. 그래도 거기에 관해 그에게 이야기를 하는 사람은 아르망밖에 없지만. 그는 도안을 접어 호주머니에 넣는다.

르쾨르는 꿈을 꾸듯, 그 둘을 향해 미소를 짓는다. 그는 입을 뗀다. "우리 르쾨르 집안 사람들은, 우리 르쾨르 집안 사람들이라면……" 그리고 나서 그는 어깨를 으쓱이고 돌아서서 창 밖을 다시 내다본다.

12

매일 아침, 봄 새벽의 맑고 희뿌연 햇살 속에 그는 엘로이즈의 곁에서, 꿈이 없는 잠에서 깨어난다. 어떤 아침에는 잠에서 깨어나 그를 바라보고 있는 그녀를 발견하거나, 그녀의 미소 속으로 깨어 들어간다. 또 어떤 아침에는 그가 먼저 일어나 가만히 누워, 사랑스러우면서도 불안한 그녀의 얼굴과 비밀스럽고도 신비한 그녀의 감은 눈을 관찰한다.

그리고 나서, 그녀가 눈을 뜰 때, 잠과 꿈 속에 깊이 뿌리내린 그녀의 시선은 종종 슬픔의 흔적이 묻어나지만, 그가 물어 볼 때마다 그녀는 슬픔을 부정한다. 마른 입으로 그들은 한동안 누워 은밀하고도 사소한 일에 대해 이야기한다. 다른 입술로 그들은 살짝 키스를 한다. 그에게 이것은 약이 된다. 아침이 주는 선물들. 이불 밑의 다정한 온기, 이웃집 지붕 위에서 새들이 부르는 노래, 베개 속의 새로운 심장 박동. 그는 자신이 얼마나 망각하기 시작했는지, 이 방 너머의 세상 일에 얼마나 무관심한지 거의 알아채지 못한다.

마리가 기억을 하고 있다가 그들에게 뭔가를 가져다 주면,

방에서 함께 아침을 먹는다. 그녀가 잊어버린 아침에는, 엘로이즈는 침대에 남아 있고 그는 묘지에서 잔느와 마네티와 르쾨르와 함께 조반을 든다.

그가 출근한 후 그녀가 무엇을 하면서 하루를 보내는지에 대한 이야기를 듣는 것은 언제나 흥미롭다. 어떤 세세한 대목도 하찮지 않다. 그에게 그저 모나르 부인이 백개먼 놀이를 할 때 속임수를 쓴다고 말하는 정도로는 충분하지 않다. 그는 정확하게 그녀가 어떻게 속이는지 알고 싶다. 주사위는? 말은? 그리고 두 여자들이 창가에 앉아서 수를 놓으며 오후를 보냈다고 하면, 무엇을 수놓았고 어떤 모양을 바느질했는지 알고 싶어 한다. 장미꽃 봉오리? 지그재그? 공작새 꼬리?

"무슨 이야기를 했소?"

"물론, 당신 이야기지요."

"나?"

"아뇨. 당신 이야기를 한 적은 한 번도 없어요."

"지게트는?"

"가끔씩."

"모나르 씨도?"

"가끔은 그 양반 이야기도 해요. 그리고 빵 가격, 비가 올 확률, 변비에 차풀이 좋은지 갈매나무가 좋은지."

"그녀를 다시 행복하게 만들었구려."

"아뇨, 장. 그렇게 하지 못했어요. 아시잖아요."

엘로이즈가 랭쥬리 거리의 집에 도착한 지 한 달이 되는 날, 그녀는 침대에 앉아 장미가 그려진 사발에 있는 커피를 작은 접시에 부어 마시면서[52], 극장에 가고 싶다고 말한다. 그가 약속하지 않았던가? 그는 고개를 끄덕인다. 그는 아르망을 만나러 간다. 아르망은 극장에 대해 잘 알 것이다.

"오데옹 극장[53]으로 가게." 십자설교대 옆에서 비끼는 푸른 햇살 속에 그들이 함께 서 있는 동안, 아르망은 말한다. "지금 보마르셰[54]가 쓴 연극을 하고 있어. 보마르셰는 그 당에 속해 있지."

"미래당?"

"당연하지. 나도 같이 가지. 리자도 데리고 가겠네. 그렇지 않으면 자네는 어떻게 행동할지 모를 테니."

"자네가 따라오는 것에 반대하지 않겠네."

"고다르 양은 자네를 충분히 잘 알지 못하네. 그녀는 자네를 나처럼 열심히 연구하지 않았어."

"말해보게, 아르망. 자네는 엘로이즈가 미래당에 속한다고

---

52) 유럽에서 1750년대 중반까지는 차나 커피를 마시는 그릇으로 손잡이가 없는 사발이 사용되었고, 뜨거운 음료를 식히기 위해 차를 접시에 부어 마셨다. 접시에 뜨거운 음료를 따라 마시는 관습은 17세기 문헌에 처음 기록되었으며, 20세기 초반까지 계속되었으나 현재에도 드물게 보인다.

53) Théâtre de l' Odéon: 1782년에 완공된 프랑스 왕립 극장. 〈피가로의 결혼〉이 초연됨.

54) Pierre Beaumarchais(1732~1799), 〈세비야의 이발사〉, 〈피가로의 결혼〉 등을 쓴 프랑스의 극작가.

생각하나?"

"엘로이즈? 그녀와 리자는 미래당의 여왕이 될 것이네."

"나는?"

"아, 자네에게 일러줄 걸세, 친애하는 야만인 선생."

"일러준다고? 누가?"

"상황이 일러줄 걸세. 자네가 할 일과 하지 않을 일을 보면 알게 될 거야. 때가 되면 우리 모두 알게 될 걸세."

"자네가 이런 식으로 말을 할 때는 목사가 생각나네. 우리 어머니 교회의 목사."

"그가 뭐라고 말하는데?"

"황폐함만이 도시에 남았고 문은 산산조각 났다. 방울뱀의 소리에 도망치는 사람은 구덩이에 떨어질 것이다. 구덩이에서 기어나오면 덫에 잡힐 것이다……."

나흘 뒤에, 장 바티스트와 엘로이즈는 옷을 차려입고 극장에 간다. 그는 검정보다 밝은 색의 옷이 없다. 그녀는 그를 놀린다. 완두콩 수프 색깔의 양복은 어디에 있는가? 녹차색. 그는 말한다. 에메랄드처럼 맑게 우려낸 녹차색. 그리고 그건 돌려주었다. 잘되었다. 녹색은 당신에게 어울리는 색이 아니었다.

그들은 합승 마차를 타고 강을 건넌다. 아르망과 리자는 말을 등지고 있고, 장 바티스트와 엘로이즈는 말을 향해 앉아 있다. 모나르 씨 집의 현관에서 처음 만난 두 여인들은 서로를 마음에 들어 하는 것이 명백하다. 리자 사제의 판단력에 대해 깊은 신뢰를 갖고 있는 장 바티스트는 크게 안도한다.

합승 마차의 양쪽 창문은 완전히 내려져 있다. 저녁 해가 강에 걸려 있다. 퐁네프 위에는 사람들이 천천히 흘러간다. 합승 마차가 잠깐 멈추게 될 때마다, 낯선 이들이 잠시 안을 들여다본다. 밀짚모자를 쓴 소녀 하나가 합승 마차의 발판에 올라와 작은 꽃다발을 들이민다. 아르망은 장 바티스트에게 가장 크고 가장 예쁜 걸로 두 다발을 사자고 조른다. 묘지는 수천만 리 떨어져 있는 듯하고, 구덩이와 뼈 무더기는 상상 속의 존재처럼, 마침내 그들이 벗어나게 된 오래된 골칫거리처럼 까마득히 느껴진다. 그저 이렇게 한없이 계속 갈 수는 없을까? 일주일 정도면 그들은 프로방스에 도착하여 뜨거운 태양에 몸을 담글 수 있을 텐데. 혹은 알프스를 넘어 베네치아로! 리알토 다리 아래 곤돌라를 타고 뱃놀이를 하는 네 사람…….

합승 마차는 흔들리며 극장 계단 옆에 선다. 두 쌍의 남녀들은 흰 기둥 사이로 통과하는 인파에 합류한다. 장 바티스트는 완공된 지 사 년밖에 되지 않은 오데옹에 와 본 적이 없었다. 하긴 코메디 프랑세즈[55]나 다른 어떤 대형 극장에도 가 본 적이 없지. 그가 마지막으로 연극을 본 것은 일 년에 두어 번씩, 고함치고 사냥 나팔을 불며 시끄럽게 왔다가 닭과 사과와 몇몇 동네 아가씨들의 명예를 훔쳐 가지고 조용하게 사라지는 유랑 극단에서 올리는 서툰 공연뿐이었다.

거기에 비하면 여기는 거의 베르사유 같은 곳이다. 물론 베

르사유보다 극적 요소가 적지만. 몸에 달라붙는 라벤더색 외투를 입은 사환이 그들을 자리로 안내한다. 그는 품위없고 불쾌할 정도로 격의 없이 행동을 해놓고도, 팁을 주지 않으면 가지 않겠다고 버틴다. 그들이 앉은 자리는 좁고 무대가 잘 보이지도 않는다. 자리 뒤에 있는 요강도 비우지 않은 상태이다. 양초 심지도 손질되어 있지 않고 의자 하나는, 최근 공연에서 살짝 불에 탄 듯하다. 이 모든 것이 전혀 상관없다. 그들의 기분은 난공불락이다. 사환은 두둑한 팁에 기분이 좋아졌고, 그들을 위해 포도주를 가지러 갔으며…….

"뭘 먹을 텐가?"

"뭘 먹고 싶나? 오렌지? 통닭? 굴?"

"좋아." 아르망이 말한다. "그것들을 먹자구."

그곳은 금세 들어찬다. 극장은 포효하기 시작한다. 사람들은 서로 가로질러 불러대고 모자와 부채로 신호를 주고받는다. 어떤 여자들은 공작새처럼 소리를 지른다. 무대 앞 말뚝 근처에서 실랑이가 벌어진다. "작가의 친구들과 작가의 적들이 한판 벌이는군." 아르망은 잘 안다는 듯이 말한다.

라벤더색 외투들이 들어온다. 한 남자가 뒤집어진 딱정벌레처럼 손과 발을 흔들며 끌려 나간다.

"장관께서 여기에 오셨군." 장 바티스트는 조용하게 말한다. "무대 앞 특별석을 보게."

"도끼 같은 얼굴을 한 사람?" 아르망이 묻는다.

"그 사람이야." 장 바티스트가 말한다. "하지만 쳐다보지 말라구. 불려 가고 싶지 않으니까."

"저 사람만큼이나 당신도 여기에 올 권리가 있어요." 엘로이즈가 말한다.

"그렇다고 해도, 오늘 밤은 그와 엮이고 싶지 않아."

그들은 자리를 잡고 앉았다. 커튼 뒤에서 음악가들이 악기를 조율하는 소리가 들린다. 엔지니어는 장관의 특별석에 있는 다른 남자, 번쩍이는 외투를 입고 있는 청년에 대해 언급하지 않는다. 루이 오라티오 부아에 뒤부아송이라는 이름이 그들에게는 아무 의미가 없을 테니.

먼저 짧고 정신없는 무언극이 있고, 그 다음 긴 휴식 시간이 있은 후, 마침내 연극이 시작된다. 관객들은 매료되고, 들뜨고, 약간 심심한 상태로 500개의 촛불 아래 앉아 있다. 엔지니어, 아르망, 엘로이즈, 리자 사제는 오렌지를 빨고, 닭뼈에 붙은 맛난 고기를 씹고, 뼈를 좌석 밑에 떨어뜨린다. 장 바티스트에게 이 연극은 난해하고, 가끔은 황당하다. 마르첼리나는 정확하게 누구인가? 수잔나는 도대체 왜 피가로와 결혼할 수 없는가? 또 옷장에 숨은 사람은 누구인가? 입이 귀에 걸린 엘로이즈는 참을성 있게 설명한다. 그는 고개를 끄덕인다. 그는 관객을 구경한다. 그들이 구경하는 모습을 구경한다. 그들이 죽고 나서, 깃털, 부채, 칼, 지팡이, 리본, 보석을 다 치워버리고, 완전히 맨몸뚱이로 베이컨 조각처럼 쌓아놓으면 이 사람들을 구덩이 하나에 다 넣을 수 있을까? 그는 잠시 생각하다가, 그런 생각이 얼마나 충격적인가를 느끼고, 그만둔다.

닭 한 마리가 더 배달되고 포도주와 향을 가미한 톱밥 같은 맛이 나는 아몬드도 왔다. 엔지니어는 취기를 느낀다. 그는 좌석 뒤에서 요강에 오줌을 누기 위해 무릎을 꿇고, 다른 사람의 차가워진 오줌에 오줌을 눈 후, 수잔나가 결국 피가로와 결혼을 하는지 보기 위해 자리로 돌아온다.

"그러니까 그들이 원하는 것을 손에 넣게 되나?" 그는 물어보지만, 그의 질문은 박수 소리와 다시 시작된 실랑이 소리에 묻힌다. 장관이 연극에 대해 어떻게 생각하는지 보기 위해, 그는 조심스레 몸을 앞으로 기울인다. 장관은 서 있다. 곁에는 부아에 뒤부아송이 서서 그의 귀에 대고 소곤거린다. 장관은 웃음을 터뜨린다. 부아에 뒤부아송은 몇 걸음 물러서면서 따라 웃는다. 그들의 아래로 관객들이 싱크대에서 더러운 물이 빠지듯이 문으로 빠져나가기 위해 버둥거린다. 장관은 여전히 웃으면서 자신을 진정시키려는 듯 손을 가슴에 갖다 대고, 그를 바라보는 장 바티스트가 있는 쪽으로 무심코 눈길을 준다. 그는 엔지니어를 본 것일까? 그가 고용한 엔지니어를? 얼굴을 기억이나 할는지? 그는 아직도 웃음을 멈추지 못하고 있다. 죽음 이외에는 아무것도 세차게 흐르는 웃음의 물줄기를 멈출 수 없는 듯하다.

그들이 바깥으로 나와서 보니, 합승 마차를 잡는 것은 불가능하다. 그들은 갈 곳을 정하지 않고 정처없이 좁은 거리를 걷다가, 구두를 신은 여인들의 발이 아파오기 시작할 무렵 자신들이 시테 섬[56]에 있다는 것을 깨닫는다. 그들은 콩시에르쥬리[57]의 담 아래에 있는 야간 노점에서 소 위장 요리를 한 접시씩 먹고, 작은 보트를 빌려 검은 스카프 같은 강을 따라 퐁네프 아래의 계단으로 노를 저어 간다.

그들은 위험한 계단 위로 넘어지듯 올라가서 생 오노레 거리에 다다른 후, 포옹을 하고 이런 기회를 조만간 또 만들자는 약속을 하고, 마침내 헤어진다.

집에 도착하여, 장 바티스트는 촛불을 켜고, 그 뒤를 따르는 엘로이즈와 함께 둘 다 연신 하품을 해대면서 잠자리에 들기 위해 계단을 오르기 시작한다. 그들이 응접실을 지나는 동안 문이 활짝 열린다. 마리가 나온다. "어떤 젊은 여자가 손님을 찾아왔어요." 그녀는 말한다.

"젊은 여자?" 장 바티스트가 묻는다. "어떤 젊은 여자?"

"지게트는 아니었어요." 마리가 말한다. 그녀의 입에서 외마디의 웃음소리가 새어나온다. 촛불의 그림자 속에서 그녀의 얼굴은 급하게 쓰고 나온 마스크처럼 보인다.

"모나르 씨의 포도주를 마셔 왔다는 것을 주인양반에게 들키지 않는 편이 좋을 거야. 도대체 자네가 어떻게 취할 정도로 그걸 마셔댈 수 있었는지 아무도 모를 일이지만." 장 바티스트

---

56) Île de la Cité: 파리 센강에 있는 두 개의 자연 섬 중 하나. 파리의 발상지이며 노트르담 대사원이 이곳에 있다.

57) La Conciergerie: 파리 법원 청사 내에 있는 건물로 1314년에 완공된 파리 최초의 궁전이며 14세기부터 20세기 초까지 감옥으로 사용.

는 말한다.

"아가씨는 참 좋은 분이세요." 그녀는 엘로이즈를 향해 말한다. "아가씨가 오시기 전까지, 이분은 밤새도록 혼잣말을 지껄이곤 하셨죠. 중얼중얼, 중얼중얼. 불쌍한 지게트가 돌아 버리도록 말이에요." 그녀는 코를 훌쩍인다.

엘로이즈는 한 발자국 다가서며 하녀의 손을 잡는다.

"그런데 그 여자는 누구지?" 그녀가 묻는다. "여기에 왔다는 사람이?"

"아, 제가 돌려보냈어요." 마리가 말한다. "선생님은 이제 아가씨가 있으니까요. 그렇잖아요."

"그렇지." 엘로이즈는 부드럽게 말한다. "맞구나."

그들이 강을 가르는 동안 그가 계획한 바로는 온 밤을, 아니면 적어도 긴 시간 동안, 열심히 엘로이즈를 탐할 작정이었다. 그러나 그는 침대로 기어 올라온 지 몇 분 안 되어, 모로 누워 그녀가 옷을 벗는 것을 보면서 미지의 방문객의 정체에 대해 그녀가 추리해 대는 것을 듣다가, 잠이 들고, 폭행 사건 이후 처음으로 꿈을 꾸기 시작한다.

그는 다시 극장으로 돌아가, 좌석 뒤 복도에 깔린 닳은 빨간 양탄자 위를 걸어간다. 그는 장관의 특별석을 찾고 있다. 그에게 전할 말이 있다. 직접 전달해야 하는 중요한 전갈이다. 그러나 특별석으로 들어가는 광이 나는 작은 문에는 숫자도 없고, 근처에 물어 볼 사람도 없다. 그리고 나서, 꿈에서 그렇듯이 갑자기 키가 크고 마른 어떤 사람이 한 무더기의 촛불 아래 벽에 기대어 어색하게 서서 빈둥거린다. 레나르? 고아 레나르? 틀림없는 그이다. 기름이 흐르는 모피 옷깃에 싸인 앙상한 목. 그의 얼굴에 비치는 작고 희미한 미소. 그는 장 바티스트에게 허리를 굽혀 인사를 하고, 그의 맞은편에 있는 문을 가리키더니, 몸을 돌려 텅 빈 복도로 바삐 가 버린다. 조용히, 문을 두드리거나 긁지 않고, 장 바티스트는 문을 열고 미끄러지듯 안으로 들어간다. 아래쪽 노점에 화재가 난 듯, 붉은 빛이 춤을 추며 흐릿하게 안을 비춘다. 하지만 특별석 박스 앞쪽 각각의 의자에 나란히 앉아 있는 장관과 부아에 뒤부아송을 알아보기에는 충분히 밝다. 그들은 정말 그가 들어오는 소리를 듣지 못했을까? 그렇게 정신이 팔려 있을까? 주머니에서 편지를 꺼낸다. 무게 있고, 핵심이 뚜렷하며 통렬한 글이다. 그는 장관이 앉은 의자 뒤로 다가가서 부드럽고 단호하게 장관의 눈을 손으로 가린다. 눈꺼풀의 떨림이 느껴진다. 이제는 긴장감이 사라졌다. 더 이상 거북하지 않다. 그는 시골 소년이다. 그는 이런 것들을 충분히 자주 보아 왔다. 돼지 잡는 사람이 밧줄과 범포에 둘둘 만 칼들을 들고 겨울 벌판을 건너는 것을 남동생과 나란히 앉아서 본 적이 있다. 그가 일을 시작하자, 장관의 발은 신이 난 아이의 발처럼 허공을 차며 버둥거리고……

꿈보다 더 혼란스러운 곳으로 떨어지는 것처럼, 잠에서 깨어 현실로 돌아오면서, 그는 해명하고 변명하려 애쓴다. 그는 자신의 손과 이불깃을 쳐다보지만, 얼룩 하나 없이 깨끗하고, 모든 것이 무서우리만큼 정상적이다. 엘로이즈가 그의 어깨를 잡는다. 그는 껌뻑거리는 눈으로 그녀를 쳐다보고 여전히 횡설수설하고 있지만 그녀는 귀를 기울이지 않는다. 그녀도 그에게 무슨 이야기를 하려고 애쓴다. 어쩌면 그녀가 꾼 꿈일지도 모른다.

"쉿!" 그녀가 말한다. "입을 다물고 일어나요, 장. 가세요. 그들이 당신을 기다리는 중이에요."

그는 일어나 앉는다. 마리는 촛불을 들고 문가에 서 있다. 그녀가 완전히 옷을 차려입고 있는 것이 보인다. 그녀의 뒤로 차가운 외풍이 층계참에서부터 공기의 흐름을 타고 천천히 들어온다.

엘로이즈는 그에게 반바지를 준다. 그는 고분고분하게 받아 입는다. 그가 제대로 깨어나지 않는 것이 이상하다. 그가 아픈 것일까? 그 이유일까? 극장에서 먹은 굴이 상한 것일까? 닭이었나? 아니다. 그는 아픈 것이 아니다.

그녀는 무릎을 꿇고 그가 입은 반바지의 단추를 잠근다. 그는 조끼의 단추를 잠근다. 그의 시계는 침대 옆 방바닥에 놓여 있다. 그는 몸을 기울여 그것을 집어 들고, 뚜껑을 열어 본다.

"새벽 네 시 반이군." 약간의 설명이 될 듯한 말을 하지만, 그것으로는 아무런 설명이 되지 않는다.

"자, 그럼." 그는 일어서서, 손으로 얼굴을 문지르고, 엘로이즈가 주는 모자를 받아든 후, 마리를 따라 층계참으로 간다.

그는 하녀에게 아무런 질문도 하지 않는다. 그는 그녀가 단순히 거짓말을 지어 낼 수도 있는 사람이라는 것 정도는 파악하고 있기에.

아래층에는 모나르 씨가 취침 모자를 삐딱하게 쓰고 침실문 밖에 서 있다. "이제 집안이 잠잠할 날은 없는 것이오?" 그는 쉰 목소리로, 어쩌면 울 것 같은 목소리로 묻는다. '집사람 말입니다, 신사양반. 집사람이 몹시……."

"가서 주무십시오." 장 바티스트가 말한다.

복도에는 키가 크고 야윈 형체가 어둠 속에서 서성거린다. 장 바티스트는 마리로부터 촛불을 받아 든다.

"저 사람은 프랑스어를 할 줄 몰라요." 마리가 말한다.

"아니, 당연히 프랑스어를 할 줄 아는 사람이야." 장 바티스트는 그렇게 말했지만, 장 블로크가 엄청난 속도로 새벽 네 시 반에 여기서 뭘 하고 있는지 설명하려고 하자, 형편없지만 천천히 나아지고 있는 그의 플라망어 지식을 끌어들여, 매우 힘겹게 겨우 알아듣는다. 묘지에 사고가 있었다. 그렇다. 사고인지 사건인지, 잔느가 다쳤다. 르퀴르 씨가 그녀를 돌보고 있다…… 아니, 돌보고 있지 않다는 말인가? 르퀴르 씨가 그녀를 돌보고 있지 않다. 사실은 르퀴르 씨가…… 뭐? 도망을 쳐?

"됐어." 장 바티스트는 현관 테이블에 촛불을 내려 놓고 현관문으로 다가간다. "내가 직접 가 보겠네."

밖에는 동트기 전 우윳빛 안개가 거리에 걸려 있다. 구름이 벗어 놓은, 축축하고 불쾌한 허물처럼 그들의 얼굴에 습기가 방울져 맺힌다. 블로크는 이미 거리 모퉁이에 있다. 그는 뒤를 돌아보고, 조용히 엔지니어를 재촉한다. "달리기를 할 수는 없지." 장 바티스트는 블로크에게 이야기한다기보다는 혼잣말을 하는 듯하다. 그는 한밤중에 잔느에게 어떤 사고가 닥쳤는지 상상해 보려고 애쓴다. 그리고 르쾨르는 도대체 왜 사라졌단 말인가? 아니면 도움을 청하러 자리를 떴다는 말인가? 어쩌면 기요탱이나 투레를 찾으러 갔을지도 모른다. 그렇다면 이야기가 어느 정도 말이 된다. 하지만 이렇게 생각하는 동안에도, 그는 사실은 그렇지 않다는 것을 직감적으로 안다.

묘지 문은, 그들이 도착해서 보니, 활짝 열려 있다. 하지만 일단 경내로 들어가자, 모든 것은 대부분 평상시와 다름없다. 수주 동안 그래 왔듯 십자설교대 옆에는 모닥불이 타오른다. 언제나 그렇듯이 교회는 광기 어린 그림자를 드리우고 있다. 다음 순간, 건너편 남쪽 납골당 부근에서 횃불 몇 개의 움직임이 보이고, 웅성거리는 남자들의 목소리가 들린다.

블로크는 그들을 향해 뛰어간다. 장 바티스트는 소리 죽여 욕설을 퍼부으면서, 그를 뒤따라 달린다. 광부들은 납골당과 사택 사이에 모여 있다. 블로크가 그들을 부르자, 사람들은 조용해지고, 그를 바라본 후, 그의 어깨 너머로 엔지니어를 바라본다. 그리고 나서, 웅성거리는 소리는 다시 시작되는데, 이제는 더 요란하고 더 다급하다. 그들 중 몇 명은 납골당을 가리키고, 그들의 손과 주먹을 그 쪽으로 흔든다. 그는 그들의 이러한 모습을 본 적이 없다. 블로크는 이미 보이지 않는다. 그는 자크

이베르부를 발견하고, 잔느가 어디에 있는지 묻는다.

"집에요." 이베르부가 말한다.

사택에. 그렇지. 거기 말고 그녀가 있을 곳이 어디 있나? 그는 이베르부에게 고개를 끄덕이고, 인부들에게 그 자리에 꼼짝 말고 있으라는 전혀 불필요한 명령을 내린 다음, 사택을 향해 걷기 시작한다. 겨우 너댓 발자국을 걷다가, 그는 팔을 휘저으며, 검은 잔디 위에 갑자기 엎어진다. 그는 일어나 무엇에 걸려 넘어진 것인지 보려고 손을 뻗어 그것을 만진다. 어떤 멍청한 놈이 조심성 없이 풀밭에 놓아둔 석회 포대인가? 그러나 그의 손에는 머리카락이 느껴지고, 거친 양피지 같은 피부가 만져진다. 그는 손을 얼른 뒤로 뺀다. 시체다! 다행스럽게 막 죽은 시체는 아니로군. 보존된 처녀들 중 한 명? 기요탱 박사의 샤를로트? 왜 여기에 있지?

열 걸음 뒤, 그는 교회지기 사택에 들어와 있다. 부엌에는 등잔불이 있고 그 주변에는 시퍼런 비구름 같은 김이 조금 서려 반짝인다. 잔느는 부엌 테이블에 누워 있다. 처음에는 그녀인지 알아보지 못한다. 그녀는 담요를 덮고, 눈을 감고 있다. 잔느의 할아버지는 곁에서, 손녀의 이마를 쓰다듬는다. 그는 나지막하고 끔찍한 소리를 내고 있다. 자신의 새끼를 농부가 냄새나는 헛간으로 끌고 간 후 들짐승의 목구멍에서 나는 비통한 울음 소리. 등 뒤에서 인기척이 나자, 그는 엉망이 된 눈을 껌뻑이며, 뿌리만 남은 치아를 드러낸다.

"저예요." 장 바티스트가 말한다. "엔지니어입니다."

교회지기는 손짓을 한다. 무언극처럼. 그는 말을 잃었다. 장 바티스트는 테이블로 다가간다. 왼쪽 눈 위의 부기 속으로 얼굴의 사 분의 일이 사라진 것 같다. 그녀의 입…… 그녀의 입은 여러 차례 가격을 받았음에 틀림이 없다. 주먹? 장화? 어떤 도구? 그는 그녀가 다른 부상을 더 입었을 것이라고 확신하지만, 담요에 가려져 보이지 않는다. 그는 다행스럽게 여긴다.

그는 몸을 그녀에게로 굽히고, 그녀의 이름을 속삭인다. 상처 근처의 눈은 떠지지 않지만, 다른 쪽 눈은 열린다. 그 눈은 열린 후 표정 없이 그를 응시한다. 그가 그녀의 어깨를 만지자, 그녀의 온몸이 움찔한다. 그는 손을 거둔다.

"르쾨르?" 그는 묻는다.

그 눈은 그에게 그렇다고 대답한다.

"그가 잔느를…… 공격했나요?"

그녀의 눈은 그렇다고 그에게 말한다.

"의사를 불러오겠소." 그가 말한다. "여자들도 좀 데리고 오고요. 리자에게 사람을 보낼 겁니다."

그 눈은 감긴다. 그는 밖으로 걸어나간다. 날은 눈에 띄게 밝아졌으나 안개는 아직도 남아 있다. 두꺼운 실타래 같은 안개는 납골당 아치의 쇠창살에 엉킨다. 집의 문가에 하트 모양의 날이 있는 삽이 벽에 세워져 있다. 그는 손잡이가 닳아서 맨질맨질한 그 삽을 들고 사람들 쪽으로 걸어간다. 그가 처음 만나는 사람은 키가 크고 손가락 반이 잘린 남자이다. 그에게 르쾨르가 납골당 내에 있는지 묻는다.

"그렇습니다." 광부는 조용히 말한다. 그리고 나서 장 바티스트가 그의 반대쪽으로 발걸음을 떼자, 광부는 그의 팔을 건드리며 그를 막는다. "그분은 권총을 가지고 있습니다."

"기억이 나는군." 장 바티스트가 말한다. 순간적으로 그는 광부에게 같이 가자고 부탁하고 싶다. 침착하고 강한 사람을 옆에 두고 싶은 열망이 일어난다. 그러나, 그는 혼자서 간다. 의사들의 작업실을 지나, 제일 앞에 열려 있는 납골당 아치문으로. 그는 안으로 들어가, 새벽 공기의 싸늘한 고요함 속으로 발을 내딛더니, 걸음을 멈추고, 고개를 돌려 귀를 기울인다. 밖에서는 인부들도 숨을 죽이고 귀를 기울인다.

그는 전진한다. 옅어지는 어둠이 허락하는 것 외에 다른 불도 없이, 이런 바닥 위에서 소리 없이 움직인다는 것은 불가능하다. 파편이 너무 많다. 돌멩이 조각들. 뼈 조각들. 그것들 말고도 무엇이 있는지는 알 수 없는 일이다. 르쾨르를 놀라게 하거나 그에게 살그머니 다가가기란 이미 가망이 없다. 그는 스스로를 밝히기로 결정한다.

"르쾨에에에르!"

메아리만이 대답을 한다.

"르쾨르! 나 바라트일세!"

아무 소리도 없다.

그는 이곳에 대한 기억을 자신의 눈만큼이나 의지하면서 계속 걷는다. 그의 오른쪽에는 회랑의 얼룩진 어둠에 대조를 이루며 은은하게 빛나는 아치문 입구가 두드러져 보인다. 어쨌든, 날이 밝으면 이 모든 것이 끝나게 될 것이다. 날이 밝아지면서 그가 표적이 될 것이고, 르쾨르는 숨을 곳이 없어지게 된다. 그리고 나면? 그가 르쾨르의 눈에 띄면? 르쾨르가 그를 쏘지 않을, 그가 생각해 낸 한 가지 이유는 광부들이 그에게로 달려드는 동안, 르쾨르가 권총을 재장전할 시간이 없을 것이라는 사실이다.

그는 뒤돌아보고, 입구들을 센다. 그는 곧 그들이 짐차를 싣는, 페로네리 거리로 나가는 문 근처에 다다를 것이다. 이것이 바로 르쾨르가 여기에 온 이유인가? 좀더 비밀스럽게 문으로 가기 위해? 교회지기 사택에 열쇠가 있었을 텐데. 잔느를 공격하기 전에 그것을 먼저 호주머니에 챙겼을지도 모른다. 범죄를 저지르기 전에 탈출 계획을 세웠으리라.

한 손에 삽을 움켜쥐고, 다른 손으로는 벽을 짚으며 나아간다. 손가락은 글자 위를 지나고, 거친 돌을 지나, 분명, 돌쩌귀의 날카로운 가장자리를 지난다. 그는 더듬거리면서 쇠고리로 된 문손잡이를 찾아, 그것을 돌리고 당긴다. 다시 한 번 더 세게 당긴다. 문은 잠겨 있다. 르쾨르는 문으로 빠져나간 후 문을 잠글 만큼 침착하고 차분한 상태였거나, 아니면 그는 아직도 여기 묘지 안에, 납골당 내부에 있다. 이 숨바꼭질 놀이에 기진맥진한 신경을 가다듬어 그가 다시 한 번 소리칠 준비를 할 때, 그는 등 뒤의 회랑에서 인기척을 느꼈다. 누군가, 무엇인가, 그를 향해 오고 있다. 빠른 속력으로, 힘차게 내딛으며, 무모할 만큼 빠르게 달려온다. 그에게 처음 드는 생각은 르쾨르가 아닌, 장관이 이야기하던 늑대 괴물이다. 이것이 바로 그 순간 아닐까? 비밀 은신처에 깊이 숨어, 홀로 밤을 보내는 남자? 그것이 무엇이든 간에, 피할 수 있을 가망은 없다. 그것의 에너지, 그것의 의도가 이미 그에게 느껴진다. 그가 삽을 흔들어, 검은 공기를 가르며 맹목적으로 휘두름과 동시에 어떤 목소리가 그를 향해 포효한다. "침입자!"

삽이 무엇에 부딪치면서 그 반동으로 인해 그는 거의 넘어질 뻔한다. 그는 미친 듯이 뒷걸음질을 치다가 어깨가 벽과 충돌한다. 그는 벽에 기대어 마음의 준비를 단단히 하고, 어둠 속에서 서너 번 맹렬하게 주먹질을 하지만, 이번에는 걸리는 것이 없다. 그는 갈비뼈 아래 요동치는 심장을 안고서 기다린 다음, 앞으로 기어가, 삽을 창처럼 치켜든다. 그의 왼쪽 신발 밑에서 유리가 우지끈 부서지는 소리가 난다. 그는 아래로 손을 뻗어, 구부러진 철사와 매끈한 유리 조각을 만진다. 안경이다! 그가 한 걸음 더 가니, 제일 가까운 입구의 한 기둥 옆에 남자의 머리 모양이 보인다. 그는 가까이 가서 삽의 가장자리를 남자의 가슴팍에 갖다 대고, 그것이 부풀었다가 가라앉는 것을 느낀다.

"누구였나?"

그 소리에 엔지니어는 휙 돌더니, 삽을 겨눈다.

"누구를 친 건가?"

"르쾨르? 어디 있나? 자네가 안 보이네."

"걱정하지 말게. 나는 자네가 잘 보이네. 눈이 어둠에 꽤 익숙해졌거든."

“신부였어.”

“콜베르?”

“그렇네.”

“죽었나?”

“아니.”

“그를 무엇으로 쳤나? 손에 들고 있는 것이 뭔가?”

“삽일세.”

“하! 그가 자네를 나로 착각한 모양이군? 혹은 아닐 수도 있겠지.”

그의 목소리로 보아 르쾨르는 사오 미터 이상 떨어져 있지 않은 것이 분명하다. 그럼에도 어쩐지 그는 벽 속에서 말을 하고 있는 듯하다.

“자네는 잔느를 다치게 했네, 르쾨르.”

“그랬나?”

“자네도 알지 않나.”

“그럼 자네는?”

“내가 어쨌단 말인가?”

“자네도 그녀를 다치게 하지 않았나? 그녀의 고분고분한 성격을 이용하면서? 그녀를 자네의 노예로 만든 거야. 그녀의 작은 낙원을 파괴하는 것을 돕도록 강요하지 않았나?”

그는 이제 파악했다. 르쾨르는 뼈가 쌓인 다락으로 올라가는 계단 층계 어딘가에 앉아 있거나 쭈그리고 있음에 틀림없다. 장소를 잘 선택했군. 방어하기도 쉽고. 대낮에도 어두운 곳이다. "나는 그녀를 강간한 적이 없어."

"그래서 자네가 나보다 약간 낫군. 훌륭해. 이건 다 정도의 차이일 뿐이야, 바라트. 그녀도 성녀가 아니었다는 걸 내가 보증하네. 난 그녀와 함께 그 집에서 살았으니까. 나는 그녀를 알고 있지."

"만약 자네가 인부들에게 붙잡힌다면……."

"인부들? 자네가 인부들에 대해서 뭘 아나? 자네는 그들에 대해서 아무것도 몰라."

"내가 자네와 같이 있으면 그들도 자네를 해치지는 않을 것이네."

"자네가 나를 보호해 주겠다고? 그리고 나서는 무엇을 할 작정인가? 재판? 아니면 자네의 머리를 부순 그 미친 여자가 있는 곳으로 보낼 건가? 그녀가 간 곳이 어디라고 했지?'

"도피네일세."

"나를 왜 이곳으로 데려왔나, 바라트? 발랑시엔에서 썩도록 놔둘 수는 없었나? 자네가 나를 도와준 거라고 생각하나?'

"그렇다면 이제 내가 자네를 돕도록 해주게."

"바보 녀석! 제 자신도 돕지 못하는 주제에. 네 꼴을 보라구. 냄새나는 묘지에 삽을 들고 서서, 그걸로 나를 두들겨 팰 정도로 가까이 다가올 수 있는지 궁리하고 있으면서. 자네가 광산으로 왔을 땐 온화한 사람이었어. 소녀처럼 수줍기도 하고. 내가 자네를 처음 보았을 때, 나는 여기에 드디어…… 드디어 내 마음을 열어 보일 수 있는 사람이 왔다고 생각했지."

"지금 이런 이야기를 할 시간이 없네, 르쾨르."

"우리는 친구였어."

"나도 잊은 적이 없네."

"이런 우정은 별로 가치가 없는 것이었을까?"

"불빛이 다가오고 있어. 더 이상 지체할 수 없네."

"불빛! 아, 그렇지. 불빛. 그러면 말해보게. 그녀는 살아나게 될까?"

"맞아. 그럴 거야."

"한때는 내 속에도 선한 마음이 있었어." 르쾨르가 단정적으로 말한다. "누가 뭐라고 해도 이것이 사실이야."

짙고, 조개껍질같이 고요한 정적이 몇 초간 흐른 후, 권총이 장전되는 역학적 조음이 또렷하게 들린다. 엔지니어는 움직이지 않는다. 그는 기다린다. 밝아지는 빛으로 인해 그의 윤곽이 드러난다. 마침내, 마치 지하묘소 안에서 거대한 돌망치로 머리 위의 석판을 두드리는 소리처럼, 요란하면서도 제어된 것 같은 총성이 들린다. 메아리. 잔향음. 고요.

그는 앞으로 발을 옮긴다. "르쾨르?" 그가 부른다. "르쾨르?" 그는 대답을 기대하지 않는다.

13

아침 여덟 시에서 아홉 시 사이에, 사정없이 쏟아지는 비로 십자설교대 근처 화톳불이 물벼락 맞은 불난 오두막처럼 연기를 뿜는 검은 기둥 무더기로 변한다. 일꾼들은 텐트 속에 있다. 먹을 빵은 있지만, 그 외에는 아무것도 없다. 늦은 아침, 장 바티스트와 아르망이 커피를 큰 냄비 두 개에 끓여서 브랜디를 듬뿍 탄 다음, 젖은 잔디 위로 날라올 때까지는 뱃속에 넣을 따뜻한 것이 없다.

이상한 엄숙함이 묘지에 깔린다. 작업이 가능하리라 생각하는 사람은 아무도 없다. 오늘은 불가능하다. 내일도 아마 못할 것이다. 또 모레는? 글피는?

동료 의사들에게 우스갯소리로 자신을 '레지노상 묘지 주치의' 라고 부르는 기요탱 박사는, 할아버지 침대에서 편안하게 누워 있도록 해놓은 위층 방에서 잔느를 진찰한다. 의사는 아무것도 깔리지 않은 나무 계단을 느리고 무거운 발걸음으로 걸어 내려온다. 그녀의 마음가짐 때문에, 이런 수난의 불가피한 결과로 나타나는 죽음에 대한 끌림 때문에 그녀의 상태가 위태롭다고 말한다. 비탄. 공포. 그렇게 비통한 상황 속에 처녀성을 상실한 사실 등등. 그녀의 육체에 가해진 부상은 생명을 위협하는 수준이 아니다. 왼쪽 광대뼈가 골절된 듯하고, 입술, 혀, 잇몸 등 구강 연조직의 열상裂傷, 양쪽 팔과 상체 대부분에 심한 타박상…….

"그녀는 젊고 튼튼하오. 나의 친애하는 엔지니어 선생이 설득력 있게 그녀와 공감을 나누면 좋겠지만, 아직은 그럴 시기가 아닌 것 같소. 남자들과 한 자리에 있는 것에 대한 거부감이 사라지려면 시간이 좀 걸릴 테니까. 리자 사제 부인이 그녀와 함께 있어줄 수 있나요?"

"기꺼이 와 줄 겁니다." 아르망이 말한다.

"좋소. 어떤 문제가 있을지에 관해서는…… 음, 아무 문제가 없기를 기도합시다." 그는 불 꺼진 난로 옆에 앉아 있는 교회지기를 향해 다정한 미소를 보낸다. 노인이 의사가 한 말을 제대로 이해했는지 여부는 알 수 없다. "시간이 좀 필요합니다, 어르신. 시간이 지나면 정상으로 돌아올 겁니다. 손녀를 잃지 않으셨습니다."

엔지니어는 기요탱을 의사들의 작업실로 바래다 준다. 르쾨르는 입구에서 가장 가까운 긴 테이블 위에 누워 있다.

"호감이 가지 않는 사람은 아니었는데." 기요탱은 르쾨르의 머리를 자세히 보기 위해 무릎을 약간 굽히며 말한다. "그리고 최소한 그는 자신의 목숨을 스스로 끊을 정도의 배려심은 있었잖소."

"저는 그를 오해했습니다." 장 바티스트가 말한다.

"오해? 그럴지도 모르지. 그러나 사람에게는 여러 가지 면이 있소. 그는 살페트리에르 병원[58]에서 탈출한 침을 질질 흘리는 성 도착자는 아니었소. 근면하고, 책도 많이 읽고, 예의바른 사람이었지."

"만약 제가 다른 일에 정신이 덜 팔렸더라면. 아니면, 그 친구와 시간을 더 많이 보냈더라면 하는 생각이 듭니다. 여기 말고 밖에서 말입니다."

"아, 그러면 선생은 묘지가 원흉이라고 생각하시는가? 그가 침울한 환경에서 너무 오래 있었단 말이오?"

"그럴 수도 있지요. 그렇지 않습니까?"

"그에게 악영향을 끼쳤다는 말씀이지?"

"예."

"따라서 범죄에 취약하게 되었다?"

"그렇습니다."

"그는 한때 선생과 함께 상상의 도시, 유토피아를 계획했다고 나에게 말하더군."

"저희가 탄광에서 일했을 때였습니다."

"이름이 무엇이오? 선생이 만든 도시 이름이?"

"발랑시아나입니다."

"발랑시엔을 따서 지었구려?"

---

58) Hôpital de la Salpêtrière: 1656년에 루이 14세가 파리에 세운 병원. 프랑스 혁명 직전에는 세계에서 가장 큰 병원이었다.

"저희들의 놀이였지요." 장 바티스트는 말한다.

"이상주의자들이었군. 몽상가들."

"그 때는 어렸지요."

"물론. 그리고 똑똑한 젊은이들은 그런 놀이를 즐기지. 선생은 이제 악덕에서 벗어났겠지요?" 그는 고개를 들고, 미소를 지은 뒤, 다른 긴 테이블로 가서 관 뚜껑을 든다. "불쌍한 샤를로트." 그는 말한다. "사후의 이 모험들도 그녀의 상태를 향상시키지 못했구려. 선생 혼자서 그녀를 업고 왔다고 했소?"

"맞습니다."

"샤를로트가 그의 욕구를 충족시키지 못한다는 것을 깨닫고 잔느를 공격한 것 같소." 그는 뚜껑을 얹고 신중하게 톡톡 친다. "그리고 신부는? 무슨 소식이라도 있소?"

"전혀 없습니다."

"자취를 감추었다는 말이오?"

"그 때까지만 해도 여전히 어두웠고 상당히 혼란스러웠습니다. 제 추측으로는 교회 안에 있는 것 같습니다."

"숨었단 말이지, 음? 선생도 별로 그를 찾으러 갈 생각은 없는 것 같은데. 맞소? 최소한, 자기방어를 위한 삽도 없이는 가고 싶지 않겠지. 선생은 그야말로 파란만장한 아침을 보냈구려. 쉽지 않았을 것이오. 하지만 분명 장관께서는 선생이 그러한 상황도 잘 처리할 수 있는 신뢰할 만한 사람이라는 것을 꿰뚫어 보셨을 것이오."

몇 초 동안, 그 둘은 테이블 위의 시체를 내려다본다. 반쯤 열려 있는 눈은 으스러진 그의 얼굴 위에 무엇인가를 기억해 내려는 사람 같은 표정을 만들어 낸다. 그런 다음, 그들은 그로부터 시선을 돌리고 돌아선다. 이제 그는 어떤 것에도 아무런 상관이 없는 것처럼.

레지노상　383

14

엘로이즈는 묘지로 온다. 장 바티스트가 부른 것이 아니라 그녀 자신이 느끼는 불안감 때문에 찾아왔다. 그녀는 문을 가볍게 두드린다. 인부 중 한 명인 조 슬라바르가 그녀에게 문을 열어 준다. 집 창문에서 묘지를 자주 내려다보곤 했지만 레지노상 경내로 들어오는 것은 이번이 처음이다. 그녀는 잠시 멈추고 주위를 둘러본다. 십자가, 석등, 납골당, 담처럼 쌓인 뼈들, 텐트. 슬라바르는 그녀를 교회지기 사택으로 데려다 준다. 무슨 일이 일어났는지 듣고서, 그녀는 교회지기의 팔에 손을 얹은 후, 계단 옆의 못에 걸린 잔느의 앞치마를 내린다. 그녀는 자신이 여관에서 자랐으며, 딸에게 별로 사랑을 쏟지 않았던 부모이지만, 그들의 결점이 무엇이었든 간에, 그들은 여관을 잘 운영했고 딸도 여관 운영을 잘 알도록 가르쳤다는 사실을 장 바티스트에게 상기시킨다. 그녀는 치마를 걷고, 빈 난로 가에 쭈그리고 앉는다. "이것 먼저." 그녀는 긴 손가락으로 불쏘시개를 재빨리 고른다.

그 다음으로 도착한 것은 라포스 씨이다. 엔지니어는 어느 정도 생각이 정리되자마자 생 제르망 거리에 있는 그의 사무실로 심부름꾼을 통해 편지를 전달했다. 부엌 테이블에서 씌어진 편지는 건조하고 거의 기술적으로 밤의 사건들을 설명하도록 의도했으나, 그가 봉하기 전에 전체 내용을 다시 읽어보니, 비가 와서 외관 장식 작업을 하지 못하는 날이면 S백작의 서재에 앉아 가끔씩 읽던, 어리석은 인간들과 완고한 신들이 엮어내는 무시무시한 드라마의 한 대목 같은 느낌을 주었다.

그는 라포스를 데리고 가서 르쾨르의 시체를 보여주지만, 남자를 보면 침대 끝에 서 있는 죽음의 사자를 본 것처럼 공포에 떠는 잔느를 보여줄 수는 없다.

그들이 작업실에서 나왔을 때, 라포스는 핏기 없는 코끝에 손수건을 토닥거린다. "소녀가 살 가망은 있소?" 그는 묻는다.

"잔느 말씀입니까? 르쾨르도 똑같은 질문을 했지요."

"그래서 대답을 했소?"

"네. 살 것이라고 말했습니다."

"그러면 아무런 문제가 없겠군."

"이제 상황을 어떻게 처리할지 말씀해 주시면 큰 도움이 될 것 같습니다."

"우리는 묘지에 있소. 그렇지 않나요?"

"맞습니다."

"시체 몇 구를 파내었소?"

"정확히 말씀드릴 수는 없습니다만, 아마 수천 구는 될 것 같습니다."

"그러면 한 구를 더 추가하는 것은 별로 큰 일이 아니겠군요. 당신에게는 여전히 이득이 되는 일이오."

"그를 묻으라는 말씀이십니까? 레지노상에요?"

"그를 묻고, 그의 유품도 묻으시오. 모든 서류에서, 모든 기록에서 그의 이름을 지우시오. 그리고 다시는 그를 입에 올리지 마시오."

"장관님께서 내리신 지시입니까?"

"당신이 내린 지시요."

그들은 묘지 문 쪽으로 함께 가로지른다. 비는 벌써 이동하여, 열병처럼 낯설고 습한 온기가 대신 공기를 채운다.

"입 하나를 덜었소." 라포스가 말한다. "급여를 줘야 할 사람도 한 명 줄었고. 당신은 이제 돈을 좀 저축할 수 있을 거요. 국가가 파산 지경에 이르렀소, 바라트. 장관께서는 사비로 이 모든 것을 지불하고 계시오." 그는 묘지를 둘러본다. 그의 얼굴에는 혐오의 표정이 천천히 피어난다. "이런 곳에서 어떻게 견딥니까?" 그는 묻는다.

엔지니어는 그를 위해 문을 당겨 연다. "제게 선택의 여지가 있는 줄 몰랐습니다."

"물론 없소. 그렇다고 해도……."

"익숙해지실 겁니다." 장 바티스트는 말한다.

땅거미가 질 무렵, 이른 달이 구름 사이에서 숨바꼭질을 하고 있고, 그는 엘로이즈를 랭쥬리 거리로 다시 데리고 간다. 그녀는 요리하고 청소를 했다. 그녀는 하루 종일 노동을 했다. 그는 그녀에게 감사한다.

"내일도 똑같이 일을 할게요." 그녀가 말한다. "잔느가 했던 모든 일을 내가 하겠어요. 시장에도 갈 거예요."

그가 그녀를 위해서 생각했던 것이 고작 이런 것인가? 묘지 마누라? 그는 반대하고 싶지만, 그녀보다 더 능숙하고 믿을 만한 사람을 찾을 수 없다는 것을 알고 있다.

"봉급을 주겠소." 그는 말한다.

"좋아요. 그렇게 해요." 그녀가 말한다. 그들은 앞을 보고 어둠 속을 향하여 미소를 짓는다. 오늘 처음 짓는 미소이다.

그들은 모나르 부부나 마리와 마주치지 않고 방에 들어온다. 그녀는 촛불을 켜고, 그는 장작불을 피운다.

"다시 거기로 갈 거죠?"

그는 고개를 끄덕인다. "아직 처리해야 할 일이 남아 있소."

"그렇겠지요." 그녀는 촛불을 바라보고, 불꽃을 건드린다. "당신을 보내기가 조금 두려워요."

"나는 지금 가지 않으면 다시는 그곳에 발도 못 들일 것 같아 조금 두렵구려."

15

그는 이미 14호 구덩이로 하기로 결정했다. 갓 비우고 긁어 낸 이곳은 사방이 흙으로 막혀 있고 텐트에서도 멀기 때문에 비밀스럽게 어떤 일을 하고자 하는 경우에 14호 구덩이를 선택 하는 것이 당연하다.

교회지기 사택 부엌에는 아무도 없다. 노인은 위층에서 잔느 와 함께 있는 것이 틀림없다. 리자는 밤 동안 가족이 기다리는 집으로 돌아갔을 것이다. 호기심을 보이고 질문할 사람은 아무 도 없다. 그는 기록 문서를 보관하는 사무실의 문가에 서서, 근 래까지 그곳에서 살았던 한 생명의 유령 같은 잔광에 위축되 어, 잠시 동안 안으로 들어가지 못하고 있다. 그런 다음, 그는 불쑥 들어가서, 르쾨르의 가방을 들어 침대 위에 놓고, 그가 수 고스럽게 풀었던 짐들 몇 개로 그 속을 재빨리 채우기 시작한 다. 끝이 네모진 구두 한 켤레. 단발 말총가발. 책상 위에 펴 놓 은 셔츠. 편물 조끼. 루소의 『고독한 산책자의 몽상』과 라 메트 리의 『인간기계론』 각각 한 권씩. 빈 팅크병. 저렴한 시계. 리 본으로 묶은 발랑시아나 종이 뭉치.

그는 자신의 시계를 들여다본다. 그가 계획하는 일을 하기에는 너무 이르다. 그는 가방에서 『인간기계론』을 꺼내 들고 부엌 테이블에 앉는다. 그는 그 책을 읽은 적이 없다. 라 메트리는 후세에 그다지 호의적으로 기억되고 있지 않다. 장 바티스트 같은 촌사람. 교활한 사기꾼. 파테[59]를 지나치게 많이 먹어 죽은 남자. 잠시 뒤, 그는 책을 펴고, 거의 반 페이지나 읽은 후 처음으로 단어를 잃어버린다. 그는 시선을 돌렸다가 다시 책을 보고 집중한다. 더 명확해지는 것은 없다. 그는 지난 몇 달 동안 다시 알게 된, 어린 학생 시절에 느꼈던 창피함으로 얼굴을 붉힌다. 곧 창피함은 뭔가 좀더 급박한 것에 의해 휩쓸린다. 왼쪽 아래 사분면 깊숙이 부드럽게 똬리를 틀고 있는 창자 속에 일어나는 발작. 점점 사라져 가다가 갑자기 다시 예리하게 돌아온다. 너무나 예리하여 그가 신음을 하도록 만든다. 그는 호주머니 속에 책을 쑤셔 넣고, 벤치에서 일어나 밖으로 나가서 달린다. 교회 뒤를 돌아 자른 범포로 만든 화장실 쪽을 향해 서툴고 삐딱하게, 부상당한 동물같이 질주한다. 밤에 불도 없이 여기로 오는 것은 현명하지 못한 처사였다! 그는 장대 하나를 잡고, 발끝으로 구멍을 찾는다. 구멍 중 한 군데를 발견한다. 여기? 여기면 되겠다. 그는 더 이상 기다리지 않는다. 그는 단추 하나가 떨어져 나갈 정도로 급히 반바지를 내린 후, 배설물을 몸 밖으로 날리자, 이미 구멍 속에 있는 배설물 위를 때리는

---

59) Pâté: 고기, 간, 생선, 게살 등을 갈아 양념을 하여 만든 반죽. 빵이나 크래커에 발라먹거나 오븐에 구워 먹음.

소리가 들린다. 잠시 정적이 흐른다. 마치 몸이 자신의 소리를 듣고 있는 것같이 보인다. 그리고 나서, 한 번 더 터진다. 똥이 나오는 동안 배가 타는 듯하다. 그는 장대에 매달려 대패질을 해 놓은 나무에 이마를 맞대고, 헐떡거리며, 다음 경련을 기다린다. 사람들이 우리 이름을 따서 광장 이름을 지을 걸세. 눈이 창문에 떨어지던 그날 아침 발랑시엔에서 르쾨르가 한 말이다. 파리를 정화한 사람들로 기억될 거야!

하나는 머리에 쇠구슬이 박힌 채 죽어 있다. 다른 하나는 장대에 매달려 자신의 오물 웅덩이 위에 있다.

끝이 나자, 그는 『인간기계론』을 한 장 찢어서 최선을 다해서 깨끗이 닦고는, 더러운 종이를 먼저, 그 다음에는 책을 구덩이 속에 떨어뜨린 후 반바지를 끌어 올린다.

교회지기의 사택에서, 그는 식초로 손을 뽀득뽀득 씻는다. 잦아든 불길이 부드럽게 타고 있다. 그는 불을 쑤시고, 장작을 더 얹는다. 그는 브랜디를 찾지만 웬일로 전혀 발견하지 못한다. 머리 위로 판자가 삐걱거리지만 아무도 내려오는 사람이 없다. 그는 다시 밖으로 나가 텐트 쪽을 기웃거린 후, 부엌으로 도로 들어와서, 등에 불을 붙여 의사 작업실로 들고 간다. 그는 샤를로트의 관 위에 등을 놓고, 르쾨르의 외투 깃을 잡아 그를 앉은 자세로 만들려고 하지만, 죽은 지 열여덟 시간 정도 되는 르쾨르는 점토 파이프처럼 뻣뻣하다. 그는 물러서서 문제를 차근차근히 생각하려고 애쓴다. 그런 다음, 스타킹 한 짝에 실이 풀려서 차갑고 하얀 발목이 드러나 있는 르쾨르의 발께로 가서, 발을 밖으로 뺀 뒤, 몸은 테이블의 가장자리에 외팔보처럼 기대도록 만든다. 그럭저럭 효과가 있다. 르쾨르는 일어나 있다. 이제는 점토 파이프보다는 말아놓은 카펫 같다. 무겁고 젖은, 돌돌 말린 카펫. 그들 사이로 바닥에 쿵 소리가 난다. 권총인가? 그것은 나중에 주울 것이다. 세 동작으로 나누어, 먼저 시체를 돌려 그것을 팔 밑에 움켜 잡고 잡은 손을 재조정한 뒤, 작업실 입구로 뒷걸음질치며 끌고 갈 때, 범포 자락이 걷히는 소리가 들린다.

"나에게 도움을 청했어야지." 아르망이 말한다. "아니면 내 비위가 약할 것이라고 생각했나?"

"등을 가져오게." 장 바티스트가 말한다. "권총도. 바닥에 떨어져 있어."

"달이 있어서 길이 잘 보일 걸세." 아르망은 르쾨르의 발을 잡기 위해 반대쪽으로 둘러 오면서 말한다. "그리고 이 친구는 권총이 필요 없을 거야."

그들은 말없이 시체를 모로 들고 구덩이 끝으로 가서 도르래 옆에 놓는다. 엔지니어는 르쾨르의 가방을 가지러 집으로 되돌아간다. 이제 마네티가 부엌에서 그의 의자에 앉아 있다.

"그의 소지품 몇 점을 가지러 왔습니다." 장 바티스트는 교회지기에게 말한다.

노인은 엄숙하게 고개를 끄덕인다. 그가 그 말을 어떻게 이해했는지는 아무도 모른다.

문 밖에서, 장 바티스트는 그 편리한 삽을 다시 집어든다. 구덩이에 도착하여, 그는 밑바닥에 가방을 던져 넣는다. 그것은 꽤 조용히 떨어진다. 그들은 르쾨르를 요람 같은 도르래 들것에 싣는다. 장 바티스트가 들것과 시체를 구덩이 위로 밀어내는 동안, 아르망은 사슬로 고리를 만들어 허리에 두르고, 몸의 중심을 뒤로 실어, 줄을 팽팽하게 만든다. 그리고 나서 두 사람은 줄과 기계로 만든 거위처럼 불평하는 소리를 내는 도르래 바퀴를 조종한다.

"이 빌어먹을 구덩이는 얼마나 깊은 거야?" 아르망이 투덜거린다.

"16미터." 장 바티스트는 말한다. 그리고 나서 그가 조용히 외친다. "다 내려갔어!"

"나도 내려갈까?" 아르망이 묻는다.

"나는 차라리 위에 누가 있으면 더 안심이 되겠네. 내가 신뢰할 만한 사람으로."

그는 삽을 구덩이에 던져 넣고, 사다리 쪽으로 가, 그 위로 뛰어 오른다. 아르망이 옳았다. 이제 구름이 걷히고, 달은 그들을 충분히 잘 비춰 주고 있다. 충분히 어둡기도 하다. 그는 랭쥐리 거리를 쳐다본다. 줄지어 있는 집들의 뒤쪽. 창문들. 그가 쓰던 방으로 연결되는 높은 창문 안에서 빛 한 줄기가 마치 신호를 보내듯 왼쪽에서 오른쪽으로 움직이는 것을 본다. 그는 벽면에 튀어나온 바위로 내려가, 조심스럽게 두 번째 사다리로 가서 구덩이의 밑바닥에 도달한다. 삽을 찾는 데 걸린 일 분이 길게 느껴진다. 그 일 분 동안, 오만 가지의 미친 생각들이 그의 머리에서 폭발할 준비를 하고 있었다. 그리고 나서, 그는 들것으로 가서, 르쾨르를 당겨서 빼내고, 구덩이 한 모퉁이에 달빛이 고여 있는 곳으로 끌고 간다. 그는 거기서 땅을 파기 시작한다. 봄이 와서 부드러워진 땅에 삽의 가장자리가 쉽게 들어간다. 작업 총감독인 엔지니어가 모자도 없이 땀 흘리면서 허리를 굽히고 이렇게 열심히 노동을 하는 모습을 보는 것이, 어쩌면, 유익할지도 모르겠다.

그는 고인 달빛이 약간 움직여 갈 만큼 오래 땅을 판 후, 뒤로 물러난다. 달빛이란 진정한 빛은 아니기에, 자신이 해놓은 작업 상태를 정확하게 보기는 힘들지만, 그는 계속 참고 삽질을 할 마음이 갑자기 사라진다. 그는 삽을 세워 놓고 몸을 구부리더니, 르쾨르를 잡고 구덩이 옆에 뉘인 후에 그를 굴려 넣는다. 가방은 그의 발치에 놓는다. 가방도 시체도 깊이 놓이지 않았으나, 큰 문제가 되지 않는다. 내일, 그 구덩이 전체를 흙과 석회로 채울 테니까. 16미터의 깊이라면 누구에게든 충분한 깊이일 것이다. 그는 구멍 옆에 잠시 무릎을 꿇고, 숨을 고른 후에, 자신도 모를 비밀스러운 몸짓으로, 손을 아래로 내려 죽은 이의 어깨를 만진다. 그런 후에 일어서서, 삽을 다시 들고, 빠르게 그를 덮기 시작한다. 다리 먼저, 그 다음엔 몸통. 마지막으로 얼굴.

네 번째

아무것도 소멸되지 않고, 아무것도 창조되지 않는다.
모든 것은 변형될 뿐이다.

— 앙트완 라부아지에

1

그들은 구멍을 판다. 그것 외에 다른 일을 할 창의력이 없는 사람들처럼 파고 채우기를 계속한다. 구덩이 14호에 16미터 깊이의 흙과 석회가 채워진다. 묘지 한복판에 있는 다음 구덩이 안에는, 뼈들이 워낙 빽빽하게 쌓여 있어서 땔감 무더기처럼 건네줄 수 있다. 죽은 자들은 더 이상 우리를 보고 놀라지 않는다. 봄비를 맞으며 구덩이 가장자리에 서 있는 엔지니어는 생각한다. 한때는 아주 작은 뼈도 나체로 거리에 내몰린 사람들처럼 모욕을 당하고 겁먹은 것처럼 보였던 곳에, 이제 그들은 자신들을 파리의 불빛으로 옮겨 줄 광부들의 손길을 기다리는 신부처럼 얌전히 누워 있다. 최후의 나팔 소리! 앞서 간 저세상 사람들이, 토기 파이프로 담배를 피우고 있는 수염이 덥수룩한 천사들에 의해, 다시 모인다. 이것은 그를 미소짓게 하기에 거의 충분하다. 불쌍하고 어리숙한 두개골들은 어둠 속에서의 기다림이 끝났다고 상상하고 있겠지!

그 달 말까지, 그들은 열아홉 구덩이를 끝낸다. 지난 가을에 잔느가 찾아준 숫자의 거의 반이다. 20호 구덩이는 오월 첫 주에 시작된다. 검정지빠귀 한 쌍이 구덩이 옆의 땅에서 벌레를 쪼아대던 어느 따뜻한 아침, 8미터 깊이에서 인부들이 열심히 일을 하고 있는 동안, 잔느가 집 밖으로 나온다. 사건 이후 첫 외출이다. 그녀의 팔은 리자 사제의 팔에 껴 있다. 그는 햇빛에 눈을 제대로 뜰 수가 없다. 그들의 몇 발자국 뒤에는 엘로이즈가 있다. 앞치마를 두르고, 한 손에는 푸주칼을 쥐고, 다른 손은 이마에 올려 눈에 그늘을 만든다. 지상에 있는 인부들은 일손을 멈춘다. 뼈 무더기 옆에서 일하던 장 블로크는 얼이 빠진 것 같다. 이 광부가 사랑에, 정말로 사랑에 빠졌다는 생각이 처음으로 장 바티스트의 머리에 스친다. 지난 모든 일들을 생각해 볼 때, 그는 잔느가 고를 수 있는 최악의 짝이 아닌가? 그는 설명이 필요 없다. 알아야 할 모든 것을 그도 알고 있다. 그녀가 그를 좋아할까? 아니면 어떤 남자가 그녀에게 다시 손을 댄다는 생각이 역겹고, 불가능할까? 엔지니어는 손을 들어 잔느에게 인사한다. 그녀는 지친 듯 손을 흔들어 답한다.

거리에서, 광장에서, 벌집처럼 빽빽하게 들어찬 시장의 가판대 사이에서, 삼월의 그날 밤에 일어난 일에 대한 소문이 아직도 무성하고 자유롭게 떠돌고 있다. 신속한 금지 명령에도 불구하고, 광부들 몇 명이 그들의 매춘부들에게 이야기를 했던 모양이다. 르뢰르가 죽은 지 일주일도 채 되기 전에 모두들 그것을 다 알고 있었다. 그가 총에 맞았다는 것도 알고 있었고, 생 드니 거리에서 어느 저녁에 몇몇이 목격했던 것처럼 분노 조절을 못하는 회색 눈의 엔지니어가 방아쇠를 당긴 것이 의심할 여지 없이 분명하다는 것도 알고 있었다. 잘 생각해 보면 당연한 일이다. 사람들은 바보가 아니다. 그가 대관절 왜 그런 일을 저질렀는지는 덜 확실하다. 광부들은 잔느의 이름을 언급하는 데 있어서는 더 입이 무거웠던 듯하다. 그 결과, 가장 인기 있는 설명은 엔지니어의 여자인 오스트리아 여인 때문에 엔지니어가 감독과 말다툼을 하다가 그를 쐈다는 것이다. 감독은 아마 그녀를 사실 그대로 그녀의 직업에 맞게 불렀을 것이고, 그 대가로 목숨을 잃은 것이다. 물론 그것은 끔찍하고 잔인한 일이지만, 최종 판단권을 쥐고 있는 동네 여인들은 이런 상황에서 한 남자가 다른 남자를 죽이는 것에 전적으로 반대를 하지는 않았다. 어디를 가나 남자들은 어떤 처벌도 받지 않고 여자들을 모욕했다. 만약 그 중 몇 명이, 감독이 그랬던 것처럼, 그들의 무례함으로 고통받게 된다면, 그것은 아마 응분의 대가이리라.

모나르 부부로 말하면, 그들 역시 소문을 들었고 묘지에서 일어나는 일들을 지켜보고 있지만, 그들의 상상력은 이웃들에 비해 별로 쉽게 들뜨는 편이 아니었고, 덜 풍부했다. 또, 그들은 자신들과 더 관련이 있는, 이전의 어느 밤에 일어난 참사에 대한 기억에 아직도 정신을 빼앗기고 있었다. 그래서 그들은 무슨 일로 묘지 인부 한 명이 와서 문을 두드리고 그들을 깨웠는지, 혹은 동트기 직전 강풍에 나무가 부러지는 듯한 그 꽝음은 무엇을 의미하는 것인지 묻지 않았다.

단 한 번 어색했던 적이 있었는데, 부활절로부터 일주일 후,

저녁 식사 시간에 모나르 부인이 순수하고 진심에서 우러난 의도로, 그 멋진 르쾨르 씨가 다시 놀러 오실 수 있냐고 물었을 때였다. 장 바티스트는 그의 국접시에 남아 있는 건더기를 멍청히 들여다보는 것 외에 아무것도 할 수 없었다. 르쾨르 씨가 집으로 호출되어 갔다는 말을 하는 것은 엘로이즈의 몫이었다. 집? 네, 부인, 전혀 예기치도 못했던 일이에요. 집안 일로? 급한 집안 일이랍니다, 부인.

오월 첫 두 주 내내, 새 이파리들이 돋아나고, 나비들이 동면에서 깨어나기 시작하며, 검댕이처럼 시커먼 벽 사이의 틈으로 작은 꽃들이 고집스럽게 고개를 내미는 가운데, 장 바티스트는 자신이 뭔가를 기다리고 있다는 것을 눈치챘다. 무엇을 기다리는지는 그도 모른다. 어쩌면 르쾨르의 여동생이 분노에 차서, 겁에 질리고, 혼란스러운 상태로 도착하기를 기다리고 있는 것인지도 모른다. 아니면 장관조차 그를 보호해 주지 못할 인정사정 없는 어떤 고위 관리가 갑자기 나타나기를 기다리고 있는 것일 수도 있다. 그는 자신이 르쾨르를 죽인 것이 아니라, 르쾨르가 자살을 한 것이라는 사실을 놀라우리만큼 자주 스스로에게 상기시켜야 한다. 그것이 진실이다. 하지만 어쩐지 그다지 설득력 있게 들리지도 않고, 그의 마음을 좀더 편하게 만들지도 못한다.

그 달 22일, 23일, 24일에, 그는 극심한 두통에 시달린다. 그의 머리에 부상을 입은 이후 최악이다. 그는 지게트의 방에 있는 지게트의 침대에 누워, 수건을 접어 눈에 올려 놓고, 주먹을 쥐었다 폈다 한다. 그의 가슴에는, 16미터의 흙과 석회가 그를 짓누르고 있다. 그리고 나서, 통증은 언제나처럼 발작 같은 구토로 끝난다. 그는 입을 헹구고, 물을 약간 마신 다음, 모자를 찾아 쓰고, 방에서 비틀거리며 나간다.

도시는 이제 덥다. 해가 지고 나서도 한 시간 이상 돌에서 열기가 계속 나온다. 묘지에서는 일꾼들이 브랜디를 탄 물을 더 많이 원한다. 사실 필요하기도 하다. 그들은 셔츠 바람으로 일을 한다. 해가 중천에 뜰 무렵에는, 옷이 그들의 등에 달라붙는다. 일의 속도가 느려진다. 칼새와 제비들이 납골당 위 쾌청한 하늘에서 놀고 있다. 뜨거운 열기가 겨울 내내 그들이 품고 있던 어떤 결심 같은 것을 그들 속에서 풀어 주는 것 같다. 엔지니어도 그것을 어느 누구만큼, 아니 어느 누구보다 더 느낀다. 놔 주고 싶은 갈망, 이 모든 것을 끝내고 싶은 열망. 그것을 감추기 위해, 그는 구덩이 가장자리를 쉼 없이 걸어다니고, 더 많이 말하고, 더 많이 소리치면서, 인부들을 혹독하게 몰아붙인다. 도르래를 담당한 인부가 가득 쌓인 뼈들을 올리기 위해 애쓸 때는 엔지니어도 자신의 무게를 실어 밧줄에 매달린다. 그들이 상자 모양의 지지대를 벽에 고정시켜야 할 때, 그는 구덩이의 맨 밑바닥으로 기어 들어가 설치를 감독한다. 밤에는 짐을 가득 실은 짐차를 살피고, 거리와 묘지 사이를 오가며, 짐마차꾼과 이야기를 하고, 콜베르가 나타날까 봐 여전히 걱정스럽게 문가를 바라보는 젊은 신부들과도 이야기를 나눈다. 그러나 수 주 동안 콜베르를 보았다는 사람은 아무도 없었다.

그는 충동이라고 생각하지만, 아마도 뭔가를 고백하고 싶은 욕구일지도 모르는 마음에, 엘로이즈에게 그의 실독증에 대해 털어놓는다. 일요일 오후, 두 사람은 침대 위에 무릎을 꿇고 있다. 음부 쪽이 약간 얼얼하고, 그녀의 배에는 그의 씨가 번들거리며, 그들의 육체는 삼 분의 이 정도 닫힌 덧문의 그늘 속에 있다. 어쨌든, 그 사실을 그녀와 모든 사람들로부터 숨기는 것이 힘들고도 지치는 일이기에 그는 그녀에게 설명한다. 막힘 없이 글 한 페이지를 끝까지 읽을 수 없다고, 아직도 극히 평범한 물건을 마주하고 갑자기 벙어리가 된다고 말한다. 그는 자신의 공책에 적힌, 되찾은 단어의 목록에 대해 이야기한다.

그녀는 그의 이마에 키스를 하고, 슈미즈를 머리에 끼워 떨어뜨린 다음, 덧문을 조절하고 책 한 권을 가져온다. 그것은 프랑스식 이름을 가진 영국 작가의 책이다. 『요크 출신의 선원 로빈슨 크루소의 생애와 이상하고 놀라운 모험』. 그 책을 들고서, 그녀는 큰 소리로 천천히 한 페이지를 읽는다. 다음 페이지는 그의 차례, 세 번째는 다시 그녀의 차례이다. 한 시간 후에 그는 묻는다. "이것이 실화요?"

그녀는 웃는다. "맘에 드나요?"

그는 고개를 끄덕인다. 그는 마음에 든다. 조난자. 그의 고독과 독창성. 그의 마음에 와 닿는다.

그는 말한다. "보답으로 책장을 만들어 주겠소. 저쪽 벽에 놓으면 되겠지.”

그녀는 그에게 감사하고 나서, 덧붙인다. “이 문을 빠져나가지 못할 정도로 크면 안 돼요.”

“문?”

“우리가 여기서 평생 살 수는 없잖아요.” 그녀가 말한다. “안 그래요?”

술이 추가로 배급되고, 인부들 손에 돈을 몇 푼 더 쥐어 준다. (인부들에게 나눠 주라고 르쾨르에게 주던 것을 이제 그가 가지고 있다.) 이것으로는 안 된다. 불가능하다. 이걸로 충분하지 않다. 그리고 기요탱은 이 더위에 삽질을 하는 것은 건강에 좋지 못하다고, 아주 위험하다고 경고한다. 증기와 전염병. 태양의 열기로 들뜬 그곳의 시큼한 냄새. 같은 텐트에서 지내는 네 명의 일꾼들이 벌써 미열이 나서, 무기력하고 힘 없이 꺾은 꽃처럼 축 늘어진다. 작업을 완전히 밤에만 하거나, 혹은 아예 가을의 선선한 날씨가 올 때까지는 작업을 중단하는 것이 좋겠다고 의사는 권고한다.

“중단하라니요!”

“그것이 가장 현명한 처사 아니겠소?”

장 바티스트는 말한다. “그리고 가을이 되면, 여기에서 저 혼자 일하고 있을 겁니다.”

“일꾼들이 돌아오지 않을 거라고 생각하시오?”

“일꾼들이 지금까지 여기에 머물러 있다는 자체가 놀랍지 않습니까?”

늦은 오후, 그들이 함께 산책을 하는 동안, 인부들은 식사를 한다. 묘지의 서쪽 끝에 다다르자, 그들은 돌아서서 벽에 지는 그늘을 따라 반대로 걷기 시작한다.

“교회는 어떻습니까?” 엔지니어가 묻는다.

“음?”

“그 안에서 일을 할 수 있습니다. 거기는 서늘할 겁니다.”

“교회 철거를 시작하자고?”

“사람이 더 필요할 겁니다. 기술자들로요. 많은 숫자는 필요 없고요.”

기요탱은 잠시 멈추고 시커멓게 줄이 생긴 가파른 교회 서벽을 바라본다. “이건 엄청나게 견고해 보이는군.”

“건축물은 대부분 공기입니다.” 엔지니어는 거장 페로네를 인용한다. “공기와 텅빈 공간이지요. 그리고 세상에는 분해될 수 없는 것은 하나도 없습니다. 충분한 인부만 있으면 베르사유 궁전도 일주일 내로 돌무더기로 만들 수 있습니다.”

더 생각할수록, 더 확신이 든다. 그는 이것에 대해 오랫동안 생각해 왔다. 그는 자신의 계획을 아르망에게 시험해 본다.

“오, 나의 아름다운 교회여.” 아르망은 통곡을 할 듯하지만 얼굴에는 큰 미소를 띠고 있다.

“오르간도 마찬가지네.” 장 바티스트가 말한다.

“당연하지.”

"자네는 반대하지 않는가?"

"내가 자네에게 예전에 말했었네. 우리가 페인트 칠을 하러 갔던 밤에 말이야. 미래나 미래의 대리인을 거부해서는 안 된다고."

"미래가 무엇을 가져오든지 괜찮은가?"

"그렇네." 아르망은 일 초의 머뭇거림도 없이 말한다.

"난 그렇게 생각하지 않네." 장 바티스트가 말한다.

"빛을 생각해 보게." 아르망이 말한다.

"빛?"

"레지노상 교회는 오백 년 동안 그늘을 간직해 왔어. 자네가 그것을 해방시키는 거야. 빛과 공기가 들어오도록 하는 거지. 자네는 하늘을 들여보내는 것이야. 그것이 바로 미래일세!"

장 바티스트가 말한다. "그것은, 바로 메타포일세."

"메타포? 자네는 어디서 학교를 다녔나?"

"노장 르 로트루."

새벽. 그는 침대에 누워, 그의 위쪽 미지의 어느 공간을 향해 얼굴을 찌푸리고는, 교회를 부수는 데 가장 좋은 방법을 모색한다. 페로네 선생은 이 주제에 대해 정확히 무엇이라고 말했던가? 장 바티스트가 아버지의 병간호를 돕기 위해 벨렘의 고향집에 가 있었을 때, 철거 부분에 대해 진도를 나갔었나? 건물이 만약 벌판 어딘가에 서 있었다면, 간단히 폭파시켰을 것이다. 묘지의 토양에 있는 그 많은 칼륨으로 검정 화약을 충분히 만들 수 있다는 것은 누구나 안다. 그러나 교회는 성 드니 거리의 한복판에 있지 않은가? 물론 이론상으로는, 응폭시키면 된다. 폭파하여, 흙먼지 구름을 일으키며 그 자리에 돌무더기만 깔끔하게 남도록, 안쪽으로 붕괴하도록 하면 된다. 실제로는, 한 번도 이런 방법이 성공했다는 이야기를 들은 적이 없다. 로마에서 오륙 년 전에, 오래된 바실리카 하나를 급하게 없애려고 한 적이 있었다. 지하묘소에 화약 몇 통을 넣고, 도화선을 만든 뒤 불을 붙여 바실리카와 함께 인근 공동 주택의 대부분을 흔적도 없이 날려버렸다. 어린이들을 포함한 이백 명의 사람들이 조각조각이 되어 날아갔다. 바티칸의 창문도 흔들렸다고 한다. 그 엔지니어는 어떻게 되었는지 모른다. 아직도 일을 할까? 사람들이 그의 목을 매달았을까?

레지노상에는 좀더 체계적이고도 평범한 방법을 써야겠다. 납과 기와를 떼고, 서까래와 중도리를 잘라서 아래로 던져 넣을 것이다. 천천히 기억에서 지우듯, 교회를 사라지게 하리라. 기둥은 탄탄할까, 혹은 속이 다 부스러졌을까? 토대는? 강에 이렇게 가까우니, 전체가 진흙에 떠 있을지도 모른다.

그는 마네티와 상의해야 할 것이다. 잔느와도. 교회가 철거되면, 사택도 철거된다. 사택이 철거되면, 그가 약속했던 대로, 그들이 살 곳을 구해주어야 한다. 납과 기왓장을 가지고 잘 거래하면 노인과 손녀딸이 수년간 살고도 남을 돈을 모을 수 있을 것이다.

그리고 잔느는 어떤가? 강간범이 그녀와 함께 살도록 장 바티스트가 그녀의 집에 투숙시켰다. 기요탱은 그녀가 왼쪽 눈의 시력을 약간 잃었지만, 그것을 제외하면 잘 회복하고 있다고 그에게 말한다. 그는 스스로도, 이제 벌써 두 달이 되었지만, 그녀와 단둘이 있지 않으려고 조심해 왔다. 그녀가 부엌 테이블에 누워 있던 밤, 그의 손길이 닿자 그녀가 움츠러들던 것을 그는 기억한다. 그는 충분히 오래 기다려서 그들이 홀로 있을 때, 피투성이 르쾨르가 그들 옆에 앉아, 곁눈질로 추파를 던지며 음흉하게 웃고 있지 않도록 할 것이다. 그러나 너무 오래 놔두면 마찬가지로 무시하기 힘든 다른 문제가 생길 수 있다. 리자 사제는 잔느가 임신한 상태라고 한다. 최소한 엘로이즈에게 그렇게 말했다. 아직 확실하지는 않다. 의학적인 증거를 확보할 일이 남았지만, 잔느는 그것을 허락하지 않는다. 그렇지만 리자 사제 같은 여자가 실수를 할 것이라고 보기는 어렵다. 아기는 수태 당시의 정황에 대해 어렴풋이 알까? 그렇다고 믿는 사람들이 많다.

그는 고개를 기울여 엘로이즈를 본다. 베개 위에 부드럽게 쌓인 그녀의 머리카락이 보인다. 밤에 가끔씩, 그녀는 작은 신음 소리를 내고, 상처받고, 꾸짖는 듯한 목소리로, 꿈결에 열두어 단어를 흐릿하게 중얼거린다. 그러나 이제 그녀는 깨어나기 전의 마지막 깊은 잠에 빠져, 그녀의 숨소리는 손가락 끝으로 이불깃을 천천히 왔다갔다하며 스치는 소리보다 더 조용하다.

기둥은 탄탄할까, 혹은 속이 다 부스러졌을까? 토대는? 전체가 진흙에 떠 있을까?

아르망과 함께 그는 베레리 거리를 따라 걸어간다. 저녁 햇살은 그들의 견갑골 사이에 걸리고, 그들의 그림자는 앞에 있는 돌들 위로 물결친다. 베레리 거리에서 루아 드 시실 거리로 계속 직진하여, 생 앙투안으로 간 뒤, 오 분 정도 걸어 바스티유에 도착한다. 탑 한 군데에 왕가의 깃발이 흐느적거리며 매달려 있다. 다시 좁은 푸르시 거리로 내려가, 수도원의 담을 따라간 후, 오른쪽으로 꺾어 자르뎅 거리로 접어든다. 여기는 생 폴 지역이다. 이곳에 석공들이 있다는 것은 장님도 안다. 아르망과 엔지니어는 작업장의 열린 문 앞에서 걸음을 멈춘다. 문가에는 돌먼지가 더운 공기 속에서 반짝거린다. 거리의 햇살 아래에 있다가, 작업장 안으로 들어가니 먹물처럼 어둡다. 아르망이 먼저 들어가서, 연장에 걸려 넘어지더니 큰소리로 욕설을 한다. 망치 소리가 멈춘다. 앞치마와 흰 모자를 쓴 뚱뚱한 남자가 먹물 속에서 걸어 나와 그들을 본다. 그의 얼굴 전체에, 주름 사이까지, 돌먼지를 뒤집어쓰고 있다.

"누구십니까?" 그는 묻는다.

"바라트입니다." 장 바티스트는 말한다. "레지노상의 엔지니어입니다. 사냥 어르신을 만나러 왔습니다. 전갈을 보냈었습니다만."

"그리고 저는 교회의 오르가니스트입니다." 아르망은 살짝 절을 한다.

"묘지에서 오셨구려?"

“예.”

“내가 사냐이오. 교회를 철거한다는 편지를 읽었소. 석공이 필요하시다고요.”

“장인匠人 한 분과 고참 견습공들 너댓 사람 정도가 필요합니다만.”

“그리고 막노동꾼들은요?”

“막노동꾼들은 있습니다.”

“높은 곳에 익숙한 사람들입니까?”

“광부들입니다. 아니, 광부들이었습니다.”

사냐은 웃는다. “그렇다면, 내 일꾼들을 데려가지요.” 그가 말한다. “최소한 그들이 익숙해질 때까지는 말입니다.”

“원하신다면 그렇게 하겠습니다.”

“국왕께서 친히 이 공사를 후원하신다고 들었습니다.”

“저는 장관으로부터 지시를 받습니다.” 장 바티스트가 대답한다.

사냐은 고개를 끄덕인다. “알고 보면 우리는 다들 어떤 식으로든 그분들을 위해 일하고 있지요, 그렇지 않습니까? 비계를 만들도록 나무를 구할까요? 나의 연줄이 선생의 연줄보다 나을 겁니다.”

“하지만 저렴한 가격이어야 합니다.” 아르망이 재빨리 말한다. “여기에 있는 제 친구는, 사투리로 눈치를 채셨듯이, 시골뜨기이지만, 저는 파리 토박이로 고아원에서 세상 사는 법을 배웠지요.”

"나의 정직성을 곧 알게 될 거요." 사냥이 말한다. "불쌍한 고아를 속이는 짓은 하지 않소."

석수 장인의 견습공 중 하나인 키 크고 마른 소년이 그의 사부처럼 먼지투성이로 나타나 문 밖에 의자 세 개를 놓자, 세 남자는 거기에 앉아서, 와인을 마시며 거래를 한다.

"내 보기엔 그가 믿을 만하네." 엔지니어와 묘지로 함께 돌아오면서 아르망이 말한다.

"일을 잘 해낼 걸세." 장 바티스트가 대꾸한다. "그리고 하지 않은 일에 대해서는 돈을 주지 않으면 돼."

"자네는 금방 배우는군." 아르망이 말한다.

"칭찬 고맙네."

"잔느에 대한 최근 소식을 들은 것이 있나?"

6월 10일, 월요일 아침, 여섯 시 반에 사냥이 풀레, 줄리앙, 브와이, 바라스 이렇게 네 명의 견습공을 데리고 도착한다. 재킷을 입고 작은 모자를 쓴 일꾼들도 열두 명이 왔다. 몇 명은 벨트에 연장을 차고 있다. 엔지니어는 사냥을 데리고 현장을 둘러본다. 그들은 벽을 두드리고, 땅을 찔러보며 의논하고, 찌르고 두드리기를 계속 한다. 그들은 교회지기와 잔느를 만난다. 견습공 중 한 명이 조심스럽게 교회를 스케치한다. 다른 이들은 납골당과 뼈무더기를 보고, 고개를 흔든다. 그들은 불쾌감을 감추려는 노력도 없이, 거지 꼴을 한 한 무리의 성자 같은 광부들을 쳐다본다.

"어떻습니까?" 장 바티스트는 묻는다.

"먼저 이 남쪽 벽에 비계를 설치합시다." 사냥이 말한다. "저기, 저것은 뭡니까?"

"의사들의 작업실입니다."

"뭐라고요?"

"저것도 없앨 수 있습니다."

"알겠소."

"나무는 언제 도착합니까?"

"내일 아침 일찍 도착할 거요. 선생의 일꾼들이 못질을 할 줄 안다면, 내가 그들을 좀 쓰겠소."

갓 벤 원목을 쓴, 단순하고 반복적인 정사각형과 삼각형의 기하학적 모양들이 교회 옆에 퍼져 나간다. 그것은 빠르게 올라간다. 엔지니어는 매일 그 위를 오른다. 곧 납골당보다 더 높이 오르고, 페로네리 거리를 굽어보며, 롱바르 거리를 들여다 볼 수 있게 되더니, 한 단, 두 단, 그 다음에 창문 세 단이 다 들여다보인다.

광부들은 석수 장인의 일꾼들만큼 민첩하지 못하다. 그들은 들보에서 들보로 뛰지도 못하고, 한 손으로 버팀목을 가볍게 잡고, 여름 공기 속으로 태평스럽게 뒤로 젖히지도 못하지만, 높이를 무서워하지는 않는다. 그들은 들고, 묶고, 망치질하면서, 팔다리의 힘이나 거센 깡다구, 조용하고도 효율적인 노동력에 있어서는 다른 인부들보다 훨씬 뛰어나다. 식사 시간에는 두 팀이 따로 앉는다. 석공의 일꾼들은 비계 위에서, 음식을 거기로 가지고 올라가서 장화를 달랑거리고 흔들면서, 저 아래 늘 먹던 자리에서 위로 한 번도 쳐다보지 않고 식사하는 광부들을 내려다보며 먹는다.

일주일 동안 소리치고 망치로 뚝딱거리더니, 교회 지붕까지 닿았다. 장 바티스트는 사냑과 함께 올라간다.

"여기 위에는 공기가 더 좋지 않소?" 사냑이 말한다. 그의 넓은 등은 지붕 가장자리의 난간에 걸쳐 있다.

"그렇게 말씀하시니 그렇겠지요." 장 바티스트가 말한다. 그의 눈에 강이 들어온다. 루브르의 지붕. 몽마르트르의 방앗간.

"저 배수로를 통해서 해체를 시작해 봅시다." 석수 장인이 손으로 가리키며 말한다. "어떤 상태인지 한 번 보지요."

"좋습니다."

"기왓장은 모아 둘 요량이시지요?"

"네. 많을수록 좋습니다."

"그러면 기중기가 필요하겠소."

"밧줄과 사슬과 바퀴가 있습니다."

사냑은 고개를 끄덕인다. "외지인들 치고 선생의 인부들이 일을 잘하는군요."

"모두 외지인들은 아닙니다." 장 바티스트가 말한다. "하지만 어르신의 말씀이 맞습니다. 훌륭한 일꾼들이지요."

"하여간 대단한 공사요." 사냑이 젊은 엔지니어에게 눈길을 주면서 말한다. 그는 엔지니어를 처음 보듯, 이상한 분위기로,

그를 자세히 관찰한다.

　교회 안의 공기는 차갑고 침체된 고인 물 같다. 비계에서 내려와, 엔지니어는 아르망과 네 명의 광부들과 함께 안으로 들어간다. 석수 장인은 남쪽 익랑翼廊 위 어딘가에 있다. 교회 바닥에서는 지붕이 전혀 보이지 않는다. 상상력으로 모든 것을 보아야 한다. 그들은 목을 빼고, 기다리고, 목을 주무르고, 다시 위를 본다. 쿵 하는 옅은 소리와 함께, 보이지 않는 날개 쪽에 갑자기 끼익 하는 소리가 난다. 첫 번째 쿵 소리 이후 연달아 같은 소리가 반복되더니 이 초 정도 고요해진다.
　"콜베르가 깨게 생겼군." 아르망이 말한다.
　"그가 여기에 있다면 그렇겠지." 장 바티스트가 말한다.
　"아, 그는 분명히 여기에 있어."
　"무엇을 먹고 사나?"
　"촛농. 전례典禮. 그의 엄지손가락."
　광부 하나가 얼굴에서 뭔가를 털면서 뒤로 물러난다. "먼지가 떨어지고 있어." 장 바티스트가 말한다. "약간 물러나게."
　쿵쿵거리는 소리는 더 명확해진다. 잠시 정적이 흐르더니 다시 시작된다. 이중으로 울리고, 교회에 타격이 느껴진다.
　"이 사람들이 우리 바로 위에 있나?" 아르망이 묻는다.
　"아닐세. 아니야. 저기 가장자리 쪽에 있어. 배수로 근처 서까래 사이에서 일하고 있을 거야."
　무엇인가 판석을 친다. 이제는 먼지 정도가 아니다. 망치질

을 할 때마다 더 많이 떨어진다. 돌, 회반죽 조각, 쇄석 조각. 그
리고 나서 뭔가 엄청난 것이 그들 앞 칠팔 미터 정도에 떨어져
서 조각이 난다. 이중 울림은 삼중 울림이 된다. 콰아앙, 쿠아
앙, 쿠아앙! 그리고 나서 삼십 초 정도 정적이 흐른 후, 매우 정
확하고 신중하게 두 번 치는 소리가 들린다. 마치 융의 머리 어
딘가에, 뭔가 부드러운, 무방비인 곳을 발견한 것처럼. 또다시
큰 덩어리가 떨어진다. 아래에 있는 무리는 후퇴한다. 어둠 속
에, 쳐다봐도 보이는 것 없는 저 위쪽 어둠 속에, 뭔가가 깜빡인
다. 작고 하얀 눈. 작지만 쳐다보기에 너무나 밝은 점.

“그들이 도달했어!” 아르망이 말한다. 부산한 망치질이 이어
지자 그 눈은 커진다. 소용돌이치는 빛 한 줄기가 지붕에서 바
닥까지 이어진 비스듬한 틈에서 잘려서, 금박 천사나 석고 성
자 대신, 어느 광부의 장화에 부서지자, 그는 마치 데기라도 할
것처럼 뒤로 펄쩍 뛴다.

수줍은 듯 그들은 빛을 향해 팔을 뻗어, 그 속에서 손을 뒤척
여 본다. 또다시 열두어 번 가격하는 소리가 나자, 그들의 가슴
까지 빛에 물들더니, 이제 온몸이 하얗게 젖는다. 엘로이즈가
이것을 봐야 하는데. 엔지니어는 생각한다. 엘로이즈와 잔
느…… 그들이 이것을 꼭 봐야 하는데.

“거기 아래!” 목소리가 쩌렁쩌렁 울린다. 사냑이다. 그의 머
리는 동전처럼 조그맣다. 엔지니어는 빛 속으로 들어서서, 위
로 올려다본다. “저희는 여기에 있습니다.” 그가 소리친다. 희
한한 대화이다. 아마 아담이 여호와에게 이렇게 이야기했으리

라. "무슨 문제라도 있습니까?"

"달팽이 껍질을 부수는 것 같소." 사냑이 말한다. "달팽이 껍질을……" 메아리가 노래한다. "들보가 속까지 다 썩었어요. 이십 년만 더 있으면 저절로 무너질 것 같소!" 그의 머리가 사라진다.

"난 연주 좀 해야지." 아르망이 깍지를 끼고 손가락의 관절을 우두둑 꺾는다. "이 친구들 중 두 명 정도가 펌프질을 해주면 좋겠구먼."

"연주를 할 시간이 있나?" 장 바티스트가 묻는다. 그리고 나서 "자네 말이 옳네. 자네가 지금보다 더 옳은 적은 없었어."

반 시간 후, 아르망이 오르간으로 즉흥 연주를 하는 동안, 엔지니어는 새로이 들어오는 빛을 구경하는 관광객들을 이끈다. 엘로이즈는 그의 팔꿈치를 꽉 잡는다. 교회지기는 위를 보고, 오십 년 동안 땅 속 감옥에, 바스티유 안에 존재한다고들 말하는 축축한 지하 독방에 갇힌 죄수처럼 눈을 깜빡거린다. 리자는 입술을 축이고, 꽃처럼 입을 벌린다.

기요탱은 부드럽게 말한다. "철학적이군."

잔느는 조용히 울기 시작한다. 처음에는 빛에 손을 대려 하지 않는다. 그 순간이 허락하는 대로, 장 바티스트는 그녀의 손을 잡는다. 그녀는 피하려 하지 않는다. 그는 잔느의 손을 든다. 빛이 거기에 내려앉을 때, 그녀의 피부, 아니 두 사람의 피부는 마치 연약한 푸른 불에 휩싸이는 것같이 보인다.

다음 며칠 동안, 남쪽 벽을 따라 스무 개 정도의 구멍이 줄지어 뚫린다. 공기는 먼지로 가득하지만, 밤이면 먼지가 가라앉거나 새나간다. 빛줄기는 각각의 창槍처럼 군데군데 내려 꽂히더니 결국 하나의 울퉁불퉁한 덩어리가 되어 천천히 북쪽 페르거리로 이동한다. 이번 달 말경에는 빛이 신랑身廊의 가장자리에 감기고, 성가대 석에 줄을 긋더니, 제단 발치에 고인다. 아래쪽이 이젠 너무나 지저분하게 보인다! 이곳이 얼마나 어둠에 의지하고 있었는지! 엄청나게 벌레 먹어서 이제는 앉기도 위험한 신도석은 교차랑에 거대한 무더기로 쌓여 있다. 이제 빛이 들어오니, 금전적으로 가치가 있는 것은 이미, 공식적으로든 그렇지 않든, 몽땅 들어내 가 버렸다는 것이 명확히 보인다. 아르망과 함께, 엔지니어는 한 시간 가량 레지노상의 가장 유명한 성유물, 주상柱上 고행자의 발가락 뼈를 담은 쇠상자를 찾지만 흔적도 보이지 않는다. 그런데 자신의 친구가 그것을 찾아다니는 모습이 뭔가 무언극 같은 느낌이 들어서, 장 바티스트는 친구에게 혹시 그가 훔친 건 아니냐고 묻는다.

아르망은 그랬다고 실토한다. "고아원을 위한 기금을 모으기 위해서였네." 그가 말하다.

"사실인가?" 장 바티스트가 묻는다.

아르망은 어깨를 으쓱인다.

위에서 고함 소리가 들리면 뭔가 큰 것이 떨어진다는 뜻이다. 사슬 톱니, 바람 버팀대, 떡갈나무로 만든 외팔들보가 아래에 있는 잔해에 꽂힌다. 혹은, 돌 같은 것이 헐거워지면서 떨어져, 포석 위에 칙령처럼 산산조각이 난다.

광부들 반이 교회 내부에서 붕괴 작업을 한다. 그들이 대형 망치, 곡괭이, 철봉을 휘두르는 모습이 마치 종파 분쟁을 연상케 한다. 나머지는 지붕에서 일하면서 기중기를 작동시켜 그곳에서 모은 기왓장들과 접은 납 꾸러미를 내려보낸다. 장 바티스트는 다시 엔지니어가 된 기분이다. 검은 흙과 뼈에 비하면 돌과 먼지와 썩은 나무는 오히려 그를 즐겁게 한다. 그리고 파괴 작업에는 뭔가 중독적인 것이 있지 않은가? 이름 모를 음침한 욕구를 만족시키지 않는가? 조용하게 바보처럼 서 있는 대상에게 둔기를 휘두르고 싶어 하는 사내아이 같은 충동을?

그는 어머니에게 편지를 쓴다. "저는 교회를 무너뜨리고 있습니다." 그는 늘 보내던 금액을 동봉하고, 농담조로 그 돈으로 그를 보러, 당신의 아들이 소매를 걷어 붙이고, 얼굴은 먼지로 떡이 되어, 돌 코끼리를 제압하여 무릎을 꿇리는 모습을 보러 파리에 오는 것은 어떠냐고 제안한다. 그리고 목사님도 어머니와 함께 오시고 싶으실는지?

그는 마지막 문장 위에 줄을 그어 지운다. 조심스럽게 흔적도 없이 지운다.

빛이 들어와 평범하고도 세속적으로 변한 측면 예배실 중 한 곳에서 일을 하면서, 그는 책장을 완성한다. 교회에서 주운 나무를 가지고, 벽에 기대지 않고 단독으로 세울 수 있는 오단책장을 만들었다. 벌레 먹고 남은 신도석의 등받이 부분과 앉는 부분을 대부분 사용했지만, 꼭대기에는 제단 뒤의 벽장식을 떼어 내어 붙였는데, 그 작은 조각상들은 아마 사도일 것이다. 혹은 기적적이거나 끔찍한 사건의 옆에 늘 서 있었을 구경꾼들을 묘사한 것일지도 모른다. 가나 혼인 잔치에 참가했던 하객들, 헤롯의 군사들이 도착하는 것을 바라보던 동네 사람들. 엘로이즈는 책장의 세 단을 그녀가 이미 소유한 책으로 채운다. 어느 오후, 두 사람은 잊어버린 듯 점잖게, 강 아래쪽 위즈보의 가게에 가서 네 번째 단을 거의 다 채운다. 제본이 잘 된 새 책들이다. 펴자마자 손에서 다 갈라지는 15수짜리가 아니다.

더운 여름날, 도시 곳곳에 검은 페인트로 막 쓴 낙서들이 나타난다.

생 앙투안 가에 있는 생 메리 교회 옆. 〈베슈가 주교를 잡아먹고 그의 뼈를 뱉을 것이다. 추기경은 후식감이다.〉

콩시에르쥬리 아래 오를로쥬 부두에서도 발견된다. 배에서 썼을까? 〈가난한 이들이 흘린 피땀에 베슈가 부자를 익사시킬 것이다!〉

인도 회사 맞은편 벽. 〈베슈가 너희들의 범죄를 보았도다! 심판의 날이 다가온다.〉

남쪽으로 가다 보면 왼편에 있는 샹쥬 다리의 난간에는 〈흡혈 군주들이여! 베슈가 너희 자녀들을 고아로 만들리라!〉라고 씌어 있다.

이제 정부 당국은 이러한 민심을 없애는데 혈안이 되었기 때문에, 당국보다 더 빨리 낙서를 발견하는 것은 일종의 경기가 되었다. 사람들은 가볍고 명랑하게, 그러나 동시에 의문스러운 진지함을 띠고, 새로 본 낙서에 대한 정보를 교환한다. 이 베슈라는 인물이 진짜로 존재한다면? 언젠가 그가 호언장담한 일들을 행한다면?

이 모든 일과 전혀 관련이 없다고 극구 부인하는 아르망이나, 기요탱 박사나, 도시의 간선도로를 자유롭게 돌아다니던 옛 버릇을 아직도 완전히 버리지 못한 엘로이즈에게 낙서들의 존재를 전해 들을 때면, 장 바티스트는 고개를 끄덕이고 어깨를 으쓱할 뿐이다. 마리를 통해서 들은 적도 한 번 있다. 그것들이 그에게 무슨 의미가 있을까? 그럼에도 불구하고 이 베슈에 대해 커지는 관심을 부정할 수가 없고, 생 앙투안 구의 악취가 진동하는 어떤 건물에서 칼날 같은 사상을 가지고 있는 남자, 철학자 자객, 인민의 암살자가 실제로 존재한다는 공상에 빠지기도 한다. 그는 그런 남자에 반대할 것인가? 그를 배신할까? 아니면 그를 따를까? 그처럼 꺾이지 않는 투사가 되어 피비린내 나는 집념의…… 곧, 그는 공상에서 깨어나 다시 일을 하러 간다. 돌들과 땀과 혼란스러운 공기 속을 뚫고 이것저것 지시를 내린다. 세상이 하고 있는 일과 준비하는 일에 대해서는 나중에 신경을 쓸 것이다. 지금은 역사가 레지노상에 신경을 좀 써야 한다.

교회 공사 진행 상태를 보기에 가장 좋은 장소는 하숙집 뒤편 그가 이전에 쓰던 방이다. 그는 거의 매일같이 거기로 들어가서, 침대와 테이블 사이에 서서 창 밖을 본다. 방 안의 공기는 숨이 턱턱 막힐 것 같다. 위에 있는 마리의 방은 어떤 상태일지 알 만하다. 침대를 가로질러, 지게트의 드레스들이 강에서 건진 해초처럼 늘어져 있다. 손가락 사이에 눌렸던 작은 황금 나방이 피부에 황금색 얼룩을 남기고 빠져나가 천 사이에서 푸드덕거린다. 고양이 라구는 겨울 밤에 그의 발치에서 눕곤 하면서 이 방에서 나누었던 오랜 친밀감을 기억했는지, 가끔씩 엔지니어를 따라 들어와, 드레스 위에 편히 눕기도 하고, 그 속에 반쯤 들어가기도 한다. 고양이는 소녀가 되고, 소녀는 고양이가 된다.

7월 말 어느 일요일 저녁, 그 둘은 방 안에서 함께 시간을 보낸다. 라구는 무명 주름장식에 코를 비비고 있고, 장 바티스트는 졸린 듯 테이블에 기대고 교회를 내다본다. 흐뭇하게도 그것은 고통스러운 모습을 하고 있다. 지붕의 사 분의 일이 아직 남았고 (다음 주에 사람들이 페르 거리 쪽에 비계를 세울 것이다) 토대를 검사하기에 충분할 만큼 아직 도랑을 깊이 파지도 않았지만, 진척 속도는 나쁘지 않았다. 사실 속도가 상당히 빨라서 라포스 씨까지도 지난번에 왔을 때, 만족스러움을 완전히 숨기지 못했다. 그는 잠시 동안 응접실 창문에 서 있다가, 몸을 돌려, 의심이 발린 목소리로, 장관께서 후원하는 사업이 마침내 계획대로 잘 진행이 되는 것을 아시면 그분도 불쾌해하시지 않을 것이라고 말한다.

만약 광부들이 이런 상태로 조금만 더 오래 일을 해준다면! 광부들과 사냑이. 그리고 물론 그 자신도. 특히 그 자신이. 그는 최소한 잔느와 할아버지를 위한 거처를 구할 수 있었다. 시장에서 걸어서 몇 분 거리에 있는 생 조스 교회 맞은편, 오브리 부셰 거리에 있는 채광이 좋은, 번듯한 방 네 칸짜리 일층집이다. 임산부나 아기가 있는 여자에게 편리한 위치로 구했는데, 이제 잔느가 임신했다는 것이 확실하기 때문이다. 그녀의 허리 부분이 눈에 띄게 굵어졌고, 가슴도 부풀었다. 그녀는 더 어려 보인다. 어리고, 수줍으며, 꿈을 꾸는 듯하다. 불행해 보이지 않는다. 그녀는 미소를 띠고, 말을 삼가며, 어쩌면 그리스도의 어머니가 한때 그랬듯이, 망쳐졌으나 동시에 구원받은 것 같은 모습이다. 그리고 언제나 그녀의 근처에는, 언제나 그녀의 그림자 끝에는, 장화를 신고 수염이 덥수룩하며 나무를 깎아 놓은 듯한 남자, 장 블로크가 있고…….

장 바티스트의 얼굴은 하품으로 부서진다. 그는 손바닥 끝을 눈에 대고 비비면서, 변함없고 단조로운 육체의 훈령, 그의 심장 박동을 느낀다. 이것, 이것, 이것, 이것…… 눈을 떴을 때, 자신이 교회가 아니라 벽에 걸린 에칭화, 베니스의 리알토 다리를 보고 있는 것을 발견한다. 조수간만에 관계없이 언제나 배들이 통과할 수 있도록 높이 솟은 아치 다리와 납지붕이 달린

스물네 채의 집. 그가 이 집에 처음 이사온 이후로 이 그림은
계속 여기 못에 걸려 있지만, 그것을 들여다보고, 그것이 상징
하는 그의 야망을 생각해 본 지는 여러 달이 지났다. 다리와 도
로? 그렇다. 프랑스를 가로지르며 강을 넘고, 실에 구슬을 꿰듯
도시와 마을을 관통하는 다리와 도로. 그것들은 견고하고도 세
련되게 허리를 틀면서, 어느 빛나는 도시의 성벽 옆에 선물처
럼 놓인다. 말 위에 올라 앞장을 선 그의 뒤에는 그를 따르는
한 무리의 남자들. 인부, 말, 수레, 돌, 먼지 구름. 지금이라도
그는 할 수 있을 것 같다. 아주 그럴싸하다. 그는 더 이상 스스
로를 의심하지 않고, 불안하게 의지를 발휘하여, 자신을 추스
르지 않으면 자신이 존재하지 않게 될 것이라고 더 이상 느끼
지 않는다. 그러나 그의 야망은 예전과 같은가? 그것들은, 예를
들어, 덜 야심차거나 하지 않는가? 만약 그렇다면 그의 야망은
무엇으로 대체되었는가? 영웅적이지 않고, 자랑할 것도 없는,
그저 좀 더 정직하게 다시 시작하고 싶은 열망. 경험의 빛 속에
서 아이디어를 하나하나 시험하고 싶은, 세상의 멋진 먼지 속
에서 그가 할 수 있는 한 굳건히 서서, 불확실성과 혼돈과 아름
다움 속에서 살고 싶은 열망. 최선을 다해 용감하게 살기. 용기
가 필요할 것이라는 사실을 그는 잘 알고 있다. 행동할 용기.
거부할 용기.

　침대 위에서 고양이는 깊은 신비함 속에서 얌전히 그를 바라
보고 있다. 그는 고양이를 보고 미소짓는다. "농장에서 사람들
이 나를 다시 받아 줄까, 친구?" 그리고 나서 그는 교회가 보이

는 창문으로 다시 시선을 돌린다. 검은 연기가 부서진 지붕을 뚫고 소용돌이쳐 올라간다. 연기는 올라갔다가 다시 잠시 내려온 후, 비계를 돌아, 묘지벽까지 내려갔다가 다시 올라와서, 깨끗한 공기 중에서 빙빙 돌고, 돌고, 돌고, 돌고, 동쪽으로 빠져나가 사라진다. 그는 엘로이즈를 소리쳐 부른다. 그녀는 층계참을 건너 뛰어온다.

"그것들이 떠나고 있어!" 그는 고함을 친다. "날개 달린……제기랄! 날아다니는 쥐 같은 것 말이야."

"네? 박쥐 말인가요?"

"그래, 맞아. 수백, 아니 수천 마리야!"

그녀는 그가 손가락질을 하는 곳을 보고, 이마도 찡그려 보지만, 교회 위로 보이는 것은 어느새 내려 앉은 밤밖에 없다.

2

8월 중순. 여섯 시 이십 분쯤 해가 뜬다. 벌써 눈에 띌 만큼 해가 짧아졌다. 그는 덧문을 열고, 맞은편 그늘진 집들을 유심히 관찰하면서, 누군가 그를 바라보는 사람이 있을까 궁금해한다. 그가 보기에는 알 수가 없다. 그의 뒤에 있는 침대 속에서 엘로이즈가 움직인다. 그는 그녀에게 촛불이 필요한지, 그가 하나를 켰으면 좋겠는지 묻는다. 그럴 필요가 없다고 그녀가 말한다. 충분히 보인다. 물이 좀 있을까요? 그는 약간 담아 와서, 그녀의 손에 잔을 쥐어 주고, 마시는 소리를 듣는다.

그는 잘 때 입었던 셔츠만 걸치고 있다. 그는 반바지를 끌어 올리고, 허벅지 주위에 셔츠를 집어 넣고, 스타킹을 찾아, 침대 끝에 앉은 후, 다리를 집어넣고 위로 당겨 신는다. 엘로이즈는 밤 동안 병풍 끝에 걸어 둔 실내복을 벗겨 가져 온다.

"하늘이 맑네요." 그녀는 말한다.

"그렇구려."

"몇 주째 비가 오지 않는군요."

"그렇소."

"폭풍이라도 왔으면 좋겠어요." 그녀가 말한다. "거리를 씻어냈으면 좋겠는데."

그들은 귓속말을 하듯 나지막하게 이야기한다. 그는 반바지를 잠근다. 그녀는 병풍 뒤에서 볼일을 본다. 길 건너, 굴뚝 꼭대기로 가느다란 황금색 햇살이 비친다. 분홍빛이 도는 황금색. 오렌지 빛이 도는 황금색.

"우리 여행을 가면 어떻겠소?" 그가 묻는다.

"여행?"

"두 주간."

"당신, 그렇게 할 수 있어요?"

"사냑에게 여기의 일을 맡아달라고 부탁하면 되오. 어차피, 대부분은 그가 해야 할 일이니까."

"어디로 가고 싶어요?"

"노르망디로. 벨렘으로. 거기는 더 시원할 거요. 훨씬 더 시원하지. 그리고 내 어머니를 만날 때도 되지 않았소?"

"당신의 어머니요?"

"그렇소."

"하지만 여기 무슨 일이 생기면 어떻게 하죠?" 오렌지 물로 얼굴을 두드리면서, 엘로이즈가 병풍 뒤에서 나타난다. "당신이 고용한 인부들이 사냑의 말을 듣지 않으면요?"

"그의 말을 듣지 않을 이유가 뭐가 있겠소?"

"그를 좋아하지 않을 수도 있죠."

"그를 좋아할 필요가 없소. 인부들이 나를 좋아하는지도 난

알지 못하니까. 더구나 겨우 두 주 동안이오. 물론 당신이 원치
않는다면 가지 않겠지만. 내 어머니를 만나고 싶지 않소?"

"만나고 싶어요." 엘로이즈가 말한다. "그저 약간 겁이 나는
것뿐이에요. 우리는 약간…… 색다르게 살고 있잖아요."

그는 그녀에게 가까이 간다. 그는 아침에 그녀의 얼굴을 보
는 것이 너무나 좋다.

"어머니는 좋으신 분이오." 얼음처럼 차가운 그녀의 손가락
을 잡으며 말한다.

"좋으신 분이에요?"

"그렇소."

그도 그녀를 따라 부드럽게 히히덕거리는 소리를 내며 웃다
가, 아래층에서 나는 상상할 수 없을 정도로 큰 재채기 소리에
멈춘다. 첫 번째 재채기 소리 후, 빠른 재채기 소리가 연속적으
로 몇 번 더 들린다.

엘로이즈가 말한다. "모나르 씨는 마리의 감기를 옮았나 봐
요."

"안 그래도 궁금하게 생각했소." 장 바티스트가 말한다. "모
나르 씨가…… 그가 마리와…… 가능할까?"

엘로이즈가 대답한다. "저번 토요일 오후에 다락방에서 나
는 이상한 소리를 분명히 들었어요."

"소리?"

"마치 누군가 어린아이에게 회초리질을 하는 것 같은 소리
였어요."

“그러더니 이제 둘이서 함께 감기에 걸렸군.” 장 바티스트가 말한다.

“불쌍한 모나르 부인.” 엘로이즈가 말한다.

“도피네로 가면 좋을 텐데, 왜 여기에 있는지 모르겠소.”

“아니면 딸이 여기로 와도 좋겠지요.”

“뭐라고? 지게트? 당신은 살인자와 한 집에 있으면서 편안히 잠을 잘 수 있겠소?”

“그녀는 살인자가 아니에요, 장. 하지만, 물론 그녀랑 같이 이 집에 있을 수는 없죠. 다른 곳에 거처를 구해봐야 할 거예요. 예를 들어, 리자 말이, 그녀의 집 근처 에쿠프 거리에 좋은 아파트가 나왔대요. 어느 공증인 내외가 세들어 살고 있었는데 구월에 이사를 할 예정이라는군요.”

“그건 단순히 예로 든 말이겠지, 음?”

“우리 둘만의 집이 생기는 거예요.” 그녀는 말한다.

“아르망과 이웃이 될 것 아니오.”

“그 정도는 참을 수 있지 않겠어요.” 그녀가 말한다. “한번 고려해 주겠어요, 장?”

“그렇게 하리다.” 그는 말한다.

“약속하실 거죠?”

“약속하오.”

그들은 각각 옷을 입으러 간다. 그는 창가에서 조끼 단추를 끼우면서, 지나가는 짐차의 흔들리는 범포 지붕을 내려다본다. 그가 잘 아는 짐차이다. 〈여러분을 귀족으로 모시는 월로 앤드

선스〉

갑자기 그가 여행 이야기를 꺼내게 만든 것은 무엇일까? 굴
뚝 위의 빛? 그것이었을까? 대부분의 경우, 사람은 자신이 무엇
을 생각하고 있는지, 자신이 원하는 것이 무엇인지 모른다. 하
지만 여행을 가는 것이 그다지 불가능하게 보이지는 않는다.
사냥은 대가만 지불하면 흔쾌히 응할 것이다. 광부들은 급여만
제대로 나온다면 반대할 이유가 어디 있겠는가? 그는 파릇파릇
한 전원에서 엘로이즈와 함께 아무 근심 없는 나날을 보내는
자신의 모습을 상상해 보려고 한다. 숲을 거닐고, 건초더미에
기대어 앉고, 강가에서 송어를 찾아내고, 어머니의 축복을 받
는 모습들…… 이것을 상상하는 것은 그가 바라는 만큼 쉽지는
않다. 거기에 있는 내내 묘지에 대해 안절부절못하면서 빨리
되돌아올 구실을 찾는 자신의 모습을 상상하는 것이 더 쉽다.

"오늘 소꼬리를 사 올 거예요." 그녀가 말한다. "정육점 주인
상송이 나에게 약속했어요. 인부들이 좋아할 거예요. 양파랑
마늘이랑 토마토랑 백리향이랑 적포도주를 듬뿍 넣고, 돼지 족
발도 넣을 생각이에요. 족발은 이런 국에는 그만이거든요. 그
것 때문에 육수가 더 진해져요. 당신 어머니가 족발을 요리해
주셨나요, 장? 노르망디에서는 즐겨 먹는 음식이 아닌가요?
장…… 뭘 하고 있어요?"

그는 창문에서 화장대로 옮겨 가서, 거울의 푸른 광택을 멍
하니 보고 있다.

"또 머리가 아픈 거예요?" 그녀는 그에게 가서, 머리 양쪽에

부드럽게 손을 얹으며 묻는다.

"아니." 그가 말한다. "말짱하오."

"지게트에 대한 이야기를 하지 말았어야 했나 봐요."

"괜찮소."

"하지만 당신은 찡그리고 있잖아요."

"내가 뒤도 영감을 닮아가기 시작했다는 것을 방금 깨달았소."

"뒤도? 뒤도가 누구인가요?"

그는 거울 속의 그녀와 눈을 마주치며, 그녀를 향해 미소를 짓는다. "바라트 가문의 농부 중 하나요." 그는 말한다. "가장 순수한 부류이지."

이미 태양은 뜨겁게 달구어져 있다. 열기는 페르 거리로 쏟아지고, 그의 두개골에도 들이붓는다. 거리의 반대쪽 끝, 물방울이 벌 떼처럼 반짝이며 주위를 휘감은 이탈리아 분수 근처에는 세탁부의 어두운 형체들이 보인다. 그는 묘지의 문을 연다. 문은 잠겨 있지 않다. 르쾨르와의 사건이 있었던 밤 이후로 문을 잠그지 않는다. 그 당시, 잠긴 문은 그에게, 혹은 어느 누구에게도 도움이 되지 않았다. 명백히 잔느에게 도움이 되지 않았다. 장작을 훔쳐가고 싶은 놈이 있다면 가져 가라지. 그런 놈들은 어차피 문을 사용하는 것을 경멸하는 부류들일 테니.

교회 지붕 위에는 석공들과 막노동꾼들이 이미 자리를 잡고 있다. 그들이 내는 소리로 미루어 보아, 제대로 일을 하고 있다기보다는 유쾌한 한담을 즐기고 있는 것 같다. 그는 비계와 난간을 둘러보지만 사냑은 보이지 않는다. 아마 그는 아직 오지 않았고, 견습공들은 자유를 만끽하고 있는 듯하다.

광부 열두어 명이, 장화를 긴 풀숲에 벗어두고, 십자설교대 발판 주위에 있는 돌에 둘러 앉아 있다. 몇 명은 파이프 담배를 피우고 있고, 다른 몇 명은 아침에 먹던 빵을 아직도 씹어댄다. 엔지니어는 그들에게 아침 인사를 하고, 그들을 지나 교회지기 사택으로 간다. 사택 부엌은 이제 인부들을 먹이기 위한 최소한의 도구를 제외하고는 텅 비어 있다. 르쾨르가 지내던 사무실에는 썩어가는 묘지 기록 문서가 상자에 담겨져 있다. 그것으로 무엇을 할지, 어디로 보낼지, 누가 필요로 하는지 등은 명확하지 않다. 위층의 큰 침대는 내일이나 모레에 분해해서, 조각들을 오브리 부세 거리로 가져갈 것이다. 모든 취사 행위는 묘지 서쪽 끝에 있는 새 막사에서 이루어질 것이다. 조만간 사택은 사람들이 있기에 너무 위험해질 것 같다. 교회에서 떨어지는 돌이 대포알처럼 지붕에 구멍을 낼 수도 있으니까.

부엌 테이블 반대쪽 끝에 움직이는 그림자가 있다. 그림자는 점점 형체를 띠어간다. 교회지기가 저쪽에 있다. 그의 은발은 빗질이 되어 깔끔하게 묶여 있지만, 외투나 조끼는 입지 않고 있고, 표백하지 않아 회색빛이 나는 오래된 셔츠를 가슴 중간까지 풀어헤쳤다. 그는 달걀을 손가락 끝으로 잡고서 조심스럽게 껍질을 벗기고 있다.

"여기를 떠나실 때가 거의 되었군요."

엔지니어가 말을 붙인다.

늙은 교회지기 마네티는 까고 있는 달걀에서 눈을 떼지 않고 고개를 끄덕인다.

"이곳을 그리워하시게 되겠지요? 약간이라도 그립지 않겠습니까?"

"정원이 그리울 거요." 그는 말한다. "그곳에는 정원이 없거든."

"정원 말씀이십니까? 없지요." 부엌 창문으로 플라셀 집안의 무덤 가에 가느다란 초승달처럼 피어 있는 양귀비꽃이 보인다. 서쪽 납골당에는 가시가 돋은 바늘꽃들이 있고, 일꾼들이 씹기 좋아하는 수영도 있다.

"한때는 이곳에서 사람들이 건초로 쓸 풀을 베어가고 가축을 방목했다는 것이 사실인가요?" 장 바티스트가 묻는다.

"사실이오."

"잔느가 저에게 이야기해 주었지요. 제가 여기에 처음 왔을 때였습니다. 어르신께서 알고 계시는 옛날 이야기들을 잔느가 모두 잘 알더군요."

교회지기는 장 바티스트를, 완전히 우호적이지만은 않은 눈길로 빤히 쳐다보며 말한다. "어떤 이야기들은 아이에게 들려줄 만한 것들이 아니었소."

그들 사이에 흐르는 침묵은, 의사가 문 사이로 고개를 내밀자 깨진다. "좋은 아침입니다." 그는 인사한다. "두 분 모두 안녕히 주무셨습니까?" 그는 그들을 향해 환하게 웃는다. 장 바티스트에게 의사가 묻는다. "지금 교회로 가실 거요? 그리고 선생이, 불가사의하게도, 같이 살도록 꼬드긴 그 미녀는 어디 있소?"

"여기 곧 올 겁니다." 장 바티스트가 말한다.

밖에서 함께 걸으며 의사는 조용하게 말한다. "그의 정신이 이제 온전치 못한 것 같아 걱정이오."

"마네티 말씀이십니까? 제가 보기엔 멀쩡해 보이는데요."

"그렇게 생각하오?"

"잔느는 어떻습니까?" 장 바티스트가 묻는다.

"전문가로서의 내 소견을 묻는 것이오?"

"네."

"그녀에게 있어서, 유일한 현실은 아이예요. 그것이 무엇보다도 우선적이오. 때가 되면 내가 산부인과 의사 노릇을 할 작정이오. 무료로. 그녀가 내 조카 같은 생각이 들거든."

"리옹에 질녀가 있으시지요. 그렇지 않습니까?"

"내가 예뻐하는 샤를로트가 있지요. 맞소."

"다른 질녀는요?"

"무슨 말이오?"

"다른 샤를로트 말입니다. 어떻게 하셨습니까?"

"아, 불쌍하게도 태워야 했소. 보존이 안 되더군."

그들은 돌아다니다가 서쪽 문에 당도한다. 남쪽 익랑으로 들어가는 것은 더 이상 안전하지 않다. 장 바티스트는 교회에서 가지고 싶은 것이 있는지 의사에게 묻는다.

"선생이 말을 꺼냈으니 이야기를 하는 것인데, 예배실 한 곳에 작은 그림 두 점이 있소. 어떤 것을 말하는지 아시겠지요. 흐릿한 풍경에 기분 나쁘지 않게 어렴풋이 종교적인 색채를 띠는 작품이오. 잘 닦아 놓으면 내 진료실 벽에 어울릴 거요. 선생도 반대하진 않겠지요?" 기요탱이 묻는다.

"얼마든지 가져가십시오. 어차피 소각할 물건들이니까요."

"소각! 친애하는 엔지니어 선생 속에는 훈족 왕[60]의 기질이 보이는구려. 예술품을 태우다니!"

일단 교회 안으로 들어가자, 그들은 앞뒤로 나란히 서서 걷는다. 해는 지붕 선 위로 떠올랐고, 지붕이 없는 부분에는 빛이 맞은편 벽에 얕은 각도로 들어와서 세로로 홈이 난 기둥과 아치의 비스듬한 가장자리, 공기 중의 어떤 경이로움을 눈을 부라리며 바라보는 석상을 불필요할 정도로 완벽하게 골라내어 비춘다. 사냑의 막노동꾼과 견습공들은 계속하여 새처럼 지저귀고 있다. 무엇인가 햇빛에 반짝거리면서 어둠 속으로 떨어지더니 천둥 같은 굉음과 함께 쌓아놓은 신도석을 때린다.

지붕이 여전히 붙어 있는 북쪽 통로는 보호된 숲처럼 컴컴하다. 가까이 가자, 아르망이 거기에 있는 것이 보인다. 그는 광부 두 명, 슬라바르와 블로크를 데리고, 오르간 옆에 고개를 숙이고 연장으로 작업을 하고 있다. 일어서서 장 바티스트를 보는 아르망의 뺨에 눈물이 떨어진다.

---

60) 훈족의 마지막 왕 아틸라(Attila the Hun, ?~453)를 일컫는 말. 그들은 습격하고 약탈한 후 불을 지르고 떠나는 전략을 썼다.

그는 손가락으로 장 바티스트가 입은 조끼를 찌르는 시늉을 하며 의사에게 말한다. "이 빌어먹을 촌놈이, 내 손으로 내 악기를 박살내게 만들었어요."

"오, 음악가 선생." 기요탱은 다정하게 말한다. "고정하시구려, 선생! 나도 이미 그를 훈족 같다고 비난했소. 그래도 그가 음악가 선생이 쓰도록 뭔가 근사한 것을 구해줄 거요. 보상을 해주겠지요."

"거기에 대고 뭘 하고 있나?" 장 바티스트가 묻는다.

"건반을 떼어내고 있어. 건반이 있으면 그래도 연습을 할 수 있으니까."

"스톱들도 가져가고 싶나?"

"그것들을 뗄 수 있나?"

"물론이지." 장 바티스트는 손을 뻗어 가장 가까운 곳에 있는 세공된 스톱 손잡이 끝을 만진다. 그도 이제는 그것들의 이름을 알고 있다. 전부는 아니지만. 크로모른, 트롱페트, 복스 셀레스트, 복스 휴마나. "할 수만 있었다면, 전부 보존했을 것이네."

"그래서 그걸로 뭘 하게?" 아르망이 묻는다. 그의 격렬한 슬픔은 이미 지나간 듯하다. "이미 그건 수명이 다했어. 오래 썼지. 교회와 함께 죽는 게 맞네."

"그러면 오늘 밤 하숙집에 피아노를 치러 오게." 장 바티스트가 말한다. "리자도 데리고 오게나. 그리고 잔느와 할아버지도 오도록 설득해 보세. 박사님도 환영합니다."

"작은 연주회?" 아르망이 묻는다.

"우리만 좋다면. 모나르 씨 부부는 반대하지 않을 거야."

"모나르 씨네?" 아르망은 엔지니어에게 자신의 끌을 주며 말한다. "물론 그들은 반대하지 않겠지. 모나르 씨네는 결코 반대라는 것을 하지 않을 걸세. 그렇지 않나? 말이 난 김에 물어보지. 자네는 언제쯤 그들을 자기들끼리 살도록 조용히 놔둘 건가? 그들도 그만하면 충분히 벌을 받은 셈인데. 엘로이즈의 말을 듣게."

장 바티스트는 반 시간 동안, 서늘한 먼지투성이 북쪽 통로에서 슬라바르와 함께 일하면서, 건반을 빼내고, 스톱 주위의 나무판자 쪽도 시작한다. 이 광부는 연장을 다루는 솜씨가 뛰어나고 함께 일하기가 유쾌한 상대이지만, 슬라바르 혼자서 이 작업을 완벽하게 해낼 수 있다는 것이 명백해지자, 장 바티스트는 서쪽 문을 향해 벽을 빙 둘러 간 뒤, 다시 밖으로 발을 내딛는다. 그의 앞, 납골당 위에 걸려 있는 태양이 랭쥬리 거리에 있는 집들의 뒷면을 내리쬐자, 창문마다 가득한 빛으로 앞을 볼 수가 없다. 정말 모나르 씨네를 벌주기 위한 것이었을까? 미친 딸을 두었다는 죄에 대한 벌? 그도 알고 있지만, 그런 식으로 생각하지는 않았다. 오히려, 아주 기본적인 예의만을 차려서 그들을 대한다거나, 쫓겨난 지게트를 그대로 둔다거나, 그들의 집에서 무엇이건 자신이 하고 싶은 대로 한다거나, 엘로이즈와 함께 거기서 사는 등의 그들을 대하는 그의 태도는 전적으로 정당하게 보였다. 공평하고 타당하게. 이제 그는 자신이 그들을 대하는 태도가 라포스가 그를 대하는 태도나 아마도 장관이 라포스를 대하는 태도와 같다는 것을 깨닫는다. 그들을 경멸하고 모욕한 것이다.

지붕에서는 즐겁게 떠들고 노는 소리가 더 들린다. 그는 교회의 그림자에서 몇 발자국 나와서, 이마를 찡그리고 비계를 바라보더니, 곧 거기로 올라가서 사냐과 이야기를 해야겠다고 마음먹는다. 하지만, 먼저 오늘 보낼 수송대를 준비하기 위해 인부들이 뼈를 나르도록 지시를 해놓아야겠다. 그리고 나면, 뼈가 수북한 다락의 앞면에 붙은 쇠창살을 떼는 작업을 시작할 수 있겠지. 그는 이미 조사를 거의 다 했고, 사다리에 올라가 앉아서 쇠창살 주변의 돌이 얼마나 비바람에 약해졌는지, 쇠창살 자체도 얼마나 녹이 슬었는지 이미 본 상태이다. 쇠창살만 제거되면 다락에서 뼈를 그저 쓸어내면 된다. 뼈를 일일이 양팔에 가득 안고, 좁고 어두운 계단을 내려가 납골당 아치문까지 나르는 것보다 이루 말할 수 없을 만큼 덜 고생스러우리라. 커다란 방수포 위로 쓸어 담아서 잘 싼 뒤, 문으로 끌고 가면 된다. 나귀 한 마리가 있으면 수월할 텐데. 두 마리면 더 좋겠다. 루이 오라티오 부아에 뒤부아송이 그렇게 보잘것없는 동물도 취급하려나? 취급하지 않을 리가 없지.

그는 인부들을 불러 모은다. 그들은 셔츠 소매를 걷어 붙이고, 셔츠 깃을 풀어헤친 채 모여든다. 서둘러서 오거나 혹은 느릿느릿 걸어서. 갈색 목과 갈색 팔들. 광부보다는 농부들 같다. 그는 평소처럼 프랑스어와 플라망어를 군데 군데 섞어 지시를

내리고, 다락과 쇠창살에 대한 그의 생각을 설명하기 시작한
다. 엘로이즈가 양손에 큰 밀짚 가방 두 개를 들고 시장에서 돌
아오는 모습이 곁눈에 들어온다. 인부 중 하나인 일라이 윈테
르가 서둘러 그녀를 도우러 간다.

"저녁 식사가 왔군." 엔지니어가 말한다. 그는 사람들에게
미소를 짓고, 고개를 돌려 교회를 본다. 황급한 고함 소리가 나
더니 곧 이상한 정적이 흐른다. 이제 망치질이나 톱질을 하는
사람은 아무도 없다. 지면에서 보니, 지붕 위에 있는 막노동꾼
들은 교회 안을 내려다보며 그저 가만히 서 있다. 햇빛이 천천
히 움직인다. 훌륭하게 변치 않고, 태양이 점점 높이 떠오른다.
상황을 먼저 파악한 것은 광부들이다. 이런 일에 대해서 발랑
시엔의 경험이 그들에게 가르쳐 주지 않은 것이 있기나 할까?
장화를 통해 전달되는 약한 진동과 뒤를 잇는 고요로 참사가
느껴진다. 그들은 엔지니어를 스쳐 지나서 교회로 달려간다.
잠시 혼란의 순간 뒤, 그도 그들의 뒤를 따른다.

"무슨 일이에요?" 엘로이즈가 다급하게 소리친다. "들어가
지 말아요, 장!"

그는 그녀에게 소리쳐 대답한다. "잠시만!"

"장 바티스트!"

"잠깐만!"

교회 안에는 광부들이 이미 신랑 남쪽에 있는 두 기둥 사이
한 곳을 둘러싸고 있다. 장 바티스트는 한 사람의 팔을 세게 잡
아당기고, 다른 사람의 어깨를 민 후, 언성을 높이며, 억지로 그

속으로 들어간다. 그들 사이 바닥에는 한 남자가 널브러져 있고 근처 돌 위에는 톱질해 놓은 긴 들보가 있다. 그의 머리 주변에는 이미 들쑥날쑥한 후광 같은 피가 홍건하지만 상처는 즉시 눈에 띄지 않는다. 입에서 나오는 것일까? 얼굴에 있는 상처인가? 한 광부가 치인 남자 옆에 쭈그리고 앉아 있다. 장 바티스트도 반대편에 무릎을 꿇는다.

"슬라바르예요." 광부가 말한다.

"기요탱 박사를 찾아서 이리로 모시고 오게." 장 바티스트가 말한다. 광부는 일어서고, 다른 이들은 그를 위해 길을 터 준다. 그들의 움직임에는 여전히 긴박감이 감돌지만, 그것은 그 순간이 주는 꼴사나운 흥분에 다름 아니다. 슬라바르가 이미 사망한 것이 한눈에 보인다. 즉사한 것이 틀림없다. 걷다가, 아마 경고하는 소리에 답하기 위해 위로 올려다보려고 하는 순간, 위에서 떨어진 들보가 그를 쳐서 쓰러뜨렸다.

"누군가?" 아르망이 밀치면서 들어온다.

"슬라바르일세." 장 바티스트는 대답하고 나서, 지붕을 바라보고는 그의 얼굴과 시선은 그것의 가장자리를 따라 천천히 내려온다. 그는 일어선다. 반바지 무릎께의 천이 검게 피로 물들어 살갗에 달라붙는다. 그는 밖으로 나간다. 그의 귀가 조금 먹먹하다. 엘로이즈가 보이지만, 그녀가 하는 말이 제대로 들리지 않는다. 그는 비계로 올라가서, 사다리가 보이는 곳에서는 사다리를 타고 올라가다가, 올라갈 도구가 보이지 않자 그냥 건물 자체에 달라붙어 기어오른다. 위로 올라가면서, 무모한

속력으로 기어오르는 모습 때문에, 묘지벽 너머 거리에서 동그랗게 눈을 뜨고 희뜩거리며 이상하게 쳐다보는 사람들의 시선을 받는다. 트루포에바슈 거리로 꺾어지는 거대한 짐수레, 노파와 산책하는 밀짚모자를 쓴 아가씨, 현관문이 열려 있는 롱바르 거리의 어느 집…… 그가 꼭대기 난간길에 도달하자, 하늘이 덮친다. 그는 마치 레지노상에서 가장 깊은 구덩이에서 기어 나와, 헐떡거리며 지면으로 올라온 듯하다. 그의 눈앞에는 놀라고 겁먹은 듯한 얼굴들이 보인다. 사람들이 조마조마해한다. 그리고 저기 너머에, 신랑 위의 구멍에 걸쳐 놓은 널빤지 위로, 막 일어난 일 때문에 공포에 굳어진 두 얼굴이 있다. 두려움에, 그리고 양심의 가책에 굳어졌을 것으로 보인다. 그는 난간 위로 올라가서 그들을 향해 달려간다. 그들은 아마 지상 50미터에 위치한 좁은 담 위를 그렇게 달리는 사람을 본 적이 없는 것 같다. 귀의 먹먹함은 이제 지나갔다. 그 두 남자의 비명소리가 들린다. 바닷새들 같은 아우성. 지붕 위의 두 사람은 정신이 나간 것처럼 보이기 시작한다. 그들이 기왓장을 따라 미끄러지면서 가장자리로 점점 가까이 가니, 기왓장 하나가 떨어진다. 그러자 사냥의 목소리가 군중들 위로 떠오른다.

"바라트! 바라트! 그러다가 두 사람이 죽겠소! 당신, 그러다가 그들을 죽이겠단 말이야!"

아마 그의 말이 맞으리라. 이러다가는 그들이 떨어질 것이다. 누군가는 떨어질 것이다. 떨어지든지, 부딪혀서 튕겨나가든지. 이것이 그가 의도하는 바인가? 그는 멈추고 뒤를 돌아본다. 사냥이 지붕과 난간 사이의 깊은 홈통을 타고 서툴게 올라오고 있다. 석수 장인은 손바닥을 위로 펴고, 손을 내민다. 예측 불가능한 행동을 하는 사람을 대할 때 사용하는, 달래는 듯하면서도 방어적인 자세이다. "불의의 사고였소." 그는 말한다. "누구를 해치려는 생각을 한 사람은 아무도 없었소. 하지만 그들은 자신의 부주의에 대한 대가를 꼭 치를 것이오. 내가 보장하리다. 믿어도 좋소. 이것으로 교훈을 얻을 것이오." 그는 엔지니어를 지그시 바라보더니 목소리를 낮춘다. "제발 부탁하오, 바라트. 이들 중 한 명은 내 사위요."

이제 상황이 좀 진정되자 장 바티스트는 태양의 열기를 느낀다. 여기 위는 지독하게 덥다. 벗겨내지 않은 기와에 반사되어 열기가 더 강렬해진다. 다른 사람들과 슬라바르가 있는 교회 안이 그의 눈에 도무지 잘 보이지 않는다. 사냥의 사위와 그 친구는 겁먹은 아이들처럼 서로 끌어안고 있다. 그는 더 이상 이들에게 관심이 없다. 멀리 반짝이는 지면에는, 엘로이즈와 잔느의 두 가냘픈 형체가 십자설교대 옆 풀밭에 서 있다. 그는 그들에게 고개를 끄덕이고, 팔을 흔드는 것 같은 작은 몸짓을 하더니, 홈통 안으로 들어간다.

비계 맨 아래 근처에서 그를 기다린 후에, 그녀가 가장 먼저 한 일은 그를 때리는 것이다. 그의 어깨를, 여자들이 일반적으로 하듯, 그녀의 주먹 아래쪽으로 친다. 그녀는 아무 말도 하지 않는다. 그녀는 팔짱을 단단하게 끼고 그의 곁을 떠난다. 그는 다시 교회 안으로 들어간다. 기요탱이 도착해 있다. 슬라바르는 천장을 보도록 돌려서 눕혀진 상태이다. 남자 어른의 중지만하게 찢어진 깊은 상처에서는 아직도 피가 나고 있는데, 지게트가 자로 장 바티스트의 머리에 낸 상처와 거의 같은 위치이지만, 나무는 놋쇠자보다 더 깊게 들어가서 뼈뿐만 아니라 그 아래 약한 부분에 닿아 구멍을 냈다. 기요탱은 자신의 신발 끝이 피에 닿지 않도록 조심한다. 그는 장 바티스트를 쳐다보고, 거의 감지할 수 없을 만큼 살짝 어깻짓을 한다.

"담요를 가져와." 장 바티스트는 옆에 있는 광부에게 말한다. "시체를 싸서 제일 끝 예배실로 나르게." 그는 오르간 너머 북서쪽 모퉁이를 가리키고는, 죽은 남자의 옆에 다시 쭈그리고 앉거나 무릎을 꿇을 것처럼 앞으로 나아가지만, 사람들은 그를 막아서서 방향을 돌리게 한 뒤, 그의 등을 두드리고, 둥글게 에워싼 무리들 밖으로 내보낸다. 그들은 마찬가지로 정중하고도 힘있게 기요탱을 그의 옆으로 보낸다. 그 다음은 아르망이다. 둥근 원이 닫힌다.

방금 전만 해도 명령을 내리던 그들은, 무리들로부터 쫓겨나 몇 초간 어색하고 조용하게 광부들 등 뒤에 서 있다가, 함께 교회를 빠져나와 혹독한 오전의 햇살 속으로 발을 내딛는다.

"그들에게 종교가 있는가?" 기요탱이 묻는다.

장 바티스트는 고개를 가로젓는다. 그의 입은 바짝 마르고, 그의 심장은 교회 꼭대기로 올라갔던 것 때문에 아직도 쿵쾅거린다. "탄광에는 교회가 있었지만, 아무도 근처에 얼씬도 하지 않았습니다. 감독들은 그들이 아무것도 믿지 않는다고 생각했지요."

"그 무엇도 믿지 않는 사람은 이 세상에 없소." 기요탱이 말한다.

"저는 한 잔 해야겠습니다." 아르망이 말한다.

"나도 기꺼이 같이 가겠소." 기요탱이 말한다. "그리고 친애하는 엔지니어께서도 당연히 한 잔 받으셔야 하오. 두세 잔 정도가 제일 좋을 것 같군."

장 바티스트가 말한다. "라포스에게 이 일을 이야기하면, 그를 여기에 묻으라고 지시할 겁니다."

"우리 옛 친구처럼 말이지." 아르망이 부드럽게 말한다.

"아, 르쾨르 씨 말이오?" 기요탱이 코끝에 걸린 안경 너머로 그들을 쳐다보면서 묻는다. "그의 시체가 여기에 있는지 궁금했었소. 잔느도 알고 있나요?"

엔지니어는 고개를 흔들고, 교회 지붕을 올려다본다. 저 사람들은 위에서 뭘하고 있는 거지? 그냥 앉아 있을까? 이야기를 하는 걸까? 기다리고 있나?

"죽은 남자는 클라마르[61]에 있는 묘지로 옮기면 될 거요." 기요탱이 말한다. "예전 같았으면 레지노상으로 왔을 사람들을 요즘은 거기로 보내지요. 아주 괜찮은 곳이오. 샤랑통에 신교도들 묘지도 있소. 그게 더 적절하다면 말이오."

"제가 물어 보겠습니다." 장 바티스트가 말한다. "그들이 원

---

61) Clamart: 파리 중심부에서 8.7km 북서쪽에 떨어진 근교 지역.

하는 대로 따라야지요."

"나는 오르간 때문에 울었지요." 아르망이 말한다. "하지만 이제 눈물이 말랐답니다. 이렇게 나를 울릴 수 있는 사람은 없을 것 같군요."

"추상적인 것에 대해서는 슬픔이 존재하지 않지요." 의사가 이야기한다. "그가 선생에게 어떤 존재였소? 우리 모두에게 어떤 존재였을까요? 아, 저기 여자들이 오는구먼." 그는 손바닥을 비비며 점점 가까워지는 잔느, 엘로이즈, 리자 사제를 향해 미소짓는다. "그들이라면 어떻게 해야 할지 알 거요." 그는 말한다. "그들은 생각이 깊을 테니."

여자들의 깊은 생각은, 최소한 리자 사제의 생각은, 음식을 준비하는 것이다. 소꼬리 곰탕. 육수에 잘 적셔질 만큼 마른 빵 스무 덩이. 와인은 시원한 납골당에 보관하면 된다.

한 시경에, 리자가 냄비를 두드리자, 사냑은 그가 부리는 사람들을 데리고 조용히 페로네리 거리로 난 문 옆으로 간다. 교회에서 줄지어 나오는 광부들도 상당히 얌전하다. 그들의 태도나 말하는 목소리에서 뭔가 잘못되었다는 기색은 전혀 없다. 그들은 양철 밥그릇과 수저를 가지고 임시 부엌 옆에 줄을 선 후, 음식을 십자설교대로 가져가, 앉아서 먹는다.

"미안해요, 장." 엘로이즈는 장 바티스트에게 말한다. 그들은 교회지기 사택의 그림자에 단둘이 서 있다. "하지만 당신 때문에 너무 겁났어요. 고양이 라구조차도 담 위를 그렇게 뛰어가지 않을 거예요."

"나도 미안하오." 그는 말한다. "그렇지만, 그런 식으로 사람을 잃는다는 건……."

"사고였나요?"

"아니라는 증거가 없소."

"그를 어떻게 할 작정인가요?"

"슬라바르? 오늘 밤은 교회에 둘 수 있지만, 내일은 처리를 해야 하오. 이런 무더위에……."

"그에게 가족이 있었나요? 아내나 아이들?"

"모르겠소. 알아보리다."

"돈을 좀 주는 것이 좋을 것 같아요."

"돈을 주라니!"

"그들에게 돈이 도움이 될 거예요, 장. 그것 말고는 그들에게 아무것도 줄 것이 없잖아요."

긴 여름 오후. 묘지와 동네 전체에 엄청난 고요함이 흐른다. 높고 창백한 하늘에는 부푼 구름 몇 조각이 떠 있고, 얼마 후 랭쥬리 거리로 태양이 미끄러진다. 해가 지붕 모서리 뒤로 가라앉자, 서늘한 기운이 어느새 강하게 감돈다. 꽉 찬 오렌지색 달이 뜬다. 채석장에서 짐차들이 온다. 오후의 대부분을 자신들의 텐트 입구 옆에서 보낸 인부들은 원망 없이, 불평의 기색 없이 일하러 가지만, 포르트 당페르의 책임자가 묘지에서 게으름을 피운다고 쓴소리를 하지 않을 만큼 뼈가 찼다고 판단되자

장 바티스트는 일을 중단시킨다. 신부들은 행진하기 시작한다. 그들의 수단 자락은 먼지로 하얗다. 노래 소리는 불규칙하고 열의가 없다. 그들에게 맡겼다가는 뼈를 모조리 센강에 쏟아버릴 것 같다. 파리의 8월은 경건한 달이 아니다.

열한 시가 다 되어서야 엘로이즈, 아르망, 리자, 장 바티스트는 묘지를 떠난다. 기요탱은 벌써 간 지 오래되었고, 잔느와 할아버지에게 함께 나가자고 하지 않았다. 시간이 너무 늦었고, 지금 이 시간에 음악회나 회식 같은 것도 물론 없다. 아르망은 팔레 루아얄로 가서, 어느 구석에 앉아서 군인들처럼 술을 마셔보자고 제안하지만, 엘로이즈가 반대한다. 팔레 루아얄의 끝없는 환락 때문에 부끄러워질 것이다. 집에서 술을 마시면 된다. 아마 모나르 부부는 잠자리에 들었을 것이고, 부엌에는 브랜디가, 위층에는 오드비[62]가 있다. 그리고 물론, 모나르 씨의 와인도 있다. 그 정도면 충분하지 않은가?

그들은 집으로 간다. 현관에 들어서니, 공기는 부직포처럼 텁텁하고, 온 집안이 어둡고 조용하다. 모나르 부부는 정말 잠자리에 들었다. 마리도 자러 간 것 같지만, 브랜디를 침대로 가져간 것 같다. 아마 감기 때문인가 보다. 엘로이즈는 오드비를 가져온다. 응접실에서, 아르망은 네 개의 잔에 와인을 반쯤 따르고 독주로 나머지를 채운다. "이제 와인 같은 맛이 날 듯하구만." 그가 말한다. "슬라바르를 위하여." 그들은 잔을 든 후, 홀

---

62) Eau de vie: 생명의 물이라는 뜻으로, 과일을 발효시킨 후 두 번 증류한 투명한 술.

짝거린다.

"그의 이름이 무엇이었나요?" 엘로이즈가 묻는다.

"조." 장 바티스트가 대답힌다.

"조." 엘로이즈는 부드럽게 따라 한다.

"연주를 해봐요, 아르망." 리자가 말한다.

아르망은 고개를 젓는다. "음악이 새로운 감정을 불러일으킬 거요. 오늘은 지금 갖고 있는 감정을 그대로 간직하는 것이 좋겠소."

"그래도 연주해 줘요." 그녀는 그의 손을 만지고, 그의 손가락 위에 난 붉은 털을 쓰다듬으면서 조른다.

그는 어깨를 으쓱하고, 의자에 앉아 반콜라리 선생이 지게트에게 가르치려 했던 보면대 위의 악보를 뒤적인 후, 바닥에 악보를 팽개치고서 기억 속에서 느린 곡 하나를 찾아내어 치기 시작한다.

"벌써 조율을 다시 해야겠군. 전부 다 최소한 반음은 낮아졌네."

"너무나 듣기 좋아요." 엘로이즈가 말한다. "멈추지 말아 주세요."

장 바티스트는 창가로 건너간다. 거기에 서서 팔짱을 끼고 내다본다. 그 방에 촛불이 두 개밖에 없는 데다, 둘 다 피아노 위에 있기 때문에, 어렵지 않게 바깥을 볼 수 있다. 이제 중천에 떠서, 거의 머리 바로 위에 와 있는 달은 더 작아졌고 더 이상 오렌지색을 띠고 있지 않다. 아르망은 몇 분 동안 연주를 한다. 슬프다기보다는 더 아름다운. 그러나 그 차이는 미묘하다.

음악이 끝나자, 장 바티스트가 말한다. "사람들이 교회 안으로 들어갔어."

"광부들이?" 엘로이즈가 묻는다.

"그렇소."

"철야 기도를 하겠지." 아르망이 말한다.

"잠시 그들을 잊어 봐요." 리자가 말한다. "그들이 뭘 하든 내버려 두고요."

장 바티스트는 고개를 끄덕이고, 피아노 근처에 앉은 사람들과 합류한다.

아르망은 좀더 유쾌한 새 곡을 치기 시작한다. "우리가 본 연극 기억나나?" 그가 묻는다. "하인과 상전이 나오는 희극 말이야. 이것이 그 연극의 곡일세."

그는 서곡과 아리아 몇 곡을 친다. 그가 경고했듯이 새로운 감정이 더해진다. 분위기는 바뀌어서, 술의 영감을 받아 불안하고 구슬픈 즐거움 같은 것으로 변한다. 그가 연주를 멈추자 여자들은 박수를 친다. 그는 사람들에게 절한다.

"사람들이 아직도 저기에 있네." 장 바티스트는 마지막 아리아를 연주하는 동안, 가만히 있지 못하고 다시 창가로 갔다. "빛이 보여. 불을 들고 있군."

아르망은 피아노 의자에서 일어나 그에게로 간 뒤, 덧창 근처에 서서 말한다. "어둠 속에 서 있기를 바랄 수는 없잖은가."

"자네는 그들에 대해서 무엇을 알고 있나?" 장 바티스트는 조용히 묻는다.

"광부들?"

"그래."

"많다면 많고 적다면 적지만, 자네만큼은 아네. 장어처럼 비밀스럽지."

"보고 싶네." 장 바티스트가 말한다.

"보고 싶다니. 뭘 말인가?"

"사람들이 뭘 하는지 보고 싶다는 말이에요." 엘로이즈가 말한다. "걱정이 되나요, 장?"

"하지만 한밤중에 다 부서진 교회 안에서 그들이 무슨 사고를 치겠어요?" 리자가 묻는다.

"모르겠습니다." 장 바티스트가 말한다. 그는 테이블에서 모자를 집어든다. "금방 돌아오겠소."

"그를 따라가 봐요." 리자는 아르망에게 말한다.

"시키는 대로 하리다, 여보." 아르망은 눈알을 굴리면서 말한다. 그는 모자가 없다. 그는 엔지니어를 따라 방을 나선다. 여자들은 서로를 바라본다.

"우리 이제 무얼 하는 건가?" 그들이 묘지문의 그늘에서 멈춰설 무렵, 아르망이 묻는다. "스파이 놀이?"

"쉿." 장 바티스트가 말한다. "조용히 하게."

그들은 풀밭 위를 건너 교회를 향해 간다. 하얀 불빛이 서쪽 문 위의 유리창에 물결친다. 십자설교대 아래에서 그들은 다시 멈춰서서, 주위를 살피고 귀를 쫑긋 세운다. 그들에게 들리는 목소리는 지붕들보를 지나 위로 새어 나오는 목소리들인가?

아르망이 속삭인다. "들어갈 작정이라면, 그만 꾸물거리고 빨리 들어가세."

하루 종일 열려 있던 서문은 이제 닫혀 있다. 장 바티스트는 걸쇠를 들어올리고 쇠붙이가 박힌 문을 민다. 네 걸음만 가면 긴 현관이 있다. 그 다음, 경첩에 너덜거리는 가죽 조각이 긴 두 번째 문이 나온다. 문이 조용하게 열리지만, 교회 안에서 일어나고 있던 일이 잠시 중단된다는 확실한 느낌이 즉각적으로 든다. 신랑의 신도석 무더기 주변에 광부들이 모인 곳이 촛불들로 표시되어 있다. 엔지니어가 제일 처음 알아본 사람은 자크 이베르부이다. 그의 뒤에는…… 누구지? 라브인가? 그리고 나면 왼쪽에 다규아가 있고, 조릭스, 아가스트가 보인다. 아무도 움직이지 않는다. 그들은 모두 새로 도착한 이들을 뚫어지게 쳐다보고 있다.

"냄새가 나지?" 아르망이 속삭인다.

"무슨 냄새?"

"술. 완전히 절은 냄새가 나는군."

"에탄올이네." 장 바티스트가 말한다. 버드나무를 짜 입힌 큰 항아리 두 개를 향해 고갯짓을 한다. 항아리의 주둥이는 뜯어져 있고, 신도석 옆에 나란히 놓여 있다.

어떤 움직임…… 다른 사람들 뒤에서 한 남자가 아주 여유 있는 태도로 앞으로 나온다. 그 사람은 완전히 흰색이다. 흰 서츠. 흰 바지. 목에는 흰 천을 둘렀다. 그는 가장 적당한 거리에 들어올 때까지 걷는다. 그의 뒤에 있는 사람이 든 촛불로 인해, 앞으로 기울어진 그의 그림자는 돌바닥에 쏟아져 엔지니어의 발까지 닿는다. 손가락 반쪽을 잃은 그 광부이다. 브라색 눈을 가진 바로 그 광부. 르쾨르가 잘 몰랐던 단 한 명의 사람. 호른 웨더? 랑프생? 그의 이름이 무엇이든지 간에 그가 여기서 대장이라는 것은 의심할 여지가 없다.

장 바티스트는 잘 나오지 않는 목소리를 가다듬으며 말한다. "방해를 할 생각은 전혀 없었네. 빛이 보여서, 나는 그저……."

"저건 슬라바르인가?" 아르망이 묻는다. 그는 둘둘 말아서 신도석 무더기 제일 위에 얹어 놓은 무엇인가를 가리킨다.

흰옷을 입은 광부는 고개를 끄덕인다. "우리의 형제 한 명이 오늘 죽었습니다." 그는 말을 계속한다. "오늘 밤 우리는 그와 작별을 할 겁니다."

"작별?" 장 바티스트가 묻는다. "그를 어디로 데리고 갈 생각인가?"

"그는 이미 그가 있어야 할 곳에 있습니다." 광부가 말한다. "우리는 여기서 그에게 작별을 고할 겁니다." 그는 엔지니어를 바라보면서, 그가 조각을 짜 맞추어 자신의 말뜻을 이해할 때까지 기다린다. 밤. 에탄올. 천에 싼 시체…….

"자네 말은 그를 화장시킨다는 건가? 여기서?"

"이곳이 그를 죽였습니다. 우리의 형제를 말입니다. 이곳을 처리해야겠습니다."

"하지만 그를 여기서 화장하면 교회를 다 태우게 돼!" 장 바티스트가 외친다. "온 동네를 다 태울 수가 있다구!"

"타게 되는 것은 교회입니다. 나머진 우리가 지키겠습니다."

"일단 교회에 불이 붙으면, 사람의 힘으로 통제할 수가 없게 되는데……."

"우리는 불에 대해 잘 압니다." 다른 남자가 말한다. "우리가 잘 이해하고 있는 분야입니다."

"잔느와 그녀의 할아버지는 어떻게 하나?"

"제가 데려오겠습니다." 또 다른 목소리가 말한다. 엔지니어는 누구의 목소리인지 즉각 알아차린다. 장 블로크이다.

"내 말을 들어보게." 장 바티스트는 단순한 불신이 아닌, 좀 더 적절한 새로운 말투를 쓰려고 정신없이 애쓴다. "오늘 사망한 여러분들의 형제에 대해서는 내가 사과하네. 정말 유감일세. 석수 장인은 부주의하게 사고를 낸 사람들이 처벌을 받을 거라고 약속을 했어. 나에게 언질을 주었다네. 그리고 유족에게는 약간의…… 배상금을 줄 것이네."

광부가 말한다. "석수 장인이 무엇을 하든, 그것은 석수 장인이 결정할 일입니다. 우리가 알 바 아닙니다."

"그러면 왜 이런 일을 하나? 왜 큰 위험을 불사하는가?"

"선생님도 위험을 불사하십니다. 그날 밤 르쾨르 감독을 따라 납골당으로 들어간 것은 위험을 불사한 일이었지요. 그렇지 않습니까? 오늘 밤 여기 오면서 또 위험을 불사하셨습니다."

"허락해 주게." 아르망이 흥분해서 속삭인다. "이제 자네는 여기에서 아무런 권위도 없어. 자네 말을 듣지 않을 거야. 다 끝났어."

광부는 그들로부터 돌아선 상태이다. 그는 명령을 내린다. 그는 자신의 모국어로 말하고 있다. 그는 음성을 높이지 않는다. 항아리가 보관된 예배실에서 에탄올을 더 가져온다. 그들은 밀봉한 것을 뜯어서, 액체를 나무 위에 뿌린다. 준비의 최종 단계로, 광부 두 명이 나무 위로 올라가 마지막으로 반 남은 항아리를 천에 싸인 시체에 쏟아 붓는다. 그들이 내려오자, 흰옷을 입은 광부는 사람들 모두에게 뒤로 더 물러나라고 손짓한다. 그는 기도인지 공식적 작별 인사인지를 중얼거리더니, 그의 옆에 있는 남자로부터 촛불을 받아 신도석으로 다가가서 멈춰선 후, 엔지니어를 쳐다보고서, 두 번째 촛불을 들고 그에게로 걸어온다.

"같이 합시다." 그가 말한다.

"무슨 말이오?"

"같이 합시다."

"교회에 불을 지르는 것을? 이것에 동참하라는 말이오?"

"제기랄. 촛불을 받아." 아르망이 말한다. 그는 마치 자신이 기꺼이 그것을 받아들 자세이다. "그가 우리를 불쌍한 슬라바르 옆에 나란히 눕히기 전에 당장 받아!"

어차피, 그것은 힘든 일이 아니다. 그는 광부의 깊고 서늘한 보랏빛 눈동자를 들여다본다. 거기에는 협박도 위협도 보이지 않는다. 그러면 무엇이 보이는가? 이성? 철학? 광기? 혹은 단지

투영된 그 자신의 눈, 그 자신의 시선? 그는 촛불을 향해 손을 내민다. 그가 그것을 손에 든 순간, 그것을 손에 감싸쥔 순간, 모든 것이 마치 미리 연습되고 불가항력적으로 자동 진행되는 종교 의식 같은 색채를 띤다. 그들은 장작더미로 함께 걸어가서, 어른 예닐곱 명의 키 정도 되는 높이로 솟은 나무 옆에 선다. 광부가 자신의 촛불을 먼저 휘두르자, 그것은 신도석 무더기의 삼 분의 이 정도 되는 높이에 떨어진다. 장 바티스트는 마지막으로 잠시 주저하다가, 그것보다 약간 낮은 곳으로 자신의 초를 던진다. 잠시 동안 초는 조용히 탄다. 곧 꺼질 것 같은 기세이다. 그러다가 지붕에서 내려오는 밤 공기의 소용돌이가 불을 자극하고, 양초 끝에서 피어난 파란 불꽃이 빠르게 번져 올라가 슬라바르의 담요 주변에 모이더니, 다시 번져 내려가서, 에탄올 자국을 따라 돌바닥으로 내려간 다음, 항아리 자체에 불이 붙자, 즉각적으로 푸른 불꽃으로 꽉 찬다.

내가 무슨 짓을 한 것인가? 장 바티스트는 생각한다. 내가 도대체 무슨 짓을 했나! 그럼에도도 불구하고, 그는 웃고 싶어진다. 그는 단지 이 증오스러운 교회뿐 아니라, 그를 억압하던 모든 크고 작은 것들을 함께 불지른 것처럼 느낀다. 라포스, 장관, S 백작의 비웃음. 돌아가신 아버지. 자신의 나약함과 혼란……

그들은 서서 지켜본다. 여름 태양 아래 여러 주 동안 잘 마른 나무는 부러지기 시작하면서 불길이 치솟는다. 때때로 공기 자체가 타고 있는 것 같다. 그 다음, 작은 폭발음이 들린다. 항아리 중 하나일까? 광부들은 신속하고도 조용히 움직여 자리를 뜬다. 아직 시끄러운 소리는 없다. 불의 지배력이 절대적이 될 때까지, 그것은 비밀에 부쳐져야 한다. 그리 오래 걸리지는 않으리라.

아르망은 장 바티스트의 팔을 잡고, 그를 백일몽에서 깨운다. "콜베르."

"콜베르? 그가 여기 있는지 없는지도 모르잖아!"

"방이 몇 개 있네." 아르망이 외친다. "제단 뒤에!"

그는 타고 있는 신도석을 돌아, 에탄올이 번쩍거리면서 졸졸 흐르는 곳을 살짝 뛰어넘어, 성가대석을 통과하여 제단을 지난다. 오른쪽에 문이 두 개 있다. 첫째 문은 그들을 암흑으로 안내한다. 작은 방 하나를 급하게 뒤진다. 둘째 문은 잠겨 있다. 그들은 문을 두드리고, 신부의 이름을 부른다. 그들은 문을 어깨로 밀고, 발로 차 본다.

"이걸 사용하게!" 고함을 지르며, 아르망은 목상을 넘어뜨리려 애쓴다. 십자가를 꽃다발처럼 앞에 들고 있는 나무 갑옷의 성녀는 서툰 솜씨로 깎은 잔 다르크인데, 아무도 훔쳐가는 수고를 들이지 않은 물건 중 하나이다. 다시 한 번 휘두르자, 문에 금이 간다. 세 번째에, 문이 활짝 열린다.

"그는 분명 여기 있을 거야." 아르망이 움츠리며 말한다. "여우굴처럼 악취가 진동하는군."

불길에서 나오는 빛의 인도를 받으며, 손으로 더듬거리며 나아간다. 방의 뒤편에는 거리로 나가는 또 다른 문이 있다. 그것 역시 잠긴 상태이다. 방구석에 있는 침대 위에서 몸을 말고 있는 희고 흐릿한 형체를 포착하여, 장 바티스트는 신부를 찾아낸다. 열로 인한 땀이나 굶주림 때문인지 피부가 눅눅하지만, 죽은 자의 피부는 아니다. 그들은 신부를 그들 사이에 안아 세워, 곡물 자루처럼 옮긴다. 방을 나가자, 그들은 그가 실오라기 하나도 걸치지 않았다는 것을 깨닫는다. 그의 눈꺼풀이 빠르게 떨리더니, 눈을 뜬다. 자다가 일어나 불구덩이로 끌고 가는 악마의 손에 잡혀 있는 자신을 발견한 듯한 표정이다.

폭발음이 한 차례 더 들린다. 슬라바르를 화장시키기 위해 신도석과 들보로 만든 장작더미가 열에 못 견디고 꿈틀거린다. 슬라바르는 춤을 추듯 하늘을 향해 점점 더 가까이 치솟는 화염의 벽 뒤에 가려져 있다. 그리고 좁은 목제 아치들 사이를 이리저리 통과하는 불꽃이 성가대석 일부로 옮겨간다. 그들 사이에서 흔들리고 있는 신부를 데리고, 아르망과 장 바티스트는 굵은 뱀 같은 불 줄기를 두 번 뛰어넘는다. 광부들이 출입문들을 잠그기라도 한다면 끝장이다! 그러나 문들은 잠겨 있지 않고, 나가는 길이 훤하게 열려 있다. 바깥으로 나간 그들은 비틀거리며 멀리에 있는 텐트까지 간다. 거기에는 아무도 없다. 그들은 콜베르를 잔디에 내려놓고, 손을 풀 위에 닦은 뒤, 목구멍에 걸린 연기를 뱉아낸다. 화재 경보가 울렸을까? 서쪽 창문을 통해 불꽃이 확실히 보인다. 지금쯤 생 드니 거리로 난 창문으로도 똑같이 보일 것이 분명하다.

장 바티스트는 흰옷 입은 광부를 찾아보지만, 그가 먼저 발견한 것은 사택으로부터 잔느와 마네티를 서둘러 대피시키는 장 블로크이다. 그는 그들에게로 달려가서, 호주머니에 있던 하숙집 열쇠를 꺼내, 블로크의 손에 찔러 넣어 준다. "그들을 랭쥬리 거리로 데려가. 거기서 기다리라고 이야기하게. 자네 역시 거기서 기다리게나. 불이 더 가까워지면, 사람들을 강가로 데리고 가도록 해. 알아듣겠나?"

블로크는 고개를 끄덕인다.

잔느가 외친다. "선생님도 오셔야 해요!"

"나도 곧 가도록 하지." 장 바티스트가 말한다. "빨리 가게."

그녀는 손을 그에게로 내민다. 잠시 그는 그녀의 손끝을 잡는다. "용서하게." 그는 중얼거리지만, 그녀가 들었는지는 확실하지 않다. 그는 그들이 떠나는 것을 본다. 광부, 노인, 어린 임산부의 떠나는 뒷모습을 바라본다. 작아지는 그들의 모습이 얼마나 부서질 듯 약하게 보이는지. 마치 회자되는 모든 이야기의 처음과 마지막 같다고 그는 생각한다.

그들이 양초를 던진 지 얼마나 되었을까? 십 분? 반 시간? 이미 불은 굉음을 내며, 신음하고 웅얼거리고 야유한다. 불은 그곳에서 어떤 연료를 발견했을까? 지하묘소에는 어떤 인화성 공기가, 발화될 순간을 기다리며 고여 있을까? 플로지스톤! 모든 대상의 비밀스런 불이 잠에서 깨어나 방출된다! 서쪽 창문에는 마름모꼴의 유리창이 산산조각 나기 시작한다. 처음에는 단발성 굉음이 나더니, 곧 빗발치는 맹사격이 이어진다.

그리고 드디어 종이 울린다! 급박하고 불규칙적으로 종이 울린다. 생 조스 교회? 생 메리 교회? 그는 페르 거리로 나가는 문으로 달려간다. 여기에는 이미 화재 경보종이 필요 없는 많은 사람들이 모여 있다. 그들은 잠옷 바람으로 돌아다니면서, 어떤 이들은 소리치고, 또 다른 사람들은 교회를 향해 조용히 인상을 찌푸리고, 또 어떤 무리들은 축제라도 열린 듯이 눈에 띄게 즐거워한다. 그는 군중 속에서 이리저리 떠밀고, 떠밀린다. 키가 지금보다 좀더 컸더라면 좋으련만. 그래도 그의 눈에 흰옷을 입은 광부가 보인다. 이탈리아 분수 가장자리에 서서, 한 손을 트리톤[63] 석상의 머리에 얹고, 다른 한 손으로 그의 동료들, 형제들에게 손짓을 하며 지시를 내리고 있다. 그들은 음악가들이 지휘자를 보듯 간간이 그를 바라보지만, 이미 그들이 해야 할 일을 알고 있는 눈치이다. 그들은 군중을 뒤쪽으로 밀면서, 벽에서 떼어놓고, 진입저지선을 친다. 그들 중 일부는 연장을 나르는데, 그것은 타고 있는 잔해를 끌어 모을 사제 낫들이다. 전혀 마구잡이로 하는 준비가 아니다. 그들의 통제된 움직임에는 빈틈이 없다. 우리는 불에 대해 잘 압니다. 광부가 말했다. 우리가 잘 이해하고 있는 분야입니다. 이것은 그들이 불 사른 첫째, 둘째, 아니면 셋째 교회일까? 그것 외에 또 무엇을 불질렀나? 공장? 성?

밑에서 불이 타면서, 연기는 더러운 오렌지색 급류처럼 교회 지붕 위로 쏟아진다. 그의 시선이 그것을 따라 위로 올라간다. 연기가 올라가면서 서쪽으로 굽는 것이 보인다. 동풍이다! 센

---

63) 그리스 로마 신화에 나오는 반신반어의 해신(海神) 중 하나. 포세이돈의 아들로 삼지창과 소라고둥 나팔을 들고 다닌다.

바람은 아니지만 어쩌면 충분한 속력일지도 모른다. 서쪽에서 바람이 분다면 화염은 생 드니 거리로 쉽게 건너갈 것이다. 이런 식으로 바람이 변하지 않는다면, 불의 진로 앞쪽에는 묘지 밖에 없다. 묘지, 납골당들. 랭쥬리 거리도 물론 그쪽 방향이지만 거기까지 미치지 못할 것은 확실하다. 만약에 거기로 불길이 번진다면? 블로크가 필요한 조치를 할 것으로 믿을 수 있을까? 그는 엘로이즈와 리자에게 더 큰 믿음을 가지고 있다. 그 여자들이 감당하지 못할 긴급 상황이 있을 거라고는 상상이 가지 않는다.

그는 사람들 속에서 아르망을 찾아 두리번거리지만, 그의 옆에 있는 남자는 아르망이 아니다. 그는 비둘기만 한 크기의 불꽃들이 기왓장을 지나 하늘로 치솟는 것을 가리키고 있다. 불꽃은 다름 아닌 비둘기들이다. 비둘기이건 제비이건 어떤 눈먼 새이건 간에, 홰에 들러 붙어 앉아 있다가 이제는 불길에 휩싸여 미친 듯이 탈출을 하려고 처량한 시도를 한다. '죽은 영혼들이오!' 남자는 외친다. "죽은 영혼들!" 그는 일종의 황홀경에 빠져 장 바티스트의 팔을 움켜잡는다. 엔지니어는 그와 옥신각신하며 빠져나간 후, 팔꿈치로 밀며 앞으로 나아가, 두 명의 광부 사이를 지난다. (라브와 라프인데, 그가 이들에게는 아마도 권위와 위신을 모두 잃지는 않은 모양이다.) 그는 달려가면서 열려 있는 묘지 문을 지난다. 그는 아르망을 부르고, 달리고, 다시 더 거친 목소리로 부른다. 그리고 마침내 사택 근처 어딘가에서 대답하는 소리가 난다. 거기에도 불을 지른 것이 분명하다. 기와는 이미 연기를 뿜고 있고, 빛나는 불꽃은 위층의 어느 창문 뒤에서 떨고 있다. 아르망은 사택으로부터 가볍게 달려 나온다. 그의 붉은 머리가 빛난다. 그의 손에 들려 있는 어떤 트로피를 내민다. 반짝이는 녹색 병이다.

"그 안에 한 병이 남아 있는 줄 알고 있었지." 그는 허파에서 연기를 토해내기 위해 잠시 말을 중단한다. "그래도, 이걸 찾는 데 시간이 더 많이 걸렸더라면……."

그는 코르크를 빼고, 탐욕적으로 깊게 병을 한 모금 빤다. "미래당을 위하여." 그가 말한다. 그는 입술을 훔치고, 병을 장 바티스트에게 넘겨 준다. 엔지니어는 그것을 받아 마시고는, 병의 주둥이로 아르망의 어깨 너머를 가리킨다. "잔디에 불이 붙었네."

그것은 사실이다. 교회와 십자설교대 사이의 풀밭에는 순간적으로 피었다가 지는 수백 송이의 가냘픈 불의 꽃들이 풀잎 끝에 맺혀 있다. 이렇게 아름다울 줄은 예상하지 못했다. 눈을 떼기가 힘들다.

그들 뒤에는 불의 그림자 속에서 벌레처럼 벌거벗은 늙은 신부가 울부짖기 시작한다.

3

젊지도 늙지도 않은 한 남자가 베르사유 궁전의 어느 별관 대기실에 앉아 있다. 푸르스름하게 먼지가 낀 거울에 비친 그 자신의 검은 형체를 제외하면, 그는 이곳에 혼자 있다. 이번에는 그의 맞은편 좁은 팔걸이 의자에 우아하게 차려입은 낯선 남자가 없다. 그렇지만 다시 10월이고, 거기에는 충분한 대칭이 존재한다.

방의 맨 끝에는 장관의 사무실로 들어가는 문이 닫혀 있다. (여기에도 대칭이 발견된다.) 잠시 후, 노란 눈을 한 시종이 나와서 그를 들여보내지 않으면, 그는 가서 문을 두드리거나 긁고, 그의 보고서를 제출할 것이다. 리본으로 깔끔하게 묶인 서른 페이지짜리 서류가 그의 무릎에 놓여 있는데, 레지노상 교회와 부속 공동묘지의 철거에 대해 생략해야 할 필요가 있는 부분은 생략해 가며, 자세히 기록해 놓았다.

그는 보고서 겉장을 손날로 매끈하게 펴고, 잿가루 같은 가상의 먼지라도 묻은 듯 서류에서 털어내는 시늉을 한다. 얼마나 많은 일들이 서류상에는 그저 접어 놓은 냅킨처럼 차분하고

안전하게 기록될 수 있는지! 뼈들과 묘지의 흙과 끝없는 노동
이 함께 했던 한 해. 썩지 않은 시체들과 웅얼거리는 신부들.
그가 살았던 어떤 한 해와도 다른 해였다. 살아남을 수 있을까?
강간, 자살, 갑작스러운 죽음이 있었던 해. 우정, 욕망, 사랑의
한 해…….

이 모든 것을 끝내 버린 화재에 관해서는 보고서의 마지막
다섯 페이지에 기록되어 있다. 막상 그것을 작성했을 때, 그가
걱정했던 것만큼 쓰기가 힘들지는 않았다. 화재 발생을 그가
언제, 어떻게 알게 되었는가에 대해 여기저기 거짓말을 섞고,
화재의 발단에 대해 그럴듯한 가설을 몇 개 제시하였다. 뒤이
어 불은 이튿날 낮까지 계속 타오르면서, 교회를 상상 가능한
가장 완벽한 방법으로 철거했고, 사택도 허물었으며, 서쪽을
제외한 모든 납골당을 태웠고, 생 드니 거리의 집 두 채와 페로
네리 거리의 한 채에도 손해를 입혔지만 수리가 불가능할 정도
는 아니었다는 등의 화재 자체에 관한 간단한 묘사를 덧붙였
다. 그 다음 날 잔디가 검은 유리 줄기처럼 변하여 그들의 장화
발 밑에서 산산이 부서졌다든지, 십자설교대가 참사의 잔해 속
에서 튀어나온 검게 탄 팔처럼 늘어났다든지, 이틀 후에 비가
와서 씻길 때까지 연기가 동네 위의 하늘을 덮고 있었다든지,
늙은 신부는 기요탱 박사로부터 정신병 판정을 받아 의사가 직
접 합승 마차에 태워 살페트리에르 병원 수용소로 데리고 갔다
든지 하는 이야기를 보탤 필요는 없었다. 어차피 장관과는 상
관 없는 이야기들이 아닌가?

광부들에 대해서는, 그들의 부단한 경계와 용기가 화염으로부터 많은 가옥을 구했으며 화재 이후에는 현장을 치우기 위해 감복할 정도로 열심히 일을 했다는 정도를 기록하는 것으로 충분했다. 여전히 고집스럽게 서 있는 것들을 무너뜨리고, 새카맣게 타 버린 뼈를 닮은 잔해들과 엉켜 있는 뼈들 증 분리 가능한 것들을 분리하는 5주간의 작업들…… 수송차 호송대가 채석장으로 열아홉 번이나 더 다녀온 후, 장 바티스트는 새 도로를 닦을 때 기초로 쓰도록 나머지를 그냥 여기에 두라고 지시했다. 이 장소를 레지노상 시장으로 탈바꿈시키는 작업의 마지막 과정은 석수 장인 사냥이 공식적 총책임자로서 지휘할 예정이었다.

바로 그렇게 결정되고 공고가 났다. 인육을 먹던 오래된 묘지 위에 새 시장이 들어서는 것이다! 한때는 늙은 신부의 방울 소리와 교회지기의 삽질 소리뿐이던 곳에 작은 가게들의 북적임과 물건 파는 고함 소리가 가득할 것이다. 잔느가 거기에서 장사를 하겠지. 꽃을 팔고 싶다고 그녀가 말을 한 적이 있다. 생화, 건화, 화초들. 그러나, 치마를 바닥에서 들리게 하는 크고 말쑥하게 부푼 배 속에 있는 녀석에게 먼저 세상 구경을 시켜 주어야 한다. 기요탱은 여전히 출산을 맡겠다고 약속한다. 의사는 그녀를 자주 방문하면서, 오브리 부세 거리에 있는 꿈꾸는 소녀, 늙은 교회지기, 광부의 아파트에서 벌어지는 일상 생활에 대한 재치 있고 따뜻한 소식을 전해준다. 가장 최근에 그는 장 바티스트, 엘로이즈, 아르망, 리자에게 장 블로크가 만든

요람에 대한 이야기를 해주었다. 의사의 말에 따르면, 반달 모양으로 생겨서 흔들 수 있게 만든 이 작은 침대는 발치에는 장미가, 반대쪽에는 참새 같은 작은 새가 정교하게 새겨져 있다고 한다.

다른 사람들에 관해서는, 블로크의 형제 동료들이 떠난 지 이제 두 주일 정도가 되었지만 어디로 갔는지는 확실하지 않다. 장 바티스트는 보라색 눈의 광부와 생 세퓔크르 교회 뒤에 있는 공원에서 마지막으로 이야기를 나누었다. 인부들은 화재 후에 그곳에 새로 텐트를 쳤었다. 땅거미가 질 무렵, 다알리아와 제라늄 같은 마지막 남은 여름꽃 위로 미세한 안개비가 내리고 있었다. 장 바티스트는 인부들에게 줄 돈을 가져왔다. 광부는 돈을 받는다. 돈주머니는 광부의 손에 묵직하게 떨어진다. 그리고 나서, 평소에 늘 격식을 차려 정중한 태도를 보이던 그는 약간 친근하고 부드러운 모습으로 다음날 다들 떠날 것이라고 알린다.

발랑시엔으로?

그곳은 아니다.

하지만 다들 함께 가는 것인가?

그렇다.

그렇다면 모두들에게…… 감사드린다. 여러분 모두에게.

목례를 한다.

자네가 호른웨더인가?

랑프생.

그렇군.

모에뮈.

모에뮈?

사크, 탕, 오스트, 슬라바르…….

다음날 아침, 공원은 텅 비었다. 풀이 누운 자리 몇 군데를 제외하면 누군가가 그곳에 있었던 흔적은 전혀 없다. 더 이상 그들이 거기에 없다는, 어디에도 없다는 이상하고 불안한 느낌. 엘로이즈는 그가 인부들을 그리워한다고 놀린다. 그런 류의 사람들을 그리워할 사람이 어디 있겠는가! 그는 그녀와 함께 웃지만 그녀의 말이 옳다. 그는 그들에게 의지했다. 정말 많이 의지했다. 그들의 끈기와 성실함, 소요가 아니었더라면 레지노상은 생 드니 거리에 지금도 그림자를 드리우고 있지 않을까?

그리고 그가 의지하지 않은 사람이 있을까? 그가 그런 식으로 부담을 주지 않은 사람이 있겠는가? 보고서 자체부터도, 전에 쓰던 방 안에서 테이블에 앉아 한 장 한 장 써내려가는 그의 곁에 엘로이즈가 없었더라면 쓸 수 없었을 것이다. 그가 필요한 단어가 바로 그가 잃어버린 단어일 경우, 그녀가 대신 찾아 주었고, 경우에 따라서는 그녀가 직접 써서 그가 베낄 수 있게 해 주었다. (그녀는 음탕한 성직자로부터 수치를 당하며 글을 배웠고, 그는 오라토리오 수도회의 수도사들로부터 매질을 당하며 글을 배웠다.) 그것을 완성하는데 사흘이 걸렸다. 늦더위가 열린 창문을 통해 들어왔고 마른 천둥이 도시에 내리치던 9월 말이었다. 그리고 나서, 그 일이 끝나자, 그들은 각자 흩어

져 자신의 물건들을 쌌다. 그의 짐을 가방에 넣는 데는 한 시간
도 채 걸리지 않았다. 엘로이즈는 자신의 책과 모자와 핀과 슬
리퍼와 리본 등을 챙기는데 한 시간이 더 걸렸다. 하지만 지게
트가 돌아오게 된다는 생각에 마리가 침대에 앉아 울어서 십오
분마다 달래 주어야 하는 일이 없었더라면 훨씬 더 빨리 끝낼
수 있었으리라.

그는 피할 수만 있다면 지게트 모나르와 마주치고 싶지 않았
다. 물론, 그녀도 그를 만나고 싶어 할 리 없다. 그들이 서로에
게 할 말이 뭐가 있겠는가? 어쨌든, 그녀는 이달 말이 될 때까
지는 집으로 돌아오지 않을 것이고, 그 때 즈음이면 그는 엘로
이즈와 함께 벨렘에 있을 테니까. 그리고 나면, 에쿠프 거리에
있는 그들의 새 아파트로 들어갈 것이다.

그 다음에는? 무엇을 할까? 묘지는 그에게서 뭔가를 빼앗아
가 버렸다. 그가 다시 삶을 살아가기 위해 먼저 회복해야 하는
어떤 활력 같은 것을. 그는 한동안 죽은 자들의 흉내를 낼 것이
다. 혹은 묘지의 흙 속에 누워 방해받지 않고 깊은 잠을 자는
씨앗의 흉내를 낸다는 것이 더 적절하리라. 그 다음, 마음의 준
비가 되고, 그가 저축해 놓은 장관의 리브르나 루이 금화가 바
닥나면, 옛 스승 페로네를 찾아가서 그가 존경하지도 그를 존
경하지도 않는 사람들 밑에서 일을 하지 않아도 되는, 작고 점
잖은 일거리를 구해달라고 부탁할 것이다.

그는 장관의 사무실 문을 본다. 모든 닫힌 문들이 다 똑같지
않은 것이 신기하다. 인간의 뒷모습처럼, 문들은 그 나름의 표

현력이 있다. 이 문은 그에게 이렇게 말한다. 그가 직접 열지 않고 거기 그렇게 계속 앉아 있는다면, 평생을 기다려도 문은 열리지 않을 것이라고. 그는 일어서서 머리카락 한 뭉치를 귀 뒤로 넘기고, 모자를 한쪽 겨드랑이에, 서류를 다른 쪽 겨드랑이에 끼고, 문으로 가서 두 번 노크를 하며 귀를 기울인 후 차갑고 둥근 놋쇠 손잡이를 향해 손을 뻗는다. 방은 텅 비어 있다. 그 커다란 책상은 그대로 있지만, 그 위에는 아무런 종이도 없고, 마카롱 부스러기도 없으며, 장관도 없다. 몇 주째, 아니면 몇 달째 이곳이 비어 있는 걸까? 그는 보고서를 책상 중앙에 깔끔하게 놓고, 문을 닫은 뒤, 대기실을 통과하여 복도로 가서, 꺾은 후, 계단으로 내려간다. 그리고 긴 두 번째 복도를 걸어간 뒤, 계단을 더 내려가, 흐릿한 조명에 문이 줄지어 늘어선 또 하나의 긴 통로 어귀에 들어섰을 때, 자신이 작년 가을에 따라간 경로와 똑같다는 사실을 깨닫고, 그가 이전에 헷갈려 했던 모든 부분을 되짚어 내었으며, 그가 길을 잃게 되었던 정확히 같은 경로를 기억해 내었다. 바로 이 문 뒤에서 폴란드 신사들이 카드놀이를 하고 있었다. 정확히 이곳을 통과하던서 사람들이 보트처럼 나르던 여자를 보았다. 그리고 여기 하인용 나선계단을 내려가면, 그가 일 년 전에 군인들과 세탁부 소녀들과 파란 제복을 입은 소년들을 발견했던 곳이 나온다. 벤치에서 잠들어 있는 작은 개 두 마리를 빼면, 오늘 그는 혼자이다.

그는 레몬나무가 있던 넓직한 방으로 들어가는 문을 연다. 나무들 역시 다른 곳으로 옮겨졌다. 남자 어른이 들어가서 숨을 만큼 거대한 빈 토기 화분 몇 개와 돌돌 말린 피복재, 한쪽 벽에 박아 놓은 못들에 매달려 있는 갈퀴, 괭이, 삽들…… 그는 창문이 있는 곳으로 건너가서 축축한 창틀에 힘을 주고, 창턱으로 올라가 물통을 기어오른 뒤, 밖으로 뛰어내린다.

그의 뒤로, 궁전 안에는 시계들이 울리지 않는다. 아직 종을 칠 시각은 아니다. 그러나 일 년 전과 마찬가지로 길은 그를 정자와 벤치와 그 위의 큐피드 석상으로 안내한다. 그는 앉는다. 그것도 괜찮지 않을까? 오후의 날씨는 따뜻한 편이고 베르사유 궁전에 자주 오는 손님도 아니니까. 큐피드의 그림자는 그의 무릎 위에 떨어진다. 그는 눈을 감고, 숨을 쉬며, 순간이 가져다 주는 생생한 영원에의 느낌에 잠시 감동한다. 그는 잠든 것일까? 작은 새들이 와서 그를 깨운다. 새들은 그의 발치에 모여 있지만, 그는 줄 것이 없다. 새들은 점점 다가오면서 마치 그의 손에 뛰어오를 것만 같다. 그러더니 길에서 무거운 장화가 뛰어오는 소리에 그 녀석들은 공중으로 흩어진다.

한 남자가 나타나, 정자 부근에서 멈추고, 코와 입 주변을 감은 스카프 너머로 장 바티스트를 바라보더니, 알아들을 수 없는 말을 몇 마디 웅얼거리면서 다시 달려간다. 몇 초 뒤, 역시 얼굴을 가린 다른 남자가 마찬가지로 달려온다. 그리고 나서, 세 번째. 이 남자는 흑사병 시대에 가택수사관들이 쓰던 뾰족한 코가 달린 가죽 모자 같은 것을 쓰고 있다. 네 번째 남자가 뛰어가고 나서, 장 바티스트는 일어나 그들을 따라간다. 그것은 마치 벌들을 따라 벌집으로 가는 것 같다.

갈림길에 도달해서 어느 쪽으로 가야 할지 모를 때마다, 또 다른 남자가 나타나 그를 지나 달려간다. 이십 분 동안 그는 이 놀이를 하고, 벽돌담에 붙은 문에 도착하여 그 너머 모래가 깔린 안뜰로 들어갈 때까지, 산울타리로 만든 높은 미로를 통과하면서 뛰었다 섰다 하며 이동한다. 안뜰의 반대편에는 큰 돌로 지은 헛간이 있다. 아마 베르사유 내에서 많이 보이는 근사한 가택 마차들을 세워 놓는 곳인 것 같다.

그는 벽을 등지고 서서 바라본다. 얼굴을 가린 남자들이 사라지는 곳은 바로 열려 있는 헛간의 쌍여닫이문이다. 그들 중 몇 명은 다시 나타나서, 문 밖으로 뛰쳐나와 벽에 기대어 헐떡거리더니 다시 터덜터덜 걸어 들어간다. 한 사람은 파란 옷을 입은 소년인데, 비틀거리며 말여물통으로 가서, 가면을 찢어버리고 구토를 한다.

떠날 순간이 온 것이 분명하다. 그러나, 헛간 안에 무엇이 있는지 알아보지 않고 떠날 수 없다는 것 역시 분명하다. 그는 가까이 가서, 문을 향해 둥글게 옆걸음질을 치며 다가간 후, 문 너머의 어둠 속으로 들어간다. 헛간 한복판에는 어슴푸레한 소동이 벌어지고 있고, 가면을 쓴 남자들은 밧줄을 당기고 있다. 네 무리의 남자들. 네 개의 굵은 밧줄. 그리고 그 밧줄 끝에 매여 있는 것은 잿빛의 거대하고 외로운 그 무엇이다. 남자들이 줄을 당겨 집채만 한 잿빛 덩어리를 움직일 때마다, 수백 개의 방울이 울리는 소리가 난다. 이 모든 것을 관장하는 사람은 거꾸로 놓은 양동이 위에 올라서 있는 남자이다. 그는 처음에는 장 바티스트의 존재를 알아채지 못한다. 적어도, 엔지니어가 살금 살금 더 가까이 가서, 남자들이 들고자 애쓰는 것이 무엇인지 마침내 이해할 때까지는 말이다. 빈 포도주 병 안에서 쉬고 있는, 죽음으로 부어오른 거대한 덩어리. 국접시처럼 커다랗고 흐릿한 눈. 섬세하게 핏줄이 선 귀의 가장자리. 완만한 곡선을 이루는 노란 상아…… 가만히 서 있는 그를 발견한 감독관은, 수건으로 막은 입으로 숨을 몰아쉬면서 그를 향해 격노한다. 그는 바로 옆에 보이는, 달랑거리는 밧줄 끝을 가리킨다. 그는 팔을 마구 흔든다. 분노를 가장한 절망. 몇 초 동안 장 바티스트는 그를 올려다보고, 지독한 동지적 연민, 지독한 동지적 혐오감을 느낀다. 그리고 나서 그는 돌아서서, 얼굴을 쓸어서 파리를 쫓아낸 후, 헛간의 끝의 부드러운 선, 빛이 다시 시작되는 그곳으로 서둘러 되돌아간다.

시공을 초월한 일상 속의 기적

앤드류 밀러

　나의 가장 오래 된 기억은 책읽기에 관한 것이다. 아침에 아버지와 형과 함께 침대에서 책을 읽었다. 학교에서 수업시간에 권하는 책을 읽기도 했고, 정원 아래쪽에 있는 나무 위의 트리하우스에서, 차의 뒷좌석에 앉아서, 언제, 어디서나 책을 읽었다. 18살이 되자 책읽기와 책을 향한 애정이 글을 쓰고 싶은 욕구로 번졌다. 이제 나는 52살이지만 글쓰기의 열정은 나를 떠난 적이 없다.

　인간은 본질적으로 이야기를 필요로 하는 존재인 것 같다. 인간 개개인의 삶과 사회 전체의 삶이 함께 어우러져서 정교하고도 복잡한 벌집 같은 이야기를 만들어낸다. 소설은 물론 우리가 이러한 이야기를 찾아 볼 수 있는 장소 중 한 곳일 뿐이다. 이제는 점점 더 많은 사람들이 인쇄된 종이에 고개를 파묻기보다는 화면을 들여다보는 것을 선호한다. 문학은 낮은 목소리를 가진 반면 세상은 점점 소란한 곳이 되어간다는 데에 그 어려움이 있다. 좋은 독자란 잘 들어주는 사람들이다. 그들은 책을 향해 몸을 기울일 줄 안다. 오래 참을 줄 알며, 기다리는 자에게 좋은 것이 찾아온다는 사실을 이해한다.

내 진지한 책읽기의 시작점은 멋지고도 광기 어린 브론테 자매들이었다. 훌륭한 소설가이자 시인이었던 토머스 하디도 내가 좋아하던 작가였다. 또한 조셉 콘래드, 헨리 제임스, D. H. 로렌스도 있었다. 물론 셰익스피어와 밀턴, 초서도 포함이 되었다. 이들의 작품은 학교에서 읽게 되었지만, 그것이 나의 정체성과 언어적 상상력에 얼마나 깊이 영향을 끼쳤는지 그 당시에는 알지 못했다.

그 후, 첫 소설을 출간하기까지는 많은 세월이 걸렸다. 오랜 도제徒弟의 기간을 거쳤다고나 할까. 그 기간 동안 나는 병원, 학교, 호텔, 공장 등 여러 곳에서 일했다. 일을 하면서도 틈틈이 글을 썼다.

나의 첫 번째 소설의 제목은 『기발한 고통(Ingenious Pain)』으로 『레지노상(원제 『순수(Pure)』처럼 18세기를 무대로 하고 있다. 늘 로즈마리 서트클리프나 마르그리트 유르스나르 같은 역사 소설을 많이 읽어 왔기 때문에, 나도 역사 소설을 쓰게 된 것이 그다지 놀라운 일은 아니다. 내게는 과거가 여객선에서 보는 먼 해안선처럼 아득하게 느껴진 적이 결코 없었다. 현재와 과거를 나누는 선은 언제나 하나였으며 우리보다 던저 이곳을 다녀간 사람들은 그림자처럼 가깝고 친밀하게 지금도 우리의 곁을 함께 걷고 있다는 것을 알고 있었다. 그들의 존재는 곤충의 날개처럼 퍼드덕거린다.

『기발한 고통』 이후로 나는 작가의 삶을 살면서, 여러 나라를 옮겨 다녔고 마침내 나의 뿌리와 가까운 영국 남서쪽 시골 지방에 자리를 잡았다. 『레지노상』은 나의 여섯 번째 소설이다. 이 이야기의 중심에는 파리의 레지노상 공동묘지가 있다. 이 묘지는 실제로 존재하였으며, 내가 묘사한 모습과 매우 흡사했다. 내가 그 묘지의 철거에 대해 처음 알게 된 것은 프랑스 역사학자인 필립 아리에스의 책을 통해서였다. 그 내용은 한두 단락 정도밖에 되지 않았지만 커다란 불이 밤낮으로 타오르는 등 그 사건이 지녔던 연극성이 즉각적으로 마음에 깊이 새겨졌다. 또한 그것보다 더 중요한 것은 그 사건의 날짜와 의미였다. 1780년대 중엽은 프랑스 대혁명이 있기 얼마 전이었다. 한국 독자들을 위하여, 서양 역사에서 프랑스 대혁명이 매우 중요한 위치를 차지한다는 사실을 언급하는 것도 좋을 것 같다.

물론, 묘지의 철거는 미래를 향해 미친 듯이 나아가는 사상과 감정의 흐름과 연결되어 있다. 그것은 1789년의 바스티유 습격과 그 후 얼마 되지 않아서 벌어진 슬프고 용감하며 애처로운 왕 루이 16세의 처형에서 정점을 이루었다. 그들은 수많은 뼈를 파내면서 의식적으로든 아니든 과거도 함께 파내고 싶었을 것이다. 더 이상 짊어지고 가기를 원하지 않았던 과거였음에 틀림이 없다. 1790년대 초기에 이르러 혁명을 이끌던 자들은 달력을 새로 써서 프랑스 혁명력을 만들고, 그로부터 150년 뒤 캄보디아의 군벌 폴 포트가 그랬던 것처럼, 역사는 그들로부터 시작된다고 공표했다. 그에 반대하는 것은 자신의 무덤을 파는 일이었다.

나는 『레지노상』을 쓰면서 행복한 시간을 보냈다. 하지만 그
것이 쉬운 일이었다고는 하지 않겠다. 내게는 글쓰기가 쉬운
일이 아니다. 나는 천천히 쓰고 또 엄청난 규모의 재작업을 한
다. 나는 이 소설을 구상하면서 방대한 양의 연구 조사를 해야
했고 머리를 엄청나게 쥐어뜯었다. 나는 별로 주인공답지 못한
나의 엔지니어 주인공인 장 바티스트 바라트에게 점점 애착이
생기게 되었다. 그는 회의감에 시달리지만 어려운 상황 속에서
도 바르게 행동하고자 애쓰는 청년이었다. 이제 그가 자신의
언어나 작가의 언어와 전혀 다른 한국어를 매개로 다시 살아난
다고 생각하니 신기한 마음과 흥분을 금할 수 없다. 그러나 다
행스럽게도 문학은 국경이 없다. 번역가의 도움을 받아 필요한
목소리를 찾아 나갈 것이다. 책이 열리고 책장이 펼쳐지면 시
공을 초월한 일상 속의 기적이 다시 시작된다. 이런 순간이 오
면 작가는 조용히 자리를 떠야 할 것이다. 이야기는 이제 더 이
상 그의 것이 아니기에.

* 영국 서부 출신 작가 앤드류 밀러는 스페인, 일본, 아일랜드, 프랑스에
서 체류한 경험이 있으며 현재 소머셋에서 살고 있다. 그의 첫 작품 『기발
한 고통』은 1997년에 출간되어 제임스 테이트 블랙 메모리얼상, 인터내
셔널 임팩 더블린 문학상, 이태리 그린차네 카보르 상을 수상했다. 2001
년 작품 『산소』는 화이트브레드 소설상과 부커상 최종 후보로 올랐으며,
그 외 『카사노바』, 『낙관론자들』, 『새 같은 어느 아침』 등을 출간했다. 이
책 『레지노상(원제: PURE)』으로 2011년 코스타 문학상 대상을 수상했다.

『레지노상』을 읽는 것은, 내 안에 오물로 쌓인 죽은 자들을 치우는 일!

김　숨 | 작가

'나' 라는 인간 그리고 '너' 라는 인간. 인간으로 태어난 이상 인간일 수밖에 없고 인간이어야만 하는, 어쩌면 온전한 인간으로 존재하는 것이 가장 당면한 과제이자 난제인 '나 또는 너' 라는 인간 안에는 얼마나 무수한 죽은 자들이 겹겹으로, 수만 겹에 이르는 퇴적암이나 수천 페이지에 달하는 경전의 갈피처럼 쌓여 있는가? 지금 이 순간 숨을 들이쉬고 내쉬고, 배고픔을 느끼고, 두 손을 얌전히 모아 기도를 드리고, 사랑받고 싶어 안달이 난 나와 너, 우리라는 인간 안에는…….

우리보다 앞서 죽은 자들이 있었기에, 살아 있는 우리가 이렇게 '가능' 하다는 것만큼 자명하고 불변하는 진리가 또 있을까. 그런데 우리 안의 죽은 자들이 어느 날부터인가 썩은 부패의 냄새를 풍기고, 편집증 환자의 환청과 같은 아우성과 비명을 지르고, 포주처럼 영혼을 억압하면서 살아 있는 '나' 의 존재를 아수라장으로, 죽음의 기운이 검푸른 이끼처럼 두텁게 번진 음음한 공동묘지로 만들어버리려 들면 어쩌는가. 1785년 혁명을 앞둔 프랑스 파리의 레지노상, 수많은 시체가 묻힌 공동묘지를 무대로 펼쳐지는 『레지노상』은 바로 그것에 대한 이야기다. 오래 전의 먼 나라 먼 도시에서 펼쳐지는 이야기가 아니라, 내가 살고 있는 이 나라와 도시 그리고 때때로, 혹은 숨을 거두는 순간까지 해독과 화해가 어려울 만큼 분투의 대상이기도 한 '나' 라는 인간을 무대로 펼쳐지는…….

"한때는 내 속에도 선한 마음이 있었지."라고 고백하는 『레지노상』의 주인공 장 바티스트 바라트가 오늘 우리 안의 시체를 치우러 온다. 미친 신부 콜베르, 사랑스러운 여인 엘로이즈, 오르가니스트 아르망 같은 개성이 넘치고 매력적인 친구들과 함께.

"땅이 슬퍼하고 쇠잔하며 세계가 쇠약하고 쇠잔하며 세상 백성 중에 높은 자가 쇠약하며 땅이 또한 그 주민 아래서 더럽게 되었으니……." 구약성서 이사야에 기록된 땅보다 더할 것도, 덜할 것도 없는 추악하고 안쓰러운 지면地面 위에서 고군분투하는 바라트를 통해 밀러가 말하려 하는 것은 원래의 영문판 제목 그대로 '순수(PURE)' 가 아니었을까. 잃어버린 줄도, 언제 잃어버렸는지조차 모르는, 따라서 찾을 생각조차 못하는 순수…… 불순한 다른 금속이 섞이지 않은 순금처럼 순도 백의 마음과 영혼…….

불안하고 불길한 광기가 열병처럼 퍼진 혁명 직전의 파리를

배경으로 시체들과 살인, 강간이 난무하는 세계가 오수午睡 상
태에서 가위눌리듯 경험하는 기묘한 '세계'처럼 펼쳐지는데도
불구하고, 『레지노상』은 한순간도 문학적 품위를 잃지 않는다.
통속의 기미 없이, 오래 되고 아름다운 성당에 울리는 오르간
소리처럼 깊고 우아한 목소리로 장대한 서사를 들려준다.

'나'의 존재를 증명하고 새롭고 견고하게 무장하는 일은, 애
도의 시간을 경건히 지낸 뒤 시체를 치우는 일에서부터 시작되
어야 하는지도 모르겠다. 사금파리처럼 떠도는 뼈와 질식시킬
만큼 지독한 냄새를 풍기는 썩은 살을 거둔 뒤에나 그 위에 오
색 꽃을 심고, 청량한 공기가 깃들기를 기대할 수 있을 테니까.
시체는 결국 우리들이 '그것이 순수하지 못하다는 것'을 알면
서도 버리지 못하는 인습이자 추악함, 비겁함과 어리석음일 테
니까.

순수한 운명의 시간 속에 우리를 찾아온 『레지노상』을 읽는
것은, 오물로 쌓여 있는 내 안의 죽은 자들을 거두어 치우는 일
이자, '나'라는 '우리'라는 아름다운 존재를 복원하는 일이기
도 할 것이다.

비현실이 현실이 되는 지점, 현실이 비현실이 되는 지점. 그
두 지점이 교차하는 지점에 『레지노상』은 있는 듯하다.

*

476 김 숨

'죽은 자'와 '산 자'의 이야기

36살이나 어린 제자 번지가 인仁에 대하여 여쭙자, 공자께서 말씀하셨다. "사람을 사랑하는 것이다〔愛人〕." 현대 영국의 작가 앤드류 밀러에게서 춘추시대의 사상가 공자가 최고의 덕목으로 삼았던 인仁이 느껴지는 까닭은 무엇일까? 그에게 13가지의 질문을 해보았다.

▶ 글을 쓸 때 당신이 원칙으로 삼는 것이 있는가? 아울러 글쓰기 안에서, 그리고 글쓰기 밖에서 당신이 가장 관심을 갖는 대상은 무엇인가?

"18세에 글쓰기를 시작하면서 나는 아름다운 그 무엇을 창조하고 싶었다. 숨을 쉬기 시작하고 영혼이 소생하며 예술과 만나는 그 경지로 불러올 수 있는 그 무엇을, 피와 땀의 열매뿐만 아니라 피와 땀 그 자체를 담아내는 그 무엇을 말이다. 그이후로 지금까지 이러한 나의 꿈은 별로 달라지지 않은 것 같다. 글쓰기 외의 관심사는 나의 딸, 친구들, 음악(나는 만돌린 연주를 즐긴다), 바다, 합기도라는 흥미로운 무술, 적포도주, 불교, 신발 등이다."

▶ 작가로서뿐 아니라 한 인간으로서 당신이 가장 귀중하게 생각하는 가치는 무엇이고, 혐오하는 것은 무엇인가?

"가장 귀중하게 생각하는 가치 : 첫째는 친절함이요, 둘째는 용기다. 가장 혐오하는 것 : 이 두 가지를 좀먹는 것이라면 모두 혐오의 대상이다."

▶ 당신이 생각하는 '순수'는 무엇이고, '어리석음'은 무엇인가?

"소설의 원제가 『순수(PURE)』인 이유는 순수한 것은 존재하지 않기 때문이다. 이것이 바로 이 책의 주인공이 배워야 하는 큰 교훈이다. 이 큰 교훈을 배우기를 거부하는 행동은 어리석은 것이다. (배울 능력이 없는 경우는 포함되지 않는다.)"

▶ 이 책은 당신의 여섯 번째 작품이다. 첫 번째 작품을 쓸 때와 작가로서의 '자세'나 '작품을 대하는 태도' '주제' 등등 여러 면에서 달라진 점이 있는가? 작품을 구상하고 쓸 때, 당신은 작가에게 있어서 유혹의 대상일 수밖에 없는 독자를 얼마나 염두에 두는가?

"유혹은 소설의 서술 속에 내포되어 있다. 유혹이 없는 이야기란 존재하지 않는다 해도 과언이 아닐 것이다. 유혹이 사라지면 정보만이 남을 뿐이다. 내가 가장 많이 염두에 두는 독자이자 내가 가장 잘 아는 독자는 바로 런던에 있는 내 소설 편집장이다. 작가인 나보다도 내 작품에 대해서 더 많이 아는 사람이 바로 그녀이다. 그리스 신화의 스핑크스 같은 인물이라고 생각하시라."

▶ 당신을 '인간적인 작가' 라고 평하기도 하던데, 당신은 동의하는가? 만일 동의한다면 당신이 생각하는 '인간적' 이라는 것은 어떤 것인가? 인간에 대한 애정과 신뢰는 같은 듯 다른 문제인 것 같기도 한데, 당신은 인간을 신뢰하는가?

"나를 그렇게 평해주는 사람들에게 감사한다. 나는 인간적인 작가가 되려고 노력한다. 인간적이라는 것은 타인의 고통에 귀를 기울이려는 의지와 그것을 중요하게 생각하는 믿음이라고 생각한다. 즉, 그 누구의 삶도 결코 무의미하지 않다는 것을 기억하는 것이다. 나는 대부분의 경우 대부분의 사람들을 신뢰하며, 인류 전체에 대한 믿음도 예전보다 더 커진 것 같다. 인류 공동체적 운명은 언제나 아슬아슬하게 균형을 이루고 있는데, 요즘에는 인간들이 서로의 목을 죄지 않고 살아가는 법을 서서히 배워가고 있다는 것을 느끼기 시작했다. 어쩌면 지속적인 이야기로서의 역사는 너그럽고 인정이 있으며 평화를 사랑하는 사람들의 편인지도 모른다. 그래서 독재자 차별주의자, 광신자들의 시간이 서서히 끝나가고 있는 것이리라. 물론 나의 생각이 완전히 틀렸을 수도 있다."

▶ 시대가 그리고 독자가 작가에게 분명히 요구하는 역할이 있다고 생각하는가? 그렇다면 그 요구와 역할은 구엇이라고 생각하는가?

"우리는 이제 작가들이 더 이상 문학의 중요성을 이해하고 인정하는, '책을 읽는 대중' 이 존재한다고 단순히 단정해버릴 수 없는 시대를 살고 있다. 따라서 우리들은 작가로서의 담대함을 집단적으로 잃어버릴 위험에 놓여 있다. 또한 문학에 대한 믿음이 흔들리는 작가 세대들이 생겨날 수도 있다. 그럴수록 더욱 작가들은 각자의 방식으로 큰 포부를 가지고, 더 소신 있게 타협하지 않고 글을 써 나가야 한다. 그러다 보면 문학이 다시 힘을 갖게 될 것이다. 물론 이것이 가능하려면 출판사들과 함께 노력해야 할 것이다. 요즘은 출판사들도 용기가 필요한 때니 말이다."

▶ 1785년 파리 한복판 속취俗臭와 시취屍臭로 진동하는 공동 묘지가 무대인 『레지노상』은 수세기 동안 쌓인 시체들, 죽은 자들로 넘쳐난다. 당신이 생각하는 '죽은 자' 와 '산 자' 의 차이에 대해 듣고 싶다. '죽음' 과 '죽은 자' 의 차이에 대해서도 듣고 싶다.

"죽은 자들에 대한 존경 어린 동족의식은 중세 시대로부터의 특이한 의외의 선물 중 하나일 것이다. 소설에서 묘지의 죽은 자들과 그들의 유골을 다루는 등장 인물 속에서 다양한 반응을 끌어내도록 하는 것이 나에게는 상당히 중요했다."

▶ 당신이 작품 안에서, 작품 밖에서 특별히 매력을 느끼는 인간상이 있는가? 당신이 여태껏 펴낸 작품에 등장하는 화자들 중 가장 애착이 가는 화자는?

"내가 매력을 느끼는 사람들은 특별히 용감하거나 선하거나 재능이 있는 이들보다는, 위기의 순간이 닥쳤을 때 자신 속에서 옳은 일을 할 수단을 발견해내는 자들이다. 『산소』의 알렉스 발렌타인, 『낙천주의자들』의 클렘 글래스, 『새 같은 어느 아침』의 유지 타카노 등…… 내 작품 속에는 그런 부류의 인간들이 많다."

▶ 광기와 순수의 상관관계에 대한 당신의 설명을 듣고 싶다.
"하!"

▶ 당신의 소설에 "살아 있다"는 문장이 있다. 당신이 "살아 있다"고 느끼는 순간들은 어떤 순간들인가? 살아오는 동안 당신이 가장 절실히, 생생하게 살아 있다고 느꼈던 순간은?
"얼마 전에 배를 타고 더블린으로 가던 중 아일랜드의 밤바다에서 거센 강풍에 휘말린 적이 있다. 내가 탄 낡은 배가 너울 속으로 빨려 들어가는 동안 갑판은 밝게 빛났다. 그때 나는 내 자신이 선명하고 생생하게 살아 있다는 것을 느꼈다."

▶ "사랑을 포기하는 것은, 어떠한 역경을 겪어왔든지 간에, 어려운 일이다. 언젠가 다시 찾고 싶은 그리운 고향처럼 사랑에 대한 생각을 떨쳐 버리기란 힘들다. 너무나도 힘들다." 『레지노상』의 여주인공이자 사랑스런 여인 엘로이즈의 불안하고

내밀한 고백이다. 당신은 '사랑'을 믿는가? 믿는다면 누가, 어떤 사랑의 경험이 당신에게 그 믿음을 심어주었는가?

"사랑은 미봉책이 아니다. 오히려 인간의 깊은 내면을 치유하는 명약일 것이다. 내가 보기에는 사랑(여기서 사랑이란 단순히 이성간의 사랑을 말하는 것이 아니다)에 굶주린 사람들이 너무도 많고, 그 결과 큰 고통을 겪는다. 그런 것을 생각해보면 나는 상당히 운이 좋은 편이다. 어린아이를 기르는 아버지로서 사랑에 대해 많은 것을 배웠다. 또한 16살에 첫사랑에 빠진 경험 역시 사랑에 대한 훌륭하고도 격동적인 첫 수업이 되었다."

▶ 한국 독자들에게 당신의 소설 『레지노상』과 가장 어울리는 음악 한 곡을 추천한다면?

"장 바티스트 륄리(Jean-Baptiste Lully)의 〈터키풍 의전 행진곡(Marche Pour la Ceremonie Des Turcs)〉이나 브루클린 펑크 에센셜즈(Brooklyn Funk Essentials)의 〈S자 곡선미(S-Curved)〉를 이 책의 사운드트랙으로 고르겠다."

▶ 『레지노상』이 한국에 소개되는 당신의 첫 작품인 만큼 많은 한국 독자들이 앤드류 밀러라는 작가에 대해 궁금해 할 것이다. 자신의 소개를 좀더 해줄 수 있는가?

"한밤중에 나는 부엌에서 춤을 춘다. 가끔은 혼자서, 가끔은 다른 이들과 함께."

*

　피와 땀의 결과물인 열매가 아니라 그 자체, 냄새나고 적나라한 피와 땀 그 자체로 아름다운 그 무엇을 창조하고 싶어 하는 소설가, 아름다운 그 무엇인가를 창조하는 것이 (아마도) 소설을 쓰는 일이라고 믿어 의심치 않는 영국의 중년 소설가가 합기도의 절제된 동작을 달빛 아래서 우아하게 따라하는 모습을 상상해본다. 금요일 밤, 고요한 어둠 속에서 보는 영화의 한 장면처럼 황홀하다.

　언젠가 생전 처음 가본 낯선 장소에서 한 시인이 탄식하듯 중얼거리는 소리를 들은 적이 있었다. "이곳에도 사람이 살고 있었네……." 정말 그곳에도 사람이 살고 있었다. 그 뒤로 내게는 낯선 장소를 지나칠 때마다 나도 모르게 중얼거리는 습관이 생겼다. 이곳에도 사람이 살고 있었네. 『레지노상』을 읽고 나는 스스로도 모르게 중얼거렸는지도 모르겠다. 세상에 이런 소설가가 있었네!

　친절과 용기, 의지와 믿음.

　근본적이고 보편적인 가치이지만 우리가 망각하거나 부러 외면하고 있는 가치들에 대해 진심 어린 자세로 분명히 말할 수 있는 소설가가 이 세상에는 몇이나 될까? 『레지노상』의 주인공 장 바티스트 바라트. 숙취와 시취로 진동하는 공동묘지에서 그토록 찾고 싶어 했던, 그러나 찾지 못한 순수를 그는 아무래도 자신을 창조한 작가 앤드류 밀러에게서 찾아야 했던 게 아닌가 싶다.

"인간적이라는 것은 타인의 고통에 귀를 기울이려는 의지와 그것을 중요하게 생각하는 믿음이라고 생각한다"는 그. 그에게서 공자의 인仁이 느껴지는 까닭일 것이다.

'강간'으로써가 아니라 '유혹'으로써 박제처럼 마비된 독자의 영혼을 흔들어 깨우는 능력, 그러한 능력을 터득한 작가보다 독자들에게 소중한 작가도 없으리라. 그러한 점에서 그는 독자를 유혹하는 글쓰기를 일찌감치 터득한, 어쩌면 첫사랑을 경험한 16살에 알게 모르게 유혹의 방법을 저절로 깨우친 고수이자 꾼일지도 모른다.

새벽 1시. 17세기를 살았던 바로크 음악의 대가 장 바티스트 륄리의 장대하고 생동감이 넘치면서도 유머러스한 〈터키풍의 전 행진곡〉을 들으면서, 그 곡이 혹시나 21세기에 씌어진 소설 『레지노상』을 위해 작곡된 것이 아닌가 하는 착각에 문득 사로잡힌다.

과거로의 시간 여행

야니 마키에이라

유럽의 근대사에서 프랑스 대혁명만큼 많은 사람들의 상상력을 사로잡아 온 사건도 흔치 않을 것이다. 작년에 전 세계 영화계를 강타한 빅토르 위고의 고전 『레미제라블』 역시 1차 혁명 직후인 1815년에서부터 1832년의 파리 6월 봉기를 배경으로 하고 있으며, 학창 시절 선생님 몰래 수업 시간에 교과서 밑에 숨겨 놓고 읽던 『베르사유의 장미』나 『테르미도르』 같은 만화 역시 그 시대에 관한 이야기이다. 사실 18세기 후반에서 19세기 중반에 이르는 이 시대는 프랑스뿐만 아니라 세계적으로도 혁명과 변화의 시기였다.

1787년 9월에는 독립전쟁에서 이긴 미국이 필라델피아에서 헌법의 초안을 작성하고 있었으며, 프랑스의 식민지였던 아이티도 기회를 놓치지 않고 1791년 혁명을 일으켜 독립에 성공한다. 한편 이웃 나라 영국에서는 산업혁명으로 세상을 바꾸고 있었다. 어쩌면 이 시대는 우리들이 사는 격변의 21세기와 많이 닮아 있는 듯하다.

이 소설 『레지노상』은 1785년 10월 셋째 주에서 그 이듬해 1786년 10월까지 한 해 동안 토목공학 엔지니어인 장 바티스트 바라트가 겪은 사건들에 대한 이야기를 들려주는 한편, 다가올 역사적 대사건을 계속적으로 암시하면서 폭풍 전야의 긴장감이 도는 파리를 탁월한 솜씨로 그려내고 있다. 텅 빈 교회에서 연주를 하는 오르가니스트, 〈여러분을 귀족으로 모시는 윌로 앤드 선스〉라는 광고 문구, 태고의 어둠에 잠긴 교회를 인부들이 망치질을 하여 지붕을 박살내자 마침내 강한 빛이 쏟아져 들어오면서 그 빛이 점차 퍼져가는 모습, 이 작품의 뼈대가 되는 오래 된 교회와 묘지의 정화작업(이 작품의 원제인 『순수 (PURE)』는 레지노상의 정화작업을 뜻함과 동시에 프랑스 사회를 정화시킬 혁명을 의미한다) 등 혁명에 대한 상징들을 소설 곳곳에 배치함으로써, 혁명에 대한 직접적인 언급을 하지 않고도 독자들의 머릿속에 혁명에 대한 생각이 떠나지 않도록 만드는 작가의 솜씨가 기막히다. 또한, 앤드류 밀러는 악인과 선인이 따로 없는 사실적이고 다양한 인물을 창조해내어, 복잡하고도 가변적인 인간의 심리를 감각적이고 섬세한 필치로 성공적으로 묘사하였다.

내가 이 작품과 만난 것은 우연이었다. 작년 봄 국제 해상 소송 통역 일로 더블린에 갔었다. 비행기를 기다리는 동안 무료함을 달래기 위해 들어간 공항 서점에서 특이한 표지의 책을 발견했다. 마드리드에 거주하던 시절 프라도 미술관에 가서 자주 보곤 했던 고야의 그림 〈이성의 잠은 괴물을 낳는다〉를 재구성한 녹차색의 표지 그림이 호기심을 자극했다. 바로 2011년 코스타 문학상 대상 수상작이었다.

이리하여 나는 출장 기간 동안 1739년도에 제작된 튀르고 지도(plan de Turgot)를 펴 놓고 손가락으로 곳곳을 짚어가며, 이상주의자 장 바티스트, 끼 있는 오르가니스트 아르망, 고결한 창녀 엘로이즈, 가슴이 따뜻한 르쾨르 등 레지노상의 패거리들과 함께 18세기 말 파리의 구석구석을 누비며 보냈고, 더블린에서 런던으로 돌아올 즈음 이미 나의 마음 속에는 한국어로 번역 출간하고 싶은 소망이 생겼다.

이제는 독자들의 길잡이가 되어, 이 과거로의 시간 여행에 여러분을 초대하고자 한다. 어떠신가? 차비는 무료이다.